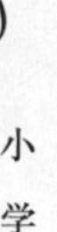

小学館文庫

武漢コンフィデンシャル

手嶋龍一

小学館

目次

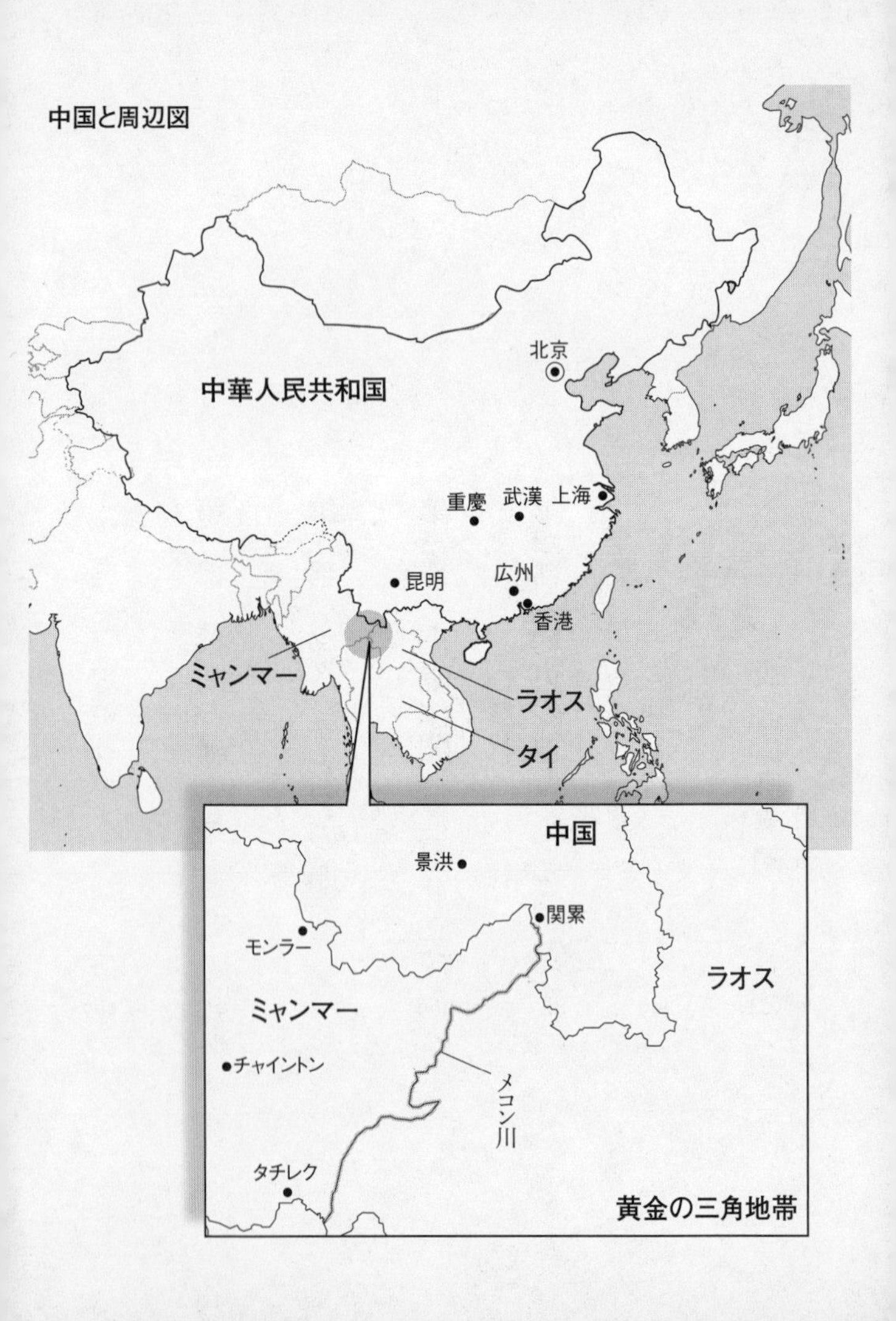
中国と周辺図
中華人民共和国
北京
重慶
武漢
上海
昆明
広州
香港
ミャンマー
ラオス
タイ
中国
景洪
関累
モンラー
ミャンマー
ラオス
チャイントン
メコン川
タチレク
黄金の三角地帯

主な登場人物

スティーブン・ブラッドレー　英国の秘密情報部員

マイケル・コリンズ　NCMI（国家メディカル・インテリジェンス・センター）の情報士官

ミッシェル・クレア　香港のレストラン・オーナー

アンセルム・クレア　失踪した紀行作家

キーラ・ドーソン　オーストラリアの自然人類学者

ダニエル・グリーンバーグ　「フォート・デトリックのヨーダ」と呼ばれる学者

デーヴィッド・ブラックウィル　ブラッドレーの恩師にしてMI6リクルーター

李志傑（りしけつ）　武漢一帯を統率する紅幇（秘密結社）の若き頭目

王秀麗（おうしゅうれい）　妓楼（ぎろう）の女主人。別名・飛燕（ひえん）

李克明（りこくめい）　志傑と秀麗の子

プロローグ

武漢　二〇一九年十一月

死神のような男が場末の診療所に駆け込んできた。

肌はカサカサに乾いて、落ちくぼんだ眼窩の底に生気のない瞳が揺れている。痩せぎすの患者は、医者の前の古びた椅子にドスンと座り込んだ。呼吸がひどく乱れ、時おり激しく咳き込んで苦しげだ。削り取られたような鎖骨がひくひくと揺れている。

「昨日から熱が下がらねぇーんだ。身体もだるくてどうにもたまらねぇー。大夫、点滴を一発打ってくれ。いまから仕事に行かなきゃ」

看護助手が熱を測ってみると三十八度九分もある。

「昨日より熱がまた上がっているじゃないか。この身体じゃ仕事は無理だな。注射は打ってやるから、家で寝ていろ」

四十代半ばの男は悲しげな表情で首を振った。

「いやぁ、そうはいかねえ。一日でも休めば、すぐに首になっちまう。昨日、熱を出して休んだ仲間はすぐに首を切られてしまった」

この患者は、近隣の農村から日銭を求めてやってきた出稼ぎ労働者だ。建設現場で休みなく働き、郷里に残してきた家族にわずかな金を仕送りしている。病院に行くだけのカネがない。たとえカネの持ち合わせがあったとしても、街の病院は都市戸籍を持つ者しか診てくれない。農村に戸籍がある農民工は門前払いにされてしまう。受け入れてくれたとしても、まる半日待たされた挙句、医者が診るのはわずか二、三分だ。

長江の畔(ほとり)、武漢のうらぶれた長屋街にある粗末な造りの診療所。医療器具も満足に揃(そろ)っておらず、お世辞にも衛生的とは言えない。ここで死神のような出稼ぎ労働者を診ているのが劉一達(リウイーダ)だった。この界隈(かいわい)の住民たちにはすこぶる評判がいい。診(み)たてがよくて、すぐ注射を打ってくれる。診察費も公立病院の半額以下と割安だ。点滴を打ってもらっても百元。薬もすぐに処方してくれる。

劉一達は訳ありだった。偽医者なのである。だが正式な医師免許こそ持っていないが、腕は確かだった。偽の医者なればこそ、腕が立たなければこの世界では食っていけない。

なけなしの現金を懐（ふところ）に駆け込んでくる患者たちには独特の嗅覚（きゅうかく）がある。医者を値踏みして誤らない。劉大夫のところにいけば、命だけは助けてもらえる。噂が評判を呼び、常に五、六人の患者が路地裏に並んで診察の順番を待っている。

劉一達は、衛生当局の手入れを恐れて二年ごとに診療所を転々と移してきた。だがどこで聞きつけるのか、馴染みの患者たちはちゃんと追いかけてくる。つい先頃、廃業した医院から旧式のレントゲン機材一式を買い取り、診察の精度もぐんとあがった。

出稼ぎ労働者の胸に聴診器をあてながら、劉一達が告げた。

「あんた、肺が悲鳴をあげているぞ。安くしてやる。レントゲン写真を撮っていけ。仕事の帰りにもう一度寄ってみるがいい。それまでには診断をつけておいてやるから」

男は素直に頷いて黄ばんだシャツ一枚になった。灰色のX（エックス）線装置にあばら骨の浮き出た胸をつけて写真を撮った。そして、ふらつく足で建設現場に出かけていった。

路地に出ると寒風に吹かれてよろめき激しく咳き込んだ。劉一達はその後ろ姿を見送りながら不吉な予感を覚えた。同じような症状で駆け込んできた患者が先週末からこれで七人目になる。

現像されたレントゲン写真にじっと見入ったまま、劉一達は身じろぎもしなかった。明らかな異変が表れている。正常な肺なら気管がくっきりと映しだされる。だが、男の肺は不自然に膨れあがっている。肺の内部に体液が溢れだし、洪水に見舞われたような症状を呈しているじゃないか。十六年前、ＳＡＲＳ、そう重症急性呼吸器症候群が流行った時にも似た症状の患者を診た記憶があった。

歪んだ風船のように膨らんだ肺の写真を覗き込んでいるうち、苦い胃液が食道を上がってきて、思わず吐き気を催した。底知れない恐怖が劉一達に襲いかかってきた。彼らを診察した自分も得体のしれない感染症に罹ったのではないか。夕暮れ時にはまたあの死神がやってくる。それまでに厳重な防護マスクを調達しておかなければ——。

劉一達は診療室の書棚からＳＡＲＳに関する研究論文を取り出して、憑かれたように読み始めた。

この街で得体の知れない新興感染症が拡がりつつあるのは間違いない。だが、エリートの医者も公衆衛生の当局者も自己保身から声をあげないだろう。ましてや、闇医者の劉一達が武漢市の当局に通報などできるわけがない。

俺は偽医者なんかじゃない――。国家が認めた医師免許こそ持っていないが、臨床医として誰よりも多くの患者を診てきた。湖北省の田舎で、文革期に〝裸足の医者〟の弟子となった。そして文革の嵐がやんで大学が再開されると、貧農出身の経歴が買われて武漢大学の医学部に入学を許された。満足な中等教育を受けていないため、外国語の講義にはついていけなかった。だが、臨床の腕にかけてはひ弱なエリートたちには引けを取らなかった。一九八九年、天安門事件に連座して公安当局に拘束された。その果てに大学から除籍処分を受け、医療の表街道から放逐されてしまった。

死神が再び診療所にやってきた時には既に陽が落ちかけていた。顔色はもう土気色で、立っているのも辛そうだった。

「重度の肺疾患だ。明日仕事に行けば命は保証しかねる。栄養注射と点滴は打ってやる。だが、肺のほうは手の施しようがない。あんたはどこからこんな病いを貰ってきたんだ」

男の仕事場は漢口駅の北側にある建設工事現場だった。屋外なら飛沫感染した可能性はそう高くない。聞けば、家賃が月四百元という木賃宿の一部屋に四人の農民工とひしめくように暮していという。

「同居している連中の様子はどうだ」

「そう言えば、仲間のひとりは二日前から咳き込んで寝込んでいる。熱もあるようだが、体温計がないので測っちゃいない。劉大夫のところに連れてこようとしたんだが、休んでいればこれしきの風邪なら治ると言って聞かない。だが、ほんとうは注射代が惜しいんだ」

「その男も建設現場で働いているのか」

「いや、駅の南側の華南海鮮卸売市場で野生動物を商っている。ほら、東区にアナグマの皮を剝いで鉤に吊して並べている店があるだろう。あそこだよ」

劉医師はSARSの論文を思い浮かべ、ふつふつと沸いてくる恐怖心をどうにも抑えることができなかった。死神に解熱剤を渡して追い返した。

あの肺じゃ、持ってあと三日だろう。

劉一達は看護助手を呼んで、しばらく診療所を閉じることにすると告げた。

この街に未曽有のパンデミックが襲いかかろうとしている。

彼は急に寒気を覚え、歯をがたがたと震わせた。この悪寒は謎のウイルスに侵されたせいなのか、それとも未知の感染症への底知れぬ懼れのゆえか——。

偽医者にして臨床の名医、劉一達にも見立てはつかなかった。

第一部
禁断の扉

ワシントンD.C.郊外　二〇一四年十月

少年野球チーム

東の空がまだ明け初めぬ午前五時すぎ。マイケル・コリンズはベッドから抜け出すと、クロゼットの扉を開けた。何年も袖（そで）を通していないダークスーツと分厚い革のジャンパーの間から、まっ白な野球のユニフォームを取り出す。胸には*BioShields*とイタリックの青い刺繍（ししゅう）の文字、肩にはシャープなラインが走っている。

パリッと糊（のり）のきいたユニフォームに袖を通すと、九十キロを超すメタボな身体も心なしか引き締まって見える。ハンバーガーと生ビールでダブつく下っ腹を両手で押さえ、丹田に気を集めてふっと息を吐いた。いよいよ勝負のときが来週末に迫っている。

少年野球チーム「バイオシールズ」の監督に就任して半年余り、こんどこそ栄冠を手にしてみせる。

勝敗の成否を握るのはバッティング・オーダーだ。けさの練習をみて、子供たちの調子を数値化し、誰をクリーンナップに据えるか決断しよう——マイケルはフォード・エクスプローラーXLTのハンドルを握りながら、バイオシールズを優勝に導く秘策に思いを巡らした。

ワシントンD.C.の郊外ロックビルのアパートメントを出ると、高速二七〇号線に乗って時速九十キロで北上する。反対車線は、ワシントンの中心部に向かう車で早くも渋滞が始まっていた。運転席の顔はどれも歪んで見える。細い糸が絡まりあうような複雑な人間模様、昇進と富へのあくなき欲望。権力の街にどっぷり浸かっていると誰しも毒気にあてられてしまうのだろう。ああ、ご苦労なこった——マイケルは首都を背にして一気にアクセルを踏み込んだ。

ロックビルからゲイサーズバーグへ。十二車線の高速道路の両側にはバイオテック企業のビル群が連なっている。一路、北へと疾走しているうちに車線はみるみる減り四車線になった。視界もぐんとひらけ、のどかな田園風景が広がる。

「今日の天気は晴れ。風は弱く、気温も上がり、インディアン・サマーとなるでしょう」

ラジオのウェザー・ニュースがそう伝えている。日本ではこんな暖かな秋の日を「小春日和」と呼ぶという。親友のスティーブンを湯島の家に訪ねた折、乳母だったサキさんがそう教えてくれた。

マイケルは車の窓を開けて、「小さな春」の空気を肺いっぱいに吸い込んだ。

首都ワシントンをぐるりと取り囲む環状のベルトウェイ。そこから分岐して北に延びる二七〇号線の終点がフレデリックだ。マイケルはこの市街地を東からぐるりと回り込む国道四〇号線を通って、一五号線のインターチェンジで高速道路を降りた。北へ三分ほど走ると、広大なフォート・デトリックが姿をあらわす。五百三十ヘクタールに及ぶこの陸軍基地こそ、アメリカ合衆国のウイルス・細菌戦の策源地だ。第二次世界大戦中から東西冷戦の半ばまで、米陸軍はここを生物兵器の研究・開発の一大拠点としてきた。いまは、米陸軍だけでなく、国防総省、国土安全保障省、農務省、保健福祉省の四省がバイオ・医療関係の政府機関を構えている。フォート・デトリック基地には制服組を含めて八千人もの人々が働き、姿なき細菌・ウイルスと日夜戦い続けている。

「おはようございます、監督。けさはまたずいぶんと早いですね」

基地の東側にあるナリン・ファーム・ゲートで車を止めると、プエルトリコ系の若い憲兵が声をかけてきた。

「こんどの試合には負けるわけにいかないからな」

マイケルは顔写真とバーコードの入ったＩＤカードを差し出す。

「ヤングキラーズは手強いですよ。決勝で彼らを破ったら、旨いビールをおごってください」

憲兵は白い歯を見せて笑った。

フォート・デトリック陸軍基地には、四つの少年野球チームがある。親が勤務する職場ごとにチームが編まれている。陸軍関係者の子弟でつくる「ヤングキラーズ」、警察や消防関係の「ハンターズ」、その他の小さな組織の子弟を集めた混成チーム「リトルユニオンズ」、そしてウイルス研究者の子弟を中心としたマイケルの「バイオシールズ」である。

チーム結成当初の名前は「パンデミック」だったという。

「バイ菌野郎」

ウイルス・細菌研究施設で働く親を持つ子供たちは、フレデリックの悪ガキたちから心ない罵声を浴びせられてきた。ただでさえ居心地の悪い思いをしている少年たちのチームに「世界的大流行」とはなにごとか。「パンデミック」という命名に親たちから猛烈な反対の声があがり、基地を挙げての論争となった。

「我々は細菌・ウイルス兵器の開発・製造からはとうの昔に手を引いた。誤解を招くような名前はやめろ」と反対派は抗議した。これに対して賛成派は「パンデミックのどこが悪い。音の響きがよくて強そうじゃないか。攻めの姿勢こそが偏見を吹き飛ばす」と強気を崩さない。結局、「バイオテクノロジーで感染症の盾(シールド)となる」という意味をこめて「バイオシールズ」はどうかと提案する者が現れ、対立はからくも収まったという。

ナリン・ファーム・ゲートを入るとすぐにナリン池が見えてきた。水辺には広々とした緑地が広がっている。ここは基地で働く職員と家族のレクリエーションエリアなのである。池の畔(ほとり)で釣り糸を垂れる人々やカヤックに興じる若者の姿が見られる。週末にはピクニックやサイクリングを楽しむ家族連れで賑(にぎ)わう。何も知らずに訪れたひとは、この基地がウイルス・細菌戦の司令塔だとは信じないだろう。

敷地の一角にグラウンドがあり、少年野球のチームが交代で練習に励んでいる。

一塁側のベンチに少年がぽつんと腰かけていた。俯(うつむ)き加減でこころなしか寂しげだ。ショートを任せているイーサンじゃないか。俊足で肩がめっぽうつよく、ランニングしながらの送球が巧みだ。マイケルは大きな声で呼びかけた。

「やあ、イーサン、調子はどうだい」

「あっ、おはようございます」

慌てて顔を上げ、立ちあがる。その笑顔がぎこちなかった。決勝戦で先発から外されるかもしれないと心配しているのだろうか。たしかに、このところイーサンの打撃にはいまひとつ冴えがない。

「おい、いつもの元気はどこにいった」

「僕がいたらみんなに迷惑がかかるかもしれないと思って――」

少年は足元に眼を落として、マイケルを見ようとしなかった。

「イーサン、誰だって調子がいいときもあれば、悪いときだってある。狙い球を絞ってバットを鋭く振ってみろ。大丈夫だ、ファイナルまではまだ時間がある、さあ」

脇にあった黒いバットをイーサンに渡し、バッターボックスに立たせた。

マイケルが豪速球をストライクゾーンに投げ込んだ。

少年はバットを力いっぱい振り抜く。白球は唸りをあげ、朝焼けの空に吸い込まれていった。

「いいぞ、もう少し脇をたたんで。そうコンパクトに。イチローのような振りになってきたじゃないか」

ショートを守らせているイーサンこそマイケルの秘密兵器だ。

今年の三月、バイオシールズの監督に就任が決まるや、マイケルはフレデリック市内の小学校のグラウンドを回って野球少年たちを観察し続けた。バットコントロールや走塁の様子をチェックし、地元紙「フレデリック・ニュース・ポスト」で昨シーズンの数字を調べ上げた。イーサンは、打率は三割を少し下回るが、選球眼が抜群で出塁率は飛びぬけていた。なによりプレースタイルが流れるようにシャープだった。体幹がしっかりしているため、どんな姿勢でも正確な送球ができる。三遊間深くからの遠投やカットプレーも見事だ。この少年が希望するショートの守備を約束して、バイオシールズにスカウトしたのである。

やがて選手たちが三々五々姿を見せ、グラウンドには威勢のいいかけ声が飛び交った。その時、基地に始業を告げるラッパが威勢よく鳴り響いた。

さあ、こちらも練習開始だ。監督に就任して初めての春シーズン、バイオシールズはファイナルの九回裏でヤングキラーズに逆転負けを食らってしまった。責任を感じたマイケルは、一ヶ月のあいだ好きなビールを断って、秋には必ず雪辱を果たすと誓った。

マイケルはバッターボックスに陣取って外野にフライを打ち始める。ライトからレフトにと子供たちは全力で白球を追いかけていく。

「球が飛び出す方向を見定めて。スタートを早く」

　選手たちの動きが少しずつ鋭くなっていった。

　こんどはピッチャーをマウンドに立たせて内野守備の練習だ。矢継ぎ早にゴロを三遊間に飛ばしてみた。ショートを守るイーサンの動きが鈍い。やはり何かある――。

「おい、ビリー。あとでちょっと話がある」

　キャッチャーのビリーを振り返って小声で呟いた。赤毛でそばかす顔の少年はイーサンの親友で、〝太っちょビリー〟と呼ばれるチームのムードメーカーだ。

　練習後、マイケルはビリーをベンチ裏に呼び出した。

「イーサンにここぞというところで打ってもらわないとなぁ。優勝は狙えない、そうだろう。最近、あいつのバットの切れがいまいちなのが気にかかる。ビリー、何か知っているんだろ」

　太っちょビリーは気まずそうに唇をかみしめた。

「イーサンには言わない。だから、話してくれないか」

「僕はよく知りません。けれど、なんか変なことを言ってる奴らがいて――」

「変なことって」

「あいつの親父が殺人鬼だとか——。わけがわからないよ。アランおじさんは近所の薬局で働いていますが、優しい人です」

「殺人鬼とはまた物騒な話だなぁ。それで、イーサンはなんて言ってるんだ」

「僕たちは何も聞かないし、あいつも何も言いません。でも、この頃、元気がなくて、打席に入っても集中できてない感じがする。みんなも心配しています」

「わかった。この話は聞かなかったことにしよう。心配しないでファイナルに備えろ、いいな」

ビリーは元気に「はい」と答えて、一目散に駐車場へと駆け出した。大柄で赤毛の母親が遠くで手を振っている。車で学校まで送ってもらうのだろう。

医療インテリジェンスの居城

早朝練習を切り上げると、マイケルは勤務先に歩き出した。NCMI（国家メディカル・インテリジェンス・センター）の通用玄関でセキュリティバッジを守衛に示し、持ち物のチェックを受ける。

「やぁ、トム、元気かい」

「監督、応援していますよ。ヤングキラーズを打ち負かしてください。こんどこそチャンピオンにならなくちゃ」

守衛のトム・モリーノはバイオシールズの熱心なサポーターだ。春シーズンまでは息子のトム・ジュニアがピッチャーだった。九回裏にツーアウトとしながら、痛恨のツーベースを打たれて逆転負けを食らってしまった。モリーノ一家はあの一戦をいまでも悔しがっている。

「監督、必ずリベンジを頼みますよ」

二重顎をふるわせて言った。

「まかしてくれ、トム」

マイケルは右手でVサインを送ってみせた。

朝練の後はまずシャワー室に駆け込んで汗を流す。それがマイケルのルーティーンだ。

フォート・デトリックの基地内には、エボラ出血熱やマールブルグ病といった危険な病原体を扱うホットゾーンがある。人類に襲いかかり大量の殺戮を重ねてきた細菌やウイルスを動物に与えて実験が行われている。それらの施設では危険極まりない病原体の漏洩を防ぐため、十重二十重の防御措置が施されている。

ホットゾーンで徹夜の作業を終えた研究者も帰りがけにこのシャワー室を使うことがある。このためマイケルは護身用の秘密兵器をバッグに忍ばせている。「ヒビクレンズ」である。クロルヘキシジングルコン酸塩を四%含んだ医療用の洗浄剤だ。まずシャワーのコックをひねり、市販のシャンプーで髪を洗う。次に薬用石けんを顔全体にこすりつけ、熱めのシャワーを頭から浴びて汗を洗い流す。ここでいったんシャワーを止める。乾いたタオルにヒビクレンズを十滴ほどたらし、首から足の指までやさしく擦り込んでいく。

少しでも目や口に入ったら大量の冷水をかけてすぐに洗い流さねばならない。殺菌力が強いため、扱いには注意が要る。先週、この強力洗浄剤を股間に誤って擦りつけてしまった。飛びあがるほどの激痛だった。慌てて冷水で洗い流したが、柔らかい袋が熱をもち、いまもひりひりと痛んでいる。

マイケルはこの日もジョン・デンバーの「テイク・ミー・ホーム、カントリー・ロード」を口ずさみながら、円を描くようにタオルを動かしていった。そのとき、少し離れたシャワーブースから「マイケルか」と声がした。

「ああ」と応じると、甲高い笑い声が返ってきた。

「おいおい、ひどく調子っぱずれだな。朝からそんな歌をきかされちゃ、全身から力が抜けちまうぜ」

「僕の歌のどこが調子っぱずれだっていうんだ」

サビにさしかかると、マイケルはさらに声を張りあげた。

「勘弁してくれよ」

これじゃ一日が台無しになると同僚は早々に引きあげていった。

危ないブツを扱う連中を退散させるには「カントリー・ロード」も効き目がある。マイケルは熱めの湯を頭から浴びて、ヒビクレンズをていねいに洗い流した。清潔なタオルで全身を拭いて総仕上げだ。ローションやクリームは一切つけない。これで殺菌効果は一昼夜持続するはずだ。だが、これしきの護身術では気休めにしかならない。因果な職場を選んでしまったと軽く溜息をついた。

全身清浄の儀式を終えると、ChampionのT1011のシャツを着てチノパンツにはき替える。大学生の頃から愛用してきたこのTシャツは分厚いアメリカン・コットンで、洗濯しても生地がへたらない。洗うたびに目が詰まり、身体にぴったりとなじんでくる。米海軍の訓練着にも採用されただけあって、無骨だが頑丈な優れものだ。

左袖には小さなCのロゴワッペンがついている。オックスフォード・グレーとネイビー・ブルー、色違いのTシャツを交代で着て、寒い季節にはスタジャンを羽織る。

背中にはオクラホマシティ・ドジャーズの特注ロゴを付けている。どう見ても国防総省傘下の情報士官には見えない。

マイケル・コリンズはオクラホマ州ビーヴァー郊外で生まれた。片手鍋の形をしたオクラホマ州の柄にあたる「オクラホマ・パンハンドル」が故郷で、実家は九百頭の牛を飼う牧場を営んでいる。先祖は十八世紀末に炭鉱労働者としてアイルランドからやってきた移民だ。祖父の代になってここに土地を買い求め、祖父と両親、三人の妹たちと力を合わせて牛の世話に明け暮れた。少年野球チーム「ビーヴァーズ」でキャッチャーをつとめ、打順は不動の四番バッターだった。

マイケルは地元の公立高校を卒業し、スタンフォード大学に入学を許された。その朗報は地元の「ビーヴァー・タイムズ」紙の一面を華々しく飾り、町長から「我が町の誇り」という賞状まで授与された。マクドナルドに行くと、ただでフライド・ポテトを増量してもらえた。だがそんなことより、かつてバッテリーを組んだ相棒がマイナーリーグ「オクラホマシティ・ドジャーズ」のピッチャーとなったことがマイケルの自慢である。

スタンフォードでは統計学とコンピュータ・サイエンスをダブルメジャーして飛びぬけた成績を収めた。栄えある「ローズ奨学生」にも選ばれた。こうしてオックスフォードの大学院でスティーブン・ブラッドレーと生涯の友となったのだが、同時に数々の災厄にも巡り合うハメとなる。

「ローズ奨学生」の金看板はパワーエリートへの超特急切符だ。マイケルは、オクラホマ州選出の連邦上院議員からは立法担当補佐官に誘われ、ウォール街の投資銀行からも高給でオファーを受け、マサチューセッツ工科大学はフェローのポストを用意してくれた。だが、彼はそれら全てを断り、インテリジェンス・オフィサーの道を選んだ。それもＣＩＡ（アメリカ中央情報局）やＤＩＡ（国防情報局）といったメジャーな機関には興味を示さなかった。

最初は財務省のシークレット・サービスに、続いて商品先物取引委員会の不正取引監視部門に出向するなど、好んで小さな情報組織を渡り歩いてきた。〝諜報界（ちょうほうかい）の渡り鳥〟マイケルが、これまた最小の情報組織、ＮＣＭＩに移ってきたのは、七ヶ月前のことだ。

悪魔の兵器

フォート・デトリック基地は、アメリカの生物化学兵器開発の歴史と共に歩んできた。だが当初は、毒ガスや細菌を扱うことは建国の理念に反するとして厳しい眼が向けられていた。

「毒ガスに冒された兵士らは、朝から晩まで絞め殺されるような苦しみを味わい、爛れた肺は少しずつ崩れていった」

レマルクは『西部戦線異状なし』でマスタード・ガスを浴びた兵士たちの悲惨な模様をこう描写している。

マスタード・ガスは悪魔のびらん剤だ。微量でも触れれば、皮膚、粘膜、内臓が爛れてしまう。しかも遅効性のため症状が出るのは数時間後、気づいたときにはすでに手遅れだ。兵士たちは思わず眼を背けたくなる悲惨な姿で次々に命を落としていった。第一次世界大戦は初めて化学兵器が実際に使われた戦争だった。

悪魔の兵器を廃棄すべし——国際社会から生物・化学兵器を禁止せよという世論が沸きあがった。そして一九二五年には「ジュネーブ議定書」が取り交わされ、戦争での生物・化学兵器の使用がついに禁じられた。

だが、ジュネーブの盟約は、人々が平和のユーフォリアに浸っていた戦間期の産物にすぎなかった。その実、各国は細菌・化学兵器の研究・生産をやめようとしなかった。日本の帝国陸軍は、満州・哈爾浜の郊外に細菌兵器の開発拠点を設け、軍医の石井四郎が指揮する「七三一部隊」が、ペスト、腸チフス、天然痘、炭疽、ボツリヌスを兵器に使うための人体実験に手を染めていた。イギリス国防省も、スコットランドのグリュナード島で爆弾に炭疽菌をつめて散布するエアロゾル実験を密かに行った。

こうした動きに呼応して、アメリカ陸軍もまた生物兵器の研究・開発に乗り出していく。第二次世界大戦さなかの一九四三年のことだ。メリーランド州フレデリックにある三十六万平方メートルの広大な敷地が細菌・ウイルス戦の拠点に選ばれた。飛行演習場だった土地を米陸軍の化学戦争部が買い取り、野外実験用に付近の農地をさらに買い足して、キャンプ・デトリック基地を設立した。

細菌・ウイルス兵器の研究・生産に携わる生物学者たちが全米から集められた。彼らは炭疽菌を大量に培養し、様々な生物兵器を生み出していった。一年後には、煉瓦を黄色く塗った建物が百以上も立ち並び、十を超える病原体研究所と二つのパイロット工場、それにモルモットの飼育場まで備える巨大な基地に変貌した。

連合国がまずナチス・ドイツを、ついで日本を無条件降伏させる頃には、米ソ両陣営の対立は避けがたいものとなっていた。冷たい戦争が幕を開けると、アメリカ陸軍はソ連邦を新たな主敵と見定め、細菌・ウイルス戦の準備へと突き進んでいく。

キャンプ・デトリックには「8－BALL」と呼ばれる巨大な研究施設が完成した。

地球儀を思わせる円形ドームの容量はなんと百万リットル。ここにアカゲザルを入れ、炭疽菌爆弾を炸裂させる。犠牲になったアカゲザルは二千頭に及んだという。このほか三十八種類の病原体を二十一種類の動物に試し、朝鮮戦争さなかの一九五二年の夏には生物兵器の戦争準備をほぼ整えた。

細菌戦の総仕上げは人体実験だった。ユタ砂漠のダグウェイ実験場で生身の人間に向けてQ熱病原体の散布が行われた。これに志願したのは、セブンス・デイ・アドベンティスト派のキリスト教徒たちだった。「汝殺すなかれ」という教義に従い、戦地に赴く代わりに被験者となったのである。実験後、彼らは直ちにメリーランド州に空輸され、キャンプ・デトリックの隔離病棟に収容された。こうして生物兵器の効果が検証された。

一九五六年にはキャンプ・デトリックは「フォート・デトリック基地」と改名され、全米の生物兵器の研究・開発の組織が集約された。その後、十年余りの間に、米陸軍は、炭疽菌、野兎病菌、豚流産菌、Q熱リケッチア、ヴェネズエラ馬脳炎ウイルスを次々に兵器化した。加えて、ボツリヌス毒素やブドウ球菌なども生物兵器にし、アーカンソー州のパイン・ブラフ造兵廠に備蓄した。これらはすべて国家の最高機密であり、存在そのものが厳秘とされた。

そんなフォート・デトリック基地に激震が走ったのは、ベトナム戦争のさなかの一九六九年十一月だった。

「私は合衆国大統領の名において決断しました。アメリカは、人を殺す、あるいは無能力化する、あらゆる形態の破壊的生物兵器の開発を放棄します」

リチャード・ニクソン大統領は高らかに宣言し、アメリカが貯蔵している生物・化学兵器を廃棄し、研究・開発は専ら防御目的に限定すると明言したのである。

ニクソンをこの声明に追い込んだのは、当時、ベトナム戦争でアメリカ軍が使っていた枯葉剤だった。枯葉剤の散布によって奇形児が生まれているという非難に抗しがたくなったからだ。「貧者の核兵器」と呼ばれて、途上国も簡単に入手できる生物兵器が拡散するのを防ぐ狙いも隠されていた。

国内外の世論はこの声明を歓迎したが、陸軍の首脳陣、とりわけフォート・デトリックの研究陣は猛反発した。アメリカが生物兵器から一方的に手を引けば、敵が生物兵器で攻撃してきた時に、どう応じるというのか。せめて一部の細菌・ウイルスは温存してワクチンや治療薬の研究・開発に備えるべきだと譲らず、陸軍は新たな医療研究施設をフォート・デトリックに設立した。USAMRIID・米陸軍感染症医学研究所である。その任務は、感染症に対するワクチンと治療法の研究・開発、とりわけ敵が生物戦を仕掛けてくる可能性がある病原体の研究だった。この時、フォート・デトリック基地の研究者たちは、炭疽菌、野兎病菌、ブルセラ症、ペスト、Q熱などに対する二十七種類のワクチンをすでに開発していた。まだ見ぬ細菌・ウィルスへの備えを解いてしまえば国家にどれほどの災厄をもたらすことか、研究陣は誰よりも知り抜いていた。

アランおじさん

マイケルはシャワーを終えると、濡(ぬ)れた髪を自然乾燥にまかせながら、自室の二〇三号室へと歩いていった。前室では秘書のマーゴがすでに執務していた。

パソコンから目を上げ、爽(さわ)やかな笑顔をみせた。

「早朝の練習、お疲れさま」

マーゴはノースカロライナ出身のフランス系だ。瞳は山あいの湖を思わせる深いブルー。ふっくらした耳たぶにはバロック真珠のピアスが光っている。初出勤のときに、「マーゴ」は古代ギリシャ語の真珠に因んだ名前だと教えてくれた。おまけに彼女は六月生まれ、まさしく誕生石のラッキーストーンだという。

「今回は〝ビール断ち〟はなしですよ。ここまで来たらチャンピオンに。いいですね」

「僕もその覚悟だ、でもマーゴの支えは必要だよ」

そう答えて通り過ぎようとすると、厳しい口調で呼び止められた。

「マイケル、先月の出張経費の精算がまだ済んでいません。必ず、今日中にお願いします。遅れるとまた始末書です。いいですね」

「僕は出張の精算とゴキブリが死ぬほど嫌いなんだ。ワシントンD.C.への出張なんてたいした額じゃないし、自腹を切ればいいだろ」

「そういうのが一番ダメ。逆公私混同は、あなたのためにも、国家のためにもなりません。この半年でいったいいくら自前で払ったと思っているんですか」

「べつに公金を横領しているわけじゃないし。誰にも迷惑はかからない」

「いえ、いけません。必要な経費は認めさせなくちゃ。そうじゃないと、来年の予算を削られてしまいます。オックスフォードで難しい経済学を修めたなんて信じられません。情報分析と野球のデータ分析はあんなに得意なのに、立て替え払いの精算くらい、どうしてさっさとできないんです。国防総省に出張費を寄付しても、誰ひとり感謝なんかしてくれませんよ」

マーゴの説教をまたくらってしまった。

「わかった、領収書を探してみるよ。あとでまとめて渡すから、やってくれないか」

「私は五時に退勤しますから、三時までにお願いします。きっとですよ」

マイケルは背中を丸めて退散した。マーゴはじつに有能な秘書なのだが、こと経費精算になると一歩も引かない。マーゴの関所をすり抜けるのは、最高レベルの防護装置を持つP4研究棟からモルモットが逃げ出すより難しい。

個室のドアに身分証のバーコードをかざしてロックを外し、特殊なカギを操作してドアを開いた。窓のブラインドをあけて陽光を入れる。ナリン池の畔では、しだれ柳が秋風に吹かれていた。細長い葉が色づき、遠くから見ると黄金色の滝のようだ。

デスクトップ・コンピュータのスイッチを入れる。NCMIの厳格な規則に従えば、パスワードを次々に入力して起動させるまでには三十秒かかる。マイケルはこの手順を簡素化するソフトを勝手に開発し、十五秒ちょうどに短縮した。むろん内部規律に背く行為にあたるため、誰にも話していない。

その間に電気ケトルで湯を沸かし、緑茶を淹れる。以前はコーヒー党だった。もっぱらマックスウェルのインスタントを飲んでいた。だが二年前にO157の食中毒に罹り、それ以来、緑茶党に改宗した。緑茶の渋み成分であるカテキンには細菌が出す毒素を殺す作用がある。古代中国では、茶葉は解毒剤として重宝されてきた。こっちの方がヒビクレンズよりずっと効き目がある。いまではそう信じている。

ＯＳが立ち上がると、真っ先に「バイオシールズ」の選手名簿を呼び出してみた。イーサン・マカリスター、十二歳。住所はメリーランド州フレデリック市ローズストリート。住まいは基地の外だ。父親は薬剤師。太っちょビリーが言っていた「薬局のアランおじさん」だ。母親のジェーンは税理士、四つ年上の兄がいる。

両親の勤務先はフォート・デトリック基地ではないが、「バイオシールズ」にスカウトするにあたっては守衛のトム・モリーノが紹介者になってくれた。父親はかつて基地で働いていたという。

次に退職者名簿を当たってみた。アラン・Ｈ・マカリスター。人事記録には「薬学者。一九九七年八月から二〇〇八年十月まで陸軍感染症医学研究所に勤務」と記されていた。ＵＳＡＭＲＩＩＤは、感染症のワクチンと治療法の研究・開発を担うフォート・デトリック基地の中核組織だ。

あいつの親父は殺人鬼だ――そんな噂が流れているという。マイケルはＳＮＳの書き込みをチェックしてみた。たとえ匿名でも情報源に辿り着けるはずだ。捜査権を持つ機関と組めば通信の秘密などなきに等しい。国家権力がＩＴセキュリティの専門家に命じれば発信元などあっさり割り出せる。だが、フォート・デトリック関連のソーシャル・メディアには気がかりな書き込みは見当たらなかった。

寂しげな顔でベンチに座り、ひとり石ころを蹴(け)っていたイーサン。二〇〇八年に退職した父親への中傷には、細菌・ウイルス戦の司令部を襲ったあの忌まわしい事件が絡んでいるのかもしれない。フォート・デトリック基地に働く者たちを疑心暗鬼に駆り立てたおぞましい記憶はいまなお人々の脳裏から消えていない。マイケルの内なる探索本能が静かに作動し始めた。

ワシントンD.C. 二〇〇一年九月

テロの季節

九月十一日、火曜日の朝は、紺碧(こんぺき)の空に一筋の雲もなく、不思議なほどに澄み切っていた。旧式のSONYウォークマンを腰につけ、ウィスコンシン通りに面したアパートメントを出たのは午前八時三十分ちょうど。ニュース専門チャンネルWTOPを聞きながら、勤務先の財務省を目指してジョギング中だった。ラジオでは交通情報に続き、天気予報が流れていた。

「本日は快晴。一日中、ゴージャスな天気となるでしょう」

聞き慣れた低い声で男性アナウンサーが伝えていた。

足取りも軽くマサチューセッツ通りを下り、二十二番通りの角に建つエストニア大使館前に差しかかった時だった。

「最低気温は華氏六十度、最高気温は華氏八十度」

ここでアナウンスが途切れた。

次の瞬間、緊迫した声が耳に響いてきた。

「ブレーキング・ニュースをお伝えします。午前八時四十六分頃、ニューヨークのワールド・トレード・センター、ノース・タワーに民間機が衝突した模様です。詳しいことは、分かり次第お伝えします。繰り返します。午前八時四十六分頃――」

マイケルは即座に足を止めた。

咄嗟（とっさ）に首を振る。

これは飛行機事故なんかじゃない。アルカイダの仕業だ――。

思わず車道に飛び出し、タクシーの前に仁王立ちになって急停車させ、車に乗り込んだ。先客がいたのだが、身分証を示して、「緊急事態です。すぐに財務省まで行ってほしい」と頼みこんだ。財務省の通用口に着くと、時計は午前八時五十八分をさしていた。そしてその五分後、今度は別の飛行機がワールド・トレード・センターのサウス・タワーに激突した。

航空機によるテロルだ――もはや単なる事故ではないことは明らかだった。

「速やかに財務省の会議室に参集せよ」

財務省のシークレット・サービスにも臨時オペレーション室が設けられ、主だった情報士官たちが緊急招集された。

正副大統領の警護に全力を挙げるべし。シークレット・サービスにとって最優先の責務は、国家の舵取りを委ねられている最高首脳の身を守ることにある。事件当日、ジョージ・W・ブッシュ大統領は、フロリダの小学校を視察中だった。一報を受けるや、大統領は速やかに専用機「エアフォースI」に飛び乗り、上空に舞い上がった。ディック・チェイニー副大統領は、ホワイトハウス地下のオペレーション・ルームに駆け込み、大統領専用機と結んで危機対応に当たっていた。そのあと、シークレット・サービスの警護官に導かれて、秘密の地下トンネルを使って姿を消した。それらすべての極秘オペレーションを担ったのが財務省のシークレット・サービスだった。

「国際テロ組織アルカイダがアメリカ本土に襲いかかってくるか否かではない。彼らがいつ、どこで、どのように我が国に牙(きば)を剝(む)くか。もはや時間の問題なのだ」

小さな巨人と懼(おそ)れられ、ニューヨーク連邦検察局を率いるメアリー・ジョー・ホワイト検事の警告だった。マイケルは彼女の言葉を引いて政府中枢に働き続けてきた。そんな彼の声に耳を傾ける者は皆無だった。

だが、マイケルの予言が現実になってみると、誰もが彼の情勢分析に一目置くようになった。財務省地下に小さな個室が与えられ、アルカイダに資金面から迫るよう特命が下された。

それから二週間後の九月二十五日のことだ。ニューヨーク・マンハッタンにある三大テレビ・ネットワークのひとつ、NBCの本社に一通の封書が届いた。宛先は看板番組の「ナイトリー・ニュース」、宛名はアンカーを務めるトム・ブロコウ。一九八九年十一月、ベルリンの壁が崩壊するや、真っ先に現地に飛び、壁の前から中継したジャーナリストとして知られている。

「アメリカで最も影響力の大きな男」に宛てた封書の消印は九月十八日、ニュージャージー州トレントン、差出人の名は書かれていなかった。

ブロコウの秘書をつとめるエリン・オコナーが封を切った。一枚の紙に稚拙な文字が綴られていた。

二〇〇一年九月十一日
つぎは貴様の番だぞ
すぐにペニシリンを飲め
アメリカに死を　イスラエルに死を
アラーは偉大なり

それから三日後、オコナーに悪性の風邪をひいたような症状があらわれた。やがて、皮膚が赤黒く爛れ始めた。医師が生体組織検査をした結果、炭疽菌が見つかった。ブロコウ宛の封筒には炭疽菌が仕込まれていたのである。

炭疽菌の毒素は、防御抗原、浮腫因子、致死因子という三つの矢を放ってヒトに襲いかかる。まず防御抗原が口や気管から侵入して肺細胞などに取り付く。ついで浮腫因子が作用して浮腫などの症状を引き起こす。最後に致死因子が出血などの症状を引き起こして細胞をことごとく壊死させ、死に至らしめる。

炭疽菌ほどバイオテロに格好の兵器はない。生物兵器の泣き所は標的に辿り着くまでに効力が薄れてしまうことにある。ところが、炭疽菌は、堅くて丈夫な芽胞（がほう）で表面が保護されている。このため、土や水のなかでも小さな球状に丸まったまま生き続ける。丈夫なタンパク質の皮膜に守られた炭疽菌は、光や熱や放射線にも影響されず、人体に取り憑いたときに芽胞を破って猛毒の牙を剥く。それゆえ輸送や散布が容易で、致死率も高い。生物兵器として理想的な条件を備えているのである。バイオテロの専門家は、そうした特徴をよく知るだけに、炭疽菌が使われたことに震えあがった。

炭疽菌事件の衝撃が政府部内で広まった時、マイケルはシークレット・サービスの対テロ要員として、財務省の地下室に詰めていた。彼のもとにもNBCのブロコウに宛てた脅迫状のコピーが回覧されてきた。

それはじつに不可解な代物だった。手紙の文章には句読点が一切打たれていない。ペニシリンもPENACILLINと綴りが間違っていた。所々、文字が二重になぞられて太字のようになっている。幼い子供か、外国人が書いたようなたどたどしさだ。もしくはそう装っているのだろう。

「アメリカに死を　イスラエルに死を　アラーは偉大なり」

イスラムの狂信的なテロリストを想起させる言葉が並んでいる。

NBCに届けられた脅迫状は、同じく三大ネットワークのABCとCBS本社、それに「ニューヨーク・ポスト」紙にも届けられた。

さらに、もう一通がフロリダ州ボカラトンに本拠があるアメリカン・メディア社に送られていた。封を切った写真編集者は、激しい嘔吐に見舞われて病院に搬送され、命を落としてしまった。

炭疽菌の専門家が分析した詳細な報告書がマイケルのもとにも届けられた。「トップ・シークレット」の印が捺されている。

「被害者の遺体から採取した炭疽菌はエイムズ株と判定される」

報告は深刻な筆致でそう断じていた。

炭疽菌のDNAを分析した結果、イギリスのポートンダウン国防科学技術研究所が保有していたバイオ兵器の「エイムズ株」と一致したのである。遺伝子の塩基配列が九十九パーセントまで同じだった。「エイムズ株」と聞いて、細菌の専門家たちは衝撃を受けた。なぜなら、それは、一九八二年、フォート・デトリック基地の陸軍感染症医学研究所からポートンダウンに譲られた炭疽菌だったからだ。一連の攻撃に使われた炭疽菌はもともとアメリカの土から分離され、アメリカ陸軍が秘蔵してきた猛毒だったのである。

バイオ・テロル第二波

二〇〇一年九月十一日
われわれを阻止することなどできない
おれたちはまだ炭疽菌を持っている
おまえたちは死ぬ
どうだ怖いだろう
アメリカに死を
イスラエルに死を
アラーは偉大なり

「マイケル、またバイオテロだ」
小さな紙片を鷲摑み（わしづか）にして、財務省シークレット・サービスの連絡調整官が駆け込んできた。

「こんどはキャピトル・ヒルが狙われた」

バイオテロの第二波は、ホワイトハウスと並ぶアメリカ政治のもう一つの心臓を狙い撃ちした。アメリカ議会上院の有力者、民主党のトム・ダシュル上院院内総務とパトリック・リーヒ司法委員長に炭疽菌入りの封書が送られてきた。

封筒の左上に記された差出人の住所は「ニュージャージー州フランクリン・パーク、グリーンデール小学校」。名前は「四年生」とだけ記されていた。だが、ニュージャージー州にそんな名の小学校は存在しない。住所もまた架空だった。今度の手紙は文章も整っており、誤字もない。果たして前回と同一犯なのだろうか。

第一次の炭疽菌事件では、合わせて二十二名が感染し、十一名が重体で病院に急送され、うち五名が亡くなった。第二次攻撃に使われた炭疽菌もまたエイムズ株の疑いが濃厚だった。捜査当局は「生物兵器レベル」の炭疽菌と断定し、さらなる衝撃が全米に広がった。

マイケルは事件の舞台となったキャピトル・ヒルに連日のように通い詰めた。連邦議会ただ一つのインテリジェンスの拠点である情報特別委員会の補佐官たちと協議するためだ。

情報特別委員会は、ＣＩＡをはじめとする情報機関の監督にあたっている。各情報機関の幹部人事や予算の承認を通じて絶大な権限を揮ってきた。上下両院の有力な委員は、自らの議会スタッフから有能な補佐官を送り込んでいる。ＣＩＡやＮＳＡといった政府情報機関も情報特別委員会には一目置き、国家の最高機密を議会に提供しているのである。

マイケルも情報特別委員会に足繁く通って、気心の知れた補佐官と接触を絶やさなかった。彼らを大切な情報源としながら、自爆テロを企図したアルカイダの資金の流れを遡上していった。カネの出所を突き止めれば、ニューヨークの航空機テロを指揮した首魁の姿が浮かび上がってくるはずだ。ただ、キャピトル・ヒルに出かけるには、炭疽菌の感染に備えて、抗菌薬を服用しなければならなかった。

キャピトル・ヒルに送りつけられた炭疽菌は、封筒をすり抜けるほど微細な粒子だった。それだけ生物兵器として精巧に仕立て上げられていた。連邦議会の一帯は封鎖され、徹底的な除菌作業が行われたが、微細な胞子はどこかに付着して、議会内を浮遊しているかもしれない。

「シプロフロキサシン錠」と記された薬袋から、一回に二錠、四百ミリグラムを取り出し、日に二回服用する。通常の感染症処方の二倍の量だが、予防の効果は必ずしも実証されていない。

この薬を飲むとたちまち全身がだるくなってくる。食欲が湧かず、胃がむかむかし、時に吐き気さえ催す。睡眠不足の身体にはたとえようもなくつらい。思考力が惜しみなく奪われていく。マイケルは予防薬の副作用に苦しめられながら、バイオ・テロルの標的となったアメリカ民主主義の殿堂を歩き回らなければならなかった。

狐の女王

コンクリートの床に敷いたキャンピング・マットが萎んで沈み込み、尻がひんやりと冷たい。「バルブを開けば自動的に膨らむ」とトリセツにあったはずだ。通販で不良品をつかまされたのか。それとも体重制限にひっかかったのか。マイケルは仕方なく起き上がり、手探りで小さなバルブをつかむと、這いつくばって口にくわえた。澱んだ空気を肺いっぱいに吸い込み、一気に吐き出した。ああ、酸欠で頭痛がする。連日の徹夜で極限まで疲れ果てた身体に、空気の補充作業ほどつらいものはない。意識が朦朧として失神しそうになった。

　この国が同時多発テロ事件に見舞われて四週間。マイケルは財務省地下の自室を根城に満足な睡眠もとれずにいた。ハイジャック機を操縦したテロリストが入学したフロリダの飛行学校の学費はどのように支払われたのか。犯人がハイジャックした航空機の搭乗券はクレジットカードで購入されたのか。だとすれば、引き落としの銀行口座は、いつ、誰が開設し、どうやって送金したのか。マイケルは、財務省の情報担当官として、カネの流れを辿ることでテロ計画の首謀者に割りだそうとしていた。

アメリカは、強大な軍事力に加えて、基軸通貨「ドル」の発行権を独占するがゆえにスーパーパワーであり続けてきた。ドルが流通する結節点に位置しているのがアメリカ財務省である。世界経済の血液に譬えられるドルの流れを摑んでいる財務省のインテリジェンス・チームこそ、テロルの首魁を炙り出す絶好のポジションにいる。それだけにマイケルの肩にはずっしりと重荷がのしかかっていた。

膨らみを取り戻したキャンピング・マットに身を横たえ、つかの間の眠りに身を委ねる。だが、わずかその六分後、デスクの電話がけたたましく鳴り響いた。とっさに腕時計を見る。午前三時十七分だった。

「マイケル、仮眠中だったかしら。こんな時間に悪いんだけれど、いますぐ来てくれない」

直属のボス、オリアナ・ファルコーネのハスキーな低音だった。マイケルは上司の指示に唯々諾々と従うタイプではない。だが、このボスに声をかけられると、呪文にかかったように身体が動き出してしまう。

エレベーターに乗り、シークレット・サービス主任捜査官の居室へと足早に向かった。三回ノックして扉を開ける。深く煎られたコーヒーの香りが立ちこめていた。

「ダブル・エスプレッソでいいかしら。テロ事件が起きて以来、ほとんど寝ていないことはよく承知しています。でも、どうしてもあなたに頼みたいことがあるの。政権の中枢に気がかりな動きがあって――」

コロンビアの麻薬マフィアたちから「狐の女王」と懼れられた凄腕捜査官にまっすぐ見つめられ、マイケルの眠気は一瞬で吹き飛んでしまった。

ストレートの黒髪に黒曜石のように光る瞳、筋肉質な細身の軀体を黒いスーツで包んでいる。オリアナは夜中でもこのスタイルを崩すことがない。

「この手紙、あなたも見たわね」

オリアナは一枚の紙をマイケルに差し出した。NBCのブロコウに届いた脅迫状のコピーだった。

「はい、子供が書いた文章のように見えますが、そう装っているのでしょう」

「私もそう思うわ。FBIの捜査チームは、太字になっているTとAを順に並べるとDNAの塩基配列になると言って騒いでいるけれど、ばかばかしい。シェイクスピアの作品にベーコンが暗号を潜ませていたという説の方がまだましだわ」

狐の女王の眼光がキラリと輝いた。オリアナの黒い瞳の奥に灯り(あか)が点滅したら心せよ——マイケルは思わず身構えた。

「国防総省の細菌戦部門は、炭疽菌のタイプからみて、兵器レベルだと解析していいます。最終結果にはもう少し時間がかかるらしい。炭疽菌を芽胞にして封書で送りつけるのは、プロの手口と見ていいわ。でも、アルカイダのテロリストには航空機の操縦くらいはできても、危険な炭疽菌の扱いは手に余るはず」

そう言いながら、カップにエスプレッソを注ぎ、マイケルに手渡した。

「炭疽菌を入手して、巧みに加工し、究極のバイオテロ兵器として使う。そのためには、研究者と設備が揃(そろ)っていなければ到底無理です。チェイニー副大統領を頭に戴(いただ)くネオコンの連中も、アルカイダじゃ難しいと見ていて、この事件の背後には中東の国家の影が蠢(うごめ)いている、あのイラクの独裁者サダム・フセインが裏で糸を引いている。そう主張して譲らないのよ」

一気にダブル・エスプレッソを飲み干すと、オリアナはマイケルを直視した。

「あなたには苦しい二正面作戦を強いることになる、それは分かっています。でも、あなたでなければ——。引き受けてくれるかしら、マイケル」

マイケルは戸惑っていた。心の内に燃えるような正義感を秘め、権力者の思惑など意に介さない。そんなボスが、なぜネオコンの読み筋に加担するのか。自らの乏しい手駒を割いてまで、この自分をバイオテロ戦線に投じる必要などあるのだろうか——。

そんなマイケルの胸中を察して、オリアナが身を乗り出した。

「マイケル、そうじゃないの。ブッシュ大統領とチェイニー副大統領、それにホワイトハウスの補佐官連中は、一連のバイオテロ攻撃の背後には、イラクのサダム・フセイン政権がいると信じたいのよ。その証拠を何としても暴き出し、今度こそイラクに侵攻する大義名分を手にしようと必死。だけど、炭疽菌攻撃とサダム・フセインを結びつける確かな証拠などどこにもないわ」

オリアナは漆黒の瞳に静かな怒りを湛えて言った。

「情報を天職とする者は、冷厳な事実にのみ向きあうべきです。ところが、我が国の情報コミュニティは、チェイニー副大統領の意を迎えようと躍起になっている。いかがわしい情報を精査せずにホワイトハウスに持ち込んでいる。これでは私たちの国はあらぬ方向に突き進んでしまいます」

大義なきイラク戦争を阻止すべし。狐の女王はマイケルにそう密命を下しているのだった。

「わかりました。何から取りかかればいいですか」

「あなたにはまず〝カーブボール〟の真贋を見極めてもらいたいの」

オリアナはピンヒールの音を響かせてデスクに歩み寄り、灰色の分厚いバインダーを指さした。

「このファイルが〝カーブボール〟情報。『シークレット』と判が捺してあります。これなら、あなたのセキュリティ・クリアランスで閲覧は許されます。ただし、情報の一部に特殊な取り扱い制限が含まれているわ。私は上層部に報告があって、二十分ほど席を外さなければならない。外から部屋のカギをかけておきます。きっかり二十分よ、マイケル」

「シークレット」は、法的には、無許可で開示すれば国家の安全保障に重大な損害を及ぼしうる情報と規定されている。だが、実際には「シークレット」の秘密等級はさして高いものではない。三百万人もの政府関係者がアクセスできるレベルだ。CIAの上層部にあがってくる重要報告は、少なくとも「トップ・シークレット」か、さらに上の等級に指定され、機密情報に接する人数を厳しく制限している。

マイケルは、「トップ・シークレット」にもアクセスできるセキュリティ・クリアランスを持っている。「シークレット」の資料なら、自室に持ち帰って読むこともできる。だが、カーブボール情報には「特殊な取り扱い制限」が付され、閲覧者を限定している。この情報に限っては正確な評価を下しかねる。そんな上層部の迷いが読みとれた。

オリアナが部屋を出て、カチッと鋭いロック音がした。カツ、カツ、カツ——ヒールの硬質な音が遠ざかっていった。

カーブボール

マイケルは机上の書類を手早くめくった。それはドイツのBND・連邦情報局からアメリカのDIA・国防情報局に宛てた報告書だった。「イラクの大量破壊兵器に関する調書」と標題が付されている。

このインテリジェンス・リポートは、いくつもの複雑なルートを経てDIAに届けられていた。まずBNDの尋問官が、アラビア語の通訳を介して供述を聞き取り、ドイツ語に翻訳された。その筆記録を受け取った分析官が要約し、DIAのミュンヘン支局の担当官は、シュトゥットガルトにあるアメリカ欧州軍司令部のDIA本部に送付した。報告はここでドイツ語から英語に翻訳され、一ページ余りの短い文書に再び要約されたのである。

この英文の要約版が、ワシントンのDIA、バージニア州ラングレーに本部があるCIAをはじめ、二十余りのインテリジェンス機関へ届けられていた。マイケルが手にしている灰色のバインダーは、その細切れの要約を綴じ込んだものだった。

カーブボールは、ドイツの情報当局が握っている虎の子の情報源らしい。そんな貴重な尋問記録にもかかわらず、「シークレット」という低ランクに貶められているのは何故なのだろう。

マイケルに残された時間はあと十八分。コピーもメモも許されない。常のマイケルなら九十三％の記憶再現能力がある。だが、睡眠不足のいまは七十％がいいところだろう。

報告文は無機質な文体でひとりのイラク人の入国を記録していた。

「アフメド・ハッサン・モハンマドは、一九九九年十一月、ミュンヘンのフランツ・ヨーゼフ・シュトラウス国際空港に到着した。イラク政府発行のパスポートにはドイツ入国に必要な査証はなく、男はたどたどしい英語で政治亡命を求めた。パスポートに記載された名前は偽名とのこと」

男がミュンヘンの空港に降り立ったのは、九・一一同時多発テロ事件の二年前のことだった。ドイツの入管当局は、このイラク人男性に関心を示さなかった。尋問の日付からも、かなりの期間、放っておいたことが分かる。亡命を求めてドイツに押し寄せる難民は年に十万人近い。この男も当初はごくありふれた亡命希望者のひとりとして扱われたのだろう。

「規定に従って、ニュルンベルク郊外のツィルンドルフ難民尋問センターに収容し、六週間後にBNDの担当官が尋問に臨んだ」

BNDは、「ヒトラーの課報機関」の系譜を引く「ゲーレン機関」を母体としている。第三帝国が崩壊すると、戦勝国のアメリカに対ソ機密情報を売り込んで、巧みに生き残った。

BNDを率いたラインハルト・ゲーレン少将は、既に幕があがっていた米ソの冷たい戦争を骨の髄までしゃぶり尽くして生き残った。ドイツの情報当局が操ってきたスターリン支配下のロシア・エージェントを米側に引き渡してもいい――そう持ちかけた。果たして、アメリカの情報当局は触手を伸ばしてきた。戦後ドイツの非嫡出子ともいうべきゲーレン機関は、西ドイツが国家主権を回復するや、一九五六年、BNDという新たな衣を着て、したたかに生き延びたのだった。

誕生間もないCIAにとって、カウンターパートであるBNDはスキャンダルに塗(まみ)

れた問題児だった。ソ連の域内に情報提供者は抱えていたのだが、その多くが二重スパイだった。スターリンの情報機関は、BNDを格好の餌食として多くのモグラを放って西側の情報機関を食いものにした。アメリカの貴重な軍事・諜報が、BNDをトンネルにモスクワに抜けている——CIAのBNDに対する不信感は、冷戦期を通じて消えなかった。

一方のBNDにとっても、兄貴面をしたCIAは傲慢で鼻持ちならない存在だった。両者の冷たい関係は、一九九九年の時点でも、少しも変わっていなかった。

マイケルが手にしている情報報告には尋問のハイライトが記されていた。

アラビア語の通訳を介して、名前、生年月日、出身地、職歴などを答えた後、アフメドは身を乗り出すようにして囁いたという。

「私は、イラク政府の軍事委員会に属する化学工場で設計に携わる重要な任務に就いていた。勤務地は首都バグダッドだ」

尋問官が驚愕したことは想像に難くない。それは彼らの迅速な対応からも窺える。

「プラッハ」と呼ばれるBND本部に緊急の報告書が送られた。

アフメドに対する本格的な尋問はこうして始まったのだった。

「重要証人としてより貴重な証言を引き出すことが必要と認められる。アフメドをツィルンドルフ難民センターの拘禁生活から解放し、ニュルンベルク市内の家具付きアパートに移送する」

BNDの調書にはそう記されていた。重要な尋問者を外の空気に決して触れさせてはならない――。ドイツの情報当局は諜報界の鉄則をいともあっさりと踏みにじった。アフメドは賑やかな街に出ることを許され、うまいドイツ・ビールもしたたかに飲んだ。ネットカフェにも足繁く通っていたと記録されている。にもかかわらず、BNDはアフメドが使ったパソコンの検索履歴すらチェックしていなかった。

外部の情報に触れるにつれて、アフメドの供述は次第にカラフルになり、尋問官を喜ばせるものになっていった。

「じつはタハ博士のもとで働いていた」

ある日、アフメドはそう呟いた。ドイツの尋問官たちは俄かに色めき立った。リハブ・ラシード・タハこそ、イラクの生物兵器の開発チームを率いる「生物兵器戦の父」として知られる最重要人物だったからだ。

「サダム・フセインは、移動式の工場内で細菌やウイルスなどの生物兵器の製造に手を染めている。一九九五年の夏、私はタハ博士のチームに入った。そしてコードネームで『313』と呼ばれる移動式の生物兵器製造センターで開発プロジェクトに携わった」

それは大型トレーラーを三台連ねた「動く生物兵器工場」だった。

一九九一年の湾岸戦争で敗れたイラクは、国連安全保障理事会の決議で、イラク国内の大量破壊兵器をすべて廃棄するよう命じられた。国連の査察チームは、数百基の弾道ミサイルを廃棄し、毒ガス工場や数千発に及ぶ化学兵器の弾薬、化学剤を見つけ出しては次々に処分した。

その一方で、査察チームがどれほど懸命の捜索を続けても、生物兵器の所在だけは摑めなかった。ＣＩＡは生物兵器の専門家を国連査察官として送り込み、サダム・フセインの秘めた野望の一端を見つけだそうとした。

「生物兵器の製造などには一切手を染めていない」

タハ博士やサダムの側近は、厳しい査問にも頑として認めようとしなかった。

ところが、サダム・フセインは突如として、これまでの否認を翻す挙にでた。アフメドがドイツに亡命する四年前、一九九五年のことだった。サダム・フセイン政権は、一転して生物兵器の開発計画に関する「完全申告書」なるものを国連に提出。炭疽菌、ボツリヌス毒素などを容器に充塡し、スカッドミサイルの弾頭に籠めて発射できるよう大量に保管していたと認めた。その報告内容は、致死率の高さ、完成度、被害が及ぶ範囲のどれひとつをとっても、欧米の専門家の想定をはるかに上回るものだった。

国連の査察チームは、翌九六年、砂漠のなかに築かれたイラクの生物兵器工場を爆破した。しかし、査察活動はそこで壁に突き当たってしまう。タハ博士らは、施設はこれがすべてでことごとく破壊したと言い張り、行方不明になった十七トンもの培養器の所在も明らかにしようとしなかった。査察チームは解明の糸口さえ摑めぬまま、虚しくイラクを去らねばならなかった。

アフメドがミュンヘンで証言しはじめたのは、査察団が引き上げた一年後のことだった。欧米の情報当局がいかなる代償を払っても手に入れたいと願う、超一級のインテリジェンスを携えた男が西側の懐に飛び込んできたことになる。遂にイラクの生物兵器の製造施設を暴き出す端緒を摑める。BNDの首脳陣が色めきたつ様子が報告書の行間に滲んでいる。

BNDは、この情報源を「カーブボール」と命名し、最高の待遇を与えた。時間が経つにつれて、その供述はより精緻に、よりリアルになり、生物兵器製造の実態を浮き彫りにしていった。

こいつは実にしたたかだ――マイケルはカーブボールの手並みに嘆息した。ドイツ当局の手ごたえを窺いながら、機密情報を小出しにしていく。懐にはまだまだ価値あるインテリジェンスがあると匂わせつつ、まずドイツへの政治亡命を認めさせる。情報の値段を巧みにつり上げながら、次には快適な住宅、さらには高級車をせしめ、老後を安心して送れる年金の受給資格まで手に入れたのだった。

マイケルは、一連の報告書を読み終え、灰色のバインダーをそっと閉じた。眉頭に指を当てて、ゆっくりとつまむようにマッサージする。

たしかにアフメド証言は衝撃的に見える。だが、細部に踏み込むとそのことごとくが曖昧模糊としている。供述の中身も一貫性に乏しい。ほんとうにカーブボール情報は宝石箱なのか。じつはゴミ箱にすぎないのではないのか――。

情報源に手を出すな

二日後、マイケルはオリアナの居室をノックした。

オリアナは黒縁の眼鏡をはずして立ち上がった。

「それでどう、あなたの見立ては――」

壁際のエスプレッソ・マシンに歩み寄り、マイケルにソファに座るようすすめた。

「まだ僕の勘にすぎないのですが、かなり怪しい。まず情報の伝達ルートが煩雑すぎて、これじゃ小学生の伝言ゲームと変わりません。報告内容やニュアンスが途中で少しずつ変わってしまいます。評価もねじ曲がってしまう。奴の情報の真偽を確かめるには、一からやり直さなければ」

アラビア語のカーブボール証言が、ニュルンベルクから大西洋を渡ってワシントンD.C.に届く頃には、気の遠くなるほど多くの情報関係者の手を経て、似て非なるものになっていた。

ガジアのエスプレッソ・マシンが賑やかな音をたて、酸味のあるアラビカ豆の香りが部屋中に漂った。

「粗雑な伝言ゲーム、マイケルの言うとおりだわ。だけど、検証しようにも、BNDは尋問の筆記録すら渡そうとしない。短い要約に、都合のいい分析をつけて送ってくるだけ。これじゃ真相には迫れるわけがない」

「なにより問題なのは、アメリカの情報機関がカーブボールに尋問できていないことです。じかに接触した痕跡がまったくない。これじゃ正確な評価などできるはずがありません」

「CIAは執拗にBNDに頼み込んだらしい。けれど、ことごとく断られたそうよ」

「CIAとBNDは、発足当時から極めつきの不仲ですからね」

「自分たちが抱える大切な情報源を、いくらアメリカとはいえ、簡単に触らせたくない。私たちだってそうでしょう。でも、ことは間もなく始まるかもしれない戦争の大義に関わることよ。アメリカ政府がその気になれば尋問できないはずがないわ」

「直接の尋問なくして情報評価なし――インテリジェンス世界の鉄則です。もしかしたらBNDの側はカーブボール情報に自信がないのかもしれません。それに奴にすっかり手の内を読まれています。ドイツ側が何を知りたがっているのか。何を話せば喜ぶのか。奴はすべてお見通しです。尋問官が確認したいことをなぞるように、微妙に証言内容を変えています。その結果、BNDの連中は、カーブボールに一抹の不安を抱きながらも、自分たちが肥え太らせてしまった情報源をいまや扱いかねている」

どうぞ、とオリアナは白いカップをコーヒーテーブルに置き、自分もすらりとした足を組んでソファに座った。

「尋問相手と恋に落ちてはいけない。これもこの世界の掟なのに――。それでマイケル、証言の中身についてはどう思う」

「証言をひとつひとつ細かく検証してみましたが、ほとんどがネット上に漂っている話ばかりです。アフメドを街に出すことは許してもいい。ですが、ネットカフェにいけば、かならず供述用のネタを仕込むはずです。それなのにBNDは奴が検索したサイトの履歴すらチェックしていない。どうやら、意図的にサボタージュしている節が窺えます」

カーブボール情報は、噂話にニュース報道を織り交ぜ、国連査察団の調査報告を適当にブレンドしたものにすぎないとマイケルはいう。

「困ったことに、CIAの生物兵器分析官たちは、カーブボールの供述に太鼓判を押しているわ。専門家集団が信頼できると言い張れば、素人が反論するのは難しい。なによりホワイトハウスが〝ブッシュの戦争〟を始めるために喉から手が出るほど望んでいる情報なんですから」

事実、カーブボールの株価は、九・一一事件、続く炭疽菌事件の直後から急騰した。炭疽菌事件をイラクのサダム・フセイン政権によるバイオテロとみなすブッシュ政権にとって、カーブボールは願ってもない重要証人となった。その信憑性に異を唱えればホワイトハウスに疎まれる。アメリカのインテリジェンス・コミュニティの内部でもカーブボールの信奉者は日を追って増殖しつつあった。

ドイツ発の情報が捏造だとすれば、なんとしても糺さなくては。欲深き亡命者の戯言でアメリカがイラクと戦端を開くことなど断じてあってはならない――。

「マイケル、あなた、ラングレーに気を許した友人がいるって言ってたわね。敵の敵は味方といいます。ＢＮＤが国防総省のＤＩＡと仲がいいのは、どちらもＣＩＡが死ぬほど嫌いだからよ。ここはＢＮＤが大っ嫌いなＣＩＡの叛乱分子と握ってみてはどうかしら。あなたなら、必ずカーブボールを打ち砕く端緒が摑めるはずよ」

野生馬を御すように、一筋縄ではいかない部下をやる気にさせる。そうしたオリアナ・ファルコーネの手並みは名伯楽の冴えを窺わせた。

捕食動物

マイケルがカーブボール情報にひとり戦いを挑んでいる間にも、ブッシュ・チェイニーのホワイトハウスは、対イラク攻撃に向けて舵を切りつつあった。災厄の年、二〇〇一年は新たな危機を孕んで暮れていった。

イラクのサダム・フセイン撃つべし――。ブッシュ政権内に盤踞する対イラク強硬派、ネオコンは声高にそう主張して憚らない。多国籍軍は速やかにバグダッドを占拠すべし。十年前の湾岸戦争でもそう訴えたのだが、この時はパパ・ブッシュ大統領が、多国籍軍が国境を越えてイラク領に侵攻することを許さなかった。ネオコンはそう主張する。サダム・フセインをあのとき屠っておけば、九・一一テロなど起きなかったはずだ。ネオコンはそう主張し、対イラク開戦の大義を探し求めた。十年前に果たせなかった野望をいまこそ成し遂げようとしていた。

二〇〇二年一月末、ブッシュ大統領は、初の一般教書演説に臨んで、イラク、イラン、北朝鮮を名指しして「悪の枢軸」と呼び、「ブッシュの戦争」は幕を開けつつあった。そして、九・一一事件から一年を迎える頃には、イラクのサダム・フセインを標的に次々に強硬策を打ち出していった。

「対テロ戦争を論じるなら、国際テロ組織アルカイダとイラクの独裁者サダム・フセインを切り離して考えることなどできない」

サダム・フセイン政権の武装を解かない限り、国際的なテロの脅威はなくならない。ブッシュ政権はイラクへの武力行使を認めるよう連邦議会に猛然と働きかけた。ヒラリー・クリントンを始め民主党の上院議員も対イラク攻撃に傾いていった。その一方で、ブッシュ大統領の強気の姿勢に不安を覚える議員たちもいた。イラクが保有する大量破壊兵器に関する「国家情報評価」を見せてほしいという声があがった。

ホワイトハウスは、アメリカを代表する六つの情報組織に「国家情報評価」を大至急まとめるよう要請した。各情報機関の幹部がラングレーのＣＩＡ本部に集まり、検討が行われた。こうした重要な分析・評価文書は通常なら一年近く時間をかけて作成される。徹底した議論を行い、草稿を練り、検証し、さらに議論し、推敲を重ねてまとめられる。ところが、今回はわずか十九日間の急ごしらえだった。

二〇〇二年十月にまとまった文書のタイトルは『イラクが継続中の大量破壊兵器開発計画』。なかでも「生物兵器計画――規模が拡大」という項には、こんな評価が下されていた。

「信頼できる情報筋によると、イラクは移動式工場を使って細菌や生物毒を製造している」

さらに踏み込んで生物兵器製造用の特殊車両についても言及している。

「爆弾・弾頭への充塡用の車両も所有している可能性がある」

「信頼できる情報筋」とはカーブボールのことだった。アメリカの情報コミュニティで最も権威がある「情報評価文書」の主役に祭り上げられたのだ。

それからしばらくして、マイケル・コリンズの机上の電話が鳴った。財務省シークレット・サービスの内線番号からだ。外部には非公表とされ、秘密保持装置が施されている。この回線でかかってくるのは、その筋に繫がる関係者からのものに限られる。はたしてラングレーからの電話だった。

「マイケル、久しぶり。陰気な国から出張で戻ってきてるの。久しぶりにあなたの顔が見たくて。ポトマック川の〝ワーフ〟で牡蠣でも食べない」

　もう二週間もラングレーの五階に缶詰になって、息がつまりそうだという。同僚の顔も見飽きてしまった。支払いはラングレーが持つので食事をしようという。その口ぶりからして、どうやら仕事絡みの話らしい。

「ナンシー、贅沢を言っちゃ罰があたる。僕の部屋は地下牢だ。君の五階の窓からはヴァージニアの森が見渡せるはずだ。それに引き換え、僕の部屋は地下牢だ。炭鉱の坑道で石炭を掘っている気分だぜ。まあ、うちのウィリー祖父さんはアイリッシュの炭鉱夫だったから、これが家業なのかもしれない。僕も水辺で深呼吸がしたいと思っていたところだ、君さえよければ、これからすぐでもいい」

　秘話装置の付いた電話をかけてきたのはナンシー・クーガン。CIAの秘密作戦部欧州課に籍を置く中堅幹部で、ドイツとその周辺地域を担当している。鼻っ柱の強さはラングレーでも鳴り響いており、カウンターパートの機関としばしば諍いを起こしてきた。さすがに四十を過ぎてウエストや背中に脂肪がつき、体型は丸みを帯びてきたが、青灰色の眼は依然として捕食動物の野性を湛えたままだ。

　ナンシーが率いるCIAチームは、九・一一テロが起きるや欧州各地に点在するアルカイダの細胞を次々に摘発して勇名を馳せた。だが自爆テロの実行犯たちの拠点を事前に突き止められなかったことをいまも悔やんでいる。実行犯のテロリスト四人は、ナンシーの担当地域だったドイツのハンブルクに潜んでいたからだ。

リーダーのモハメド・アタは、エジプトのカイロ大学を卒業後、一九九二年にハンブルク工科大学の大学院で建築を専攻した。当初はイスラム原理主義と無縁のノンポリ青年だった。この街でモスクに通ううち、いつしかアメリカへの憎悪を増殖させアルカイダの一員となった。

「あんたたち、BNDはこれまで何をやっていたっていうの」

アメリカの中枢が襲われるや、ナンシーは、BNDの担当者を頭ごなしに怒鳴りつけた。アタらがハンブルクにアジトを設けて九年になるのに端緒も摑めなかったのかと責め立てた。

「モハメド・アタがハンブルクにこんなにも長く暮らし、イスラム過激派の仲間をリクルートしていたというのに、どうして何も気づかなかったの。しかも四人揃ってアフガニスタンに行き、アルカイダの訓練キャンプに参加していた。あのオサマ・ビン・ラディンにも会っていたのよ。あんたたちみたいに間抜けな諜報集団など見たこともないわ」

BNDの連中も黙ってはいなかった。

「後智慧(あとぢえ)で知った風なことは言わないでもらいたい。あのテロは、あんたらがお粗末だから防げなかったんじゃないか。われわれのせいにされるのは心外だ。そもそもBNDは、あんたらの下請け機関じゃない」

「ふざけたことを言うんじゃないわ。私たちだって、選べるものなら、もっとまともな下請けを雇うわ、このできそこないが」

この騒動で、ただでさえギクシャクしていたCIAとBNDの関係は最悪となってしまったという。

エルメスの情報戦士

ポトマック川沿いに広がるアレキサンドリア。ナンシーが待ち合わせに選んだ街は、オレンジ色と黒に彩られたハロウィーンの装飾で溢れ賑やかだった。石畳の道の両側には、カボチャのランタンが並び、魔女や骸骨(がいこつ)、お化けに扮(ふん)した男女が行き交っている。街路樹はすっかり色づき、川面から吹きつける風も秋の終わりを告げていた。

マイケルは少し早めに着き、奥まった席でメニューを見ていた。そこに大ぶりのスカーフを肩にふわりと巻いた女性が近づいてきた。マイケルが立ち上がる間もなく、目の前にドスンと腰かけた。マイケルは顔を上げて野性の情報戦士に微笑みかけた。

「やあ、ナンシー、相変わらずアドレナリンが全開とお見受けした。まず名物のオイスターのサンプラーを頼んで、そのあとは好きなものを注文しよう」

「好きなものなら、もうとっくに決めてあるわ」

ナンシーは手を振ってウェイターを呼んだ。

「ブロンとクマモトを一ダースずつ。それとミネラルの強いシャブリ。高くなくていいから。三十ドル以下でいちばん美味しいのを」

ナンシーは、ブロンの殻をつまむとナイフを手にとった。牡蠣と殻の間を器用にこじ開け、貝柱をすっと切り取った。ラングレーの武闘教程でA評価をとったにちがいない。レモンをぎゅっと搾ると、殻ごと口元に運んでつるっと飲み込んだ。

「ああ、海のミルクのように芳醇な味」

「ナンシー、いつもながら、見事なナイフさばきだな」

「ありがとう。でも、私の最強の武器はナイフじゃない」

ナンシーは肩に羽織った絹のスカーフに触れた。

「なんといっても、エルメスが一番。地厚で繊維の目がぎゅっと詰まっているから。防寒になるし、いざというときは敵の手足を縛りあげるのにぴったり。首を絞めるのにも使えるわ」

事もなげにそう言うと、海のミルクで濡れた唇にシャブリを流し込んだ。

「それで、近頃はどいつの首を締めあげているんだ」

「ああ、BNDのアホどものこと。あの連中ときたら、まったくもって使い物にならない。屑みたいな話ばかり送ってくる。現地で暮らした経験から言えば、ドイツ人ほど怠惰な人種はいないわ。アシで稼ぐヒューミントにはもっとも不向きな民族ね。彼らがハンブルクのモスクをもう少しちゃんと監視していれば、アタと仲間が何を企んでいたか、摑めたはずよ。それを野放しにしていたんだから」

九・一一事件は彼らのドジだと言わんばかりだった。

「マイケル、アルカイダのテロ資金がどこからドイツのアジトに出ていたのかを知りたいの。彼らの資金源を徹底して締めあげ、干上がったところを捕まえたいわ。力を貸してもらえるかしら」

財務省のシークレット・サービスの調査によれば、九・一一テロに直接使われた資金は、四十万ドルから五十万ドル。自爆機のテロを実行するまでには、年間三百万ドルが投じられた。首謀者のアタと仲間たちは、それぞれ五千ドル相当を受け取っている。その程度ならマイケルも明かすことができる。

「マイケル、それで、その金の出所はどこなの。オサマ・ビン・ラディンの個人資産、それとも背後に誰かいるの」

「オサマ・ビン・ラディンは父親から莫大な資産を受け継いだ。でも、アルカイダの作戦には使っていない。テロの資金の多くは、イスラムの富裕層が喜捨したカネなんだ。サウジアラビアの大富豪、二十人余りから金を引き出していた。いかがわしいチャリティを呼び掛けて、湾岸諸国からも資金を集めていた。なかにはサウジの王族も含まれている。喜捨をすれば、自分たちはテロの標的にならない。そう信じ込ませたのかもしれない」

「マイケル、もう少し詳しいことを教えて。いまでも生きているテロ口座はあるんでしょう」

「そこまで君に明かす権限は、残念ながら僕にはない」

「ということは、狐の女王にお伺いをたてれば可能ということでしょ。等価のインテリジェンスでお返しするから、それでどう」

「それなら、僕らはBNDが握っているイラク人のネタ元のことが知りたい」

「それって、もしかしてカーブボールのこと」

マイケルは黙って頷いた。ナンシーはあきれたという顔で首を振った。

「マイケル、まさかあなたまでカーブボール病に罹ってるんじゃないでしょうね。友人として忠告するわ。あれに触るのはやめたほうがいい。ひどく筋悪よ」

カーブボール情報の評価をめぐっては、CIA内部でも深刻な対立があるとナンシーは明かしてくれた。この情報に肩入れしているのは、生物兵器の分析を担当するWINPAC（兵器諜報・不拡散・軍縮センター）の専門家たちだという。

WINPACは七百名を超える人員を擁する大所帯だ。だが、要員の大半は戦略兵器のプロフェッショナルであり、核兵器の不正取引などを監視している。これに対して、生物兵器の担当者はたった六名。同僚たちからは「奇人・変人部隊」と呼ばれて敬遠されているという。

「WINPACの奇人変人たちは、すっかりカーブボール教の信者になってしまった。しかもファナティック、ひどく狂信的よ。いままで日陰者だったのに、九・一一テロの後に起きた炭疽菌事件でにわかに脚光を浴びて舞い上がってる。彼らにとっては〝カーブボールさまさま〟なのよ。それだけに、奴の情報がガセネタじゃ困るってわけよ」

「それにしても、確かなエビデンスもなしに、なぜそこまで信じ込めるんだろう」

「あの連中は、科学者面はしているものの、コンプレックスの塊なの。だから日陰者の常として、いったん肩入れしたが最後、もう後戻りができない。カーブボール証言によると、生物兵器工場は大型トレーラーに設けられ、常に移動している。それで発見が難しいんだと。証拠が見つからないのは、動き回っている生物兵器の工場が存在する何よりの証拠だなんてほざいてる」

「それで、君たちの見立てはどうなんだ」

「ワシントンのドイツ大使館にいるBNDの連絡・調整官に直談判したことがあるわ。カーブボールに直接尋問させてほしいって。ところが、そのいけ好かないドイツのスパイ野郎は、あれは眉唾物でうちでも手を焼いているって。精神的にも不安定で信用できないから、尋問はもう切り上げたって言うのよ。BNDはとっとと蓋をして、サジを投げたって言ってたわ、それも九・一一事件の前にね」

「それはラングレーの上層部も承知なんだろ」

「でも、うちの上層部も自己保身の塊でね。正直に〝カーブボールは怪しい〟って伝えて、ホワイトハウスの不興を買うのが怖いのよ。黙っているほうが得策と心得ているんだわ」

「だとすれば、われわれがカーブボールの嘘を暴いてみせるしかない」

「どうやって」

「奴の話が事実かどうかじゃなく、カーブボール自身が食わせ者だと証明すればいい」

そのためにはアフメド・ハッサン・モハンマドの本名を探り出さなければ、とナンシーに迫った。BNDは保安上の措置として本名は明かせないと言い張っている。その一方で奴をとうにお払い箱にしたはずだ。

「そうは言っても、彼らは守秘義務に縛られている。でも、BNDの上層部にちょうどいいモグラが一匹いるわ。地面を叩いて脅かせば、きっと鳴き声をあげると思う」

捕食動物が獲物を見つけたときの表情だった。

「でも、本名が分かったとしても、その後が大変よ。バグダッドでのオペレーションになる。うちの貧弱なヒューミントじゃうまくやれるかどうか」

「ナンシー、でもやってみる価値はあるはずだぜ。ドイツは奴に騙されても、せいぜい家とメルセデスをせびられる程度で済むが、アメリカは大勢の若者の命を危険に曝すんだぜ」

マイケルとナンシーのカーブボール撃墜作戦はこうして始まった。

虚言と戦争

蜜に群がる蟻のように、いかがわしい情報にブッシュ政権の中枢にいる連中が次々に吸い寄せられていった。ブッシュ・ホワイトハウスには、ドイツやイタリアなどNATOの諜報当局からイラクの大量破壊兵器に絡んだ機密情報なるものが続々と持ち込まれていた。

ブッシュ政権は、ニジェールのウラン鉱山情報にも飛びついた。原爆に使われる濃縮ウランの鉱石が、ニジェールからイラクに密かに持ち込まれている――イタリアの情報機関が端緒を摑み、イギリスのMI6を経てワシントンに持ち込まれた。米国の情報コミュニティにあっては「MI6情報」は一流のブランド品として扱われる。出所が不確かな情報もMI6という包装紙に包まれれば、ぐんと箔がつく。アメリカ側の情報に対する評価はつい甘くなってしまう。

その結果、カーブボール情報やニジェール情報は、ブッシュ政権内部で自己増殖を遂げ、〝サダム・フセイン撃つべし〟の根拠となっていった。炭疽菌事件の背後にはサダム・フセインの影が見え隠れしている――そんな憶測に惑わされて、ブッシュ大統領は大量破壊兵器の脅威を公式のスピーチで繰り返し訴え、国内外の世論をつくりあげていった。

二〇〇三年が明けてまもなく、ベルリンにいるナンシーからマイケルに連絡が入ってきた。バグダッドのエージェントが耳寄りなヒューミントを引っかけてきたという。

「カーブボールの幼なじみで、バグダッド大学で学友だった人物とコンタクトできた。〝奴は生まれながらの嘘つき〟、みんな口を揃えてそう証言している。あいつが国家の重要任務を任されていたなんてホラ話だ。そんなガセネタをアメリカは信じているのかってね。物笑いの種にされたそうよ。マイケル、これ以上の話は、この回線じゃちょっと――」

「奴はバグダッドでいったい何をしていたんだ」

「一時期、化学工学設計センターで書類保管庫の手伝いをしていたって。その後は、タクシーの運転手になったという話もある。まあ、いずれにしても、とんだ食わせ者に間違いない。大嘘つきの詐欺野郎よ」

「ナンシー、君はこの話を上にあげたのかい」

「これだけ税金を使って調べたんだから、報告しないわけにはいかないでしょ。秘密作戦部長に報告したわよ。だけど、きっと何も変わらない。ひとりの亡命者が嘘つきだと分かったくらいじゃ、もうイラクとの戦争は止められない――うちのボスはそう言っている」

だから、マイケルもこの件からは手を引いた方がいい。これ以上騒ぎ立てたら、干されるだけよ。ナンシーは乾いた口調でそう告げて電話を切った。

マイケルは地下にあるオフィスからエレベーターで主任捜査官の執務室に向かった。

オリアナはいつになく疲れた様子だった。目の下の隈が濃い。

「予告なしに来るんだから、きっといいニュースかしら」

「いいニュースか、悪いニュースかは分かりませんが、カーブボール情報が捏造だったという裏がほぼとれました。生物兵器計画に関わったという経歴自体がガセネタです。天性の嘘つきは、嘘のなかに真実の種を蒔く。カーブボールがまさしくそうでした。タハ博士はかつて細菌戦の研究・開発に関わっていた。これは紛れもない事実ですが、そんな細菌学者の周辺に偽りの種を蒔いて作り話をでっちあげ、地道な裏付けを怠る聴聞官を騙していった。あんな連中ならイチコロでしょう」

しかし、ブッシュの戦争マシーンはすでに唸りをあげて回り始めていた。情報組織の末端から声を嗄らして叫んでも、ホワイトハウスはもはや聞く耳をもたない。マイケルはあまりの無力感にソファに沈み込んだ。

オリアナの黒い瞳も、深い闇を彷徨(さまよ)ったまま焦点を結ばなかった。

「国家の情報機関というものは、旨(うま)い酒を互いに注ぎ合い、ともに心地いい酔いに落ちていくものだ――フランスのシラク大統領の名言よ。ワシントン、ロンドン、ベルリン、ローマの間で虚しい酒宴が催されているわ。各国の情報機関も、ホワイトハウスの受けがいいとみるや、怪しげな証言にふくらし粉をまぶして、情報の価値を高くみせかけて売り込んでいる」

「どうにかして止めなくては」

「でも、もう手遅れかもしれないわ」

ブッシュ政権内にあっては、カーブボール情報は日を追って肥え太り、超大国をイラク戦争に駆り立てていった。

「アメリカを襲ったテロリストと、その背後に在って彼らを匿(かくま)う国家を区別しない。彼らのことごとくを敵とみなす」

これこそがアメリカをイラク戦争へと駆り立てる「ブッシュ・ドクトリン」となった。アメリカ本土に自爆テロを仕掛けたテロリストだけでなく、国際テロ組織アルカイダと首魁オサマ・ビン・ラディン、さらには彼らを匿い、支援する「ならず者国家」を敵と見なす。ブッシュのアメリカは、無期限にして無制限の対テロ戦争を宣言したのだった。

二〇〇三年三月、アメリカはイギリスなど同志国を糾合し、有志連合を組織して「イラクの自由作戦」という旗を掲げ全面戦争に突き進んでいった。

ワクチン博士の死

炭疽菌事件の背後にサダム・フセインあり――。ブッシュの戦争マシーンが唸りをあげて始動するなか、FBIを中心とする捜査陣は史上最大級の捜査体制を敷いた。バイオ関連の科学者も七十五名が加わり、延べ千九百人から聞き取り調査を行った。バイオテロリストが炭疽菌という名の凶弾をどこから調達したのか。一線の捜査陣はそのアジトを何としても突き止めてみせると勇み立った。

だが、捜査が進むにつれて事件は意外な展開をみせていった。疑惑の焦点は、あろうことか、米国の細菌・ウイルス戦の司令塔であるフォート・デトリック基地に絞られていく。連邦議会や巨大メディアに炭疽菌を送り付けた犯人は、サダム・フセインが放ったテロリストではなく、フォート・デトリックに潜んでいる疑いが濃くなっていった。

疑惑の目は、USAMRIID・陸軍感染症医学研究所で炭疽菌チームを率いるワクチン開発の責任者、ブルース・アイヴィンズ博士に向けられた。バイオテロに使われた「エイムズ株」と呼ばれる炭疽菌が、研究所のRMR－1029というフラスコに保存されていた同型であることが判明した。このエイムズ株を管理していたのがアイヴィンズ博士だった。事件が起きる直前、博士は珍しく深夜まで研究室に籠(こも)りきりだったと複数の部下が証言した。

アイヴィンズ博士は事件発生当初、炭疽菌の専門家としてFBIの捜査に協力していた。その頃、オリアナの命を受けて炭疽菌事件とイラクの関係を追っていたマイケルもフォート・デトリック基地に足を運んでアイヴィンズ博士から事情を聴取したことがある。

「テロで使われた炭疽菌はイラク製である」――このABC放送のニュースが端緒だった。報道によれば、フォート・デトリックの専門家が「問題の炭疽菌にはベントナイトという粘土のような成分が含まれ、これこそがサダム・フセイン一味が開発している生物兵器の特徴だ」と明かしたという。現場からの報告を受けて、スタジオのアンカーマン、ピーター・ジェニングスは断定的な口調でこう締めくくった。

「ベントナイトがイラク製の生物兵器のトレードマークだという報告は、とても重要な意味を持っています。ブッシュ政権は一刻も早くサダム・フセインを捕まえろという世論のプレッシャーに晒されています。〝イラクが犯人だ〟という確かな証拠が出たことで、今後の動きは一層慌ただしくなるでしょう」

この報道は、炭疽菌事件をイラク犯行説に結びつける重要な役割を果たすことになった。

ニュースの情報源はアイヴィンズ博士に違いない。そう睨んだマイケルはUSAMRIIDを訪ね、凶器に使われた炭疽菌がイラク製だと科学的に裏付けられるのか、と博士に質してみた。だが話題がベントナイトに及ぶと、博士はとっさに上着のポケットからケータイを取り出し「ちょっと失礼、緊急の会議が入って」と席を立ち、それきり戻ってこなかった。

やがてベントナイト情報はフェイクだったことが明らかになった。事件に使われた炭疽菌をフォート・デトリック基地で検証した結果、ベントナイトは検出されず、何者かが意図的にABCに偽情報を流した疑いが強まった。捜査を攪乱させるため博士が仕組んだとFBIは見て、アイヴィンズ包囲網を狭めていった。

研究所の同僚の証言では、博士は自らが開発した炭疽菌ワクチン「AVA」が製造中止となり、市場から放逐されるのではないかと思い悩んでいたという。国防総省はイラクとの戦争に備えて、二百四十万人の米兵と予備役に炭疽菌ワクチンを接種するよう命じていた。この時、すでに五十七万人が接種を済ませていたが、甲状腺異常や横紋筋融解症などの重篤な副反応が数百人の接種者から出たことが報告された。湾岸戦争でも似たような症状に苦しむ帰還兵がおり、ＡＶＡ接種が原因ではないかと疑う研究者の指摘が相次いだ。

炭疽菌ワクチンの安全性は確かなのか、効果は保証されているのか。こうした声を受けて、連邦議会は公聴会を催した。そして「ワクチンの強制接種には問題があり、即刻停止を求める」という国防総省宛ての書簡に多くの議員が署名した。

手をこまねいていれば、ワクチン開発者としての輝かしいキャリアが絶たれてしまう。アイヴィンズ博士の絶望感はいつしか連邦議会への憎悪に変わっていったのではないか。九・一一テロ事件を絶好の機会にイスラム過激派を装ってバイオテロを仕掛け、ワクチンの重要性を連邦議会に知らしめようとした。そうすれば、博士の研究の意義を世間が認め、国家予算も増額されるはずだ――ＦＢＩはアイヴィンズ博士の動機をそう推し測った。

博士は事件前から時折、精神科医の治療を受けていた。捜査陣の厳しい事情聴取と家宅捜索が度重なるにつれて、神経が苛(さいな)まれ奇怪な言動が目立つようになっていく。

事件から七年後の二〇〇八年七月、捜査当局が訴追を通告した直後、アイヴィンズ博士はアセトアミノフェンを大量に飲んで自ら命を絶った。連邦議会が、炭疽菌事件を受けて、NIAID（国立アレルギー感染症研究所）に対してワクチンの研究・開発費と炭疽菌の備蓄に総額五十六億ドルの予算を認めたさなかの出来事だった。

フォート・デトリック　二〇一四年

ビッグマック

アイヴィンズ博士の死を機に陸軍感染症医学研究所を去った研究者が数人いた。マイケルは、伝手(つて)を辿ってFBIの情報源と接触し、未公開の調書に当たってもらった。

果たして、少年野球チーム「バイオシールズ」でショートを守るイーサンの父親、アラン・マカリスターは、炭疽菌のワクチン開発チームに薬学専門家として加わっていた。彼もまたFBIの長時間の取り調べを受けていたのである。

「アイヴィンズ博士は、AVAの副反応が問題になってからというもの、ワクチン研究の予算が削られるのではないかと気に病んでいました。強制接種を拒否する兵士は軍法会議にかけるべきだと罵(ののし)って、議会の公聴会は茶番だと憤っていました。ですが、炭疽菌の恐ろしさを誰よりも知る博士が自らバイオテロに手を染めることなどありえません」

イーサンの父親はそう証言していた。

マイケルは、守衛のトムを呼び出して、思い切って尋ねてみた。トムはイーサンのスカウトに骨を折ってくれた。父親の事情も何か知っているはずと思ったからだ。

「このところイーサンが落ち込んでいて、打撃も全くふるわないんだ。本人は理由を話そうとしない。ご両親に尋ねてみようと思うんだが、応じてくれるだろうか」

「それはどうでしょうか。うちの女房の話では、母親のジェーンは会計の仕事で忙しいようだし、まずは電話してみては」

「父親のほうはどうだろう」

「アランですか。彼はフォート・デトリックにはまず来ないでしょう。練習だって一度も見にきたことがない。そもそも、イーサンのバイオシールズ入りにも初めはうんと言わなかったんですから。イーサンが父親を説得して渋々承知したくらいですから」

「なぜ、そんなに反対したんだろう。理由は聞いているかい」

トムはぎゅっと唇を閉じた。やや間があって、言葉を選ぶようにぽつりぽつりと話しだした。

「アランは真面目でじつにいい研究者でした。でも、上司が不幸な亡くなり方をして、悩んだ末に研究所を去っていきました。ジェーンが気楽な勤め先をと、いまの職場を見つけてきましたが、それ以来、フォート・デトリックには寄りつこうとしないんです」

自分の証言が博士を死へと追いやったのではと、アランは悩んでいたらしい。だが、突然の退職はさまざまな憶測を呼んだという。イーサンの父親は殺人鬼だ――大人たちの心ない会話を耳にした子供がそんな噂をしているのかもしれない。

「そういう事情があるなら、いまはご両親に連絡するのはやめておくよ。イーサンにはハンバーガーでも食わせてはっぱをかけてみるさ」

「食べ盛りのガキには、親の励ましより、ビッグマックのコンボ！　といいますからね」

総仕上げの練習を終えた土曜の夕方、マイケルはベテランズ・ゲートの前にあるマクドナルドに太っちょビリーとイーサンを誘った。ふたりは口の周りをソースで汚しながら、ビッグマックにかぶりついた。

「ビリー、イーサン、よーく聞け。おまえたちは来週の試合にきっと勝つ。寝る前に目をつぶってサインの交換をしてみろ。ほら、ビリーがピッチャーにどんな球を投げさせようとしているのか、頭に浮かんでくるだろう。イーサンはバッターの球筋を読んで守備位置を決めろ。そして、バッターボックスに立ったら、何も考えるな。いいか、思い切ってバットを振るんだ」

「はいっ」

ふたりの少年は元気に答えると、コカ・コーラのMサイズ九百四十六㎖をぐびぐび飲み干した。ふたりの姿は硫黄島への上陸を控えたマリンコの姿に似て頼もしかった。

武漢　一九二七年一月

老冤の群れ

長江の滔々たる流れに沿って男が歩いてくる。川面を渡る風は肌を刺すように冷たい。対岸の空はうっすらと白み始めているが、夜明けにはいま少し間がある。

漢口の岸壁には大型の鉱石運搬船が横付けされ、埠頭脇には粗末な小屋が連なっている。男は麻袋の間を縫うように歩を進めてくる。寒さで吐く息が真っ白だ。突然、足元に襤褸の袋がごろんと転がってきた。危うくのけぞりそうになった。

「危ないじゃねぇか、おい」

「ウ、ウッ」

呻き声が襤褸のなかから漏れてきた。

麻袋の中身は苦力(クーリー)だった。真冬だというのに粗末な襤褸布を被(かぶ)って地面にゴロ寝しているのだ。肋骨(ろっこつ)が洗濯板のように浮き出て、内腿(うちもも)の肉が削(そ)げ落ちている。まるで鶏(とり)ガラのようだ。彼らは茅屋(ぼうおく)で寝ることすらかなわない。埠頭で働く苦力たちはそれほどに貧しかった。彼らの多くは、度重なる飢饉(ききん)で四川、湖南など周辺の省から漢口へと逃れてきた貧民たちの群れだった。

「あいつらは老冤(ラオユァン)さ」

食い詰めて農村から流れてきた田舎者だと人びとから蔑(さげす)まれている。

長江は、チベット高原に源を発して華中を大蛇のように縫って東シナ海に注ぐ。その河口、上海から遡(さかのぼ)ること七百五十キロ。北から漢江が合流する地点に、「武漢三鎮」と呼ばれる三つの街が並び立っている。交易の漢口、政治の武昌、工業の漢陽である。武漢三鎮はまさしく中国の臍(へそ)に位置し、古くから戦略上の要衝とされてきた。

男はすぐ後に付き従う子分を振り返って眼で指図した。

「起きろ、さあ起きろ。仕事にとりかかれ」

子分は甲高い声で襤褸の群れに叫んだ。

号令を受けて麻袋がガサガサと動き出した。寒風が吹きすさぶなか、苦力たちは力なく立ち上がった。汗に泥、糞尿(ふんにょう)、大蒜(にんにく)が入り混じった臭いが立ちのぼってくる。薄暗闇に眼光だけが異様な輝きを放って揺らめいている。

荷車が轍(わだち)の音をたてて、次々に到着した。

「みんな、二列に並べ」

荷台に山積みになった棍棒(こんぼう)が一本ずつ苦力たちに配られた。

「ひと仕事を終えれば飯にありつけるぞ」

枯れ木と見紛うほどに痩せ細った苦力たちの頬がにわかに赤みを帯びる。襤褸の群れの間から「飯、飯」という呟きが漏れてきた。

後続の荷車からは布切れが降ろされ、小隊ごとに配られていった。

「打倒帝国主義」「打倒資本家」「発洋財」――。

苦力たちは、赤地に白い字が書かれた布を受け取ると高く掲げてみせた。隊列から一斉に歓声があがった。なかには旗を逆さに持つ者もいる。苦力の多くは読み書きができないのだ。彼らにとって、「帝国主義」は租界で暮らす紅毛人であり、「資本家」は阿片(あへん)で暴利をむさぼる外国商人だった。そして「発洋財」とは奴らの財産を奪い取ることに他ならない。

対岸からは陽が昇り、長江は朝焼けに染まっていった。黄濁する大河を背に、男は木箱の上に立って、居並ぶ苦力たちを睥睨(へいげい)した。

男の名は李志傑。漢口一帯に勢力を張る紅幇の年若い頭である。上背はさしてないが、額は広く、眉は黒々と太い。胸板も厚く、がっしりとした体軀をしている。切れ長の眼は意志の強さを窺わせる。眼光は興安嶺に棲む虎を思わせて炯々と輝いている。

李志傑は、岸壁を埋め尽くす隊列に向かって檄を飛ばした。

「われわれが目指すはイギリス租界だ。土地も建物も全て奴らから奪い返すぞ」

「おーっ」

叫ぶ苦力たちの顔はどれもどす黒い。頬がこけ、瞳は黄色く濁って虚ろだ。阿片が彼らの心身を蝕んでいるのだ。一日の苦役を終えると、彼らの多くはわずかな稼ぎをはたいて阿片窟に入り浸る。

阿片膏を鉛管に詰めて火をつけ、甘い煙を肺いっぱいに吸い込む。するとたちまち悦楽の瞬間が訪れる。その愉悦に身を委ねて、つかの間、日々の労役の辛さを忘れようとする。

阿片は貧しき者に優しく微笑みかける。この媚薬は飢餓状態に置かれた者にこそ至福の時を贈るという。それゆえ、何日も食べ物を摂らない貧者が阿片を吸いながら昇天していく例が跡を絶たない。

李志傑は、この国に阿片を持ち込んだイギリスを心の底から憎んでいた。東インド会社は、植民地インドから運んだ大量の阿片を広州一帯で売り捌き、その金で中国産の茶葉を買っていく。清朝軍はこれに烈しく抗い、二度にわたって戦いを挑んだのだが、近代的な装備を誇る英国軍の前にあえなく敗北を喫してしまった。阿片戦争の果てに、清朝は莫大な賠償金を搾り取られ、香港を割譲させられた。そして上海、南京などが開港を迫られ、ここ漢口にも英国租界がつくられた。続いてドイツ、ロシア、フランス、日本も利権を求めてやってきた。この外人居留地には列強の軍隊が駐留し、治外法権と関税特権が認められ、この国を半ば植民地に貶める出城となっていた。

李志傑は、ひび割れた唇から野太い声を響かせた。

「イギリス租界を襲撃せよ」

長江の畔、漢口の埠頭に苦力たちの鬨の声が響きわたっていった。

浮浪児と姐姐

李志傑は四川省東部の寒村に三男として生まれた。一家は度重なる飢饉と戦乱に見舞われ、耕す土地も借金のかたに取られてしまった。両親は病いに倒れ、兄弟は生きるために村を捨て、妹たちは売られていった。ひとり残った志傑が流砂のように漢口に流れ着いたのは十歳のときだった。埠頭一帯は食い詰めた流氓で溢れかえり、誰もがわずかな食い扶持を求めて争う修羅の世界だった。

彼もまた麻の襤褸にくるまって路上で寝る日々を強いられた。ドイツ租界に紛れ込んで残飯を集め、ようやく糊口を凌いだ。腐りかけの、かろうじて口にできそうな食べものを選り分け、路地で売り捌いて生き延びた。

その界隈を取り仕切っていたのは紅幇だった。路上で商いをするには、夫頭と呼ばれるこの組織のボスに仁義を切り、売り上げの一部を紅幇に上納しなければならない。志傑が生きるために秘密結社に入ったのはしごく当然の成り行きだった。

李志傑は目端が利き、度胸も人並みすぐれていた。読み書きを憶えたのは十五歳の時だった。ドイツ租界にあった妓楼の使い走りをしていた頃、二つ年上の飛燕という娼妓が何くれとなく面倒を見てくれた。同じ年の弟がいたのだという。志傑も彼女を「姐姐」と呼んで慕った。

飛燕の父親は清朝政府の高級官僚だった。辛亥革命で清朝が倒れて一家は零落し、苦界に身を沈めたらしい。なで肩のすらりとした肢体と透き通るように白い肌はいかにも高貴な出自を窺わせた。漆黒の瞳は憂いを帯びていたが、飛燕は自らの運命を嘆いてなどいなかった。似たような境遇の女など周りには掃いて捨てるほどいたからだ。

客と機知に富んだ会話を交わし、古典をすらすらと読みこなし、雅趣に富んだ漢詩もつくる。飛燕は妓楼一の売れっ妓(こ)だった。

「これからの世の中、読み書きができなければ人の上には立てません」

飛燕は志傑にそう言いきかせると、論語を教材に手ほどきをしてくれた。根っから聡明な子だったのだろう、志傑は二年余りで戦国策から水滸伝(すいこでん)まですらすらと読みこなせるようになった。十八歳になる頃には北京官話も仕込まれ、そこらの大人とも対等に渡り合ういっぱしの読書人となった。志傑少年は飛燕学校のたった一人の卒業生だった。

路上で残飯売りをしていた頃から計算も得意だった。その才が夫頭の目にとまり、賭場(とば)の賭(か)け金(きん)の集計を任されるようになった。志傑は腕っ節も強かった。売り上げを誤魔化す者を見つけては制裁を加え、ボスの信頼を得ていく。

だが、飛燕は志傑を荒くれ者のままにしてはおかなかった。

「腕っぷしの強さで人を従えるならそれまでのこと。ただのならず者で一生を終えるつもりですか」

荷役仕事の苦力たちから稼ぎをピンハネするのも身すぎなら仕方がない。だがそれなら、彼らの暮らし向きにも細かく気を配ってあげなければ——飛燕はそう志傑に説いて聞かせたのだった。

やがて志傑は苦力たちの心を摑み、長江に浮かぶ艀で開帳する賭場も取り仕切るようになった。テラ銭の歩合で懐も潤っていく。こうして十四ある紅幇の派閥のうち、租界一帯を縄張りとする一派で頭角を現し、手下を増やしていった。

英国租界を襲え

漢口の紅幇に李志傑あり――。次第にその名は武漢三鎮に鳴り響いていった。埠頭の荷役作業だけでなく、歓楽街として知られる華景街の茶館、妓楼、賭場、戯館を次々に傘下に収めていく。そして、読み書きの手ほどきをし、人としての振る舞いを教えてくれた飛燕に妓楼と茶館の経営を委ねて恩に報いたのだった。彼女の才は群を抜き、志傑のまたとない右腕となった。

李志傑の差配する茶館や妓楼にとって外国人は上客だった。だが、少年の日、租界でドイツ人の老婆に白い皿で額を割られた屈辱はいまも心から消えていない。ドイツ人に雇われた青島出身の警察官に打擲された記憶も紙魚のように残ったままだ。中国の同胞から殴られたことがより深い心の傷となっている。いつの日か、洋鬼と買弁をこの国から叩き出してやる――そんな思いは日ごと募っていった。

彼には忘れ得ぬ光景がある。漢口のドイツ租界で残飯を漁っていた頃のことだった。長江の対岸から戦いの狼煙があがった。武昌に駐屯する官軍が反旗を翻し、清朝への嚆矢を放ったのだ。一九一一年の辛亥革命は、この武昌起義から始まった。武漢の地から列強に抗う呱々の声があがったことがいまも誇らしい。

しかし、清朝を倒した孫文の国民党政権は北方の軍閥に押しとどめられ、その支配は全土に及ばなかった。孫文の衣鉢を継ぐ国民党の革命軍は北伐に乗り出していく。湖南省の長沙を陥落させ、続いて湖北省の武漢三鎮を制圧した。そして、一九二七年一月には、ここ武漢に進駐して暫定首都と定めたのだった。

国民党の臨時革命政府は、列強の植民地支配の象徴となってきたイギリス租界を接収し、新しい時代の到来を民衆に示そうとした。だが、国民党には革命をやり抜く満足な警察力もなければ、財政基盤も備わっていない。イギリス租界を接収するには、漢口の労働者組合である「工会」に多くを頼らざるを得なかった。その工会もいざ行動を起こそうとすれば、十四を数える紅幇の力を借りるほかなかったのである。なかでも、際立った統制力を誇る李志傑の一団が租界接収の主力を担うのは自然の流れだった。

李志傑は、社会の最下層で暮らす人々の心の底まで知り尽くしていた。租界の襲撃に先立って、彼が打った布石は周到だった。襲撃部隊の頭たちを戯館に招いて、義のために蜂起する水滸伝の一幕を上演した。苦力たちには路上で影絵芝居をみせた。彼らは皮影戯(ピーインシー)が飯の次に好きなのだ。牛のなめし革を切り抜いて鮮やかに彩色された人形が油灯に照らしだされる。苦力たちは、白い布を背景にした舞台に活き活きと躍動する英雄たちに我を忘れて声援を送った。

その日、李志傑が演じさせたのは、三国志演義の「赤壁の戦い」だった。長江を挟んで覇を競う魏(ぎ)の曹操(そうそう)、呉の孫権、蜀(しょく)の劉備(りゅうび)が相まみえる合戦の舞台が赤壁。それは、漢口から長江を遡ること百キロの上流、苦力たちにも聞き覚えのある古戦場だった。

楽士が奏でる銅鑼(どら)や胡弓(こきゅう)に合わせて甲高い声が響き渡った。

「曹操は書状を認(したた)めて孫権に送りつけた。いままさに水軍八十万の兵を引き連れ、呉の地で孫将軍にお目にかかり、狩りを楽しみたい。われら共に手を携え、あの憎(に)っくき劉備めを倒そうではないか――」

苦力たちは眼を血走らせ、じっと影絵芝居に見入っている。

対する劉備に仕えるは稀代(きたい)の軍師、諸葛(しょかつ)孔明。壮大な知略をめぐらし、次々に罠(わな)を仕掛け、精強を誇る曹操軍の船団に火を放って翻弄する。赤壁の戦いで曹操は一敗地に塗れるのだった。

「追えーい。断じて逃してはならぬ。曹操をひっとらえよ」

孔明が曹操の追撃を関羽に命じるくだりにさしかかると、苦力たちの間から「逃がすな」、「やっつけろ」と大歓声が沸きあがった。自らを関羽麾下の一兵卒に重ねて曹操の軍に追い打ちをかけているつもりなのだろう。

「これでみな存分の働きをしてくれるはずだ」

李志傑は心のうちでそう呟くと、瓦屋根の庇から赤いランタンが下がる賑やかな中国人街を北東へ歩いていった。

江漢路へさしかかると、四階建ての江漢関が姿を現した。

漢口の開港にあたって、清朝政府が設けた税関だ。花崗岩の堅牢な建物には、円柱がギリシャ神殿のように並んでいる。最上階の鐘楼からは、ウエストミンスターの鐘の音が武漢三鎮に鳴り響く。いまでは税関の運営権もすでに大英帝国の手に握られ、豪壮な建造物は大英帝国の威信を示してあたりを睥睨している。

清朝末期には、漢口に程近い大冶で有望な鉄鉱山が見つかり、長江沿いに製鉄所も建設された。大冶鉱山から産出される良質な鉄鉱石は、長江を流通の大動脈として製鉄所に運ばれ、沿岸一帯には兵器工場が次々に建設されていった。大英帝国は武漢一帯の将来性に早くから眼をつけ、漢口にイギリス租界を開いて香港、上海と並ぶ経済活動の拠点とした。

江漢路を一歩渡れば、そこは中国人街とはまさしく別世界だった。イギリス租界は道路が碁盤の目に整備され、意匠を凝らした壮麗な建物が連なっている。なかでも沿江大道の景観は見る者を圧倒する。大河と平行に美しい緑地帯が続き、埠頭には大型の外国船が係留されている。

イオニア式の豪壮なファサード、獅子の彫刻で飾り立てた窓、天高く聳えるネオバロック様式の尖塔。居並ぶ重厚な建築群は、銀行や貿易会社、船会社。いずれもイギリスの会社が漢口に構える拠点だった。阿片貿易で巨富を貪り、低関税で英国の産品を売りつけ、目も眩むような利を懐にし、われこそは漢口の主なりと覇を競っているのだ。

李志傑は、税関が建つ江漢関の広場を偵察すると、踵を返して長江を背に江漢路を西へと向かった。紅幇の合議で、志傑が指揮する襲撃隊は、イギリス租界の中心街にあたる中央広場の北西二百メートルに建つ十五の建物を接収することが申し合わされた。彼はこれに先立って江漢路を歩き、標的の一つひとつを下見してまわった。

とりわけ入念に確かめた建物は、台湾銀行の隣に建つ白亜のビルディングだった。

優美なバルコニーを持つ新古典主義様式の建造物には、ブラッドレー・シッピング・カンパニーが入っていた。ロンドンの金融街シティに本社を構え、香港や上海にも支店を構える名門の船会社だ。武漢の繁栄を支える大冶の鉄鉱山から産出される良質な鉄鉱石を日本の官営八幡(やはた)製鉄所に運ぶ貨物船の運航を取り仕切っている。

　この建物の三階に豪奢(ごうしゃ)な応接室があり、ガラスの陳列棚に高価な陶磁器や翡翠(ひすい)の飾り物が収められている——掃除夫として出入りしている手下から耳寄りな情報を仕込んである。李志傑は通りを挟んだ建物の陰から、人気のないバルコニーをじっと見つめていた。それは獲物を狙う豹(ひょう)の眼差(まなざ)しだった。

阿片

　阿片はわれら中国人の魂まで蝕んでいく——。日に一度の飯にすらありつけない苦力が稼いだ金のすべてを投げ出して阿片膏に手を伸ばす。その果てに身も心も壊れて生きた骸(むくろ)となってしまう。そんな惨状を李志傑は数限りなく眼にしてきた。

　漢口に流れついた翌年の真冬のことだった。襤褸(ぼろ)をまとった志傑少年はドイツ租界をうろついては残飯を漁り、通りで売り歩いて糊口を凌いでいた。ある日、突如、後ろから麻袋をかぶせられ、裏路地に連れ込まれた。

「この野郎、縄張りを荒らしやがって。ガキだからって容赦しないぞ」

四人の荒くれ男にさんざんに打ちのめされ、蹴りを入れられた。前歯が折れ、口のなかに溢れた生臭い血で窒息しかかった。全身をこれでもかというほど痛めつけられ、しまいには声も出なくなった。そうして埠頭に放り出された。意識が次第に遠ざかっていく。やがて痛みすら感じなくなると睡魔が襲ってきた。ああ、このまま凍え死ぬのか、そう思った時だった。

「おい、しっかりせえ。目をさませ」

身体を激しく揺り動かされた。みぞおちに鋭い痛みが走り、思わず呻き声をあげた。

「ああ、生きとったか。よかった。生きてさえいりゃええ」

故郷、四川の訛りだった。

再び気を失ったのだろう。次に目を覚ますと、志傑は掘っ立て小屋の筵に寝かされていた。助けてくれた少年は腐りかけの饅頭をちぎって志傑の口元に運んだ。

「空きっ腹でくたばるより、腹を下して生きるほうがまだましだろうが」

嗄れた声で笑うと、欠けた前歯から息が漏れた。

少年の名は周子豪といった。この日から志傑の兄貴分となり、彼が属する紅幇に手引きしてくれた。四川省からの流氓で三つ年上、その名のとおり豪腕で、身体も人一倍でかく、けんかも滅法つよい。この兄貴のおかげで堂々と残飯を商い、なんとか暮らしていけるようになった。

二人はやがて漢口の埠頭に浮かぶ艀の賭場に出入りするようになった。子豪は腕っぷしの強さを買われて用心棒となり、賭場で揉め事が起きると大暴れをした。一方、志傑には賭け金の集計が任された。生来の利発なところが見込まれたのだ。

賭場で騒ぎが起きる度に子豪は大立ち回りを演じて、身体に生傷が絶えなかった。いくら志傑が諭しても、人を殴ってなんぼの仕事さ、と子豪は耳を貸さなかった。

「兄貴、無茶はやめてくれ。そんなんじゃ身が持たねえ」

「心配はありがたいが、少しくらい痛くても、あれをやれば楽になる」

賭場で小金を手にするようになった子豪は、やがて阿片に手を出すようになった。いくら剛毅を装っても、心根は優しかったのだろう。ひとを殴りつけることに心の疼きを感じ、それを忘れようと甘い香りを湛えた薬に手を伸ばすようになった。まっとうに生きられない人生への怒り——そんな憂さを晴らしてくれるのも阿片だった。

花弁が落ちた青いケシの実に刃物で傷を入れると、白い乳液が滲みでてくる。しばらくすると液は固まり、それを掻き集めて乾かせば生阿片となる。こうして加工した阿片煙膏を煙槍に詰めて火にかざす。そして甘ったるい煙を食べるように肺の奥深くまで吸い込んでいく。すると脳内に桃源郷があらわれる。阿片に含まれるモルヒネが神経を麻痺させるのだ。強い中毒性があるため、ひとたび阿片が切れると塗炭の禁断症状に襲われる。喉がからからに渇き、全身が震え、筋肉や関節が激しく痛み、頭は朦朧としてくる。体中を小さな虫が這い回るような不気味な感覚にさいなまれる。その苦しさから逃れるため、人々は命に代えてもこの薬にまた手を伸ばそうとする。

子豪は日に日に痩せ細っていった。阿片に身も心も搦めとられていき、あれほど逞しかった腕や太腿の肉も削げ落ち、頬はこけ、眼窩も落ちくぼんでしまった。やがて腕力を振るうこともできなくなった。子豪は賭場の賭け金をくすね、紅幇の親分に半殺しの目に遭って放り出されてしまう。

志傑は虫の息になった兄貴分を担いで茅屋に連れ帰った。なんとかして水を飲ませようとする。だが子豪は頭を持ち上げることさえできなかった。

「阿片をくれ、後生だから阿片をくれ」

うわごとのように言いながら死んでいった。

阿片にさえ手を出さなければ——志傑は子豪の亡骸を前に怒りに打ち震えた。

俺たちの国に阿片を持ち込んだイギリス野郎を断じて許さない。その手先となった買弁どもをいつの日かこの手で成敗してやる。そう心に誓った李志傑に、ついにその日が訪れた。

騎乗の美女

イギリス租界の入り口には土嚢でうずたかくバリケードが築かれていた。小型拳銃で武装したインド人警察官が警備を固めている。彼らこそ苦力たちの憎っくき相手だった。先日も人力車の車輪が足に触れたと車夫をいたぶり、射殺した事件が起きていた。

江漢路を挟んでブラッドレー・シッピング・カンパニーと向かいあう建物の二階には三人の狙撃手が待機していた。李志傑が右手をかかげて合図を送ると、乾いた銃声が一帯に響き渡った。インド人警官が次々に倒れるのを確かめると、志傑は数人の配下を従えて江漢路へと躍り出ていった。

通りを急ぎ足で横切ると、部下のひとりが正面玄関をハンマーで打ち破った。中国人の警備員たちは怯えた表情で逃げ惑っている。志傑は彼らには目もくれず、一気に大理石の階段を駆けあがっていった。

二階の踊り場にはヴィクトリア女王の肖像画が架かっていた。イギリス人の幹部は早々と避難したのだろう。居残った中国人の従業員が立ち竦んで怯えている。

「殺しはしない。とっとと消えろ」

志傑は部下たちを制して二階に留まるよう命じ、ひとり三階に向かった。応接室の扉を押し開けようとしたが鍵がかかっている。懐から銃を取り出して撃ち砕き、なかに踏み込んだ。

掃除夫の情報は正確だった。大ぶりのソファの向こうにガラスの飾り棚が並んでいる。だが、その大半は持ち去られもぬけの殻だった。

「お宝は何処にいきやがった」

舌打ちしながらガラスケースに近づく。打ち捨てられた美術品のひとつを目にした志傑は思わず眼を瞠った。高髷を結い、すらりとした唐代の貴婦人が西域の汗馬にすっくと跨っている。先頭の女性はペルシャ風の赤い胡服にズボンをつけ、他の三人は短い上着に胸元から流れるようなロングスカートを穿いている。騎乗の美女たちは潑剌とした面持ちで李志傑をまっすぐに見据えていた。その眼差しに射すくめられ、しばしその場を離れられなくなった。

いずれも加彩騎馬美人俑と呼ばれる名品ぞろいだった。俑とは人や動物をかたどった焼きものをいい、墓主が死後も心豊かに過ごせるよう、臣下や妻妾、愛玩動物を俑に仕立ててともに埋葬した。古代中国ではひとの霊魂は不滅だと考えられていたからだ。四人の騎馬美人も副葬品だった。

運び出そうにも、美人俑はもろい。慎重に扱わなければ壊れてしまう。だが、どうしても諦めきれない志傑は、四体の騎馬美人を大切に持ち出すよう部下に命じた。

「波止場の荷物じゃない。赤ん坊を抱くように大事に運べ、いいな」

その隣のケースは扉が開けっぱなしになっていた。ガラス棚の上には、木製の皿立てがいくつも横倒しになっている。上段の隅にたったひとつ小さな皿が残っていた。掌に載るほどの小品だ。イギリス野郎は、ちっぽけな皿だと思って置き去りにしたのか。それとも慌てふためいて運び忘れたのか。

志傑はその青い皿に惹きつけられた。一見すると、何の飾りもない薄作りの小皿。だが、えもいわれぬ気品を漂わせている。紅幇の頭目にも、その気高さはまばゆいばかりだった。わずかに緑がかった青色――雨上がりの空のようにしっとりと湿り気を帯びている。李志傑の脳裏に静かに微笑む飛燕の姿が浮かんだ。彼は小皿を鷲摑みにすると、上着の左ポケットに捻じ込んだ。

親鶏まで殺すな

長江は泥流のごとく流れて、その埠頭を紅旗が埋め尽くしている。真っ赤に燃えさかる紅蓮のようだ。

「欧米列強と売国奴たちを武漢から追い出してしまえ！」

雄叫びをあげる労働者の顔はみな革命の熱気に煽られ、上気している。

その光景をただひとり醒めた眼で見つめる男がいた。ふさふさと豊かな髪を秀でた額にたらし、大学で経済学を講じる知識人のようにも見える。男の瞳は深い憂いを湛えていた。

男の名は劉少奇。上海からここ武漢に急遽派遣された中国共産党のオルグだった。洋務運動の先駆けとなった武漢一帯は近代的な工場が連なり、埠頭や工場で働く労働者は「工会」に組織されていた。一足早く近代化に歩み出した武漢こそ、中国革命の揺籃の地だった。

だが工会の幹部たちは、にわかに手にした権力の美酒に酔いしれていた。国民党左派の武漢臨時政権が成立するや、その権威を振りかざして富裕な商店主を逮捕し、私的な法廷に引き出してカネを搾り取った。

これではあの安源の二の舞になってしまう——。

劉少奇には眼前の光景が数年前の安源炭鉱のストライキと重なって見えた。幹部たちに理不尽な振る舞いを許せば、革命の潮流はあっという間に引いていく。若きオルグはひとり危機感を募らせていた。

中国屈指の安源炭鉱は日本人によって経営され、武漢の漢陽製鉄所に送る石炭を産出していた。そこで一万人余りが参加する空前のストライキが起きたのは、中国共産党が生まれた翌年秋のことだった。

「革命の灯を燈し続けるため、この機を逃してはならない。すぐ安源に飛んでくれ」

劉少奇にそう懇請したのは、農民運動の指導者毛沢東だ。同じ湖南省の出身で、長沙を中心に農民の叛乱を組織して頭角を現していた同志だった。

だが、劉少奇がいざ炭鉱の争議に駆けつけてみると、現場は乱れに乱れていた。炭鉱労働者を束ねる工会の幹部たちは、絶大な権力を王侯貴族のように振りかざしていた。地元警察も武装した部隊を擁する工会の権威にひれ伏し、法廷さえ工会幹部の言いなりだった。

炭鉱労働者たちはさらなる賃上げと労働時間の短縮を求めて作業をサボタージュし

た。その果てに安源炭鉱からの出炭は止まってしまう。それは負のブーメランとなって労働者の暮らしに跳ね返ってきた。賃上げどころか、給料の支払いすら滞ってしまったからだ。

安源の悪夢がまたぞろ繰り返されようとしている——工会が自らを律することができなければ、あの略奪が繰り返される。そして革命の大義は地に墜ちてしまう。安源争議の後、モスクワの東方労働者大学に派遣され、労働者をいかに組織するかを学んだ劉少奇の眼には、武漢の騒擾は混沌そのものに映っていた。

だが、この趨勢を挽回する秘策が一つだけあった。劉少奇が望みを繋いだのはイギリス租界の接収だった。列強から植民地支配の象徴を奪還すれば、武漢の人々に、そして全中国の民衆に、革命の大義を示す絶好の機会となる。

そのためにも、イギリス租界の接収を単なる略奪に終わらせてはならない。イギリスの銀行、貿易商社、船会社がいま武漢を去ってしまえば、長江流域の繁栄はたちまち潰えてしまう。埠頭の荷動きが止まり、苦力たちは職を失う。それは安源の悪夢の再来だった。いまこそ革命の何たるかをみせなければ——。劉少奇はそう仲間たちに説いてまわった。

「卵を手に入れたいなら、親鶏まで殺してはならない」

だが、熱狂の坩堝に身を置く工会の幹部たちは劉少奇の言葉に耳を貸そうとしなかった。労働者たちは津波のように租界地に襲いかかり、略奪の限りを尽くそうとしていた。その姿は血の滴る肉に群がる豺狼の群れにも似ていた。

劉少奇との出遭い

打ち続く混乱のなかにあって、江漢路の一等地に建つビル群を整然と接収して立ち去った一団がいた。その模様を目撃した共産党のメンバーからそんな報告が劉少奇のもとに寄せられた。

そのリーダーは、李志傑という紅幇の年若い頭目だという。劉少奇はなぜかこの人物に会ってみたくなった。いまの革命政府の惨状では、武漢を統御できずに撤退せざるを得ないだろう。だが、要衝の地、武漢は、必ずや革命の主戦場になる。その日に備えて、せめて足掛かりをひとつなりとも摑んでおきたいと考えたからだ。彼は若い頭目のもとに使者を差し向けた。南京を経由して上海に去る前日のことだった。

中国人街の一角にある工会の粗末な事務所に、李志傑は供の者も連れずにひとりで現われた。ギシギシと音を鳴らし、階段を一段一段ゆっくりと上がってきた。着古した工人服の劉少奇は飾らぬ笑みを浮かべて若い男を迎えた。その瞳には穏やかな光を湛え、尖鋭な革命闘士とは思えぬ物腰で話しかけた物静かだった。戯館や妓楼を営む男を見下す素振りを少しも窺わせなかった。

「よく来てくれました」

「あんたが劉少奇って人か。俺に何か用かい」

「あなたはイギリス租界を一糸乱れぬ采配で接収したと聞きました。そんなあなたを見込んでお願いがあります」

「俺は紅幇の李志傑だぜ。共産党とやらには入らねぇ」

「あなたに共産党員になれなどと勧めるつもりはありません。あなたはいまのあなたのままでいい。漢口の苦力たちを束ね、外国の租界地で働く娼妓たちを養ってくれればそれでいい」

われわれはいつの日か、必ずや列強をこの国から逐ってみせる。ただ、それには気の遠くなるような時がかかるだろう。多くの犠牲も覚悟しなければならない。いま激情に駆られて列強を武漢から追い出せば、この一帯はたちまち廃墟と化してしまう——。李志傑は劉少奇の話にじっと耳を傾けていた。

「真の革命が成就するのはまだまだ先のことになります。われわれはいったん武漢を去りますが、いつの日か必ず舞い戻ってくる。それまで、苦力や人力車夫、そして妓楼の女たちの暮らしを支えてやってください」

李志傑はぶっきらぼうに答えた。

「苦力、人力車夫、それに妓楼の女たちを食わせるのは俺の生業さ。なにもタダでやっている訳じゃねぇ。奴らの稼ぎからはちゃんとピンハネしている」

そう言って、懐の財布を叩いてみせた。

工人服の男はにこやかに応じた。

「それなら、私たちだって、工会の組合費の名目で彼らの給料からなにがしかの銭を取り立てている」

「そうかい、あんたらは革命とかいう旗を振り回してるが、俺らと同じ穴の狢だったのかい」

ふたりは声をあげて笑った。どこか心が通い合う気がした。

「いま、われわれは国民党の蔣介石と手を組んでいる。外国の列強と結託している北の軍閥をまずは打ち負かし、ついでこの国から列強を逐う必要があるからです。あなた方も蔣介石と手を結んで構わない。いつの日か、われわれが武漢に戻ってくるまで貧しい者たちの力になってほしい。そして、われわれが舞い戻ってきた時には、どうか力を貸してもらいたい」

若い紅幇の頭目と誼みを通じたことを劉少奇は心底嬉しく思っていた。ならず者風の口を叩いてはいるが、李志傑の目は不思議なほど澄み切っていた。

「最後に一つだけ教えてほしい。あなたが率いた一隊はなぜイギリス租界で略奪に走らなかったのですか」

「なーに、おれたちはしがねぇ漢口の紅幇だ。イギリスの船会社に踏み込んだのも、三階に立派な陶器や翡翠の飾り棚があるって聞いてたからさ。そいつをせしめるつもりだったが、イギリス野郎は抜け目なく金目のものは抱えて逃げ出しやがった。残ってたのは嵩張る馬の置物やちっぽけな皿の類いだった。まあ、それらはちゃんと頂戴しておいたぜ」

劉少奇は男の率直さを好もしく思った。

「いや、あなたは正直に話してくれたが、いまイギリスの船会社を丸ごと叩き潰せば、埠頭の灯は消えてしまう。それを承知していたのでしょう」

「そうなりゃ、元も子もない。こちとらも飯の食いあげだ」

ふたりは再び声を合わせて笑った。

「どうか覚えておいてください。長沙に農民運動を率いる毛沢東という男がいます。

いずれ蔣介石に取って替わって、この男が中国の舵取りをするはずです。この毛沢東が言っています。革命とは取り澄ましてテーブルで食事をすることでも、大人しく帳簿をつけることでもない。ならず者が棍棒をもって地主を懲らしめることだと。ならず者こそ革命の戦士です」

李志傑は、通りにも響き渡るよう声で大きく笑ってみせた。俺たちならず者が革命の戦士とは笑わせやがる。

「革命の戦士だろうが何だろうが、俺たちにはどうでもいい。ひとつ聞かせてくれ。俺がドイツ租界で残飯集めをしていた頃、阿片を吸って死んでいった兄貴分がいた。生かしておきたい男だった。あんたら共産党は阿片はやらない。あんたらのシマじゃ阿片のシノギは許さないって聞いたが、ほんとうかい」

劉少奇は黙って大きく頷いた。

「あんたがここに舞い戻ってきた時には必ず声をかけてくれ。阿片を根絶やしにし、買弁を追い出すためなら、力を貸すと約束するぜ」

李志傑はすっと立ち上がると、振り返ることなく立ち去っていった。来るときも帰るときもさばさばした物腰だった。

劉少奇はしばしその後ろ姿から目を離せずにいた。この国の奥底から湧きあがってくる新たな胎動を垣間見た思いがしたからだ。長江の黄濁した流れが、この国に巣くっている宿痾を呑み込んで彼方の大海に押し流す日は必ずや訪れる——孤高の影を宿す革命家は、翌日、ひとり武漢の地を離れ、上海へと旅立っていった。

天青色の皿

長江沿いの要衝、武漢はわずか二年足らずで暫定首都の役割を終えた。国民党臨時政府が武漢を去り、南京へと都を移したのは、一九二八年の暮れのことだった。

李志傑にも紅幇の頭目としての平穏な日々が久々に戻ってきた。苦力を束ねて埠頭の荷役作業を差配し、戯館、茶館、妓楼の経営にも精を出した。傘下の雑多な商売を一つにまとめ、他の紅幇とは一味も二味も異なる新興の企業群に育てあげた。

「中国の臍」と呼ばれる武漢の街には、その後も様々な勢力が押し寄せ、熾烈な縄張り争いを繰り広げた。フランス租界や日本租界を根城にする外国商人と買弁たち。北方から迫り出してきた軍閥。蔣介石配下の国民党軍。彼らは揃って李志傑の茶館や妓楼の上得意だったが、触れれば鮮血が迸る危うい競争相手でもあった。

錯綜した情勢のなか、聡明な飛燕は、志傑の茶館、妓楼に目配りを欠かさず、店を見事に切り盛りした。配下の者たちを巧みにまとめあげただけではない。茶館、妓楼、戯館に集まる人々から貴重な情報を吸いあげて志傑を支えたのだった。

客同士が交わす会話、娼妓に漏らした寝物語、軍人の作戦話――こまごまとした情報の断片を繋ぎ合わせ、漢口一帯の青幇（チンパン）や軍閥の動向、国民党の派閥争いの内情まで摑んで、やがて生起する事態を見通した。相手に先んじて動き、降りかかる火の粉から志傑を守ろうとした。

飛燕ほどの器量を備えた女を旦那衆（だんなしゅう）が放っておくはずはない。大冶鉱山のオーナー盛宣懐（せいせんかい）は、最高の礼を尽くして第四夫人に迎えようとした。使者を幾度となく飛燕のもとに遣（つか）わしたが、彼女はなびこうとしなかった。上海一帯に勢力を誇った青幇が盛宣懐を後ろ盾にし、武漢の紅幇と対峙（たいじ）していたからだった。

青幇は、国民党特務機関、便衣隊（べんいたい）の威を借りて、武漢の繁華街にひたひたと浸透してきた。阿片と塩の商いを仕切って利潤を貪ろうとした。その前に立ちはだかる紅幇と血で血を洗う暗闘が連日繰り広げられ、両者の対立は次第に凄惨（せいさん）なものになっていった。

長江に阿片の売人の死体が頻々と浮かぶようになったのはその頃のことだ。李志傑の配下の紅幇が、青幇の手下たちを次々に葬り去っていった。だが、青幇とて黙ってはいない。彼らが放った刺客が李志傑を付け狙うようになる。飛燕は志傑の身を案じて、青幇の刺客が潜む路地に目配りを絶やさなかった。こうして志傑の危地を幾度も救ううち、紅幇の頭目と妓楼の名妓は、以前にも増して深い絆(きずな)で結ばれるようになっていく。

志傑は三十歳になるのを待って、飛燕と祝言を挙げた。ともに実家もなく式に招く親族すらいないが、婚儀は盛大に取り行われた。澄み切った十月の黄昏(たそがれ)時、婚礼の行列は笛や銅鑼(どら)、爆竹を打ち鳴らし、漢口の繁華街を練り歩いた。先導するのは赤地に金の龍が刺繍された婚礼衣装を着た李志傑だ。その後に赤い装束に身を包んだ八人の男が生花で飾りたてた花轎(ファジャオ)を担いで厳かに進んでいく。輿(こし)には金糸で鳳凰(ほうおう)の刺繍を施した赤い鳳服をまとう花嫁が鎮座している。

賑やかな行列が新郎の家に到着すると、爆竹が三発鳴り響いた。喜娘(シィーニィアン)と呼ばれる付き添いに手を引かれて花嫁が降りてきた。再び爆竹が鳴り響いて邪気を打ち払った。赤い敷物の先には小さな火鉢が置かれ、桃や柳の枝がパチパチと燃え盛っている。ふたりの暮らしが火鉢で弾(はじ)ける火のように活き活きとしたものになるよう願をかける習わしだ。こうして李志傑と飛燕は晴れて夫婦となった。

新婦は喜娘に手を引かれて寝室となる洞房に入り、真っ赤な寝台のうえに腰かけた。宴会の広間からは乾杯のさんざめきが聞こえている。新郎が洞房に入り、短い竿(さお)で紅(ホン)蓋頭(ガイトウ)を取り払った。恥じらうように微笑む新婦の顔があらわれた。神々しいほどの美しさだった。

飛燕は、実の名を王秀麗という。志傑は晴れて娶(めと)った秀麗に贈り物を差し出した。

「俺は生まれてこの方、この世で美しいと心から思ったものはたった二つしかない。第一は姐姐だ。そしてもうひとつがこれだ。無粋な俺が選んだものだが、姐姐なら喜んでくれると思って大切にしてきた」

志傑はそう言うと、木綿の黄色い布に包んだ木箱を手渡した。

「有難くいただきます。もう夫婦になったのですから、どうぞ秀麗と呼んでください」

新妻は白い指で木箱の紐(ひも)をほどいた。なかには小さな青い皿が収まっていた。

「まあ、なんて綺麗(きれい)なのでしょう。これは――」

秀麗はそう言いかけて言葉を呑み込んだ。

「気に入ってくれたかい」

志傑は不安そうに秀麗の顔を覗(のぞ)き込んだ。

「なんと静謐で気品のある佇まいでしょう。あなた、この皿が何かご存じなのですか」

「いや知らない。イギリス租界を接収した時、陳列棚の隅に残されていた皿さ。これを見つけた瞬間、なぜか、秀麗の顔が浮かんだんだ。それでかっぱらってきたのさ」

　志傑は照れ隠しに豪快に笑い飛ばしてみせた。

「まあ、驚いたこと。何という目利きなんでしょう、あなたというひとは。あなたなら北京の琉璃廠で古美術店を営んでもきっと成功したはずです。これは北宋の皇帝が官窯に命じて造らせた青磁の器にちがいありません。そう汝窯だわ。おそらく紫禁城にあった――」

「まさか、そんなことがあるものか」

「昔、うちの屋敷にも汝窯の杯がありました。我が家に代々伝わる、それは貴重なものだから大切にするよう父に言われたものです。この皿には及びもつきませんが」

　秀麗はじっと小皿に見入って押しいただいた。

「俺は何という果報者だ。お宝を、それも二つまで手に入れたんだからな」

「この汝窯は我が家の守り神になるはずです。どんな災難が降りかかろうと、これひとつ身に着けていたらきっと生き延びられます」

志傑は、早速、指物師に注文して立派な箱を設えさせようと言った。秀麗はそれをやんわりと制して、このままがいいと答えた。

「この青色をご覧なさい。ほんとうに雨上がりの空の色をしているわ――」

わずかに首を傾げて、華奢な掌にのせた皿を飽くことなく眺め続けた。

阿片と暗闘

明くる年の秋、ふたりは玉のような男の子を授かった。いかなる困難にも打ち克ち、明るい未来を拓いてほしい。そんな願いをこめて「克明」と名付けた。快活な子は、母親に似て絹のような滑らかな肌をしていた。

母となっても秀麗は茶館、戯館、そして妓楼の経営も決して人任せにしなかった。人々が忙しく出入りする商売の場に身を置けば、自ずと耳寄りな話が入ってくる。それこそが夫の身を護る大切な武器となる――とびっきり活きのいい情報に翡翠の輝きを見出していたのである。

「秀麗、あの男はいまどこにいるのだろうか」

志傑は、時折、ひとりごとのように呟くことがあった。

「劉少奇のことでしょうか」

「武漢から姿を消してはや七年になる。じつにもの静かなひとだった。あの男と交わした約束を果たす日は来るのだろうか」

「きれぎれに伝わってくる話ばかりで、どれも確かなものではありません。紅軍は蔣介石の国民党軍に追われて、ついに本拠地にしていた江西省の瑞金を捨てたそうです。総勢十万人と言われる農民兵が西へ西へと落ちのびていったと聞いています。そのなかに劉少奇がいるのか、上海に潜んで労働運動を指揮しているのか、確かなことはわかりません」

武漢でも、黄埔(こうほ)軍官学校の分校で学んだ志のある学生は、紅軍に投じようと続々と西方に旅立っていた。彼らが武漢の実家に寄せた便りから、秀麗は紅軍の動静をおぼろげながら摑んでいた。

秀麗の情報網に入ってくる断片を繫ぎ合わせると、赤匪(チーフェイ)と呼ばれる一団が敗残兵のように瑞金を捨てたのが一九三四年の秋。逃避行の途上、遵義で会議を持ち、どうやら毛沢東が頭に選ばれたらしい。かつて劉少奇が志傑に「いずれ蔣介石に代わって、この国を率いる男だ」と話していた農民運動の指導者だ。そして紅軍は国民党との交戦を繰り返しながら、二年余りの歳月をかけて陝西(せんせい)省の延安に辿り着いた。彼らが歩き通した距離はじつに一万二千キロ。当初十万人ともいわれた農民兵士は八千人足らずに減っていたという。

「あの男も無事に延安に辿り着けただろうか」

「それもいまはわかりません。紅軍は延安の洞窟に立て籠って、蔣介石の追撃をかわしながら、抗日運動を繰り広げているそうです」

それから一年後の一九三七年七月、北京郊外の盧溝橋（ろこうきょう）で日中両軍がついに衝突し、日中戦争が本格的に始まった。やがて日本軍は蔣介石の国民党軍を逐って武漢を陥落させ、この街の新たな主として乗り込んできた。

李志傑が差配する茶館や妓楼は、日本軍の高級将校、軍属、それに特務機関とそのいかがわしい配下の連中で賑わうようになった。日本軍の武漢進駐は、阿片を巡る勢力図も大きく塗り替えてしまった。

日本軍の特務機関は、活動資金の多くを阿片の取引で賄っていた。傀儡（かいらい）政権の満州国に阿片の流通を独占させ、阿片の売買は軍の息がかかった民間人に任せ、そこからあがってくる莫大な利益を帝国陸軍に還流させていた。その豊富な資金を湯水のように使って、各地に盤踞する軍閥や馬賊を買収し、地元住民の宣撫工作を繰り広げていた。

関東軍の首脳たちは、秘密の工作資金を使って、清朝最後の皇帝、溥儀を天津の隠棲先から連れ出し、満州国の執政とし、ついで皇帝に仕立てあげた。この謀略資金もまた阿片の利潤から引き出されたのだった。

関東軍が熱河省に執着したのも阿片の利権が絡んでいた。関東軍は張学良が支配していた熱河を攻略することで、ケシの栽培から精製までを手中に収め、阿片栽培からあがる富を独り占めしようとした。かくして帝国陸軍の特務機関はさらなる資金を手にして謀略工作にのめり込んでいった。

「満州国政府は表向き阿片の売買、吸引を禁止している。ご丁寧に禁煙総局という機関までつくってな。まったく、とんだお笑い草だぜ。形のうえでは禁止しながら、その陰で阿片の一切を独占している。その莫大な利益は関東軍と満州国官僚が懐にしてやがる。だが、俺のシマじゃそうはさせねえ」

李志傑は怒りをこめて部下たちに語った。

「満州国の皇帝に担がれた溥儀の皇后、婉容が重い阿片中毒だってことは誰だって知っている。たいそうな美人で知られた婉容だが、いまじゃ見る影もなく痩せ、老いさらばえ、心まで病んでいるそうじゃないか」

李志傑と日本軍特務機関は一触即発の関係にあった。

彼の主敵として立ち現れたのが里見機関だった。関東軍の嘱託として阿片の売買を委ねられた里見甫は、上海に宏済善堂を設立し、日本軍のダミー会社である昭和通商と組んで、熱河産の阿片を中国全域に売り捌いていた。莫大な利益を手にし「阿片王」の名をほしいままにした。日本軍は里見甫という男を隠れ蓑にして、特務機関の謀略資金を調達する仕組みをより精緻なものにしていった。

里見機関は、ここ武漢でも阿片ルートを自らの支配下に収め、軍の機密資金をさらに潤沢にしようと試みた。だが李志傑は、それを許そうとしなかった。

阿片王となった里見甫とその手先である青幇。彼らとの苛烈な抗争を続ける紅幇の頭目、李志傑のもとに、ある日、一片の報せが届いた。秀麗が延安に放った学生からの便りだった。

「あなた、劉少奇の消息がようやく分かりました。彼は陳毅を司令とする新四軍の政治委員として腕をふるい、新四軍は赫々たる戦果を挙げているそうです。いまでは延安の根拠地に合流し、抗日戦の主力を担っています。あの劉少奇は生きていたんですよ」

劉少奇はいま遥か延安の地に在って、紅軍の戦いの先頭に立っている。あの男が武漢の地に舞い戻ってくるまで、秀麗と力を合わせて何としても生き延びてみせる——

李志傑の瞳の奥に一条の光が宿った。

武漢　一九四九年春

八路軍の重慶入城

日中戦争が勃発し戦火が中国全土に広がると、国民党と共産党は抗日民族統一戦線を結成し、手を携えて日本軍に立ち向かった。だが、日中両軍の対決が持久戦に入ると、次なる中国の覇者の座をめぐって国民党と共産党の対立は次第に激しさを増していく。

日本が敗北すると、国共内戦が再び火を噴いた。

青幇系の一味が数日前に姿を消した――そんな情報が秀麗のもとに寄せられた。異変の兆しはまず中国人街の一角にある阿片窟にあらわれた。ここを取り仕切っていた青幇がいつの間にかいなくなったという。

秀麗は直ちに密偵を放って詳しく調べさせた。果たして、阿片窟に供給されていた熱河産阿片がもはや届かなくなったという。熱河産の阿片の供給ルートは、日本軍が降伏すると国民党軍が直ちに押さえた。だが、どうやら彼の地も八路軍に制圧されつつあるらしい。

秀麗は部下たちに指令を飛ばした。

「青幇の手下たちが、もっとも稼ぎが多い阿片窟を見捨てたとすれば、その背後にいる国民党の便衣隊もここ漢口から逃げだしたとみていい。便衣隊の隊長の足取りを至急追うように」

ほどなくして秀麗は、志傑に告げた。

「蔣介石の国民党軍は、間もなく武漢から撤退するとみていいでしょう。ここが八路軍の手に陥(お)ちれば、蔣介石と毛沢東の対決にも決着がつくはずです。古来、武漢三鎮を制する者は天下を制すると言われてきましたから」

共産党の勝利の足音が刻々と近づいていた。

林彪(りんぴょう)に率いられた八路軍が、四平街の激戦を制して黒竜江、遼寧(りょうねい)、吉林の三省を制圧し北京を陥とした。そして長江のほとりに辿り着いたのは一九四九年五月のことだった。本格的な国共内戦が始まってすでに三年半が経っていた。

かつて八路軍の兵士といえば、苦力とさして変わらない粗末な服をまとっていた。それがいまや、人民解放軍の制服を身に着け、紅旗を高々と掲げて、武漢の街に入城してきた。漢口の象徴である税関、江漢関の鐘楼に紅旗が翩翻（へんぽん）と翻った。

武漢革命委員会の名のもとに、列強の植民地支配を象徴する建物は粛々と接収された。そして妓楼や阿片窟も次々と閉じられていった。李志傑が統率してきた紅幇の組織もその灯を消そうとしていた。

そんな騒然とした情勢のなか、八路軍の軍服を着た年若い幹部が志傑のもとを訪ねてきた。年の頃はまだ二十代の半ばだろう。頬にはまだあどけなさが残っており、物腰も控えめだった。

「上部の指示で伺いました。あなたはこれまでも埠頭の工会を束ねて港湾労働者の暮らしを守ってくださったと聞いています。妓楼はたたんでいただくことになりますが、戯館は人民のための人形劇や影絵を上映するなら、これまで通り続けてもらってかまいません。茶館も勤労人民に開放し、運営してもらって結構です。徐々に人民の手に委ねていただければ、それが上部の意向です」

上部とは、たった一度だけ遭遇したあの男のことを意味しているにちがいない。劉少奇がこの若い士官を差し向けてくれたのだろう。志傑はそれを少しも疑わなかった。こうして紅幇の頭目は形の上では港湾労働者の束ね役に収まり、新生中国の一員となった。

志傑と秀麗は息子の克明を連れて、港湾労働者用の住宅に移り住んだ。古い煉瓦造りに瓦屋根の平房だった。入り口にある土間の一角で煮炊きし、居間に置いた丸テーブルで食事をとり、もう一つの部屋に寝台を置いた。李一家ほど新しい暮らしにすんなりと溶け込んでいった家族はいなかったろう。粗末な工人服を着た夫婦を見て、かつての紅幇の頭目と美貌を謳われた名妓だと囁くものはいなかった。

寝室の簞笥の引き出しには黄色い木綿の布で包んだ木箱がひっそりとしまわれていた。その木箱の中身を除けば、一家の暮らしぶりはつつましく、常の労働者と少しも変わらなかった。

いつの日か、あの男と再会を果たしたい——志傑の望みはそれだけだった。志傑と秀麗は息子の手を引き、長江の畔を散歩した。黄色く濁った流れを見ながら、ふたりはこの国と息子の行く末に思いを馳せた。

劉少奇との不思議な縁が彼らの前途に暗い影を落とすことになろうとは知る由もない。

第二部

マダム・クレアの館

龍王

香港 二〇一二年十二月

パドックを見下ろす二階の一角に翡翠（ひすい）色のチャイナドレスを身につけた女性が姿を見せた。スワロフスキーの双眼鏡で出走馬を見つめている。ただ一頭の馬に焦点をぴたりと合わせ、その伸びやかな歩様を追いかけている。

この馬のオーナーなのだろうか。いや、オーナーなら一階の馬主席にいるはずだ。

彼女が見つめているのはゼッケン「4」。日本からの遠征馬、ロードカナロア号だ。

中国名は「龍王」。

暮れの十二月とはいえ、沙田（シャティン）競馬場の日差しは強い。そのひとはハンドバッグからサングラスを取り出し、遠くの電光掲示板を見上げた。そして、おもむろにケータイを手に取った。

ほっそりした身体を豪奢な刺繍のチャイナドレスで包み、艶のある黒髪をアップに結いあげている。スティーブン・ブラッドレーは、もうこのひとから眼を離せなくなってしまった。

北宋白磁をおもわせる肌。清朝の妃嬪を髣髴とさせる柳眉。切れ長の目にふっくらとした唇。思わず息を呑むその容姿は、一九二〇年代の上海に降臨した銀幕女優の再来を思わせる。

さりげなく間合いを詰め、電話のやりとりが聞こえる距離まで近づいていった。

「マネージャーのジョナサンを」

十五秒ほど間があった。

「久しぶりね、ジョナサン。香港・沙田の第五レース、香港スプリントを受けてもらえるかしら。四番のロードカナロアの単勝に五万ポンド。ディポジットを三十万ポンドほど積んであるわ。それでは――」

綺麗なクイーンズ・イングリッシュだった。どうやら相手はロンドンのブックメーカーらしい。香港の賭け屋なら広東語でやりとりするはずだ。彼女は素早くケータイをバッグにしまうと、まっすぐ馬券売り場に向かった。こんどは帯封をした香港ドルの新札を窓口に差し出した。こちらはしめて三十万香港ドルだ。売り場の支配人は「しばしご猶予を」と一礼して奥に消えた。やがて馬券が手渡された。

女性はオッズ画面を見上げた。ロードカナロアは三番人気、単勝オッズは四倍前後を行き来している。ロンドンのブックメーカーが示したオッズは香港より高めだったはずだ。

水際立った馬券の買いっぷりはプロの馬券師の手並みを思わせる。いったい彼女は何者なのだろう——。スティーブンの好奇心がかき立てられたのは久々だった。

そのとき、馬券の発売締切りを告げるベルが鳴り響いた。スターティングゲートの赤色灯が回転し、十二頭が次々にゲートに収まっていく。十四時四十分、全馬がゲートインしたのを確かめ、スターターがゲートを開いた。

まず勢いよく飛び出したのは地元香港のセリース・チェリー。ロードカナロアも好スタートを決めて流れにのり、先行集団のやや外側、二番手に付けた。中団ではリーディング・シティが手綱をしごきにしごいて二番手に押し上げていき、先頭に並びかけようとしている。ロードカナロアは三番手に控え、やや外目の位置取りで第四コーナーを回った。鞍上(あんじょう)の岩田康誠(いわたやすなり)はすこしも慌てた様子をみせない。折り合いはついている、といかにも自信ありげだ。

直線手前で馬群は一気に詰まっていった。ロードカナロアは馬場の真ん中に出て、ぐんと加速した。ゴールまであと百五十メートルの地点でセリース・チェリーを抜き去り、先頭に立つ。最後は追いすがるライバルたちを突き放し、二馬身半の差をつけてゴール板を駆け抜けた。日本馬として初めてG1レース「香港電撃王」の栄冠を手にしたのだった。

スタンドからは一斉に歓声があがり、どよめきが拡がっていく。だが、二階の特別室から小さな双眼鏡でレースを見守っていた麗人は、龍王の勝利に小さく頷いただけだった。あれほどの大勝負をしながら、歓声ひとつあげない。レースの配当が確定するのを待って、テーブルに百ドル紙幣のチップを置いて静かに席を立った。当たり馬券を換金することもなく、待機させていた黒いジャガーの後部座席に収まって競馬場を去っていった。

「さっきここに座っていた人は誰なんだろう」

スティーブンも百ドルチップをそっと手渡して、特別室のウェイターに尋ねてみた。

「あの方ならマダム・クレアですよ。湾仔（ワンチャイ）のレストラン、柳燕（リュウイエン）のオーナーです」

二〇一二年は「イヤー・オブ・ドラゴン」だった。この辰年は重苦しい空気のなかで幕をおろそうとしていた。香港では新しい行政長官に親中色の強い梁振英(りょうしんえい)が就任し、大陸にあっては習近平が中国共産党の第五代党総書記に就任した。大陸の翳(かげ)が香港島に色濃く落ちようとしている。

龍王の導きで遭遇した麗人は、鬱陶(うっとう)しい香港の日々に微かな灯(ひ)をともしてくれるかもしれない――仄(ほの)かな予感を胸に、スティーブンは沙田競馬場を後にした。

フィデリオの季節

香港島の南に広がるレパルス・ベイ。南シナ海と三日月形の砂浜を望む高層住宅にロンドンから移り住んで二年になる。スティーブンが香港に住むのはこれが三度目だ。とりわけ自分で望んだわけではないのだが、この街とはよほど縁があるらしい。

最初の香港はまだ乳飲み子の頃、乳母(うば)に抱かれてやってきたという。ブラッドレー家が代々大株主である海運会社の極東支配人として父親が香港に赴任し、両親と共にこの地で三年を過ごした。対岸に九龍半島の山並みを見渡すヴィクトリア・ピークの豪壮な邸宅の庭で撮ったセピア色の家族写真がいまも手元にある。先日、幼き日のおぼろげな記憶を頼りにその界隈(かいわい)を散策してみた。かつての邸宅跡は凡庸なリゾートホテルに変わり果てていた。初めて想いを寄せた美少女には再会してはいけないらしい。

二度目は一九九〇年代半ば、英国外交官として在香港英国総領事館に赴任した。クリス・パッテン総督に政治担当補佐官の立場で仕えた。その直前は改革開放政策に舵(かじ)を切った中国の首都北京でビジネスマンを装って暮らしていた。香港の中国への返還が迫って、中英関係に多くの難題が持ちあがったため、急遽(きゅうきょ)、助っ人として香港へ呼ばれたのだった。

パッテン総督が旧友のブラックウィル教授に、スティーブンをどうしても欲しいと内々に相談を持ちかけたと後に聞いた。かつてスティーブンはイギリス秘密情報部の最終面接の席で気位の高い面接官をやり込め、ひと悶着(もんちゃく)を起こしたことがある。そのときMI6のリクルーター、ブラックウィル教授が、インテリジェンス・コミュニティにも隠然とした影響力を持つクリス・パッテンにとりなしを頼んだらしい。若気の至りで骨を折ってもらった恩を返すにはいまを置いてなし――それが恩師の口説(くど)き文句だった。

北京への赴任前には、航空機リース企業の中国支社の代表という肩書きで滞在していた。中国でもようやく航空機の需要が高まっていたからだ。中間所得層が急増して旅行ブームとなり、海外に出かける一般の旅行者の数が飛躍的に伸び、それに伴って航空機市場も急速に拡大していたのである。こうしたなかで航空機のリースビジネスも盛況となっていた。

スティーブンは、そうした北京時代の経験を生かして、香港で旅客機をリースするためのファンドを組み、投資家向けに販売するビジネスを手がけている。この仕組みをうまく利用すれば、各エアラインは旅客機という高価な資産を自分で保有するリスクを背負わずに済む。投資家も十パーセントを超す利回りの恩恵に浴することができる。東アジアの富裕層にとっては節税効果も絶大だ。スティーブンは、リース期間が終わる企業には売却先も世話してキャピタルゲインでも儲けさせている。

ロンドンのヴォクソールから派遣されたMI6の秘密情報部員であるスティーブンにとって、航空機リースのファイナンス事業は三つの理由から理想的だった。

まず、実際に顧客を集めてファンドを組んでいるため、どこからみても堅気のビジネスマンに映る。香港、大陸、シンガポール、台湾、ニッポンの様々な投資家に声をかけてファンドを組むため、貴重なインテリジェンスが自ずと集まってくる。重要な情報源にさりげなくアプローチする格好の隠れ蓑にもなる。

第二にロンドンの投資銀行やノンバンクと提携してひとたびファンドを組んでしまえば実際のビジネスに多くの時間を割かれずに本業に打ち込むことができる。

第三に起業に当たってヴォクソールからの出資を仰いでいないため、利益は個人の可処分所得となり、中国の古美術品の収集に精をだすこともできる。

「香港スプリント」が終わって新しい年が明け、早くも二週間がたった。

スティーブンはレパルス・ベイのアパートメントを出ると、ブリティッシュグリーンの愛車、ＭＧＢロードスターを北へと走らせた。紺碧の浜辺から緑豊かな高台を通って中環までわずか十五分。マレーロードの立体駐車場に車を置き、アジア最大の金融街を歩き出した。

近頃、腹の中で叛逆の虫が暴れ始めている。そんな時には思いきり深呼吸をして散歩をしてみるといい――。乳母だったサキの助言に従って、無機質な金融街を久々に歩いてみることにした。だが、散策くらいではこの憤懣はどうにも収まりそうにない。

いまの香港がどれほどの危局にあるのか。ヴォクソールの石頭どもは少しもわかっちゃいない。そもそも奴らに何かを期待することが間違いなのだ。ＭＩ６の首脳陣に劣らず、英国外交を司るホワイトホールの住人たちも、現下の香港情勢にひどく鈍感だ。ひとたび統治の権限を手放してしまうと、情勢を読む勘まで錆びついてしまうのだろうか。

やがてここ香港に未曽有の動乱が持ち上がる――その予兆は随所にあらわれている。

幾多の例証を挙げてロンドンに警告を発してみたが、耳を傾けようとする者はいない。それどころか、警告が現実になり始めるや、まるで侮辱されたかのようにますます頑なになる。そんな官僚どもへの憤懣がついスティーブンの足取りを速めてしまう。これじゃサキの精神安定法も逆効果だ。

最後の香港総督、クリス・パッテン卿なら、我が心のうちを分かってくれるかもしれない。そう考えて久々に手紙を出してみた。かつて、英国の香港総領事館で政治担当補佐官として仕えたひとは、いまオックスフォード大学の総長を務めている。阿片戦争を戦った英中両国が百五十年の歳月を経て、一九九七年に取りまとめた「香港返還の共同声明」。返還後も香港に自主権と自由な政治体制を認める歴史的文書の事実上の起草者はこのひとなのだ。

中国政府はこの共同声明に調印して、香港へ「一国二制度」を適用し、向こう五十年間は社会主義をこの地に適用しないと確約した。法の支配と自由な制度を通じて、アジアの金融センターとしての香港の地位は保証されたはずだった。ところが、宗主国だったイギリスに対してだけでなく、国際社会へのコミットメントもいまや紙屑のように破り捨て去られようとしている。

香港政府のトップである行政長官は、四年後の二〇一七年には一般有権者が普通選挙で選ぶことになっている。だが、中国の人民代表大会は候補者を選ぶ「指名委員会」なるものの設置を決め、民主派候補を排除しようと動き始めた。このままでは、普通選挙はまやかしとなり、北京が用意した候補に対する信任投票となってしまう。大陸からの政治介入は日ごとに強まっており、「一国二制度」は瀕死の淵にある。

膵臓はがんに冒されても自覚症状がない。それゆえ沈黙の臓器と呼ばれる。香港はいまや恐ろしい病魔に取りつかれた膵臓そのものだ。とりわけ、豊かな暮らしを謳歌する金融街、中環で働く人びとは、自分たちを蝕む病になんと鈍感なのだろう。北京の強権体制は香港の自決権をまるごと呑み込みつつあるというのに。

かつて「東洋の真珠」と呼ばれた香港。ここに黒々と落ちる北京の翳を誰よりも敏感に感じ取っているのは若者たちだ。スティーブンは民主化運動の若いリーダーたちと密かに接触を試みている。習近平政権は、もはや香港の行政長官を普通選挙で選ぶ約束を果たすつもりはない。譲歩を迫るには「殺傷力の大きな武器」が要る。そう考える若者たちは前例のない抗議運動を計画していた。

「占領中環」

中環を占拠し、麻痺させよ――これが若い民主運動家たちの戦略だった。

大人数のデモ隊でセントラル地区に押しかけ、主要な道路を長期にわたって占領する。そうして香港の政治・経済の中枢を麻痺させ、北京政府に譲歩を迫ろうというのである。香港経済が揺らげば、ここから莫大な富を吸いあげている中国にも痛手となる。金の卵を産む鶏を殺すことになりかねない。民主化デモのうねりは国際社会の耳目を集め、「一国二制度」を葬り去ろうとする習近平体制に痛打を浴びせるはず――これが「占領中環」の狙いだった。

「習近平の中国」に抗う火の手がこの夏にもあがるに違いない。スティーブンはヴォクソールにもホワイトホールにもそう警告したのだが、例によって何の反応もありはしなかった。

ただひとり、スティーブンに返信をくれたのがかつての上司パッテン卿だった。

つい先日、私はロンドンでベートーヴェンのオペラ『フィデリオ』を鑑賞した。政治犯たちが圧政に抗って、地下牢から遂に解き放たれるシーンが忘れられない。

『おお神よ。救いを、喜びを、自由を、主はわれらに与え給うか』

彼らはそう高らかに謳いあげた。地平線に沈みゆく夕陽が彼らの顔を照らしだし、舞台も観客も渾然一体となって深い感動に包まれた。

英中共同声明に調印した我々には崇高な義務がある。イギリスは香港の人びとのために力を尽くす道義的、経済的、そして法的義務を三つながら有している。スティーブン、君の主張は正鵠(せいこく)を射ている。いまのイギリスはかつての宗主国としての責任を放棄し、何ら行動を起こそうとしていない。その危機感の欠如こそ責められるべきなのだ。我々はあらゆる機会を通して、開かれた社会の敵である習近平体制に断固たるメッセージを送らなければならない。

パッテン卿の手紙には、最後にひとりの人物の名前が記されていた。

君は、ミッシェル・クレアという女性を知っているだろうか。マダム・クレアと呼ばれ、湾仔で広東料理店を営んでいる。彼女は、香港だけでなく、大陸に、台湾に、ロンドンに驚くような人脈を持っている。君にとってまたとない情報源になることだろう。

ミッシェルは、紀行作家のアンセルム・クレアと結婚していた。君なら彼の著作を読んでいるかもしれない。アンセルムはオックスフォード大学リンカーン・コレッジを卒業した、エキセントリックな変異種のひとりだ。グレート・ゲームを闘ったわが大英帝国が生んだ風変わりな冒険家の再来ともいえるだろう。香港を拠点に中国の山岳地帯からチベット、さらにはラオスの辺境地帯を踏破し、優れたルポルタージュをものしていった。陰影に富んだユーモアのセンスを湛えた、魅力的な作品を世に送りだした。

だが不幸なことに、アンセルムは香港が中国に返還された直後の一九九八年、中国とミャンマー、ラオス、ミャンマーにまたがる山岳地帯で忽然と姿を消してしまった。英国政府は、ミャンマー、ラオス当局だけでなく、中国当局にも捜索を働きかけたが、消息はいまだに分かっていない。ミッシェル・クレアも彼女のコネクションをあげて手を尽くしたらしいが、手がかりのかけらも摑めなかったと聞く。

彼女も君の力を借りたいと思うかもしれない。チャンスを見てコンタクトしてみるといい。必要なら私の名を出してもらってかまわない。

マダム・クレアこと、ミッシェル・クレア――。暮れの沙田競馬場で龍王に大金を賭けたあの女性ではないか。特別室のボーイが教えてくれた湾仔のレストラン「柳燕」のオーナーだ。

最後の香港総督、クリス・パッテン卿はかつて、北京政府の陰の代表、中国国営の通信社、新華社のトップとも極秘裏に接触しつつ、共同声明の最後の落としどころを探って、身を削るような日々を過ごしていた。スティーブンも政治補佐官として、夜を徹してそんな総督を支えつづけた。

香港のセレブリティたちは、誰しも二重、三重のヴェールを被って容易に素顔を見せようとしない。隠然たる影響力を誇る人々ほど、足跡をきれいに消し去るものだ。表向きは反北京のポーズを取りながら、その実、中南海と地下茎で繋がっている者も少なくなかった。

貴人の墳墓を盗掘から守ろうと設計された地下道。香港の人脈は、それに似て錯綜を極めて入り組んでいる。パッテン卿はその機微を知り尽くしており、彼女に渡りをつけるのはスティーブン自身に任せたほうがいいと判断したのだろう。正式な紹介状を書くとは言わなかった。

さて、どうやって彼女に近づけばいいものか。それにしても、パッテン卿の側近くに仕えながら、ボスの最重要の人脈について影すら踏めなかった自らの不覚を今さらながら思い知らされた。スティーブンはラビリンスの攻略に思案を巡らした。

瑠璃色の鼻煙壺

まずは標的の品定めだ。スティーブンは遠くからミッシェル・クレアが営む広東料理店「柳燕」を周辺からまず見ておくことにした。

中環に隣接する湾仔は、かつては中国大陸から移り住んだ者たちが暮らす小さな漁村だった。やがて海岸一帯が埋め立てられ、いまでは超高層のビルディングが林立している。公官庁や複合商業施設も立ち並び、アパートメントも混在するエリアだ。

湾仔の魅力は、いまも古きよき香港の暮らしが息づいていることだろう。野菜や乾物、日用品を売る露店が軒を連ね、海鮮市場は新鮮な食材を求める人々で賑わいをみせている。裏路地に一歩足を踏み入れると、水と漁業の守り神「北帝」を祀った寺院があり、中環にはない庶民の暮らしの温もりが伝わってくる。

ほんとうに旨い料理を出す店は客の出入りも少なくひっそりしている、と荘子も述べている。マダム・クレアの店もまた、しごく控えめな佇まいだった。白壁に木目の美しいウォルナットの扉がいくつもはめ込まれ、初めての客には、どの扉が開くのか分からない。扉の上部にはアンティークのガラスパネルが嵌めこまれ、青銅器、陶器に用いられる雷文が刻まれている。幾何学文様の古代文字は、田畑を潤す雷雨を表し、吉祥の象徴とあがめられてきた。近寄ってみると、左から二番目の扉に金文字で小さく「柳燕」と書いた扁額が架かっていた。ここが店の入り口なのだろう。いかにもミッシェル・クレアらしい。どこか謎めいた設えだった。

この光景はかつて見たことがある。デジャヴュか。いや予知夢なのかもしれない。幼い頃、スティーブンは夢のなかでしばしばそんな体験をした。母親に話すと「ロマの占い女じゃあるまいし。奇妙な子」と相手にしてくれなかった。だから人には話さないようにしていたのだが、乳母のサキにだけはそっと打ち明けてみた。「スティーブン、あなたは未来を予見する不思議な能力を持っているんですよ。大切になさい」と言ってくれた。

幼き日に思いを馳せていると、天啓のように一つのシーンが閃いた。あれは夢のなかの情景じゃない。映画のひとこまだ。香港の映画監督サンドラ・タンが撮った映像が突如蘇ってきた。この隠れ家のような館を、サンドラ・タン作品で観たことがある――。

サンドラならごく親しい間柄だ。まもなく開催される香港国際映画祭のオープニングにも招かれている。ミッシェル・クレアへの紹介を頼むなら彼女がいい。

サンドラ・タンは、アジアの女性監督の草分け的な存在だ。中国・黒竜江省ハルビンで中国人を父に日本人を母に生まれ、幼い頃に香港に移り住んだという。香港大学を卒業した後、ロンドンで三年間、映画の専門教育を受け香港に舞い戻ってきた。

彼女の作品は、社会派ドキュメンタリーから叙事詩的な歴史ドラマ、さらにはコメディからホラー映画までじつに幅広い。映像で表現できるなら形式に拘らず、貪欲に対象を我がものにしてきた。創作への底知れないエネルギーを内に滾らせている。サンドラの紹介なら、ミッシェル・クレアも警戒すまい。

早速、鄭重な手紙を認めたところ、五日後に監督から返事が届いた。香港国際映画祭のオープニングにはミッシェル・クレアも招いている。その折に直接引き合わせると約束してくれた。

「ところでスティーブン、紹介料はどんな形で払ってもらえる?」

P.S.にこう記してあった。良質の紹介者は〝ダイヤモンド〟だという。少年のように髪を短くカットし、丸顔に大きな眼鏡をかけたサンドラ・タンの笑顔が浮かんできた。

三月半ばの日曜日、スティーブンは久々にタキシードを着こなし、香港コンベンション&エキシビション・センターへと出かけていった。三百本を超える作品をラインナップしたアジア最大の映画祭が今夜、幕を開ける。レッドカーペットには映画俳優、上映作品のプロデューサーらが続々と到着し、カメラのフラッシュに笑顔で応えている。

スティーブンはボーイからシャンペングラスを受け取ると、会場を見回してサンドラ・タンの姿を探した。ジャッキー・チェンやチャン・ツィイーの顔も見える。「宋家の三姉妹」のメイベル・チャン監督、「レッド・クリフ」シリーズのリュイ・ユエ撮影監督の姿もあった。サンドラは、今年のオープニングを飾る「イップ・マン　最終章」の主演を務めたアンソニー・ウォンと満面の笑みを湛えて話していた。彼女に近づこうと歩いていくと「やぁ、スティーブン」と後ろから声をかけられた。振り返ると、香港ジョッキー・クラブの知り合いだった。相手にそうと気づかれず話を短く切り上げる。それはヴィクトリア・ピークの坂道を下るドライブ・テクニックより難しい。「そのうち連絡するよ」と言いながら愛想を振りまき背中を向けた。ようやくサンドラ・タンの話の輪に辿り着いた。彼女が気づいてくれるのを静かに待ち続けた。

サンドラは目があうとワイングラスを片手に人混みを泳ぐようにかき分けて近寄ってきた。

「ようこそ、スティーブン」

「今夜はお招きありがとうございます」

サンドラは一歩下がって、スティーブンの全身を眺めた。

「タキシードの着こなしがピタリと決まっている。いつかプロデューサーのバーバラ・ブロッコリから『007』シリーズを撮らないかと誘われたら、あなたに衣装はまかせることにするわ。そのときはよろしく。そうそう、あなたのボンドガールを探さなくちゃ」

爪先(つまさき)だって会場を見回す。フォーマルなパーティでもサンドラはカジュアルなビッグシャツとワイドパンツ、それにスニーカー姿だ。ワイングラスを左手に持ち替え、右手を上げた。ミッシェル・クレアを見つけたらしい。

「前から、あなたの女性の趣味の良さには感心していたけれど、こんどはミッシェル・クレアとはね——。香港広しといえども、まあ実際は少しも広くはないけれど、彼女ほどチャイナドレスがよく似合う女性は二人といない」

深紅の絨毯(じゅうたん)を敷き詰めた会場をチャイナドレスの麗人がゆっくりと歩いてきた。今夜は目の覚めるようなピーコック・グリーンのドレスを身にまとっている。

「ミッシェル」とサンドラ・タンが呼ぶ。

「紹介するわ。こちら、私の友人のスティーブン・ブラッドレー。ダニエル・クレイグの次のジェームス・ボンドよ」

ミッシェル・クレアは、華奢な手を差し出して微笑んだ。

「まあ、そんな方とお目にかかれるなんて光栄だわ。ミッシェル・クレアといいます。ところでブラッドレーさん、その腕時計にも特別な仕掛けがあるのかしら」

スティーブンもとびきりの笑顔で答える。

「もちろんですとも。まだ見ぬ麗しの人を探し当てるGPSをガジェット担当のQが開発してくれました」

「わかったわ、スティーブン。この人混みでも私を見つけられたのはその秘密兵器のおかげね」

サンドラのことばに、三人は弾けるように笑った。

「僕は航空機のビジネスをしていて、二年ほど前から香港で暮らしています。スティーブン・ブラッドレーと申します。初めまして」

そう自己紹介すると、ミッシェル・クレアは首を傾げた。

「どこかでお見かけしたことがあるわ。春のサザビーズのオークションにいらしていたでしょう」

たしかにそのとおりだった。去年の四月、サザビーズ香港での中国古美術のオークションに出かけたことを思い出した。

「清朝のスナッフボトルをビットしていらしたわ。綺麗な瑠璃色のガラスの鼻煙壺でした」

「誤解しないでいただけると嬉しいのですが――。僕はあの阿片戦争をいたく恥じているイギリス人のひとりでして。嗅ぎ煙草を入れておくスナッフボトルを見ても、阿片膏の吸引に使うキセルを思い出して気持ちが滅入ってしまいます。ですから、スナッフボトルなど見たくもないのですが、ロンドンの友人に頼まれて仕方なくオークションに参加したんです。わが経歴に傷がつくような場面を見られてしまい、心穏やかではありません」

この麗人はそこらの情報部員よりも研ぎ澄まされた観察眼に精緻な記憶力を併せ持っているにちがいない。

サンドラがスティーブンに向き直って言った。

「三〇年代半ばの上海に、鄭蘋如という傾城の美女がいたのを知ってるでしょ。国民党の特務に繋がるその筋の女性よ。父親は国民政府の官僚で母親は日本人。血の配合はわたしも同じだけれど、彼女のほうは絶世の美女だった。当時、東亜同文書院に留学していた近衛文麿公の息子、文隆に近づいて、四馬路をふたりして歩き回っていたそうよ。そう、手練れのひと」

スティーブンは小気味よく応じてみせた。

「最後は漢奸（かんかん）として死刑判決を受け、処刑されてしまった。末期（まつご）のことばはたしか〝顔だけは撃たないで〟。サンドラ・タン作品の主人公にはぴったりです」

「この鄭蘋如を主人公にいつか映画を撮ってみたいと思ってるの。それで彼女の人物造形をあれこれ思い描いているのだけれど、決まって浮かんでくるモデルはミッシェル」

「サンドラ、大切な友人までスパイに仕立てるのはやめて。あなたの職業病、かなり重症だわ、ねえ、ブラッドレーさん」

スティーブンもまた、じつは去年の暮れ、沙田競馬場の香港スプリントでお見かけしましたと打ち明けた。

「あの時は龍王にはずいぶんと助けてもらいました」

「ぼくも熱狂的な競馬ファンなのですが、龍王を選んだあなたの眼力はさすがでした。香港スプリントじゃ日本からの有力な遠征馬もことごとく退けられていたんですから。十五頭目にして初めての勝利でした」

「眼力などという大層なものじゃありません。ただ〝龍王〟っていう中国名が気に入っただけなんです。イヤー・オブ・ドラゴンの最後の勝者にふさわしい。それにロードカナロアの馬番号〝4〟は私のラッキーナンバーでしたので――」

彼女はそう謙遜してみせたのだが、いくら〝龍王〟の名がお気に入りでも、それだけであれ程の大金を賭けたりはしまい――だが、スティーブンは敢えて沈黙を守った。

「来月のクイーンエリザベスⅡ世杯のレースでまたお目にかかれるでしょうか。そのときには、ぜひ、馬券指南をお願いできますか」

「もしも、競馬の神様がまた降臨してくださるならね」とミッシェル・クレアは笑みを浮かべた。

今日のところはこの辺りで切り上げるとしよう。スティーブンは再会を期して、ふたりの女性に別れを告げた。

後日、サンドラ・タン監督にお礼のメールを送ると、すぐに返事が返ってきた。末尾にこう書いてあった。

「今回の謝礼は、例の腕時計をお願いします。まだ見ぬ麗しい男を見つけるGPS付きの腕時計をオタクのQに作ってもらえるかしら」

茶目っ気たっぷりなサンドラの顔を思い浮かべながら、スティーブンは次なる一手に思いを巡らした。

重慶の休日

湾仔の閑静な路地に建つ広東料理店「柳燕」。あまたの名店を擁する香港にあっても飛び切りのレストランとして食通の間でも名高い店だ。星付けはやんわりと辞退しているらしく、ミシュランガイドには載っていない。この店の客になるには複数の常連客の紹介が要る。それでも新しい客たちは伝手を頼って押しかけてくる。

広東料理の決め手は新鮮な食材だ。柳燕では、早朝の午前五時に活きのいい魚介類を沖の漁から戻ってくる船から直に買いつける。水槽装置を備えたトラックが埠頭で待ち受け、店の大きな水槽に移して客の注文があるまで泳がせておく。鶏や豚肉もすべて新界の農家から取り寄せている。イギリス領だった頃には、香港島にも養鶏場や養豚場があったのだが、いまは香港政庁がライセンスを更新しない。このため、新界に自家菜園を開いて無農薬の野菜や香草類を栽培し、契約の養鶏場と養豚場から活きのいい食材を確保している。

柳燕の食材なら安心と常連客が通ってくる。安上がりな冷凍肉や中国産の食材は決して使わない。選び抜いた食材のためコストはかさむが、料理の値段はフォーシーズンズ・ホテルのミシュラン三つ星「龍景軒（ロンケイヒン）」ほど高くはない。果たして採算がとれているのか。「湾仔の七不思議」と客たちは噂している。

サンドラ・タンの紹介で晴れて柳燕の客となり、スティーブンは旬の広東料理を月に一度は堪能（たんのう）している。この頃ではミッシェル・クレアもすっかり打ち解け、「スティーブン」と呼びかけてくれる。だが、スティーブンは店主に敬意を表して「マダム・クレア」と呼んでいる。水曜日夜のハッピー・ヴァレー競馬場や週末の沙田競馬場でも時折顔を合わせ、出走馬の情報をあれこれ交換する仲となった。

暑さも和らぎ、からりとした秋の風が吹き抜けて、香港にも上海蟹（シャンハイがに）のシーズンが到来した。「菊黄蟹肥」——菊の花が咲くと蟹が肥えて美味くなる。なかでも柳燕で味わう旬の花蟹料理は逸品と評判だ。

「スティーブン、花蟹の紹興酒蒸しはお気に召したかしら」

山水図を彫り込んだマホガニーの扉が静かに開いて、ミッシェル・クレアが話しかけてきた。ろうけつ染めのチャイナドレスにすらりとした体軀（たいく）を包んでいる。茶褐色とチャコールグレーのシックな色合いが白磁を思わせる肌に映え、高めにカットされた襟からのぞくうなじが美しい。スティーブンは箸（はし）を持ったまま、つい見とれてしまった。

「あっ、むろん、絶品です。蟹の身に得も言われぬ甘みがあります。紹興酒の馥郁とした香りとあいまってじつに見事。三黄鶏の脂身で蒸したソースをからめると、味蕾が天に昇っていくような心地良さに包まれます」

スティーブンは天井を仰いで恍惚とした表情を見せた。

「まあ、そんな大仰な、あなたなら京劇の役者にだってなれそう。それにしてもマンダリンで料理をここまで表現できる外国人にお目にかかったことがありません。いったい、どんなお仕事をしてらっしゃるのやら――」

マダム・クレアはたおやかに微笑んで円卓の向こうに腰を下ろした。

「香港国際映画祭のオープニング・パーティで初めてお目にかかった折、たしかお伝えしたと思いますが。航空機のリース・ビジネスで二年ほど前から香港で暮らしていますと」

「航空機のリース・ファイナンスねえ。この界隈じゃ航空機に関する仕事といえば、白い粉を商っているか、もっと高価な、そう、中南海の政局情報に絡む賄賂と相場は決まっているわ」

ほっそりした手を伸ばし、磨き抜かれたグラスに紹興酒を注いでくれる。

「中南海といえば、太子党の正当なる後継者のひとり、薄熙来は惜しいことをしたわ。

政治局常務委員会入りにあと一歩のところだったのに。男はだれしも人生の頂が見えかけると判断を狂わせてしまう、そんなものなのかしら、スティーブン」

「さぁ、僕は権力欲とはまったく縁遠い、鄙の者ですから」

マダム・クレアはスティーブンを見つめて核心に踏み込んできた。

「イギリスともあろう情報大国がまたなんというドジを踏んだのかしら。政局のキーマン、薄熙来にどうしてまた、あんな中途半端なカードを切ったのでしょう。宮廷の陰謀劇がこれからヤマ場を迎えるところで、主人公のひとりを早々と舞台から連れ去ってしまった。なんて野暮なことを――」

ミッシェル・クレアは、共産党最高指導部内の権力争いに触れてきた。天安門事件後に起きた趙紫陽の失脚以来といわれる薄熙来の事件を持ちだしてきた。

「打黒」をスローガンに、官僚の腐敗を討つヒーローとして颯爽とあらわれた薄熙来。彼はそれゆえに民衆から喝采を浴びていた。賄賂を貪る黒い官僚たちをつぎつぎに血祭りにあげ、「毛沢東精神に立ち返ろう」と呼びかけた男。遼寧省大連の党書記から中央政府の商務相を経て重慶市の党書記となり、最高指導者の座を狙ってめきめきと頭角を現しつつあった。その薄熙来が突如、失脚してしまった。「重大な規律違反がある」として全ての公職を追われたのだ。つい先月には裁判で無期懲役の刑が確定した。

「マダム・クレア、ひょっとして、薄熙来と面識があったのでは――」

「あんな事件さえなければ、今頃は、あなたの席で花蟹を食べていたはず」

スティーブンが持つ箸の先が動きを停めた。

「豪勢に子分たちを引き連れて、盛大にふるまっていたわ。とても背が高くて、目鼻立ちもはっきりとしていて、一目で親分とわかるひとでした」

「薄熙来裁判をネットで見ている限りじゃ、そんなに大きな男とは思えませんでしたが」

「それはまさしく、中南海があの裁判をどれほど重視していたのかの証拠。いまも民衆にカリスマ的な人気を誇る薄熙来を恐れているからだわ。情けないただの平凡な男に見せるため、上背が二メートルもある警護官を両脇に立たせて、小男に映る演出までしたと聞くわ。両脇はバスケットボール選手ですって、笑えるでしょう」

薄熙来裁判は、北京が仕組んだ政治ショーだったという。

「中国の政変劇には、時に巧まざるネーミングが登場することがあるの。こんどの〝Lucky Holiday〟もそのひとつ。幸せな休日――なんと皮肉な命名かしら。イギリス人ビジネスマン、ここでは一応そう言っておきましょう、彼の幸せであるべき〝重慶の休日〟は、毒殺で幕をおろしてしまった。彼をここに誘い込んだのは〝現代中国のマクベス夫人〟よ」

マダム・クレアは奇怪な事件を持ち出して、この政変とスティーブンの間合いを測ろうとしているのだろう。だが、ヴォクソールの叛逆児は、花蟹の紹興酒蒸しに箸を伸ばして、表情を読ませようとしなかった。

白手袋

薄熙来事件は、いまから二年前の二〇一一年十一月、重慶市内のホテルLucky Holidayを舞台に起きた。英国人ビジネスマンのニール・ヘイウッドが死体となって見つかったのである。重慶市の捜査当局は、アルコールの過剰摂取による心臓発作と断定し、検死解剖もしないまま火葬に付してしまった。その後、イギリス政府が中国当局に事件の詳細な報告を求めたため、重慶の大物、薄熙来の腹心だった副市長兼公安局長の王立軍が本格的な捜査に乗り出した。

ヘイウッドは殺害された疑いがある――事件を再捜査したチームは王立軍に衝撃的な事実を告げた。あろうことか、薄熙来の妻で、敏腕弁護士の谷開来(こくかいらい)がヘイウッドの変死に関与した疑惑が浮上したのである。慌てた王立軍はボスの薄熙来に「ヘイウッドは毒殺された疑いがある」と報告する。猛り狂った薄熙来は、王立軍の胸ぐらをつかんで罵り、殴りつけたという。そして直ちに公安局長の任を解いてしまった。知りすぎた男、王立軍は、政治生命ばかりか、命の危険さえ感じたのだろう。重慶から三百キロ離れた四川省成都のアメリカ総領事館に駆け込んで亡命を求めた。成都のアメリカ総領事館は、チベットの分離独立運動の動向を監視する対中国インテリジェンス活動の最前線である。だが、アメリカ政府は王立軍の身柄を引き受けようとはしなかった。

　この騒ぎによって、ヘイウッド殺害事件はにわかに中南海を巻き込んだ政変劇となって耳目を集めることになる。薄熙来は、王立軍の亡命未遂事件の責任を問われ、重慶市党委員会書記の職を解かれてしまった。さらに党中央の政治局員の職務も停止された。妻の谷開来はニール・ヘイウッド殺害容疑で当局に身柄を拘束された。

　事件の捜査が進むにつれて、薄熙来・谷開来夫妻は五十億ドルにのぼる不正蓄財をしていた事実が明らかになる。ふたりはヘイウッドの助けを借りて、大連時代から巨額の資金を不正に海外に送金していたとして指弾された。「打黒のヒーロー」は、谷底へと真っ逆さまに転落していった。

「スティーブン、白手袋という言葉をご存じかしら」

「ホワイトグローブといえば、オークションで品物がきれいに売れたことをいうのではありませんか」

「まあ、優等生らしいお答えだこと。でも中国では別の意味があります。白い手袋さえしていればどんなに手が汚れていても外からはわからない。そこから、不正な方法で資金洗浄を援ける人のことをいうんです。薄熙来一家にとって、ヘイウッドがまさにその白手袋だったわけね」

「たしかにロンドンのブックメーカーを使って競馬に勝てば、資金を安全に海外に移すことができます。でも、競馬に必ず勝つとは限りませんからね。中国人が大量の資金を海外に持ち出すには、その道に通じた外国のプロの手を借りる必要がありますね」

「実は薄一家には他にもうひとり、白手袋がいたわ。パトリック・デヴィレという名のフランス人建築家よ。五年ほど前、なぜかカンボジアへ引っ越していった。逃げるようにね。今度の事件でプノンペンから連れ戻されたわ。薄熙来一家の悪事に通じたもうひとりの白手袋として証言台に引き出されたんです」

「白手袋の最大の任務はマネーロンダリングでしょう。その手口はどういうものだったのでしょうか」

「薄熙来一家の場合、カリブ海の英国領ヴァージン諸島を租税回避地（タックス・ヘイヴン）として使っていたようです。実務を引き受けたのは、ご多分に漏れずパナマの〝モサック・フォンセカ〟。この法律事務所がオフショアにペーパーカンパニーを何社もこしらえて資産隠しをしていた。もちろん匿名でね。入れ子のように会社を組み合わせていけば、金融資産であれ、不動産であれ、本当の所有者はつきとめられない。谷開来はモサック・フォンセカの大のお得意さんだったわ」

モサック・フォンセカは世界各地に五十を超える支店網を持っている。中国だけでも香港を含めて九つのオフィスを構えている。中国にはそれほど白手袋の需要があるのだろう。

オフショア・ビジネスの肝は秘密保持サービスだ。その点でモサック・フォンセカは、鉄壁の防御を売り物にする業界の代表格だ。

「じつは僕のオックスフォード時代の友人で、アメリカ財務省にいた男から聞いたのですが、二〇〇一年の同時多発テロの際、アルカイダのテロ資金がオサマ・ビン・ラディンからどのように実行犯たちに手渡されたのかを調べてみたそうです。そのときもモサック・フォンセカの名前が見え隠れしていた。でも、蜘蛛（くも）の巣のように張り巡らされたペーパーカンパニー群にからめとられて、パナマの白手袋に関しては、ついに決定的な証拠は見つけられなかった、と悔しそうでした」

情報のプロフェッショナルすら突破できなかった極秘情報をマダム・クレアはどうやって手に入れているのか。そして、それをこともなげに明かしてみせるのはなぜなのか。

だが、スティーブンはそれ以上敢えて深入りしなかった。

「それにしても、初公判からわずか十一日で判決言い渡しとは、驚くべきスピード裁判でした。胡錦濤政権の焦りが垣間見えた気がします」

「秋に中国共産党の次の体制を決める重要会議が控えていましたから。中南海も蓄財絡みの事件としてさっさと幕を引きたかったのでしょう。胡錦濤後継の足場を着々と固めていた習近平一派の意向も微妙に反映されていたはずです」

政局の秋がやってくると、共産党の内部では、いくつもの勢力が水面下で隠微な暗闘を繰り広げる。老幹部の子弟から成る「太子党」一派と、共産主義青年団を基盤とする「共青団」一派が新たなポストを狙って烈しい争奪戦を繰り広げるのだ。

失脚した薄熙来は、古参幹部の薄一波を父に持つ太子党のプリンスだった。現在の共産党支配から多大な恩恵を受けてきた保守的な一派に属していた。一方の共青団は、十四歳から二十八歳の有望な若者を選抜した将来の幹部候補生の組織であり、団員数は約八千万人。この組織を拠り所に出世してきたのが胡錦濤だ。先輩後輩の絆がきわめて堅く、それを足がかりに国家主席に昇りつめた。

「欧米のメディアは、ヘイウッド殺害事件の背景に太子党と共青団系の対立があると報じているわ。胡錦濤一派は、共青団の規律部門を密かに動かし、薄熙来一家の不正蓄財を内偵していた。それに勘づいた薄熙来が、先手を打って口封じのためにヘイウッドを消したと――」

マダム・クレアが欧米メディアの観測をあえて披露したのは、そんな表層的な読みには賛成しかねると言いたいからなのだろう。美しい眉を顰め、囁くように呟いた。

「スティーブン、この国では知りすぎた男ほど危うい者はないわ。ヘイウッドは太子党と共青団の凄まじいばかりの権力争いに巻き込まれ、命を落としてしまった。そこまではよしとしましょう。でも、中国の政変劇はそんなに単純じゃありません。確かに、共青団系の胡錦濤一派は、薄熙来の不正蓄財を徹底的に追及しましたが、同じ太子党だからといって習近平一派が穏便な処置を求めるはずなどありません」

マダム・クレアは異なる見立てを披露してみせた。

「胡錦濤一派は、江沢民前主席の上海閥とは微妙な対立関係にあります。次期政権を射程に入れつつあった習近平は、江沢民一派の支持を何としても取り付けておきたかった。ですから、胡錦濤一派に表立って協力するわけにはいかなかったのです。その一方で、将来、ライバルとなる薄熙来を胡錦濤政権が始末してくれるなら願ってもない。自分の手を汚さずに済むのですから。すべて計算のうえで、表向きは薄熙来を少しだけかばってみせる。太子党を敵に回さないようにね」

クリス・パッテン卿が高く買うこの女性はやはりタダモノではない。中南海の奥の院にも通じている。だが、マダム・クレアは果たして中南海の誰に近く、誰と敵対しているのか。機微に触れる政局をそれとなく解説してくれるが、中国政界の星座に占める自らの位置は少しも窺わせようとしなかった。

シルバー・ジャガーの男

「ところで、口封じのために殺されるほど薄熙来に近づいたニール・ヘイウッドはいったい何者だったのかしら。スティーブン、イギリス人コミュニティではなんと言われていたの」

金色に澄んだスープを口に運びながら、マダム・クレアが問いかけた。

「ヘイウッドは重慶ではなく、北京市内に住んでいたそうです。アストン・マーチンのスポーツ車を扱う外車ディーラーのアドバイザーも務めていました。航空機ビジネスじゃありませんよ。英国車の代理店です」

「ヘイウッドは他にも様々な顔を持っていたようね。柳燕に時折やってくる北京のヘッジファンド・マネージャーの話では、〝ハクルート〟というビジネス・インテリジェンス企業のコンサルタントもしていたとか。あなたならハクルート社のことはご存じよね」

「あなたなら」――マダム・クレアは微妙な言い回しで、スティーブンの素顔にも迫ってきた。ハクルートは、MI6の工作員だった男が、二十年ほど前にロンドンで設立したコンサルティング・ファームだ。退職まぢかの有能なエージェントをリクルートして組織の情報力を揺るぎないものとし、その世界では密かに名を知られる存在になっている。

「とてつもない金額で情報を売り買いする会社だと聞いたことがあります。よほどの大金を積まなければ、ハクルートは情報を提供してくれないと。彼らから情報を得るのは、石から血を搾り出すほどに難しい、そう言われています」

伝聞で応じると、直球が返ってきた。

「あらスティーブン、あなた、まさかヘイウッドとお知り合いだったのかしら」

スティーブンは敢えて憮然とした面持ちで、グラスの紹興酒を一気に飲み干した。

「マダム・クレア、あなたにそう言われるのはじつに心外です。僕はそんな男には会ったことはありません」

「ということは、彼の存在はご存じだったのね」

「噂は千里を走るといいますから。北京の街中でシルバーのジャガーSクラスに乗っていたド派手な〝英国人ビジネスマン〟。ナンバープレートは007、おまけにユニオンジャックのステッカーまで貼っていた。そういえば、アストン・マーチンもジェームス・ボンドの車ですね。こんな秘密情報部員がいたら、ぜひお目にかかりたいものです」

そう言ってマダム・クレアの追及をかろうじてかわしたのだった。

インテリジェンス活動に関しては一切コメントしない。そんな原則を頑なに守るイギリス政府も、今回の事件があまりに世間を騒がせたため釈明せざるを得なくなった。MI6を統括・監督するホワイトホールを代表して、ヘイグ外相が「我が政府はいかなる形でもヘイウッドを雇ったことはない」と明言した。

「たしかに、あのヘイグ発言は異例中の異例でしょう。でも、雇用関係がないからといって、MI6がヘイウッドを情報提供者として使っていなかったことにはならないわ。ヘイウッドにすれば、薄熙来一家の白手袋というダーティなビジネスを当局に黙認してもらえるなら、報酬なんか要らなかったはずよ。その見返りにハクルート社を通じて中国共産党の耳寄りな内部情報をそっと渡していた。そうみるのが自然じゃないかしら」

マダム・クレアはまっすぐに見据えてそう言い、スティーブンも視線を逸(そ)らさずに応じた。

「それじゃ、関東軍の謀略工作の資金源になると知りながら、阿片の売買を満州国政府から請け負っていた日本の商売人とすこしも変わりません。イギリス政府も阿片戦争の罪過を少しも悔い改めず、情報が手に入れば、その手段は問わないと考えていた。そう批判されても言い訳できませんよ」

マダム・クレアもスティーブンを問い詰めても詮無(せんな)いことだと思ったのだろう。

「あきれたものね」と言い捨てて矛を収めた。スティーブンはマダム・クレアのグラスに紹興酒を注いで、黙って杯をあげた。

故人西辞黄鶴楼
煙花三月下揚州
孤帆遠影碧空尽
惟見長江天際流

柳燕の個室には、唐の詩人、李白の七言絶句が掛かっている。王羲之の筆を思わせる洗練された行書だ。

スティーブンが黙って見上げていると、マダム・クレアが歌うような抑揚で朗誦してくれた。惚れ惚れするような澄んだ声だった。

「故人　西のかた黄鶴楼を辞し
煙花三月　揚州に下る
孤帆の遠影　碧空に尽き
ただ見る長江の天際に流るるを」

楼、州、流がリズミカルに韻を踏んでいる。

「黄鶴楼にて孟浩然の広陵に之くを送る。生前、父がいちばん好きだった詩です」

マダム・クレアは独り言のように言い、過ぎ去りし日々を懐かしむような表情をみせた。蘭の彫刻が施された紫檀の飾り棚には、潑剌とした表情で馬に跨る若い女性の俑が置かれていた。

「これも唐代のもの、加彩騎馬美人俑ですね。千二百年も地中深くに眠っていたのに、彩色がここまで保たれて鮮やかなのはじつに稀です。うちの祖父も騎馬俑を蒐めていたのですが、戦乱と革命のさなか、みな散逸してしまったと両親から聞きました」

マダム・クレアは馬上の美女を慈しむような目で見つめていた。

「唐の時代の女たちは、それは伸びやかで開放的だったそうです。男装して遊びに出かけたり、ペルシャやイタリアからの商人が行き交う長安の大通りを馬で駆け抜けたり。そう、英国人が大好きなポロ競技も楽しんでいたといいます。女性がこれほど自由だった時代は、この国の歴史では他に見当たりません」

「あなたほどの器なら、シルクロード交易を手がけても巨万の富を築いたことでしょう。ところで、いまふと思い当たったのですが、あなたの美しい北京官話には、わずかに武漢あたりのアクセントが混じっているような気がするのですが」

「あら、スティーブン、英国紳士らしくもない。だれも他人の出自に触れてはならない──香港の不文律をよく心得ているはず。武漢訛りがあるなんて、わたし、いまのいままで誰にも言われたことがないのに」

「礼を失したとすればお詫びします。じつは僕の北京官話の先生が、中国各地の方言を比較して研究する権威だったものですから。相手の話し言葉から出身地をぴたりと言い当てる達人でしたので、つい──」

「広東語も福建語も巧みに操るあなたのことだから、ヒアリング能力を疑うわけではありませんが──何か特別な魂胆があって、わたしに誘い水を向けた、そうでしょう。比較言語学は〝出身地あて〟の学問じゃないわ。正直におっしゃい、スティーブン」

「では、香港で守るべき礼節を破った僕を許してくださるんですね。寛大なお気持ちに謹んで感謝申し上げます」

マダム・クレアはここで英語に切り替えた。

「いったい、何をお知りになりたいのかしら、スティーブン。確かに両親は武漢の出身です。ですから、私の言葉に武漢訛りが混じっても不思議はないけれど」

「そう言えば、お父上が愛唱された李白の詩も武漢三鎮の風景を詠んだものですね。ご家族が武漢から香港にいらしたのはいつですか」

「文革のさなか、私は四歳でした。両親はふたりとも中学の教師をしていました。質素で生真面目な夫婦だったのですが、なぜか資本主義の手先と批判され、手ひどい吊るし上げにあったらしい。祖父が早手回しに、わたしたち三人を香港に逃れさせたと聞いています。わが家は文革難民なんです」

「あなたが教師の娘さんとは、ちょっと意外だったなぁ。それじゃ、あれほどの博才はどこから受け継いだのだろう」

「スティーブン、中国女が大の賭博好きなことはご存じのはず。中国人のギャンブル消費額は年間で一兆人民元を超えるのよ。私なんて可愛らしいものだわ。もっとも、私にささやかな博才があるとすれば祖父譲りでしょうね。父は嘆いていたわ。さぁ、ファミリー・ヒストリーはこのくらいにして、どうぞ召し上がれ。せっかくのハタの豆鼓蒸しが冷めてしまうわ」

長江の畔にひろがる武漢は、武昌起義の地として知られ、中国革命の狼煙はここから上がった。マダム・クレアはその武漢で生を享け、両親は文化大革命のさなかに「走資派」として吊るし上げにあった古参の共産党幹部に違いない。だとすれば、彼女の家系は革命に力を尽くした由緒正しい血筋を受け継いでいるはず。中南海の奥深くに驚くような情報源を持っていても不思議はない。だが、いまの北京政府に親近感を抱いている節はどうにも窺えない。ミッシェル・クレアとはいったい何者なのだろう。

ワシントンD.C. 二〇一四年一月

キーラへ〝SOS〟

佳き友がいなければ、この世は茫漠たる荒野になってしまう——。

心を許した友の導きで新たな地平が拓かれる。たしかに、人生にはそんな瞬間が幾度か訪れることがある。あのひどく寒い冬がまさしくそうだった。

すべては極渦から始まった。常の真冬なら、優勢な気流として知られる極渦が、北極を取り囲んで極地の上空に寒気団を閉じ込めておく。だが、二〇一四年は年明けと共に極渦の勢力が弱まり、極北に居座っているはずの寒気団の南下を許してしまった。

このため北米大陸に暴風雪が吹き荒れ、記録的な寒波となった。ナイヤガラの瀑布も凍りついた。ミシガン湖に臨む大都市シカゴは体感気温がなんとマイナス四十三度を記録し、シベリア並みの寒さとなった。

南部諸州の境界に位置する首都ワシントンD.C.でも、ポトマック河が氷結してしまった。警察の警告を無視して、凍った川面に繰り出しスケートを楽しむ若者たちまで現れた。

小粒だが精鋭揃いと評される財務省の情報機関にあっても、近未来をぴたりと言い当てるインテリジェンスの技ではマイケルに並ぶ者なし。そんな自信も、極渦にことごとく打ち砕かれてしまった。

目端が利く連中は、自家発電の設備があるワシントン市内のホテルにさっさと避難していた。果たして、ウィスコンシン通り一帯の電線は凍てつく氷の重さに耐えかねて寸断され、停電がもう三日も続いている。アパートメントへ籠城したマイケルは、未来予測の惨めな敗者となった。暖炉の前にキャンピング・マットを敷き、寝袋のなかでじっとうずくまって寒さに震えていた。山積みにしておいた薪もあと残りわずかだ。

神よ、哀れな子羊をどうかお救いください――そう心のなかで哀訴した瞬間、脳裏に一条の光が差し込んできた。そうだ、あの姫神さまにすがってみよう。意を決して立ち上がると、ただちにパソコンの画面を開いた。

親愛なるキーラへ、凍えるマイケルよりSOS

いま、北米大陸の東海岸は大寒波に襲われている。ニュースで知っているだろう。もう、この寒さには耐えられない。僕が育ったオクラホマの冬もそれは厳しかった。ガキの頃からメソメソしたあの寒さはガラガラへビより嫌いだった。アイビーリーグではなく、カリフォルニアにあるスタンフォード大学に出願したのも、まさに冬の寒さから逃れるためだった。

今朝はスーパーに食料を買いに行こうと外へ出たとたん、鼻のなかでシャキッと音がした。なんと吸い込んだ息が瞬時に凍りついたんだ。鼻の中に霜柱が立つなんて、想像できるかい。君は『アナと雪の女王』を観ただろうか。いまのワシントンは、まさしくエルサが凍らせた街だ。ここから脱出するため、キーラ、君の助けがなんとしても要る。悪いが、そちらに三週間ほどお世話になれないだろうか。掃除でも、薪割りでも、なんでもやるつもりだ。

地球温暖化の哀れな難民　マイケルより

寝袋の脇で充電中のiPhoneが鳴ったのは翌朝だった。遥か彼方から懐かしいメゾ・ソプラノが響いてきた。

「おはよう、アイスマン。珍しいじゃない、連絡をくれるなんて。とうにテロリストに消されたのかと思っていたわ」

「ああ、救いのアボリジナル、天の声がなんとも懐かしい」

「まあ、寒さを逃れるためなら、お世辞も言うようになったのね」

「キーラさま、僕の切なる祈りは届いたろうか」

「私はいま本を書いているの。学術書じゃなくて、一般向けの本。だから、あなたが前から行きたがっていたタスマニア旅行には付き合えない。でも、アパートのひと部屋は本さえ片付ければ空けられる。とは言っても、マイケル、こっちは猛烈な、もう想像を絶する暑さなんだから。きょうも摂氏で三十五度を超えている。それでもいいのなら」

「ああ、助かるよ。キーラの声を聞いただけで体温が一度上がったような気がするよ。贅沢は一切言わない。執筆のお邪魔虫もしない」

「極渦、懼るべし。北極を襲う温暖化の波は、ホモサピエンスにいま痛打を浴びせている。最大級の警鐘と受け取るべきよ」

「ここ数年、北極では、他の地域に較べて二倍の速度で気温が上昇している。巨大な氷山が溶け出しているそうだ。北米大陸との気温差がどんどん縮まって、極渦が緩んで寒気団が南下してきたんだ」

「その余波はここオーストラリア大陸にも及んでいるわ。この異常な暑さ。川はすっかり干上がって、そこかしこで山火事が起きている。ホモサピエンスは増殖しすぎたのね。地球に住まわせてもらっていることを忘れ、地球の支配者になったと思いあがった罰を受けているんだわ」

キーラはオーストラリアの先住民、アボリジナルの血を引く気鋭の自然人類学者だ。初めて彼女と出遭ったのは、いまから二十年以上も前。オックスフォード大学のキャンパスだった。ふたりは共に「ローズ奨学生」としてコーパス・クリスティ・コレッジに迎えられた。ローデシアでダイヤモンド鉱山を掘り当て、巨万の富を築いたセシル・ローズ。彼が大英帝国の植民地の子弟のために創設した奨学制度に応募して、厳しい選抜を勝ち抜いたのだ。

ふたりはこの帝国主義者に燃えるような反感を抱いていた。だが、ローズ奨学制度は極めつきのハイクオリティだった。個人指導にあたるチューターも粒ぞろいだ。加えてコレッジの住人たちは揃ってエキセントリック。奇行で知られる変わり者たちで溢(あふ)れていた。それでいて研究業績は非の打ちどころがない。秀才のマイケルもここでは人生で初めてフツーのひととして扱われ、すこぶるつきの居心地のよさだった。

最初の学期にマイケルは生態人類学のクラスを受講した。四人ひと組の演習で奇(く)しくもキーラと同じグループとなった。ふたりの名字のアルファベットが近かったからだ。

カフェテリアのミーティングで、キーラはふっくらした手を差し出した。

「私はキーラ・ドーソン。オーストラリアのクイーンズランド出身よ」

ココア色の肌に澄んだ黒い瞳(ひとみ)。顔の真ん中にちょこんと座った丸い鼻が愛らしかった。窓から差し込む西陽に映えて、ゆるくカールしたショートヘアが金色に輝いていた。不思議そうに見つめるマイケルの視線に気づいたのだろう。前髪をかきあげていった。

「この髪は染めてるんじゃないの。アボリジナルには金色の髪をした女性は珍しくない。私もそのひとり。人類の脱アフリカの直後、四万七千年前にはオセアニアにはもうホモサピエンスが住みついていた。ＤＮＡ解析でやがて私の金髪の謎も解き明かされるはずよ」

渓谷を貫く清流のように澄みきったその声。なんと魅力的な音色なんだろう。メゾ・ソプラノのキリ・テ・カナワが眼の前に現れたような気がした。

「じつは僕の妹もキーラっていうんだ。ケルト語で黒い髪という意味。その名のとおり、彼女は黒髪だけれど」

「私たちの言葉ではキーラは高い山。そのわりに私の鼻はぺったんこだけど」

飛び抜けた知性とウィット、この二つを併せ持つ女性は、オックスフォードのキャンパスを探してもそう多くはないだろう。ふたりはたちまち百年の友となった。それぞれの国に帰った後も、どこか心が通じ合っている。だが、頻繁に連絡を取り合ったりはしない。

マイケルは南半球の真夏に思いを馳せてみた。

ああ、珊瑚礁の美しいグレイト・バリア・リーフでシュノーケリングを楽しみたい。ヌーサ・エバーグレーズの大湿地帯でカヌーを漕ぎ、亜熱帯雨林でトレッキングもしてみたい。そう夢想しながら、極寒のアパートメントに帰り着くと、キーラから再び電話がかかってきた。

「マイケル、伝え忘れていたのだけれど、あなたを迎え入れるにあたって、条件がふたつあるの」

「何でも言ってくれ。押し込み強盗と人身売買以外なら何だってやるよ」

ケータイのむこうからは朗らかな笑い声が響いてきた。

「じつは、私はいまダイエットに挑戦中なの。こんどばかりは本気よ。そこで、幾多の減量戦にチャレンジして敗れ去りし者、マイケルに折り入って頼みがある。あなたの敗戦訓を生かして、ヘルシーなダイエット食を毎日つくってもらえないかしら。できれば日本の家庭料理がいい。伝統的な日本の食事がユネスコ無形文化遺産に登録されたというニュースを読んだわ。Washokuって理想的な栄養バランスらしいと聞いた」

「そういえば、日本人に極端な肥満はいないな。それに世界一の長寿国だ。食べ物のせいなのかもしれない」

「まあ、この際、味には目をつぶるから、和食を作ってもらえる。それから、もうひとつ。いま書いている本の相談にのって。案外難しいのよ、人類学の仮説を一般向けにわかりやすく書くって」

マイケルは直ちに快諾しただけではない。オーストラリアに向かう途中、ニッポンに立ち寄り、親友スティーブンの伝説の乳母（うば）、サキのもとでヘルシーな家庭料理の特訓を受けてくることまで申し出た。

まごわやさしい

マイケルのワシントン脱出劇。その支度はすべて暖炉前の寝袋ですすめられた。サキに家庭料理を習うにはまずスティーブンに断りを入れなければ。それにしても香港の退屈男と話すのは久々だった。

「どうだ、スティーブン、行儀よく暮らしているんだろうな」

「もちろんさ。でも、競馬場には精勤している。暮れの香港スプリントは、ロードカナロアの連覇で大儲けしたと言いたいところだが、大本命で配当がさっぱり。目の覚めるような穴馬を見つけるまで、布団を被って寝ているさ」

「表向き、香港は平穏を取り戻したように見えるが、実際はどうなんだ」

「〝一国二制度〟という女王陛下と中国の約束はいよいよ怪しくなっている。マイケル、〝占領中環〟ってことばを聞いたことがあるか」

「いや、ないなぁ。中環、セントラルは金融ビジネスの中心だろ」

「そう、まさしく国際金融都市、香港の心臓部だ。そのセントラルにデモ隊を繰り出して占拠し、金融の機能を麻痺させる、そんな計画が密かに練られている。一応は〝ラブ＆ピース〟で穏やかにということらしいが、治安当局がどう応じるか。先行きは全く読めない」

「大規模な反中国の民主化運動に発展する可能性があるってことか」

「僕はそう睨んでいる。ところで、久々に電話してくるとはどうしたことだ。君も香港に島流しになるのか。それとも、アイルランドに婿養子にいくと決めたのかい」

「じつは、サキさんに弟子入りしようと思ってね。それでまず君に仁義を切っておこうと思ったんだ。和食の作り方を教わりたいんだ」

「それはまた、不可解な頼み事だなぁ。ハンバーガーとフライド・ポテトが、君の生涯の友だったはず。それさえ食っていれば、超大国のスパイなら立派に務まるはずだろう」

マイケルは、極渦の南下と和食の込み入った関係を簡潔に説明してみせた。

「要するに、キーラに会いたくなったんだな。そういうことなら喜んで力を貸すよ。サキには僕からもよく頼んでおく。ただ、あの師匠はなかなか厳しいぞ。心して入門したほうがいいぜ」

マイケルはまず「入門日本語」のレッスンに猛然と取り組み始めた。スティーブンが紹介してくれた金沢在住で茶道の師匠でもあるミセス・カズミ・モトエについてスカイプで特訓を受けた。朝夕二回、三時間を費やして初歩から学び直した。教材は料理に絞ってもらい、野菜、魚、肉、調味料と単語帳をこしらえて寝袋で諳(そら)んじた。

宿はサキが住む湯島に程近い「山の上ホテル」にするつもりだったが、あっさりと却下されてしまった。

「わずか三日の滞在でございましょう、マイケルさま。朝、昼、晩と三食の基礎をみっちりと仕込むには、そりゃ泊まり込みじゃなければ無理というものでございますよ。ぜひ泊めてやってくれと、スティーブンからもそう申しつかっております。よそさまへ泊まられては、私の面目がたちません」

ぶっきらぼうだが、サキは心根が優しい。めっぽう頼りになる。さすが、わがまま者のスティーブンを少年時代から調教しただけの人物だ。だが、英国の上層階級の〝ナニー〟、母親代わりの養育係にはとんと不案内だった。マイケルも初めの頃はどう接したものか戸惑ったものだった。だが実際に接してみると、クロサワ映画の〝若侍と婆や〟のようなもので、たちまち意気投合した。サキもオクラホマ男を何かと頼りにしてくれる。なぜスティーブンに嫁がこないのか。かつてこの話題でおおいに盛りあがり、それ以来ぐんと親しくなった。

湯島天神裏にある家は、以前のままの佇まいだった。古風な門の前から玄関まで打ち水がしてある。飛石を伝って来訪を告げた。前回は、靴を脱ごうとして靴下のかかとに穴が開いているのに気づいた。今回はおろしたての靴下を履き、靴も磨きあげてきた。

小柄なサキが奥から姿を見せた。

「ようこそ、おいでになりました、マイケルさま。さあ、どうぞ。スティーブンからはお客様扱いしないようにと言いつかっておりますので、どうぞこのまま居間のほうへお通りください」

「お世話になります。これ、つまらないものですが——」

マイケルは日本語のマナー帳をなぞるように口上を申し述べ、小さな包みを差しだした。ワシントン・ダレス空港の免税店で求めたランコムの口紅だ。若き日のサキは、スティーブンの父親からランコムの口紅をプレゼントされ、「まあ、旦那様、舶来品は初めてです」と感激したという。サキのご機嫌をとるならこの口紅がいい、スティーブンがそう入れ智慧してくれた。

「まあ、嬉しゅうございます。細やかなお気遣いを」

サキは押しいただくように受け取った。

「ひと休みしたら、さっそくお稽古を始めましょう。なにしろ時間が限られておりますから」

廊下を進むと、懐かしい匂いがした。畳の匂いだ。以前に訪ねたときも青い草の香りが心地よかった。畳の芳香にはフィトンチッドが含まれているという。森の木々が放つ、あの爽やかで香しい成分だ。

サキは、白髪交じりの髪を小さなお団子にまとめ、藍色の置賜紬に真っ白な割烹着をつけて台所に立った。

数年前、近所でボヤが出た。これを機にスティーブンの勧めもあって、ガスコンロをＩＨに換えたという。火加減の微妙な調節には難があるが、火の始末を心配しなくていい。食洗機も据え付け、床下には温水式の床暖房も備えている。

「なにごとも臨機応変。そうでなくちゃ、寄る年波には勝てません」

弟子のマイケルにも白いブロードの木綿エプロンを用意してくれた。

「こう言っちゃ何でございますが、意外とお似合いですよ。金太郎さんが白い腹当てをしたようないでたちで」

サキは背筋を伸ばして早くも臨戦態勢に入っている。

「さて、ようござんすか、マイケルさま、ニッポンの家庭料理の定番は、なんと申しましても一汁三菜でございます」

「サキさん、トックンのまえに、一つだけ、お願いしていいですか。そのぉ、〃マイケルさま〃と呼ぶのはやめてください。僕は弟子なんですから。マイケルと。それと、敬語は僕には難しいです。シンプルにお願いします」

「それじゃ、マイケル、これでよろしゅうございますね。和食は一汁三菜ですよ。具沢山の味噌汁におかずは三品。それに炊き立てのご飯。まごわやさしい」

「えっ、マーゴ？」

「そう、まごわやさしいと言ってみて」

「マーゴなら僕の秘書ですが、彼女はちっとも優しくない。毎日怒られてばかりです。その合い言葉はちょっと――」

「マーゴじゃなくて、まごですよ。豆、ごま、のまご。それに、わかめ。野菜。魚。しいたけ。いも。その頭文字をとった語呂合わせ。これさえ覚えておけば、栄養のバランスがいい、美味しい食事がいただけます。さぁ、ようござんすか。ま・ご・わ・や・さ・し・い」

特訓はまず包丁の持ち方から始まった。

「家庭の主夫なら、包丁は牛刀とペティナイフの二本で十分」

「木屋」と銘の入った包丁には、マイケルと片仮名で名前を彫ってくれている。

「さぁ、しっかり包丁を握って。そう、右足を半歩ひき、まな板にやや斜めに立って」

「ナイフの使い方なら慣れています。それに職場で武闘の初任研修でも教わりました」

「いいえ、焚き火で牛肉を炙るカウボーイのようなガサツなのはダメ。ここはサムライのようにすっくと立たなきゃ」

サキは冷蔵庫の野菜室からキュウリを取り出し、まな板に置いた。

「さあ、切ってみましょう。左手は猫の手にして」

「猫の手って」

「ほら、招き猫の手。ああ、そんなことを言ってもわかりゃしないわね。ほら、こんな風に」

サキは親指を包み込むように四本の指を丸めてみせた。

「なるほど、猫の手か」

「切るときは、包丁をまな板と直角に。そう、引いて押す。これを繰り返すのが基本。上からドスンと振り下ろす、薪割りはダメ。魚も野菜も切り口はスパッと鮮やかに」

「薪割りなら得意なんだがなあ。オクラホマの牧場じゃ朝起きるとまず薪割りでした。僕たち少年たちの大切な仕事でしたから」

「でも、それはひとまず忘れて。包丁は縦にすっと」

「はい、わかりました」

午前の特別講義は、包丁の使い方と食材のさばき方の伝授で終わった。

午後は和食の基本とされる出汁のひき方、それに味付け編だ。

「さてと――」

サキ先生は、古風な引き出しから、得体の知れない品々を取り出してきた。

白い粉を吹いた黒い薄い板状のもの。乾いた木切れのようなもの。そして、強烈な匂いを放つ小さな干し魚。これが料理の材料なのだろうか。スーツケースに下着類と一緒に詰め込めば、匂いが移ってしまう。眉をひそめるキーラの顔がちらついた。

「これはコンブ。日本列島の北の端、彼方にサハリン島を望む利尻島で採れた逸品です。トントンと乾いたいい音がするのはかつお節。木のように乾燥させてあります。これは小魚を煮干しにしたものね。どれも日本料理の味の源です。私はちゃんと出汁をひきますが、いまは手間を省いて無添加のだしの素を使いましょう。世の奥さま方もいまは九割がたこっち。念のために三週間分用意しておきました。オーストラリアにお持ちなさいな」

「よかった、ありがとうございます」

「いーえ、スティーブンの親友なんですから、気になさらないように。わたしゃ、知らない振りをしていますが、スティーブンが苦境に陥った折、命まで助けてもらった親友でしょう」

マイケルはちょこんと頭を下げただけで言葉を飲み込んだ。

「まあ、見てくれも育ちもたいそう違うのに、こんな時だけは似た者どうし。二人とも肝心なことは何にもいわない。でも、このサキは先刻承知でございますとも、ふたりの稼業は――」

そう言うと、サキは人差し指をぴんと立てて、調理台を指した。

「さて、次は調味料の順番。これを間違えちゃいけません。ようござんすか、さしすせそ、と覚えて」

「なんだかスパイの符牒か暗号みたいだな。サキさんがスティーブンと交わす合い言葉ですか」

「まあ、そんな類いだと思って。それなら覚えられるでしょ」

サキは、指で砂糖、塩、酢、醤油、味噌を順に指して言った。

「さしすせそ。醤油は、私の子どもの時分は、せうゆ、と書いたんです。蝶々をてふてふと書くように。だから、醤油は〝せ〟。味噌は語尾をとって〝そ〟。さしすせそ、語呂がいいこと」

マイケルは英語で口に出してみた。

「SSVSM――シュガーもソルトもソイソースもみんなSか」

アルファベットの頭文字じゃ何の役にも立たない。

「だから、さしすせそと教えたでしょ」

五つの調味料を順に見ながら、マイケルは「さしすせそ」と復唱してみた。

「砂糖は分子が大きくて味がしみにくい。だから一番先に。塩は分子が小さいので浸透圧が高い。酢、醤油、味噌は発酵食品で熱に弱い。だから、あとで入れるんでしょうね、きっと」

「あらまあ、そんな理屈があるとは、この齢になるまでちっとも知りませんでしたよ」

香港に蟄居を命じられている諜報界の麒麟児の顔が浮かんできた。マイケルは佳き友の行き届いた計らいに感謝しつつ、「さしすせそ」と呪文を繰り返してみた。

「今晩の献立は何にしましょうかね。オクラホマのお生まれですから、血の滴るビフテキがよろしいでしょう。松阪牛のヒレ肉なら買ってあります」

マイケルはきょとんとして聞き返した。

「えぇ、ビフテキって」

「ビーフステーキのことですよ。お国の料理のことも知らないんですか。スティーブンも篠笛(しのぶえ)や漆器にはえらく詳しいのに、イギリスのことになるとさっぱりです」

「僕は、サキさんお手製のビーフクロケットを食べてみたい。スティーブンがいつも自慢していますから」

「西部劇のデビー・クロケットなら知っていますが、ビーフクロケット?」

「すみません、スティーブンの注意を忘れていました。コロッケと正しく発音しろと。最後の晩餐(ばんさん)には、サキさんのコロッケを腹一杯食べたい。そうすれば、もう思い残すことはないって、スティーブンが言ってました」

「まだ嫁ももらっていないのに何を言ってるんだか。コロッケならお安い御用。ちょうど北海道の月形から北あかりが届いたばかりです」

居間の食卓にはテーブルと椅子が設えてあった。前に来たときは、高さ三十センチの黒漆の座卓で苦戦した覚えがある。かろうじて両足を折りたたみ、テーブルの下に納めようとした瞬間、ゴロンと転がってしまった。

「それじゃ、まるでダルマさんじゃないか」

スティーブンに笑われたことを思い出した。

その時、サキがぴしゃりとたしなめた。

「スティーブン、ひとのことは言えませんよ。妙な骨董に手をだして、借金の火ダルマになったのは誰でしたっけ」

その湯島の居間も、いまでは椅子とテーブルになっている。

「どうにも膝が言うことをきかなくて。このほうが楽なんですよ。機に応じて柔軟にそうでなくちゃ、人生百年時代は生き抜けません」

縁側のガラス戸越しに、黒竹の垣に囲まれた小さな庭が見える。柔らかな陽光のもと、濃い緑の葉に真っ赤な花をつけているのは椿。節くれだった古木は梅だろうか。幹から鋭角に伸びた枝に白い花をほころばせている。澄んだ水を湛えた蹲の脇には、千両の真っ赤な実が鈴なりだった。サキさんはこの庭を眺めながら、季節の移ろいを感じ、香港でひとり暮らすスティーブンを気遣っているのだろう。

「さあ、おあがりなさいな。まず軽く頭を下げて、いただきますと挨拶して」

「はい、いただきます」

ビーフ・コロッケに箸を入れると、時差ボケのマイケルの胃がたちまちシャキッとなった。衣はサクサク、中身はホクホク、いい匂いのする湯気が立ちのぼってくる。付け合わせの千切りキャベツにマヨネーズをたっぷりとかけた。

「おやおや、マイケルまでマヨラーとは。スティーブンと似たもの同士だこと」

「このキューピー・マヨネーズ、本当においしいです。ブルドック・ソースにぴったり。アメリカのハインツではこうはいかない。最強のコンビです」

「それなら、あすはB級グルメの王様、お好み焼きも作ってみましょうかね」

サキは、四つ目のコロッケを平らげるマイケルを嬉しそうに見つめている。

「それにしても、お国では、ハンバーガーとフライド・ポテト、それにチーズ・マカロニばかり食べてたマイケルが、和食を習いたいなんて。さぞかしキーラさんという方にぞっこんなんでございましょう」

「ぞっこんって」

「昔でいえば、ほの字ってこと。スティーブンに教わった英語では、フォール・イン・ラブ」

「僕らはそんなんじゃありません。三週間ほど泊めてもらう交換条件なんです。美味しいダイエット料理を毎日作ってと言われてます。キーラは人類学者で、いま本の執筆に取りかかっていて忙しいんです」

「惚れた男を射止めたいならまず胃袋をつかめ。ひと昔前はよくそう言ったものです。だから、女は料理の腕を磨いたんです。ところがいまじゃ殿方が女の胃袋を射止めようと料理をする時代になった。私ももう少し遅くに生まれていればねえ」

「はぁ、でも僕のはそうじゃなくて――」

マイケルは照れて、後ろの掛軸を見あげた。

「なんて書いてあるんですか」

「ああ、それね。喫茶喫飯（きっさきっぱん）。茶を飲み、飯を食うっていうこと。マイケルが来たら、それを掛けてやってくれって。スティーブンはああみえても、細やかな心配りの子なんですよ」

「たらふく飲んで食べろ、と」

「もちろん、そう受け取ってもいいんでしょうけど。お茶を飲むときはお茶に、ご飯を食べるときは食べることに心を尽くして。ほかに気をとられず、目の前の一事に打ち込めという意味だとか」

「湯島のマイケルは、ひたすら料理修業に励めってことか」

「さぁねぇ。マイケル、ご飯のおかわりは」

「いえ、もうたくさんいただきました」

ごちそうさまと頭を下げて椅子から立ち上がろうとしたその時、マイケルの腰に鈍い痛みが走った。午前中からサキの低い調理台にかがみっぱなしだったのがいけなかった。腰の筋肉が固まってしまったのだろう。

「到着早々によくがんばりましたからねぇ。ヒノキのお風呂に浸かって、腰をよーく温めていらっしゃい。今夜は柚子湯にしておきました」

糊のきいた浴衣と湿布薬を手渡された。

湯船には黄色い柚子が三つ、ぷかり、ぷかりと浮いている。ざぶんと湯舟に飛びこむや、爽やかな香りが立ちのぼった。柚子を手のひらで転がして遊んでいるうち、身体の芯までじんわりと温まってきた。マイケルは胸いっぱいに湯気を吸い込んで、目を閉じた。

サキの献立帳

トントントン、トントン。軽快なリズムが響いてきた。何の音だろう。

慌てて眼をさますと、午前七時を過ぎていた。

顔を洗って身支度を整え、エプロンをつけて台所に顔をだした。

「すみません。寝過ごしてしまいました」

サキは湯気の立った小鍋(こなべ)に味噌を溶いている。

「おはよう。よく眠っていたこと。朝から手取り足取りでは、いつまでたっても朝ごはんにありつけませんから、先にこしらえておきましたよ」

鮭の塩焼き、カボチャの煮物、卵焼きに大根おろし。それに、いんげんとトマトのサラダ、とうふとわかめとしめじの味噌汁、大根の漬物が食卓に並んでいた。

マイケルはぬか漬けがいささか苦手だ。サキは気を利かせて、替わりに甘酢漬けを用意してくれた。

「まごわやさしい」

そうつぶやいて、食材のひとつひとつをノートに書き留めていく。

あれ、芋がない。このカボチャが代用なのだろうか。たしかパンプキンはウリ科で、ポテトはナス科のはず。と思った次の瞬間にケータイが点滅した。

香港のスティーブンだ。

「やあ、マイケル、調子はどうだい。サキ先生にしぼられてるか」

「あいにくだが、どうやら僕は筋がいいらしいぜ。いまの稼業を引退したら、湯島の小料理屋で板前ができるかもしれない。師匠には褒められっぱなしだよ」

「褒めて育てるタイプなんだ、サキは。偉大な教育者なんだよ。小さい頃には随分乗せられたものさ。あれはサキの遠大な作戦だったと思うな。でも、おかげでこんなに立派な人間に育ったんだから、まあ、よしとするか」

「なんの用事だ。その声色からして頼みごとがあるとみた。それで僕を湯島に泊めたんだろう」

「オクラホマの牛男にしては勘が冴えているじゃないか。和食を食べると頭が良くなるらしい。じつはキーラにちょっとした伝言を頼みたいんだ。オーストラリアの北の端、南太平洋に突き出たポート・ダーウィンは知っているだろう」

アジア・太平洋戦争では、日本の空母機動部隊が空爆を敢行した戦略上の要衝だろ、とマイケルが応じた。

「あの辺り、ノーザンテリトリーのポート・ダーウィン一帯をフィールドにしている人類学者を紹介してほしい、とキーラに伝えてくれないか。リサーチ・フィーはたんと弾む。専門分野の調査報告をしてくれるだけでいい。君がしているような汚れ仕事を頼むつもりはない」

「大切なキーラに情報マフィアの片棒を担がせるわけにはいかない。お断りする、と言いたいところだが、サキさんにもずいぶん世話になった。仕方ない、家庭料理の教授料替わりに引き受けるとするか」

「いい心がけだ、マイケル。日本には〝一宿一飯の恩義〟という言葉があるからな」

「ところで、チャイナドレスの麗人とは、その後、どうなっている。得体のしれない女と付き合っているようじゃ、いつになっても嫁はこないとサキさんが心配しているぜ」

「朝っぱらから艶っぽい話だなあ。マダム・クレアなら、最高の〝レゼルボア〟、情報の貯水池とでもいうべき存在だ。香港島も九龍サイドも表裏ともに通じていて、彼女の庇護(ひご)があって僕の首は繋がっている。君にも紹介したいと思っている。そう言ってサキを安心させてくれ。それに腕利きのギャンブラーなんだぜ。ところで、マダム・クレアにはイギリス人の夫がいる、いや、いたというべきか。雲南とミャンマーにまたがる国境地帯で姿を消して十数年になる」

ふたりの会話に耳をそばだてながら、サキは朝食の片付けを済ませた。

「ちょいと、ここに座ってください」

そう言うと、テーブルに一冊の赤いノートをひろげた。

「あちらで作る七日分の献立を作っておきました」

ノートにはシンプルな英語で和食のレシピらしきものが記されていた。色鉛筆のイラストも付いている。サキは和英辞典と格闘しながら仕上げてくれたのだろう。英国人家族に仕えていたとはいえ、英語は得意なはずがない。

「三週間なら、食材を少しずつ変えて、三回繰り返せばいいんです。キーラさんのお口に合えば繰り返し、お嫌いならやめる。あちらは夏ですから、献立も夏向きにさっぱりしたものにしておきました」

なんて行き届いた心遣いなのだろう。どれほど偉大な乳母を授かったのか、あの香港男は自覚しているのだろうか。

「素材の扱いと味付けの基礎、これさえしっかり身につければ、近頃はユーチューブとかいう便利なものもあるでしょ。それも使って、なんとでもなりますよ。マイケル、料理はまごころです。あなたは、それならたんとお持ちでしょう」

残り二日の稽古では、献立表にある品々を一通りつくってみることにした。ネギを刻んだり、魚に塩をふったりしながら、メモをとる。難しいところはサキに手本を示してもらい、それを動画に撮った。

スマホのカメラを向けると、サキは「ちょっと待って」と言い、自分の部屋に駆け込んでいった。待つこと五分、「ようござんす」と晴れやかな表情で戻ってきた。眉はくっきり月形に引かれ、唇は血色のいい紅色になっていた。ランコムの口紅をさしたのだろう。

「ユーチューブにアップされれば、ひとの眼にも触れますから。フォロワーっていう人たちが増えれば、料理指南もお仕事にもなると聞きました。もう一花咲かせましょうかね、私も」

いくつも若返ったような顔つきでサキは明るく微笑んだ。

最後の晩は庭の灯籠(とうろう)に灯がともされ、心尽くしの手料理がテーブルに並んでいた。ささやかな送別の宴では、山形・天童から取り寄せた出羽桜で杯をあげ、マイケルの行色を壮(さか)んにしてくれた。

レトロウイルス大陸へ

サウス・メルボルン　二〇一四年一月

オーストラリア第二の都市、メルボルンは〝ガーデン・シティ〟と呼ばれる。大小四百五十もの公園が点在し、街全体が豊かな緑で包まれている。シティとよばれる中心にはヴィクトリア朝時代の優雅な建物が立ち並び、モダンな高層建築と心地よい調和を奏でている。

ここからヤラ川を渡って三キロほど行くと、サウス・メルボルンに入る。十九世紀に拓けた郊外の住宅街は、どこかのんびりした風情が漂っている。

「フリンダース駅からトラムに乗って、二十四番クラレンドン通りで降りて」

マイケルはキーラの指示通りにクラレンドン通りの電停に降り立った。まだ午前十時半だというのに気温はすでに三十度を超えている。バックパックを担ぐ背中は汗でTシャツがべっとり張りついてしまった。

目指す古い煉瓦(れんが)造りのアパートメントは、交差点から四軒目にあった。ロビーにエレベーターは見当たらない。マイケルは重いサムソナイトを引きずるようにして階段を上がっていった。キーラの部屋は三〇一号室。てっきり三階だと思ったが、ここはイギリス式で四階になる。

階段の踊り場で弾んだ息を整え、手櫛(てぐし)で髪をなでつけると、マイケルは三〇一号室のベルを押した。満面に笑みを浮かべたキーラがあらわれ、両手を広げてハグしてくれた。

「マイケル、方向音痴なのによく辿り着けたわね」

鮮やかなオレンジ色のTシャツにデニムのショートパンツ。裸足(はだし)で出迎えてくれた。

「〝極渦難民〟を引き受けてくれてありがとう」

「国連の難民高等弁務官から表彰してもらいたいわ。さあ、シャワーを浴びて。ひと休みしたら、ここに積んである本を仕分けして。その後は書棚奥のゴキブリ退治をお願い」

狭い玄関ホールに人類学の書籍がうずたかく山積みされていた。マイケルを迎えるために、急遽、部屋から運び出したのだろう。

「キーラ様、従僕（しもべ）は何なりとやらせていただきます」

メゾ・ソプラノの笑い声が部屋中に響き渡った。

「ジョークよ、狭いところだけれど、ゆっくりしてね」

キーラのアパートメントはじつに心地いい。床は幅の広いオークの無垢（むく）材、壁はミルクに紅茶を一しずく滴らしたような白い塗り壁。チェスト、テーブル、椅子もすべて天然木だ。淡い杢（もく）グレーのソファには赤とブルーグリーンのクッションが並んでいる。

「ダイエット戦連敗中のマイケル・コリンズと、美しき挑戦者キーラ・ドーソンに」

鉢植えの緑に覆われたベランダで、ふたりは金色に輝くジョッキを掲げて久々の再会を祝った。

「ここはなんて素敵な難民キャンプなんだ。キーラの館は地球沙漠（さばく）のオアシスだよ」

「オアシスにだって危険な毒ヘビは潜んでいるのよ、マイケル」

「大丈夫、毒草には注意して食材は選ぶことにする。料理の味は保証しかねるが、栄養バランス、カロリー計算はサキ師匠の折り紙つきだ」

「そういえばマイケル、親友のブリティッシュ・エキセントリックはいまどこにいるの」

「奴なら、香港島にいるよ。ヴォクソールの上層部をおちょくって、逆鱗に触れたんだろう。それで島流しをくらったたって話だ。表向きは航空機リースのファンド事業をしているらしい」

「へぇ、あのスティーブンにビジネスマンなんて勤まるのかしら」

「それが、ああ見えて、意外にビジネスのセンスもあるんだ。そこそこ儲けてるらしい。美形の中国人マダムと付き合っていて、美食三昧の暮らしだそうだ。酒と薔薇の日々さ」

「相変わらず、羨ましい身分だこと。サプライズで偵察に行きたいわね。メルボルンから香港には毎日直行便が出てるから」

「相変わらずヴォクソールとの折り合いは良くないらしいが、首脳陣にも思惑があって、奴を香港に置いているんだと思う」

「スティーブンも、そんな思惑を逆手にとってお楽しみってわけね。そういうのを〝悪食〟っていうんだわ」

「涼しい顔をして、ゲテモノは大好物だからな」

「ところで、シェフ・マイケル。今宵のメニューは？　期待に胸が膨らむなぁ」

「ご主人様、それにはまず新鮮な材料を手に入れなくちゃ。なんといっても料理は素材が勝負！　師匠のサキさんからそう仕込まれたんだ」

「きょうは水曜日だから、サウス・メルボルン市場が開いてるわ。あそこは野菜も果物もとれたてでどれもフレッシュよ。ああ、いまから晩ご飯が楽しみ」

マイケルはサマーエールをもう一杯飲み干すと、キーラに手渡されたエコバッグを手に市場探検に向かった。

マーケット探訪

クラレンドン通りからヤラ川のほうへ戻り、コヴェントリー通りの角を左に曲がると、サウス・メルボルン・マーケットの喧騒（けんそう）が聞こえてきた。ダイヤモンド形の巨大な屋根が宙に浮かんで、遠目には空港を思わせる。

店の軒先にはパラソルの花が咲き、イートインの客でごったがえしている。

「Eat more fruit!」

トロピカルプリントのワンピースを着た女性が買い物客に大声で呼びかけている。

マンゴー、ネクタリン、パッションフルーツ、キーウイ、プラム、アプリコット、グレープ。極彩色のパッチワークはゴーギャンの絵画のようだ。無造作に山積みされているフルーツすべてがオーストラリア産だという。一月のメルボルンは真夏にあたり果物のパラダイスだ。

ノン・ワックスのマンダリン・オレンジを三つ買い、ジューサーで絞ってもらった。なんとフレッシュなのだろう。盛夏のマーケットをゆっくりと散策しながら、あのおぞましい寒さのワシントンを思い出した。これが同じ地球とは思えない。

オーガニックの八百屋や洒落(しゃれ)た花屋が軒を連ねる一角にアジア食材の専門店を二軒見つけた。ここなら和食の材料も入手できそうだ。

「デリ・アイル」と呼ばれる通路には肉や魚を扱う店が並んでいる。魚介類はどれも新鮮で種類も多い。〝グルメシティ〟とも称されるメルボルンを賄う台所の充実ぶりには圧倒されてしまう。

「アプタス・シーフード」という鮮魚店の店先で品定めをしていたら、「アンジェロ」と名札をつけたおじさんが親切に説明してくれた。

「左からカジキ、マナガツオ、ヒラマサ、アジ、サワラ、カマス、マグロ、タスマニア・サーモン。どれもみんな活きがいいよ。でも、きょうのお勧めは何といってもアジだな」

そういえば、サキの献立帳にもアジ料理があった。

「それなら、アジをいただきます。頭を落として、三枚におろしてもらえますか」

マイケルは遠慮がちに頼んでみた。こんな風に市場で魚を買っていると、湯島の割烹の主人になったような気がしてくる。

おじさんは、トンと小気味のいい音を立ててアジの頭を落とした。そして、包丁の柄で斜向かいの店を指した。

「肉屋のオヤジはフィリピンから。日本軍の捕虜になったが脱走してきたそうだ。市場の真ん中の衣料品店はユダヤ系だ。先の大戦でポーランドから逃げてきた。表の八百屋の中国人は、うちと同じゴールドラッシュ組さ」

ワシントンにも小振りなチャイナタウンがあり中華料理店が軒を連ねている。一口に中国人といっても、西海岸からのゴールドラッシュ組、台湾や香港からの移住組、中国大陸からの亡命者とじつに様々だ。そのなかに北京が送り込んだその筋の者も紛れ込んでいる。

そんな事情はここオーストラリアでも変わらないのだろう。中国大陸を羅針盤の針のように突き指しているポート・ダーウィンにもその筋の中国人が入りこんでいるらしい。港湾の建設に携わっている中国人の建設業者や労働者に紛れて諜者が潜んでいる――スティーブンはそう睨んで、キーラの伝手であの一帯を研究領域にしている人類学者を探しているようだ。

サウス・メルボルンは、すべてが軽やかで気取りがない。ここにきてまだ半日だというのに、マイケルは極渦にやられた身体が緩くほどけていくように感じていた。それだけではない。諜報の世界で牡蠣の殻にように付いてしまった滓までもが溶けていくのを実感した。

サキ仕込みの料理の腕を披露してキーラを驚かせてやろう――意気揚々とキーラのアパートメントに凱旋した。「まごわやさしい」、そう呪文を唱えながら、アンジェロおじさんに切り身にしてもらったアジをエコバッグから取り出した。献立のメインはアジの南蛮漬けサラダ、副菜はほうれん草としめじの胡麻和え、味噌汁の具はわかめとじゃがいも。

だが、もう一品、肉がほしい。キーラの胃袋を考えて、「ラルフの店」で買い求めた牛腿肉を塩コショウで味付けした。オリーブオイルで香ばしく焼き色をつけ、アルミフォイルに包んで寝かせておいた。そして、薄くスライスし、醬油ベースの和風ソースに大根おろしを添えて皿に盛りつけた。ローストビーフではない。牛肉の「TATAKI」とサキさんは呼んでいた。

「あなたが料理をしている姿、なんだか不思議。マイケルって見かけによらず器用なんだ」

キッチンカウンターに肘をついたまま、キーラが声をかけた。

「料理はね、アルゴリズム。アルゴリズムなら僕は大の得意さ。つまり、料理がうまいってこと」

「コンピュータのプログラミングと料理にどんな関係があるのかしら」

「コンピュータの計算方式は料理の手順にも応用できる。だけど、それだけじゃダメ。まごころのスパイスを存分に注いでこそ、料理は美味しくなる。それが師匠のサキさんの教えなんだ」

美しく盛り付けした和食がテーブルに並んだ。

「まずは乾杯といこう。これはサキさんからのお土産、出羽桜の純米大吟醸『一路』。冷蔵庫でよく冷やしておいた」

小さなワイングラスに注いで静かに味わう。ドライな白ワインのような喉ごしだ。それでいて喉元を通りすぎると米の香りが鼻に抜けていく。

「奥深くて、透明感のあるお酒」

「サキさんは、オカリナの響きをもつ酒って言っていた」

キーラは「一路」を飲み干すと、アジの南蛮漬けサラダに舌鼓を打った。

「甘酸っぱくて、私好みの味。お魚の身が締まっておいしい。たまねぎもソースが染みていて上出来。偉大なる師匠、サキさんに乾杯」

ベランダには夕陽が長い影を落として、サウス・メルボルンはゆっくりと黄昏(たそが)れていった。

ドラマシリーズ

極渦難民のマイケルは、滞在許可のもうひとつの条件について、恐る恐る切り出してみた。

「君が執筆中の本の話は喜んで聴くつもりだけれど、ちょっと自信がないんだ。なにしろ僕の自然人類学は、コーパス・クリスティで一緒に講義を受けて以来、進化が止まったままだからね」

「大丈夫、書いているのは、学術論文じゃないの。一般向けのわかりやすい入門書。私の説明でちゃんと読者に理解してもらえるか、そこが知りたいの。さっそくだけれど、レトロウイルスって聞いたことある？」

「エイズや白血病がレトロウイルスで引き起こされるという記事は新聞で読んだことがあるよ。でも、それ以上のことは知らない」

「レトロといえば、レトロなカフェっていう風に使われるでしょ。でも、レトロウイルスのレトロは、ラテン語で〝逆の〟という意味なの」

澄明な「一路」のグラスをぐいと飲み干して、キーラの講義が始まった。未知の国への旅を思わせる、心躍る探検物語だった。

「生物の細胞には、遺伝の設計図であるDNAと、それをコピーしたRNAという手順書が内蔵されている。あなたもそれは知っているわね。そのRNAをタンパク質合成酵素に委(ゆだ)ねて、生命の源であるタンパク質を作らせる。つまり、遺伝情報は常にDNAからRNAへと一方向に流れていき、逆戻りはしない。それが従来の分子生物学の大原則でした」

マイケルは、そこまでは理解していると頷(うなず)いた。

「ところが、レトロウイルスは、自分のRNAをDNAに逆転写して複製をつくる特性を持っています。逆転写した遺伝情報を細胞の核に移して、遺伝子情報であるDNAを勝手に書き換えてしまう。それがレトロウイルス」

レトロウイルスが宿主の細胞に勝手に侵入して遺伝情報を書き換えれば、種のありようが変わってしまう。

「ここ半世紀の研究によって、このレトロウイルスが生物の進化に大きな役割を果たしていることが明らかになってきた。ヒトの進化も例外じゃない。最新のゲノム解析では、ヒトの遺伝子配列には、レトロウイルス由来の遺伝情報がなんと九パーセントも含まれていることが分かってきた」

「つまり、僕たちの細胞には、祖先の身体に入り込んだレトロウイルスの痕跡(こんせき)がくっきりと残っているということだね」

「そう、〝内在性レトロウイルス〟と呼ばれているのがそれ。その多くが古代の化石のように、活性化されないまま内蔵されている。それが定説でした。でも定説は覆されるためにある！　さて、ここからが私の仮説よ」

キーラは口の端をあげて悪戯(いたずら)っぽい笑みを浮かべた。

「マイケル、あなたの方向音痴のせいで私をひどい目に遭わせたことがあったでしょ。コーパス・クリスティから次の講義があるリンカーン・コレッジに移動しなくちゃならなくて、時間がないのにあなたに付いていったのよ。自信ありげに〝近道を知ってる〟なんて言うから。信じた私がバカだったわ。おかげで道に迷って十分も遅刻してしまった」

「そんな昔の話を持ち出されてもなあ。僕の方向音痴がレトロウイルスとどんな関係があるんだい」

「アボリジナルは、方向音痴なケルト系のあなたとは真逆、驚異的な方位の測定能力を秘めているの。アボリジナルの傑出した方向感覚には内在性レトロウイルスが関わっているのでは――そんな仮説を立ててみたの」

「それはまた大胆な。レトロウイルスがアボリジナルの体内に独自のGPS機能を働かせていると考えているのか」

「単調な風景が延々と続く沙漠を歩きながら、アボリジナルは地図や方位磁針なしに迷うことなくぴたりと目的地に辿り着くことができる。天体の動きや道標(みちしるべ)に頼っているわけじゃない。どうやら地磁気を感知する特殊な能力がアボリジナルには備わっているらしいの、渡り鳥のように」

渡り鳥は地球の持つ磁気を敏感に感じ取り、それをコンパス代わりに方位をぴたりと定める。そうやって季節ごとに長距離を移動することが知られている。

「太古の昔、ヒトもそういう〝磁覚〟を備えていた、視覚や聴覚と同じようにね。アフリカの熱帯雨林を出て世界中に散らばっていったときには、ヒトの祖先も磁覚に頼って移動していたはず。ところが次第に文明化して定住を果たすと、原初持っていた優れた能力は退化してしまった。〝不活性化した〟と言ったほうがいいかもしれない」

「ところがアボリジナルはいまもその能力を備えているというんだね。遺伝子レベルでそれを可能にしているのが内在性ウイルスだ、というのが君の仮説なんだね」

「まあ、おおざっぱにはそういうことね。ゴンドワナ大陸から切り離され、孤絶したオーストラリア大陸で独自の進化を遂げた数多くの動植物と同じように」

キーラの独創的な仮説に刺激されたのだろう。マイケルの脳裏に、荒れ果てた大地をゆくアボリジナルの姿が髣髴として浮かび上がってきた。

夜空を見上げると、オリオンが北半球とは逆さまの形で輝いている。

「壮大な仮説のど真ん中にレトロウイルスを据えることをどうやって思いついたんだい」

キーラはほうれん草としめじを箸で器用につまみながら説明を試みた。

「ウイルスは人類よりも遥か以前からこの地球に存在し、人類の進化にも大きな影響を及ぼしてきた。そして、これからも進化の方向を左右していくでしょうね。だから、自然人類学者としてウイルスを追い続けてきたわけだけど――」

そう言うと、つんと唇を尖(とが)らせてうつむいた。キーラが考え込むときの独特な仕草である。

「でも、これはタテマエ、ほんとうはちょっと違う。少女時代に不思議なウイルスと濃厚接触した経験があるからかもしれない」

これまで誰にも明かしたことがないのだけどと前置きし、ぽつりぽつりと話しはじめた。

「じつは、私、ヘンドラ・ウイルス感染症のサバイバーなの」

聞いたことのない病名だった。

「どういう病気なんだ、ヘンドラ・ウイルス感染症って」

それはオーストラリア東海岸のクイーンズランド州を突如襲った新興感染症だった。サラブレッドの生産牧場が数多く点在するブリスベン一帯を席捲（せっけん）し、人々を恐怖に陥れたのは、一九九四年九月のことだ。

「私の実家が競走馬の牧場だったことは知っているわね。その頃、うちの生産馬は、ヘンドラに住むヴィック・レイルという調教師に預けていたの。背が低くて、口が悪くて、髪をポマードでなでつけたキザな人だったけれど、馬の扱いにかけてはとびきりの腕をもっていた。私も、お気に入りの仔馬（こうま）に会いたくなると、レイルおじさんの厩舎（きゅうしゃ）によく遊びに行ったものよ。恐ろしいことがそのとき起きたの」

アパートメントのベランダでキーラが打ち明けた物語は、メルボルンの美しい夜景とは似ても似つかない凄惨なものだった。食後酒のグラスを傾けるキーラの眼はいつになく暗く沈んでいる。

「あの日の夕方の出来事はいまもはっきりと憶えている。郊外の放牧地から電話がかかってきて、調教師のレイルおじさんは大慌てで馬運車を引いて出ていった。ドラマシリーズの様子がおかしいと言い残して——」

「ドラマシリーズって？」

「競走馬を引退した繁殖牝馬の名前。受胎しておなかに赤ちゃんがいたの。厩舎に戻ってきたときには変わり果てた姿だった。唇、顎、それに瞼までが腫れあがって、全身にびっしょり大汗を掻いていた。ぐったりして起きあがることもできないほどだった」

二十年も前の出来事をキーラはまるで昨日のことのように語った。

「すりおろしたニンジンに糖蜜を混ぜて食べさせようとしても、全く口にしなかった。私はあっちに行っていなさいと言われたけれど、心配で馬房の外からずっと彼女を見守っていた」

まもなく獣医のリード先生が駆けつけ、抗生物質と鎮痛剤を注射して帰っていった。

「注射で治るだろうと思ったのに、彼女の容態はますます悪くなっていった」

ドラマシリーズは厩舎内で暴れまわり、扉が開いた隙に外に飛び出して暴走した。レイル調教師と厩務員が必死に押さえつけようとしたが、鼻や口から血まみれの泡を吹きだしてのたうちまわった。その果てに、厩舎脇に積んであった煉瓦の山に激突してしまった。

「あの光景はいまも夢に出てきてうなされることがあるわ」

急な報せを受けてリード獣医が駆けつけてきた時には、ドラマシリーズはもう息絶えていたという。

オーストラリア競馬界を震撼させる凶事はこうして幕を開けた。

ヘンドラの凶事

「名は体を表すというけど、ドラマチックな最期だなぁ」

「ところが、悲劇のドラマは幕があがったばかりだったの」

それから日を経ずして、同じ厩舎にいた馬たちが次々と同じような症状を発症した。どの馬も狂ったようにコンクリートの壁に突進し、頭をぶつけて死んでいった。なんと十二頭が犠牲になったのである。

「うちの馬も二頭死んでしまった。でも本当の悲劇はその後に起きた。レイル調教師と厩務員さんが突然、高熱を出して倒れてしまったの。重篤なインフルエンザにかかったような症状だった。すぐに病院に移されて、集中治療室で人工呼吸器を装着されたけれど回復せず、最後は息も絶え絶えだった。一週間ほどで天に召されてしまった」

「まさか、ドラマシリーズから感染したのか」

「そうかもしれない。それで私もすぐに病院に連れていかれた。血液検査をして、肺のレントゲンも撮ったのだけれど、幸い、異状は見つからなかった。ドラマシリーズを診察したリード獣医も大丈夫だった」

「濃厚接触者でも、命運が分かれたんだね」

「クイーンズランド州政府もついに本格的な調査に乗り出したわ。競馬は地元では最も大切な産業だから。家畜を所管する部局が死んだ馬を解剖し、その血液や検体をオーストラリア動物衛生研究所に送って徹底した調査が行われた。電子顕微鏡で血液や組織のサンプルがチェックされた。その結果、ウイルス学者もそれまで見たことがない新種のウイルスが発見された。そして、新興感染症を引き起こした病原体は、発症者が出た町の名に因(ちな)んで〝ヘンドラ・ウイルス〟と呼ばれるようになった」

「レイル調教師の遺体も解剖されたのかい」

「もちろん。レイルおじさんの腎臓から採った組織を調べたところ、死んだサラブレッドと同じウイルスが充満していたことがわかった。これが決め手となった」

「それじゃ、調教師はドラマシリーズからヘンドラ・ウイルスに感染したってことかい」

「そう、エボラ出血熱とかSARS、それに鳥インフルエンザと同じように、動物からヒトに感染する新興伝染病。〝ズーノーシス〟、人獣共通の感染症の可能性が濃いと判定されたわ」

「レイル調教師は気の毒だったけれど、キーラはその後も大丈夫だったの」

「抗体検査の結果は陰性だったし、血液検査でもヘンドラ・ウイルスは見つからなかったわ。でもね、いまも熱が出たり、身体がだるくなったりすると、もしかしたらヘンドラ・ウイルスが暴れ出したのかもしれないって不安になるわ。ウイルスって、ホモサピエンスよりよほど賢くて、辛抱強いから、長い間ヒトの身体にじっと潜んでいるかも」

キーラはそう言うと、マイケルの眼を見つめた。彼女の勘はめっぽう鋭い。

「あなた、わたしと一夜を共にしなくてよかったとほっとしているでしょう」

「まさか、コーパス・クリスティの頃から、キーラのお許しさえあれば、いつでもと思っていたんだ。残念ながら、何のご託宣もなかったからね。アイルランドのブックメーカーの娘には言い寄られたけれど」

そんなマイケルの誘導尋問に、キーラは一切の反応を窺わせなかった。男女の機微についても聡明（そうめい）な戦略家なのだろう。

「ところで、そもそもドラマシリーズはいったいどこからヘンドラ・ウイルスに感染したんだろう」

「まさしく、それがこのドラマの第三幕。ヘンドラ・ウイルスは彼女にとり憑（つ）くまでどこに潜んでいたのか。そして、どうやってその隠れ家から姿をあらわしたのか」

キーラは空のグラスを持ち上げてみせた。

「マイケル、その前にキーンと冷えたモヒートを作ってくれない？　シロップ少なめ、炭酸多めで。もう、喉がからから」

「気がつきませんで、失礼いたしました。ご主人様、しばしお待ちを」

マイケルはキッチンに戻ると、冷蔵庫からミントとライムを取り出してグラスに放り込んだ。炭酸水を少し加えてライムを潰し、香りが立ってきたところを見計らってシロップを控えめに足した。そしてクラッシュド・アイスを入れ、ラムを注いでマドラーで丁寧にかき混ぜた。最後に炭酸水をたっぷりと注いで、仕上げにもういちどかき混ぜる。シャカシャカ、氷の音に耳を澄ませながら、若き日のキーラを襲った災厄に思いを馳せた。

なぜ、キーラはヘンドラ・ウイルスの難を免れたのだろう。体内に特殊なウイルス除けでも持っていたのか。

テロリストの隠れ家

ドラマシリーズの第三幕は、気鋭のウイルス・ハンターが登場して始まった。

その名はヒューム・フィールド。獣医の道を捨てて、クイーンズランド大学に戻って生態学を専攻していた博士課程の研究者だった。

ウイルスは細胞をもたないため、単独では生きていけない。レゼルボアと呼ばれる自然宿主の体内に棲(す)み込む必要がある。ヘンドラ・ウイルスは果たしてどんな野生動物を自然宿主としてきたのか。

フィールドは、ドラマシリーズが発症した放牧地周辺の調査から取りかかった。付近の野山に罠(わな)を仕掛け、ネズミ、ポッサム、鳥、野良猫を次々に捕獲していった。血液を採取して血清を研究所に送り、ヘンドラ・ウイルスの抗体の有無を確かめていった。

「ところが不思議なことに、どの動物からも抗体はまったく見つからなかったの」

ドラマシリーズが放牧地で感染したにもかかわらず、手がかりは一向に掴めなかったという。

「彼女は受胎してからずっとその放牧地で過ごしていた。でも、付近の動物からは抗体が見つからなかった」

動物を捕獲する場所を間違っているのか。それとも動物の体内から抗体が既に消えてしまったのか。現地調査は暗礁に乗り上げてしまった。

その一方で、この新興感染症はヘンドラ一帯から北に千キロも離れたマッカイの郊外にまで飛び火して拡がりを見せていた。サトウキビ農家を営む男が髄膜炎のような発作を起こして倒れ、その血液からヘンドラ・ウイルスの抗体が見つかったのである。

クイーンズランド州の人々はパニック状態に陥った。

「ウイルス・ハンターはただちにマッカイに飛び、野生動物を捕獲して調べてみた。でも、ここでもヘンドラ・ウイルスの痕跡を見つけだすことができなかったの」

ヘンドラ・ウイルスの自然宿主は果たして何処に姿を隠しているのだろうか。

「フィールド研究員はひとつの仮説をたててみた。千キロも離れたヘンドラとマッカイに姿を現すとしたら、クイーンズランド州全域を広く移動する動物がレゼルボアではないかと」

だとしたら、ネズミやポッサムは容疑者のリストから外さなければいけない。犯人は、自ずと空飛ぶ動物に絞られていった。そして馬やヒトに感染するなら、鳥ではなく、同じ哺乳類である可能性が大きい——。こうして調査対象はコウモリに絞り込まれていった。

だが、野生のコウモリを捕らえるのは至難の業だった。クイーンズランド州一帯を飛び交うコウモリは、高い木の梢やマングローブが生い茂る湿地帯に棲息している。フィールドは、これらを捕まえては血液を採取し、血清を研究所に送り続けた。

「苦節三年にして、ついにヘンドラ・ウイルスの自然宿主を特定した。その正体はオオコウモリ、ほら、あのフライング・フォックスだったのよ」

クイーンズランドではオオコウモリはしごくありふれた野生動物だ。九十センチほどの大きな翼を広げ、群れをなして夜空を飛び交う。主食は果物や花の蜜。小型のコウモリとは違い、目がぱっちりと大きく、耳が小さい。フライング・フォックスの名が示すように、顔つきはキツネそっくりだ。

キーラの話に耳を傾けるうち、いつしかマイケルはヒューム・フィールドの姿に自分自身を重ね合わせていた。自然宿主を捜索する長い道のりは、アメリカを襲ったテロリストの隠れ家を突き止めようと懸命な諜報活動を続ける情報士官そのものじゃないか――そう思えてならなかった。

武漢　一九六六年春

文革発動

北京の中南海で起きた微動地震を遥か離れた武漢の地で感知する。それは並はずれた勘と経験を兼ね備えた者にも至難の業だ。

清朝の時代、皇帝の側近くで仕える宦官にも、紫禁城の奥深くで企てられる政変は容易に嗅ぎ当てられなかった。彼らは皇帝の寵愛を受ける妃や側室の身辺に眼を配り、金銀を惜しみなく撒いて宮廷内に情報網を張り巡らしていた。それでも、宮廷内で音もなく進む陰謀劇を察知するのは、天井裏のネズミの動きを言い当てるくらいに難しい。ましてや、遠く離れた長江の畔で、都にうごめく謀略の気配を嗅ぎ取ることなど不可能に近い。

一九六六年の春、武漢で配られる共産党の機関紙「人民日報」の紙面にも、党の幹部に限って購読できる「消息」にも、表向き異変の兆しは見られなかった。数年前に還暦を迎えた李志傑は、主だった党の役職からすべて退き、好々爺として穏やかな日々を送っていた。若き日に飛燕から読み書きの手ほどきを受け、いまでは史記全巻を読みこなすまでの読書人となった。近頃は専ら荘子を手に取ることが多い。一線を退いてみると、活字を通じて世の中の動きを察する勘はかえって研ぎ澄まされてきた。そんな志傑にとって、近頃の「人民日報」の紙面はどうにも腑に落ちなかった。毛沢東の動静を伝える報道が不自然なほど少なくなっている。

一九五〇年代終わり、毛沢東の大号令のもとに始まった「大躍進運動」が惨めな失敗に終わると、国家主席に劉少奇が代わって就き、鄧小平が経済政策を統べ、周恩来が総理として国務全般を取り仕切るようになった。農業の集団化が見直され、自前の小規模な耕作地が認められると、国内経済もようやく一息ついた。

だが、李志傑には、毛沢東がこのまま党の主導権を実務家たちに渡してしまうとは思えなかった。毛沢東の心を鷲摑みにして操る江青夫人が手をこまねいているはずはあるまい。波静かに見える時ほど、水面下では潮が烈しく渦巻いているはずだ。

果たして六月に入ると、「人民日報」の紙面が一変した。毛沢東側近のひとり、陳伯達が新たに編集長となり、紙面を差配し始めたからだ。

「毛沢東の絶対的な権威を確立し、文化大革命の偉業を成し遂げよう」

そんな異形の文字が党の機関紙に躍るようになった。

ブルジョア司令部を砲撃せよ――毛沢東は党内に「中央文革小組」を立ち上げ、文化大革命の発動を号令した。国防相の林彪を抜擢して軍を掌握させ、陳伯達に世論工作を委ねた。そして康生に諜報機関を任せ、妻の江青が「中央文革小組」の主導権を握った。

翌七月十六日、毛沢東は突如として長江にあらわれ、波浪に抗って遊泳してみせた。その雄姿は文革派が掌握する「人民日報」を通じて中国全土に報じられた。この頃、健康不安説も囁かれていただけに、長江を泳ぎ渡る毛沢東の姿は人々を驚かせるに十分だった。それは林彪・江青一派が要衝の地、武漢から放った文革の号砲となった。

それからまもなく、李志傑のもとを息子の李克明夫婦が夜陰に紛れて訪ねてきた。

これまでに見たこともないほど陰鬱（いんうつ）な顔をしている。克明は、教鞭（きょうべん）をとっている武漢第六中学の様子を語り始めた。

「父さん、昨日、学校に工作隊が乗り込んできました。中央からの指示だと言って、反動的なブルジョワを告発せよというんです。われわれの学校にそんな反動派などいるわけがない。でも、黙っていれば私たちまで血祭りに上げられそうです」

克明はそう打ち明けると言葉を詰まらせた。

「革命前の俺の経歴は決して褒められたものじゃない。だが、党幹部の配慮で俺の経歴を記した『档案（ダンアン）』は封印されている。お前たちは余計な心配をせずに生徒たちの教育に尽くせばいい。決して、良心に恥じるような振る舞いをしてはならん。自分の身を守るために罪もない人を陥れてはならない、いいな」

だが結局、年配の数学教師が吊るしあげられ、その数日後、自宅で除草剤を大量に飲んで自殺を図ったという。第六中学に紅衛兵が出現したのはその年の夏のことだった。

「諸君に熱烈な支持を送る」という毛沢東の公開書簡に応じ、中国全土に紅衛兵が雲霞（うんか）のように現れ、克明夫婦が勤める中学も彼らの制圧下に入ってしまった。

「毛主席に反対する者は誰であろうと叩（たた）き潰そう！」

「毛主席のあとに続け。文化大革命の偉業に参加せよ！」

スピーカーから「人民日報」の論説を読みあげる大音声が鳴り響く毎日だった。紅衛兵たちは真っ赤な腕章を巻き、毛沢東語録をかざして暴れ回った。思想、文化、風俗、習慣——なんであれ、旧きものはすべて打ち破る。それが彼らのスローガンだった。古参の教師たちを教室に軟禁し、とんがり帽子を被せて自己批判を迫り、思うさま殴りつけた。

文革の嵐

李克明は「一級」の資格を持つ優れた国語教師だった。とりわけ漢詩に造詣が深く、よく響く低音で李白の詩を朗誦すると、生徒たちはうっとりと聞きほれた。色白で切れ長の目をした知的な容貌に憧れる女子生徒も多かった。校内では共産主義青年団の書記もつとめ、教師仲間の人望も厚かった。

だが、それらすべてが突如として批判の的となった。古典を偏重し、毛沢東の著作を教える時間を減らし、教師の立場を振りかざして女子生徒を惑わせた。「一級」教師の資格に驕って同僚を見下した。何より致命傷は反動分子を告発しようとしない傲慢(まん)な態度とされた。

ある朝、三人の紅衛兵に「鬼児班に連行する」と告げられた。腕を捩(ね)じあげられ、膝の裏を蹴られ、地面に押し倒された。そのまま「鬼児班」という紙が貼られた教室に軟禁された。床に顔を押さえつけられた教頭や、額から血を出して倒れている化学教師、半ば気を失ったマルクス哲学の教師。髪を半分だけ剃(そ)り落とす「陰陽頭」にされた音楽教師は、虚(うつ)ろな目で窓の外を見ている。そこはまさしく鬼児が支配する地獄の監禁部屋だった。

李克明も紅衛兵に向かって叩頭(こうとう)させられた。

「ひざまずけ！　お前は反文革分子だ」

「何を言うんだ。暴力を振るうのが文化大革命なのか」

「文化大革命は毛主席が指導しておられる。お前はそれに反対するのか」

目に狂気を湛えた紅衛兵たちは、バケツの水を克明の頭から浴びせかけ、その背中を革ベルトで思うさま打ち据えた。びしっと音が響きわたり、皮膚が破れて鮮血が飛び散った。

「階級の敵を告発しろ。そうすればお前は解放してやる」

悪魔の声が聞こえてきた。だが、罪なき仲間を売って難を逃れるより、この痛みに耐える方がまだましだ——父、志傑の言葉をかみしめて、彼らの暴虐に必死に耐えようとした。

そのとき、甲高い声がした。

「英語教師だった黄小鴻はお前の女房だろ。あの気取った女も連れてきてやる」

驚いて顔を上げると、あの小柄な女子生徒だった。李白の詩を朗読させたとき、「もっと大きな声で読みなさい」と指導した二年生。克明は生まれて初めて心の底から恐怖を感じた。

毛沢東はいったい誰を真の標的としているのか。類い稀な勘を備えている李志傑にも現下の政局は読めなかった。

江青一派の動きから、やがて毛沢東の胸中が窺えるようになってきた。

党の要職にありながら資本主義の道を歩む裏切り者がいる——。江青らは、党内の古参幹部を「走資派」と呼び、その首魁は劉少奇と鄧小平だと指弾した。中央文革小組は、北京大学や清華大学、それに連なる名門中学の紅衛兵を動員して、劉鄧一派を攻撃させた。

北京の清華大学のキャンパスは紅衛兵たちで埋め尽くされた。その数、三十万人。彼らは毛沢東語録を手に「造反有理」と獅子吼し、演壇に向かって罵声を浴びせている。ひとりの年配の女性が首にピンポン玉のネックレスをかけられ、白い夫人帽を被せられて、演壇に引き出されてきた。肩を鷲掴みにされ、両手を翼のように後ろにねじ上げられている。紅衛兵たちはその姿を「ジェット戦闘機」と呼んでいた。

憔悴しきったこの女性こそ劉少奇夫人、王光美だった。走資派の頭目とされた夫に代わって、紅衛兵たちの前で晒し者にされている。王光美もまた夫と共に大長征に加わった歴戦の革命戦士だ。彼女は英語が堪能な知識人であり、その上、美貌の持ち主だった。

紅衛兵の格好の標的となり、いまや革命の裏切り者として罵られ、打擲され辱められていた。

百万雄師

毛沢東、林彪、江青一派は、夥しい数の紅衛兵を動員して、劉少奇や鄧小平を追い詰めていった。その一方で、地方には古参幹部が依然として党の組織を掌握している都市もあり、保守派と造反派の武力衝突が頻発した。まさしく中国全土が大動乱の様相を呈したのだった。

李志傑が隠棲していた武漢でも凄まじいばかりの武闘が繰り広げられた。中央文革小組の指令を受けた造反派は「工人総本部」を名乗り、漢口に本社がある新聞社「長江日報」を占拠した。

「武漢全域と湖北省にさらなる混乱を引き起こそう」

造反派に乗っ取られた「長江日報」は激しい口調で呼びかけた。この声明に応じて、武漢の紅衛兵が一斉に蜂起した。こうした事態に危機感を抱いた武漢軍区の陳再道司令は、中央軍事委員会に了解を求めて、実力部隊を差し向けて「長江日報」を奪回する。だが、武漢軍区も反革命と受け取られるのを懸念したのだろう。軍隊を派遣したのはあくまで武漢の市民生活を守るためだと弁解した。

それでも武漢の混乱は少しも収まらなかった。陳再道司令に率いられた武漢軍区の動きを支持する民衆は「百万雄師」と称して、工人総本部に結集する造反派との全面対決に突き進んでいく。

「鍾山風雨起蒼黄　百万雄師過大江」

人民解放軍が長江を渡って、蔣介石の国民党軍から南京を解放した時、毛沢東が詠んだ七言律詩だ。人々はこの詩からとった「百万雄師」を名乗り、自らの正統性の証とした。造反派も、これに抗う一派にとっても、毛沢東は現代の神であり、皇帝であった。

百万雄師と工人総本部。両者はついに武力闘争に突入していった。長江の畔に広がる要衝の都市、武漢では、革命戦争でも経験したことのない凄惨な内戦が繰り広げられた。

李志傑は市街地のあちこちからあがる砲煙を見て、自らの身辺に忍び寄る危険を感じていた。いつ何時、紅衛兵が家に押しかけてくるかもわからない。そうなればこの家を隈なく捜索して反革命の材料を見つけようとするだろう。苦労して蒐めた史記全巻や三国志演義そして紅楼夢も腐敗の証拠として焼き尽くされてしまうにちがいない。だが、なにがあろうとあの皿だけは守らなくては。

李志傑は棚の奥深くにしまっておいた汝窯の小皿を持ち出した。裏手にある井戸の石板を剥がして小さな空洞を拵えると、ぼろきれにくるんでその中に隠したのだった。

七・二〇武漢事件

中国の臍ともいうべき武漢の地が大混乱に陥れば、全土の掌握が危うくなり、文革は一気に失速してしまう。危機感を強めた毛沢東は、周恩来、謝富治、王力を引き連れて武漢に駆けつけ、事態の収拾に当たろうとした。

だが、毛沢東が姿をみせても武漢の騒乱は容易に収まらなかった。誰が味方で、誰が敵なのか。もはやどの派閥にも見分けがつかなくなっていた。すべての武闘派が毛沢東への忠誠を叫んで、相手陣営を毛主席に敵対する反革命分子だと罵り合っていた。

そんなか、陣頭指揮に立っていた周恩来が急用で北京に戻っていった。その隙を衝いて、毛沢東に付き従ってきた王力が「工人総本部」への支持を表明する。これに怒った「百万雄師」は、王力を連行して糾弾し、武漢の市中を引き回した。さらには毛沢東が滞在している東湖賓館を包囲するにいたり、武漢の情勢は一挙に緊迫した。周恩来の動きは素早かった。混乱の極にあった武漢から毛沢東を救い出し、北京に連れ戻した。世にいう七・二〇武漢事件である。怒り狂った江青一派は、直ちに反転攻勢に打って出た。

「要文攻武衛」

言論をもって攻勢に打って出で、さらに武力で陣営を守るべし。

「工人総本部」派に対して、「百万雄師」派をただちに叩き潰せと呼びかけたのだった。これに呼応した武漢大学の紅衛兵は、武漢軍区の陳再道司令を引き出して糾弾した。これを機に人民解放軍にあって陳再道の後ろ盾だった軍長老の徐向前もその職を解かれて失脚した。

武漢こそ、文化大革命の帰趨をきめる決戦場となった。江青一派は皇帝毛沢東という玉をわが手に握り、紅衛兵を前衛に、人民解放軍を後衛にして、ついに劉少奇と鄧小平を包囲する態勢を整えた。この「七・二〇武漢事件」ではじつに十八万人にのぼる犠牲者が出たといわれる。

この事件が起きた翌八月の初め、劉少奇は再び文革派の吊るし上げにあった。現職の国家主席は紅衛兵によって殴りつけられ、その顔はもはや劉少奇とはわからないほどにむくみ、紫色に膨れあがった。

「私は中華人民共和国の主席だぞ。君たちがこの私をどう扱おうと勝手だが、私は国家主席の尊厳を守らなければならない。いったい誰が私を罷免したというのか。私を審判にかけるとしても人民代表大会の決議がいるはずだ。この私も公民のひとりだ。なぜ私に発言の機会を与えないのか。我が国の憲法は、全ての公民の人身上の権利は侵されないと定めているはずだ」

劉少奇は身柄を拘束され、すべての実権を剝奪されていった。

そして劉少奇に関わりのあるものすべてが攻撃の対象となった。革命前から劉少奇と縁のある李志傑一家に災厄が襲いかかってくるのは時間の問題だった。加えて志傑はかつて武漢の港湾労働者を束ねた紅幇（ホンパン）の頭目であり、工会の仕切り役だった。文化大革命では、革命前の出自が地主、富農、反革命分子、破壊分子、右派だった者を「黒五類」と呼び、労働者階級の敵と分類していた。李志傑は黒五類そのものだった。

すべての人の経歴は「档案」に記されている。革命前の身分、親類関係、学校の成績、友人関係、趣味、思想傾向、犯罪歴など、出生から現在にいたる個人情報が詳細な記録として残されている。党の公安当局は、各人の来歴を記したこの秘密文書を厳重に保管してきた。

波乱に満ちたこの国で疵（きず）のない人生を送ってきた者などいるはずがない。解放後の中国で貧農の家に生まれて、革命に全てを捧（ささ）げ、党の地方幹部に上り詰めた者も、それゆえに文革では実権派としていま紅衛兵の血祭りにあげられている。ましてや紅幇の頭目だった李志傑の過去が公になってしまえば、血に飢えた紅衛兵たちにとってこれ以上の獲物はない。彼の档案には、革命前には紅幇の大物として妓楼（ぎろう）や茶館を取り仕切り、いまや走資派の巨魁として毛沢東一派の主敵となった劉少奇との深い縁も克明に記されている。

「全国の党機関に封印されている档案を解き放て」

毛沢東が懐にする「鋭利なドス」と怖れられた公安部長の謝富治が、密かに党組織に命令を発した。李志傑の档案とて例外ではない。

李志傑こそ封建的な中国を体現する反革命分子そのものであり、劉少奇の回し者だ——紅衛兵の餌食(えじき)として「批闘大会」に引き出される事態は避けられなくなった。日頃から彼の世話になっている近所の人びともどこかよそよそしい。彼に忍び寄る暗い翳(かげ)に気づいているのだろう。

秀麗の身の上にも危険が迫っていた。清朝高官の娘として特権階級の家に生まれ、清朝崩壊後は娼妓に身をやつし、外国人や資本家に媚びを売って生き延びてきた。その経歴は「黒五類」以外の何ものでもなかった。志傑と秀麗は早々と覚悟を決めていた。

ふたりの気がかりはたったひとつ、息子夫婦と孫娘だった。彼らは解放後のこの国にあって、中学教師をしているにすぎない、ごくありふれた存在だ。それでも、両親が旧体制の黒五類の出身だと分かれば、紅衛兵の前に引き出され、自己批判を迫られる。そうなれば、四歳になる愛くるしい孫娘はどうなるのか。かつて気丈で鳴らした頭目の眼からは大粒の涙が流れた。

日を経ずして紅衛兵たちが毛語録を振りかざして李克明の家に押し寄せた。いきなり扉を蹴破って土足で踏み込んできた。

「お前は極悪人、黒五類の息子だ、反文革分子だ。殺しても殺し足りない裏切り者だ」

テーブル、椅子、箪笥（たんす）、書架を横倒しにして暴れまくった。食器や家財道具を手当たり次第に床に叩きつけ、ガラスのコップが壁に当たって砕け散った。まだあどけない顔の紅衛兵が克明に平手うちを食らわせた。

「明日、宣伝部の中庭でお前らの批闘会をやるぞ。思いっきり自己批判をさせてやる、いいな」

翌朝、克明と妻はついに人民大衆の前に罪人のように引き出された。三角帽を被せられて、資本主義の手先として批判され、黒五類の一家として思うさま打ちのめされた。首にずっしりと重いプラカードをぶら下げて通りを行進させられた。李克明、黄小鴻の名前の上に死を表すバツ印が黒々と塗りつけられていた。近所の人たちは目を伏せ、誰ひとり口をきこうとしない。

その夜、母の秀麗は息も絶え絶えとなったふたりを寝台に寝かせ、衣服を脱がせた。赤黒く腫れあがった傷を消毒して軟膏を塗っていった。

「さあ、白薬（パイヤオ）を飲んで。臓腑の回復に効きますよ」

克明夫婦には、文蘭という名の四歳になる女の子がいた。李一族にとっては、この娘を生き延びさせることだけがただ一つの願いとなった。

李志傑は息子の克明に告げた。

「このままでは一家は皆殺しにされてしまう。船は俺がなんとか手配する。深夜にそっと埠頭を離れ、まず南京に逃れろ。そこから上海に下れ。〝小乱のときは森に隠れよ、大乱のときは街に潜め〟という。すべての手配は整えてある。しばらく上海の街に身を潜めて時期を待て。そこから広州に逃れ、時期を見はからって香港に渡るんだ。それ以外に文蘭を助ける術はない。香港に行けば、新たな人生がきっと拓ける」

「でも、父さんと母さんはどうするんですか。奴らが放っておくはずがない」

「俺たちはもう十分に生きた。清朝に生まれて、国民党、日本軍、紅軍が次々に支配する時代を生き抜いてきた。ガキの頃から精一杯暴れまくって、人の何倍も生きてきた。もうそろそろ幕をおろしていい」

秀麗も笑って頷いた。

「お父さんと出遭って歩んだ人生はほんとうに夢のようにあっという間でした。確かに人の何倍も苦労しましたが、人の何倍も笑って、何の悔いもありません」

そして、膝の上で小さな寝息をたてる孫娘の髪を撫でながらつぶやいた。

「わたしたちの心残りはたったひとつ、この文蘭の身の上だけ。この子が幸せに、思い通りに生きられるよう、克明、さあ、勇気を奮って武漢を抜け出すのです」

逃避行

俺がやられる前になんとしてでも克明たちを逃がしてやらなければ——李志傑がめぐらした策は、かつての紅幇の親分らしく大胆にして周到を究めたものだった。動乱のさなか、公安の確かな書類も携えずに、内陸の武漢から陸路を経て上海、広州そして香港に逃れることはかなうまい。李志傑が息子夫婦と孫娘のために選んだ逃避行。それは長江を小型船で下るルートだった。漢口の港から南東へ進み九江へ、ここで北東へと針路を転じて古都、南京へと向かう。さらに東へと下れば上海に辿り着く。七百キロを船で下る行程だった。

鋼鉄船では目立ちすぎる。彼が見つけてきたのは古びた木造の漁船だった。だがエンジンの調子はすこぶるいい。かつての子分たちを動員して密かに船内を改造し、食糧庫を設えさせた。これなら一ヶ月はなんとか凌げるはずだ。

問題は燃料だ。船底を改造して予備の燃料タンクをつくり、甲板にもドラム缶を並べた。上海までならこれで辿り着けるだろう。黄浦江(こうほこう)沿いの十六鋪まで行き着けば船を捨てるか、燃料を手配して沿岸を伝って広州まで南下すればいい。上海にはかつて紅幇で子分だった男がいる。

新月の夜、漢口の埠頭で息子夫婦と孫娘に永遠の別れを告げた。

「この先、お前たちは何をしても構わない。思いのままに生きるがいい。ただひとつだけ覚えていてほしい。お前たちのふるさとはここ武漢だ。中国のど真ん中に在って、武漢を制する者は天下を制すると言われてきた土地だ。長江の流れがひとところに留まることがないように、いかなる権力も永くは続かない。いいか、時と共に移ろう権力に阿(おもね)ってはならない。柳のようにしなやかに、竹のようにまっすぐに、自らの信念を貫いて生きるんだ。それでこそ俺たちの子だ」

李志傑は、懐から色あせた黄色い木綿に包んだ小箱を取り出した。

「いよいよ困った時には、この青磁を香港の美術商に持ち込んでみろ。きっと大金を用意してくれるはずだ。決して半端な金で手放してはいけない。これさえ持っていれば、文蘭にどんな高い教育も受けさせることができる。イギリスに送って最高の大学で学ばせることだってできるぞ。いいか、この皿だけは肌身離さず持っていろ」

克明は黙ってうなずくと、腹巻のなかに小箱を忍ばせた。降り注ぐような星空の下、息子夫婦と愛しい孫娘を乗せた船は静かに岸を離れていった。

天啓の地

タスマニア　二〇一四年一月

バスルームからキーラの弾けるような歓声が響いてきた。

マイケルがメルボルンにやってきて六日後の朝のことだった。

「やったわ、マイケル。はやくも二・八キロの減量に成功よ」

はちきれんばかりの笑顔でキーラがキッチンに駆け込んできた。そしてカウンターにもたれかかり、厳かに告げた。

「ウエストがくびれてきた気がする。あなたのヘルシーな家庭料理のおかげよ」

「よかった、僕も嬉しいよ。早速、湯島のサキさんにも知らせなきゃ」

その朝は、豆乳と無脂肪ヨーグルトをベースに、ケール、にんじん、リンゴ、キーウイのスムージーを作っていた。ニュートリブレットに内蔵された強力モーターは、一分間に二万二千回転。海兵隊の制式機関銃を思わせる轟音を部屋中に響かせ、鋭利な二枚刃がいかなる素材もたちまち滑らかな液体にしてしまう。きっかり二十秒、攪拌してから、薄緑色のスムージーを陽光に輝くグラスに注いでいく。

キーラはグラスを取り上げると一気に飲み干した。

「ああ、酵素が細胞のなかへと染み渡っていく」

彼女は歌うように呟くとカウンターに身を乗り出した。

「マイケル、あなたにご褒美をあげようと思って――」

「何だろう、期待してしまうなぁ」

キーラはマイケルの茶色い瞳をまっすぐに見つめている。

「本の執筆もはかどっているし、気分転換に小旅行に出かけてもいいなと思って。あなたが恋焦がれているタスマニアに一緒に行ってあげる」

「ほんとうかい、キーラ、ほんとに一緒に」

「子供の頃、一度だけ行ったことがあるのよ。氷河に削られた大地に、手つかずの太古の自然。動物も植物もタスマニアにしかいない固有種であふれている」

マイケルは、タスマニア行きに備えて野宿用テントなどトレッキングの装備一式をワシントンから担いできていた。

「あなた、クレイドル山・セントクレア湖国立公園に行くと言ってたわね」

「せっかくタスマニアに行くんだ。やはりオーバーランド・トラックに挑んでみなきゃ」

「でも、あそこは、六日分の食料を背負って歩かなきゃならない。体重が落ちたとはいえ、運動不足の私にはちょっと」

たしかに、このトレッキングコースを制覇するには、二十キロを超えるバックパックを担がなくてはならず、キーラは自信がなさそうだ。

「でも、マイケルをひとりでやるのは心配。なにしろ、極めつきの方向音痴だし」

そう言った瞬間、キーラの顔がぱっと明るくなった。

「そうだ、大学時代の後輩にタスマニア育ちの文化人類学者がいる。いまはノーザンテリトリーのチャールズ・ダーウィン大学で教えているの。彼にガイド兼シェルパを頼んでみよう」

「だけど、そんな学者先生に荷物運びをさせるのは気が引けるなぁ」

「心配ご無用。アレンっていうんだけれど、彼は青白き研究者タイプじゃない。まあ、見たところはナショナルチーム〝ワラビーズ〟のハーフバックって感じ。三ヶ月はシャワーなしでも平気な文化人類学のフィールド・ワーカー。それにアレンにはアボリジナルの血が流れていて、方向感覚が驚異的なの」

キーラとふたりきりで旅ができると仄(ほの)かに期待していたマイケルにはちょっぴり残念な展開だった。

「大丈夫だよ、僕たちだけでも。真夏だし、トレイルの木道をひたすら歩くだけなんだろう」

「荷物はどうするつもり。あなたにふたり分を担いでもらうのは無理。マイケル、ひょっとして邪(よこしま)なことを考えていたりして――」

キーラはすぐにケータイを取り上げ、アレンの了承をとりつけた。キーラとふたりきり、星空のもとで一つテントに寝泊まりするマイケルの夢想は一瞬にして潰(つい)えてしまった。

五日後、マイケルとキーラはジェットスターに乗り込んだ。メルボルン・タラマリン空港を飛び発(た)って一時間あまり、真っ青な海の彼方に緑なすタスマニアの島影が姿を現した。雲間からロンセストン空港の滑走路が視界に入ってきた。

飛行機のタラップを降りると、ひんやりと湿った空気が頬を撫でた。そよ風が草の香りを運んでくる。真夏だというのに、何と不思議な天候なのだろう。

こんがりと日焼けした長身の青年が人なつこい笑みを浮かべて迎えてくれた。

「ようこそ、タスマニアへ。もうすぐ歓迎の雨が降り出しそうです。さあ、急いで」

アレンはキーラの大きなバックパックを片手で受け取ると駆け出した。肩幅が広く、胸板もがっしりと厚い。たしかにラグビーのハーフバックもつとまりそうだ。駐車場には年季の入った青いチェロキーが停めてあった。

「アレン、こちらは英国の留学時代の友人、マイケル・コリンズ。アメリカ政府に勤めているの。でも所属は言えない。つまり、メタボなスパイってこと」

「おい、やめてくれよ、国家機密の漏洩罪に問われてしまう。それに、これでもタスマニア探検に備えて五キロも体重を絞ったんだ」

「あなたのことなら前から聞いていました。竜巻を呼ぶオクラホマ男だってね。このあたりのアボリジナルは、つむじ風をウィリー・ウィリーっていうんです。でもマイケル、タスマニアではウィリー・ウィリーだけは勘弁してくださいよ。こっちの竜巻は凄まじいんですから」

「ウィリー・ウィリーですか。じつはうちの爺さん、アイリッシュの癇癪持ちで、その名もウィリー。いったん怒りだしたらもう手がつけられない。だから、僕らの家じゃ、竜巻がやってくると〝逃げろ、逃げろ、ウィリーだ〟って叫んだものです」

ウィリー爺さんのおかげで、マイケルとアレンはたちまち打ち解けた。

クレイドル・マウンテン

翌朝の午前六時半、三人はオーバーランド・トラックの起点、ロニークリークを出発した。クレイドル・マウンテンの山中を縫うように南へと進む。めざすはセントクレア湖、全長六十五キロに及ぶトレッキングが始まった。

途中に物資の補給拠点は一切ない。六日分の食料とテントはすべて自分で担がなければならず、マイケルの肩にも三十キロを超えるバックパックがのしかかった。だが、タスマニアの大地を踏む心は沸きたち、足取りも軽やかだった。

マイケルのすぐ前に小柄なキーラ。小さなリュックサックを背に先陣を務めている。パーティのしんがりを受け持つのはアレン。キーラの食料をマイケルと分け合い、ひときわ大きなバックパックを担いでいる。三人のタスマニア紀行を天も祝ってくれたのだろう。空は真っ青に澄み渡り、風もさして強くない。

ボタングラスの草原に板敷きのトレイルが縫うように延びていた。穂先に黄金色の花をつけたカヤツリグサが真夏の陽ざしを浴びて風に揺れている。

湿り気を帯びた木の階段を上っていくと、そこはもう鬱蒼とした森のなかだった。足もとは一面びっしりと苔に覆われている。冷温帯樹林は太古の森そのままにひとの足跡がほとんど残されていない。タスマニア固有の針葉樹林は、この島がゴンドワナ大陸と一つだった時代から、地表を厚く覆って原始の姿をいまに伝えている。

いまやアレンも、キーラも、ひとことも言葉を発しようとしない。ただ黙々と歩き続ける。節くれ立った木々に宿る精霊たちに敬意を払って。

昼なお暗い原生林を抜けると、豊かな水を湛える湖が見えてきた。近づいてみると、水は澄んでいるのに、湖面は赤黒い。なんという不思議な湖なのだろう。

「ボタングラスの根から染み出たタンニンが湖をこんな色に染めているんです。クレイドル山の周辺では、川の水も、湖の水も、すべてこの色に染まっています」

「あら、こんなところに可愛らしい花が咲いているわ」

岩盤の割れ目からすっくと茎が伸び、釣り鐘の形をしたオレンジの花から黄色い花弁がのぞいていた。

「これはクリスマスベル。珪岩に好んで咲くのですが、滅多に見かけません。僕らは幸先がいい」

アレンは白い歯を見せた。

「さあ、これから標高千二百五十メートルのマリオンズ展望台を目指します。ここからが胸突き八丁。この六日間で間違いなく最もきつい登りになります。さあ、頑張りましょう」

「マイケル、あなた大丈夫？　私も少し担ごうか」

　キーラは不安げに僚友を見上げた。

　マイケルは、無言のうちに「自分が担ぐ」と伝えたものの、もう風景を楽しむ余裕など残ってはいなかった。俯き加減で進むうち、バックパックがずっしりと肩に食い込み、やがて背骨が悲鳴をあげ始めた。息も一段と苦しくなり、肺も破裂寸前だ。意識は次第に朦朧となり、太腿が燃えるように熱い。

　マイケルとキーラは、よろよろと鎖につかまり、喘ぎながら岩肌を登っていく。急峻な岩場が次から次にあらわれ、ふくらはぎが小刻みに痙攣し始めた。額にべっとりと脂汗を浮かべ、声にならない悲鳴をあげながらよろめくように頂きに辿り着いた。

　つぎの瞬間、マイケルは地面にへたりこんだ。重荷を放り出して大の字に寝転ぶ。意識がすっと遠ざかっていった。

　どのくらいの時が経ったのだろうか。うっすら眼を開けると、突き抜けるような青空に巨大な蛇を思わせる雲が流れ去っていった。

「マイケル、見て。すばらしい眺めよ。さあ、起きて」

キーラに腕を引っ張られて、よろよろと立ち上がった。まるで九十歳の老人になった気分だった。眼下にはコバルトブルーのダブ湖が広がり、彼方に荒々しい岩肌のクレイドル・マウンテンが聳えている。それは原初の大地そのものの光景だった。

「ああ、風が出てきました。雲の動きもあやしい。さあ、急ぎましょう」

空を見上げて、アレンはふたりを促した。

「さっき、僕の頭上を流れていった雲が蛇のような形をしていた」

アレンは不思議そうに振り返った。

「マイケル、どうやらあなたはアボリジナル的な感性を持っている」

アボリジナルは、天を操って雨を降らせる創造の神、虹蛇を崇めているという。

「あら、メタボの鈍感男とばかり思っていたのに、タスマニアの森を歩いているうちに古代ケルトの民の感性が呼び覚まされたのね」

「さあ、ふたりとも急いでレインウェアを着て。雨雲がすぐそこまで迫っています」

アレンの予言どおり、虹蛇は激しい雨風を呼び起こした。三人は横殴りの雨に打たれながら、ボタングラスの草原を二キロあまり歩き続けた。遥か遠くで雷鳴が響く。

「タスマニアへようこそ、マイケル」

キーラは叫びながら両手をいっぱいに広げてみせた。

その瞬間、天の一角に稲妻が走った。アレンも叫ぶ。

「すべての時を受け入れよ。タスマニアでずぶ濡れになるのもまた運命」

一行はドブネズミのようになって避難小屋に駆け込み、しばし嵐を凌いで外に出てみると、ようやく雨は小降りになっていた。クレイドル・マウンテンの山懐をぐるりと回り込むように木道が続く。トレイルの両側には見事なボタングラスの大海原が広がっていた。

雨が上がったとたん、強い日差しが容赦なく三人の頭上に降り注いだ。道は緩やかな下りとなり、湿潤な森がふたたび姿をあらわした。

森に分け入っていくと、どこからともなく甘い香りが漂ってきた。

「何の香りかしら」

アレンが三センチほどの白い花を咲かせている低木を指さした。

「レザーウッドですよ。タスマニアの雨林地帯でしか育たない希少な樹木です。樹齢七十年にして初めて花を咲かせるそうです。永い間、秘めに秘めてきた神秘的な香りを一気に解き放つ。それがレザーウッド」

キーラは四弁の花びらに顔を近づけてみた。

「なんてエレガントな香り。花にも、ほら、蜜がたっぷり」

「白い花を咲かせるのに七十年、甘い蜜を蓄えるのに百年。気が遠くなるほどの歳月をかけてレザーウッド・ハニーは生まれます。まさしく、食べる香水です」

「悠久の時を生きる植物か——ああ、タスマニアにきてよかった。アレンとキーラに心から感謝だ」

　嗅覚は人類が持つ最古の本能だという。甘い芳香を放つ神秘の森は、マイケルの脳裏に忘れ得ぬ記憶として刻み込まれた。

孤絶大陸の闖入者

　ガサガサ、ガサ——。テントの裏側でなにやら音がしている。

　次の瞬間、闇のなかを何者かが駆け抜けていった。

「なんだろう。タヌキ？」

　アレンは首を振ってみせた。

「ポッサムです」

　なぜわかるのだろう。テントを透視できるのだろうか。

「僕らには気配でわかるんです」

かれらの狙いは食料だという。パンやフルーツが大好物らしい。

「ですから、寝る前にしっかりとバックパックを閉じておかなくちゃ。テントの柱に結びつけて、いいですね」

大切な食料を失ってしまえば、もう旅を続けられない。

ポッサムはカンガルーと同じオーストラリア大陸の固有種だ。顔はリスを太らせたように丸くて愛嬌(あいきょう)たっぷりだが、油断はできない。

「キーラ、ポッサムも未知のウイルスを持っているのだろうか」

「オーストラリア固有の有袋類だから、研究者もまだ知らないウイルスをたくさん匿っているはずよ。なにしろ、この地球上には3×10の30乗個のウイルスが存在するんだから」

「ウイルスが寄生しないのはウイルスだけ。最近までそう考えられていました。ところが、ウイルスに寄生する〝スプートニク・ウイルス〟が見つかったんです」

アレンが教えてくれた。

「スプートニクって、昔、ソ連が打ち上げた人類初の人工衛星のこと？ 冷戦期のアメリカに大きなショックを与えた――」

「そう、ロシア語で〝同伴者〟。人工衛星を地球の同伴者になぞらえて、命名されたと聞きます。今回、見つかったウィルスも、ウィルスの同伴者だからスプートニク」

「キーラ、ポッサムの体内に潜むウィルスがヒトに感染する可能性もあるんだろうか」

「さあ、どうかな。人へのスピルオーバーは簡単には起こらないから」

オオコウモリに噛まれた人がヘンドラ・ウィルスに直に感染した例はまだ報告されていない。自然宿主に棲むウィルスが人間に乗り移るには「増幅宿主」を介するのが一般的だ、とキーラは言う。

「ヘンドラ・ウィルスの感染例を思い出してみて。ヘンドラ・ウィルスは、オオコウモリを自然宿主にしてきた。オオコウモリはヘンドラ・ウィルスに対する抗体を持っているから、この恐ろしい感染症には罹らない。でも、或る日、なんらかのきっかけで、オオコウモリからサラブレッドにスピルオーバーした。そしてウィルスはサラブレッドという宿主のなかで爆発的な増殖を繰り返していった」

「でも、なぜ馬が増幅宿主になったんだろう。カンガルーやコアラじゃなく」

「さすがは、メタボなスパイ、じつに眼のつけどころが鋭い。答えは明快、馬はオーストラリア大陸に最近まで存在しなかったからよ。十八世紀の後半にヨーロッパからの入植者が持ち込んだ新参者なの。この大陸の固有種じゃない。だから、ヘンドラ・ウイルスへの耐性がなかった、これが定説よ」

遺伝子解析によれば、ヘンドラ・ウイルスは旧石器時代からオーストラリア大陸にいたことが分かっている。一方、自然宿主のオオコウモリは約二千万年前から、アボリジナルは凡そ五万年ほど前にはオーストラリア大陸にいたという。

「ヘンドラ・ウイルス、オオコウモリ、アボリジナルは、氷河期からこの地で仲良く共存してきたというわけ」

アボリジナルの口承伝説にも、それらしき疫病が流行ったという話はない、とアレンが付け加えた。

「文字を持たなかったアボリジナルは、部族の歴史や暮らしの智慧を口承や歌、踊り、描画として残してきました。次の世代に伝えておきたい大事な出来事なら、必ず何かの形で残したはずです。でも、ヘンドラの災いに関しては何一つ残されていません」

「つまりこういうこと？　ヘンドラ・ウイルスは、太古の昔からオオコウモリの体内に潜み、じっと機会を窺っていた。二千万年後、抗体を持たない外来種の馬がやってきたのを幸いにスピルオーバーし、爆発的に増大した。そして、ついに牙を剝いて人間に襲いかかった」

マイケルの言葉にキーラは眉をひそめた。

「ウイルスが牙を剝く——その言い方にはちょっと抵抗がある。だって、ヨーロッパ人が馬さえ持ち込まなければ、ヘンドラ・ウイルスとオオコウモリ、アボリジナルはいまも仲良く共存していたはず。自然の調和を乱して、スピルオーバーを引き起こしたのは入植者たちよ」

ここ十年、国際的なテロリストを追ってきたマイケルのなかで、ヘンドラ・ウイルスはいつしかイスラム過激派と二重写しになっていた。

アルカイダの首魁、オサマ・ビン・ラディンは、祖国サウジアラビアを逐われると、まずナイル河上流のスーダンに拠点を移した。そしてスーダンからも逐われると、アフガニスタンのタリバン政権に庇護を求めて、パキスタンの山岳地帯に棲みついた。超大国アメリカの中枢を襲った自爆テロリストは、スーダンやアフガニスタンの〝ならず者国家〟を増幅宿主として九・一一テロを敢行した。

マイケルの内面にこの瞬間、重大な化学変化が起きようとしていた。タスマニアにやってきたのは運命の糸に導かれてのことかもしれない——。国際テロリストに替わって、微細なウイルスが、稀代のインテリジェンス・オフィサーの人生行路を変えようとしていた。

さらなる山懐へ

真夏だというのに肌寒くて早朝に目が覚めてしまった。テントのジッパーを開けて外を覗くと、辺りには濃い霧が立ちこめていた。薄絹を幾重にも重ねたような帳の向こうにキーラのシルエットが浮かびあがってきた。オレンジ色のテントの前に寝袋を広げ、なんとも不可思議な姿で立っていた。右足を折り曲げ、かかとを左足の付け根につけて一本立ちして合掌し、両手をすっと頭上に伸ばした。

何をしているのだろう。いぶかしげに近づくマイケルに、キーラは悠然と微笑んだ。

「ヨガの〝木のポーズ〟。こうしていると、集中力が高まって、思ってもみなかった大胆な仮説が天から舞い降りてくることがあるの」

そんなキーラの姿を彫刻でも鑑賞するかのようにマイケルは眺めていた。

「タスマニアの原生林で一本の木になる。大地のエネルギーが足裏から背骨を通って頭のてっぺんに駆けあがっていく。あなたも木になってみたら。爽快よ」

「そりゃ無理だ。第一、股関節がそんなに開かないよ。すぐに倒木になる」

黄色いテントの外ではアレンが湯を沸かしてふたりを待ち受けていた。

「マイケル、さあ、早く顔を洗ってきて。もうすぐ朝飯ができますよ」

天からの恵みの雨を受け止める大きなタンクが森の入り口に置かれていた。タスマニアは世界で一番空気がきれいな島だと言われている。汚れた粉塵が混じっていないため、空から降りそそぐ雨水も澄み切っている。この水をペットボトルに入れて飲んでいるハイカーも多い。マイケルは雨水を手で掬って顔を洗った。肌を刺すような冷たさだ。

テントに戻ると、アレンが朝食を用意してくれていた。オーツ麦にシロップとココナッツ油を混ぜて焼いたグラノーラ。ドライフルーツとナッツが数種類入っている。これに温かいミルクを加えれば栄養は満点。六百二十キロカロリーのヘルシーな朝食だ。

「昨日はなんだか奇妙な夢を見たよ。少年野球の試合を指揮している夢なんだ」

マイケルはふたりに言った。

「奇妙って、あなた、ボランティアで少年野球の監督をしてるんでしょ」

「それが、夢に出てきたのはワシントンのDCベアーズじゃなかった。ユニフォームも赤じゃなくて、白に青だったし、子供たちも見知らぬ顔ばかりだった。変だな」

「マイケル、もしかしたら、それは予知夢かもしれませんよ。アボリジナルにとって、夢はやがて生起する現実のお告げなんです。アボリジナルは狩りの前の晩には、寝ずに犬の様子をじっと観察します。犬が眠りながら、獲物に吠えかかる仕草をすれば、その犬を狩りに連れていく。夢で獲物に出遭っているからです。それが予知夢。マイケル、あなたもきっと、白いユニフォームを着て監督を務めることになるかも」

「いくらアレンの話でもちょっと信じられないが、そうなったら真っ先に知らせるよ」

二日目の目的地は、七キロ先のウィンダミア湖だ。きのうとは打って変わって平坦な道のりが続く。霧が晴れ、陽光が燦々と大地に降り注いでいる。草木が一気に目を覚ましたようだ。本格的な夏を迎えて、色とりどりの高山植物が天空のファッションショーを繰り広げている。

ひときわ背が高く、鮮やかな緋色の花を咲かせているのはワラタ。岩に張りつくように咲くのは白や黄色の薄紙で作ったようなエバーラスティング。どことなくデイジーに似ている。淡いピンクに黄色の雄蕊をつけているのはボロニア。可憐な花々が短い夏を謳歌している。

「あ、この変わった形の花はどこかで見た覚えがある」

マイケルは薄黄色をしたブラシのような花を指さした。

「それはバンクシア。うちのベランダにも咲いていたでしょ」

「バンクシアはとても面白い植物なんです。山火事で熱せられると、固い殻が弾けて、実から種が飛び出すんです。そうやって子孫を増やしてきました。オーストラリアには種子を発芽させるために火を必要とする植物がたくさんある。山火事を待っているんです」

「でも、山火事は他の生きものには危険だろ」

「いいえ、そうではありません。アボリジナルは火の扱いにかけては達人ですから。彼らがやる野焼きには深い意味があるんです」

一番の目的は防災だという。野焼きをすることで、森林火災の燃料になる下生えを燃やしてしまうのだ。そのためには、気温や天候、湿度、風向きなどを見極め、もっともいい日時を選んで森に火を放つ。その後、燃え上がる火の勢いを絶妙に制御しながら焼いていくのだ。

近頃は州政府もアボリジナルに倣って野焼きを試みている、だが、ヘリコプターで燃料を撒く乱暴なやり方ではうまくいかないという。

アボリジナルは、丈の高い草やトゲのある植物を焼いて人の通り道をつくり、植物の成長を促す。そうして育った柔らかい新芽を求めて、ワラビーやカンガルーが集まり、絶好の狩り場ができる。アボリジナルはそんなふうに大地を大切に扱ってきた。

「先住民は野焼きを〝カントリーをきれいにする〟と表現します。かつて、ヨーロッパからの入植者はアボリジナルを無知な野蛮人と軽蔑しました。でも本当に無知だったのは彼らのほうでした。アボリジナルがこの上なく洗練されたやりかたで大地を管理してきたことを理解できなかったんですから」

二時間ほど歩くと、雲行きが怪しくなってきた。

「降ってくるかしら」

「汗もかいたし、ここらで自然のシャワーを浴びるのもいいな」

マイケルは、雨粒が落ちてこないかと空を仰いだ。

「いや、すぐには降らないでしょう。北の雲がまだおとなしい」

アレンの予告通り、虹蛇は姿を見せなかった。バーン・ブラフ山の切り立った峰に、さっと刷毛で掃いたような白雲が浮かんでいるだけだ。紺碧の空の下、タスマニアの固有種ペンシル・パインの森を抜け、ボタングラスの荒れ地を進んだ。

遠い地平線にクレイドル・マウンテンの雄峰が望める。

大きなゆりかごの麓を出発して一日半、もうこんなにも遠くにやって来たのか——

キーラとマイケルは思わず目を合わせた。行く手の彼方にはペリオン山の山並みが連なっている。

「あさってには、あのペリオン峠に立っているはず。ふたりとも元気なら、タスマニア最高峰のオッサ山に登りましょう」

頂上への道には目の覚めるような緑のクッションプラントが広がり、白や黄色、ピンクの可愛らしい花が互いに寄り添うように咲いているという。

アボリジナルのインテリジェンス

案の定、ぽつりぽつりと雨が降ってきたため、山小屋でしばし雨宿りをしてからキャンプ場に向かった。

その夜も手を伸ばせば摑めそうな星々が頭上に輝いていた。

タンドリーチキンとバターライスのフリーズドライで夕食を済ませた三人は、タスマニア産のリンゴにかじりついた。シャキッと甘い。

「マイケル、ワシントンに帰っても、頭ばかり使っていないで、もっと身体も動かさなくちゃいけませんよ」

「うーん、この二日間で三年分の体力を使い果たしてしまったよ。これ以上身体を酷使したら、クレイドル・マウンテンに骨を埋めることになりそうだ」

アレンは首を振った。

「身体を動かせと言っているんじゃありません。もっと身体感覚を働かせてという意味です」

「身体感覚って？」

「その点でも、アボリジナルは類い稀な先達です。彼らは自分たちの住む一帯を〝カントリー〟と呼びます。野焼きの話をしたとき、彼らがカントリーをきれいにするという話をしましたね。部族によって使う言葉はそれぞれですが、英語では〝カントリー〟。でも、国家という意味じゃない。人を包み込んで育み、そこを離れては存在できない大地、というニュアンスでしょうか。まさしく峠の我が家、英語ではホームランドの語感に近いかもしれません」

カントリーこそ、アボリジナルを理解するキーワードだとアレンは語った。

「ヨーロッパの入植者はアボリジナルを野蛮な狩猟採集民だとしか考えなかった。自らは何も生産せず、食べ物がなくなると次の場所へただ移動していく。家も持たず、自然に寄生して暮らす原始的な民だと。でも、そうじゃないんです。彼らは放浪しているのではなく、カントリーに抱かれ、ホームランドを愛しみながら大地を移りつつ暮らしているのです」

わがホームを愛でるために移動する――欧米人の常識を超えた解説だった。

「アボリジナルの血を引く僕にも、最初はよく呑み込めなかった。でも、先住民と共にカントリーに入り込み、一緒に暮らしているうち、彼らがいうホームとは僕らが考える家の概念を遥かに超越した広大な空間だということが分かってきたんです」

アボリジナルは、日常の暮らしの大半を戸外で過ごす。食事するのも、家族で談笑するのも、昼寝をするのも、ことごとくが屋外である。

「そして、少し離れた場所に狩りの部屋、釣りの部屋、果物採取の部屋、そして儀式を執り行う部屋がある。もちろん、部屋といっても壁などありません。でも彼らにとってはすべてはホームの一部なんです。大地だけでなく、天空や地中もすべてが彼らの広大無辺なカントリーというわけです」

ノイズをたてるな

キーラは遥か遠い記憶をたぐり寄せながら語り始めた。

「私の母方の祖母は、クイーンズランドの先住民の血を引いていたの。その祖母が私を膝に乗せてカントリーの話をしてくれるときには、まるで親しい友だちのことを語って聞かせるような口ぶりだった。カントリーは私たちのことを隅々まで知り尽くしている。だから心配したり、悲しんだり、喜んだりする。私たちもまた、カントリーの魂を慰めるために歌を捧げるんだって」

マイケルは「うーん」とうなって天空を見上げた。星々が北半球とは逆さまに空を廻っている。

「ほら、マイケル、アイルランドにだって妖精がたくさん住んでいるじゃない。車で田舎を走っていると、〝妖精が横断中〟って書いた標識まで立ってる。あなたも内なるケルトの血を呼び覚ませば、内なる地平はもっと広がるはずよ」

アボリジナルのカントリーでは、ヒトや動物だけでなく、植物、岩、川、それに風や雨までが活き活きと命を躍動させているという。互いが互いを養い合っている。人間はそのささやかな一部にすぎない。欧州からやってきた人々とはまったく異なる世界に生きているという。

アレンも長老たちに授けられた教訓を教えてくれた。

「カントリーを歩くときは、ただ心静かにその世界に身を浸し、ひたすら感覚を研ぎ澄ませ。じっと聞き耳をたてよ。あらゆる物事の細部を眺め、匂いを嗅げ。そして決してノイズをたてるなと」

ノイズという言葉にマイケルは思わず耳をそばだてた。インテリジェンスを生業にする者にとって、ノイズほどやっかいな敵はない。

「僕らの世界では、ノイズとは、事態の本質を示すシグナルをかき消してしまう厄介な雑音を意味するんだ」

諜報機関には日々膨大で雑多な情報が流れ込んでくる。情報に携わる者たちは、そんなノイズのなかから貴重なインテリジェンスの原石を選り抜いて分析し、国家の舵取りを委ねられし指導者に決断の拠り所として届ける。だが、情報の海には、肝心なシグナルを見失わせる夾雑物(きょうざつぶつ)が大量に含まれている。それがノイズなのである。

キーラは腑に落ちないという表情をした。

「マイケル、もっと具体的な例で話してもらえない?」

「ひとつ挙げるならば、日本の真珠湾奇襲がいい例だろう。当時のアメリカの諜報当局は、山本五十六提督が企てた真珠湾奇襲を全く予見できなかった。日本海軍は水深の浅い真珠湾で使える魚雷を持っていない。日本の陸海軍は、石油を求めてまず南方海域に襲いかかるはずだ。そう思い込んでいたからだ。そういう思い込みという名のノイズに惑わされて、真珠湾が奇襲される可能性を頭からかき消してしまったんだ」

インテリジェンスの世界にあっては、〝思い込み〟というノイズほど国家に重大な災厄をもたらすものはないとマイケルは言った。

「アボリジナルがいうノイズも確かにそれに似ていますね。彼らは周りの世界に対する身体感覚を鈍らせてしまう無用な考えをノイズと呼びますから。たとえば僕には論文の執筆という、欲得ずくの目論見がありました。いま聞いている長老の話は論文に使えるかどうか、データとしてうまくまとめられるか。そんなノイズに邪魔されて、彼らの思考の本質を見失ったこともしばしばでした」

「ノイズに惑わされずに、五感を目一杯働かせる。それが大切なのね」

「その通り。それまでの僕は、文献を読んだり、調べたり、尋ねたりすることで物事は理解できると思い込んでました。ところが、彼らがこの世界を理解する方法はまったく違う。身体感覚を研ぎ澄まし、身体を外界に向けて開く。平原の向こうに鳥が群れているか、ウォンバットがどこに生息しているか。身体感覚を介して摑んだ事柄だけに価値を見出(みいだ)すんです」

「そうだとすると、彼らの知識は身の回りのこと、近くで起きることだけに限られてしまうじゃないか」

「マイケル、そこが肝心なところです。アボリジナルには、普遍的な知識というものは存在しない。特定の地域、つまりカントリーに根ざした智慧こそが価値あるものなのです。アボリジナルは、物質的な豊かさではなく、情報そのものを重視する。文字を持たないがゆえに、大切な情報は心に蓄えておく。それは個々人の貴重な財産ですから、情報のやりとりにも厳格なルールがあります」

超大国アメリカの情報コミュニティが蓄えている膨大なデータは、しばしば収集そのものが自己目的化してしまい、それゆえ役立たない。マイケルは日頃の苦い体験から情報活動の欠点をよく知っている。それだけにアレンの話は深く心に響いた。

「たとえば僕が誰かから耳よりな話を聞いたとします。でも、僕にはその情報を他人に知らせる権利はありません」

「なるほど、僕たちの情報世界でいう〝サード・パーティ・ルール〟だ」

「他人から得た情報は、それを入手した人の許しがなければ他人に知らせることはかなわない。アボリジナルもそんな鉄則を守り抜いてきたのです」

アレンはマイケルの目をまっすぐに見て言った。

「そして、もし人が十分に静けさを保ち、注意深く身体感覚を働かせるなら、知るべきことは向こうからやってくる。道標も自ずと見つけることができる」

数字やデータに頼るだけでなく、身体感覚を通して事態の本質に分け入ってみよ

――マイケルはアボリジナルにそう諭されているように感じた。

「いやぁ、アレンのレクチャーは、じつに刺激的だった。アボリジナルの霊的なカントリーが僕が携わっている情報の世界と通底していることが分かって心打たれた。ところでアレン、ひとつ頼みがあるんだが」

マイケルはこの時とばかり、スティーブンの頼み事を持ち出した。

「僕の友人が、君のフィールドであるノーザンテリトリーに興味を持っているんだ。一度、話を聞いてやってくれないか」

「もちろんです。僕でよければ、喜んで」

キーラは二人の男友達が心を通わせる姿をほほえましく眺めていた。夜空を見あげると、小さな流れ星が北の地平線へと消えていった。

第三部

蝙蝠は闇夜に飛び立つ

凶事の足音

フォート・デトリック　二〇一四年四月

香港の華麗なるギャツビーへ

美食ト美女ハ並ビ立タズ。君もせいぜい気をつけたまえ。ところで、僕は先頃新しい職場に移った。外部には非公表としているが、君にだけは知らせておく。勤務先はワシントンから車で北西へ一時間、フォート・デトリック陸軍基地の敷地内にある。バイオテロ情報戦の一翼を担うことになった。北米大陸の寒さを逃れてオーストラリアでキーラに世話になっていた時、突如として神の啓示に打たれた。思い切って転身することにした。

人生では時に骨休みをするのもいいかもしれない――香港で優雅な日々を送る君を見ていて、僕もと思ったのだが、ここフォート・デトリックは聞きしにまさる地味な職場だ。退屈のあまり死んでしまうかもしれない。

ただ一つの救いは少年野球だ。職場の子弟を中心としたチーム「バイオシールズ」の監督を引き受けた。そのユニフォームはなぜか、タスマニア山中のキャンプで夢にあらわれた。何という不思議か。まさしく予知夢にちがいない。タスマニアの神々に導かれて、しばらくは野球少年たちの指導に打ち込むつもりだ。

君は日頃の行いのゆえにしばしば災厄に見舞われる。だが、僕は清廉な日々を送るアイリッシュの末裔だ。だから、ここでは何事も起こるまいよ。国家の重大事にこれほど縁の薄い諜報機関はないと思う。

バイオシールズ監督より

マイケルがＮＣＭＩ（国家メディカル・インテリジェンス・センター）に情報士官として赴いたのは、ハナミズキの並木道が淡いピンクと白の花弁で彩られた二〇一四年春のことだった。

NCMIは、合衆国の情報コミュニティ内にあってすら、知る人も少ない超マイナーな諜報組織である。エッセンシャル・ワーカーはわずか百五十人ほど。その多くがウイルス学や感染症の博士号をもつ研究者、それに少数のインテリジェンス・オフィサーだ。より正確にはウイルス学者にして情報士官でもある要員が若干名含まれている。

組織の中核は「感染症部門」だ。鳥インフルエンザ、西ナイル熱、炭疽菌、エボラ出血熱、ペストといった疾病が世界規模で爆発的に拡がるリスクを予測・評価すると共に、未だ姿をみせない新型のウイルス感染症の発生に備えている。そのほか、工業用の化学物質などに関わるリスクを監視・分析して評価する「環境衛生部門」、輸血用血液に潜むリスクを監視して各国の医療対応能力を評価する「グローバルヘルスシステム部門」、化学・核兵器に備える各国の医療防衛能力を評価する「科学技術部門」の三部門がある。

マイケルはNCMIの心臓部ともいうべき「感染症部門」に籍を置くことになった。

愚かなるマイケル殿

〝船乗りにとってベタ凪ほど恐ろしいものはない〟。リンカーン・コレッジの伝説、ブラックウィル教授の講義を憶えているだろう。そう、〝カリブ海の海賊〟の言い伝えだ。油のように滑らかな水面、それはやがて迫りくる嵐の予兆にほかならない。

忍び寄る災厄に鈍感な友を持つ者より

マイケルは久々にブラックウィル教授の風貌を思い浮かべた。ぼさぼさの白髪にずりおちそうなトンボ眼鏡。真っ赤なマフラーを巻いて、俯き加減にキャンパスを歩いてくる。学生がすれちがいざまに挨拶しても、じろりと睨み返すだけでろくに返事もしない。それがリンカーン・コレッジの森に棲む智慧のフクロウ。陰のＭＩ６リクルーター、デーヴィッド・ブラックウィル教授だった。

「植民地から来た者よ」

地の底から響くような声で呼び止められた時のことは忘れられない。思えば、あのひとことがマイケルの人生を決めたのだ。ローズ奨学生としてオックスフォードで学び始めた秋のことだった。

「マイケル・コリンズ君と言ったな。ついてきたまえ」

キャンパスを行き交う学生たちをじっと観察しては、その面構えから情報戦士の素質をたちまち見抜いてしまう。ブラックウィル教授こそ、英国秘密情報部が誇るリクルーターの重鎮だった。ギリシャ語の文献で埋め尽くされた居室で、逸品のシングル・モルトをたっぷり入れた紅茶をふるまってくれた。

教授はマイケルとスティーブンを息子のように慈しみ、インテリジェンスの世界へと誘った。マイケルはイギリスに残るよう強く説得されたがアメリカに戻り、少数精鋭を誇る米財務省のインテリジェンス部門「シークレット・サービス」に籍を置いた。一方のスティーブンは、最終の面接試験でヴォクソールの官僚たちと真っ向から衝突し、その採否を巡ってひと騒動を巻き起こした。最後にはブラックウィル教授が「この愛弟子（まなでし）を拒むならヴォクソールとは金輪際縁を切る」と啖呵（たんか）をきり、スリーパーとしてBBCに一時身柄を預けることでようやく妥協が成立した。

イラク戦争の際、マイケルとスティーブンは図らずも「カーブボール」情報の扱いを巡って米英双方の情報官僚たちと対立した。マイケルはカーブボールの正体を暴き、スティーブンもまた「ドイツ発の生物兵器情報に一片の価値なし」と主張して上層部の怒りを買った。それだけではない。その後、スティーブンは「イラク戦争調査委員会」、通称「チルコット委員会」の秘密聴聞会に呼ばれ、ブレア政権と英諜報界を手厳しく批判した。

「我が国は、イラク戦争の大義名分を探していた米国のブッシュ政権に媚びを売り、ドイツのカーブボール情報を粗雑な評価のまま上納した。英国秘密情報部のまさしく汚点というべきでしょう」

それは手負いとなったヴォクソールの首脳陣の傷口に塩をすり込む振る舞いだった。

「本当のことだけは決して口にしてはならない」

「上司の愚行を人前で指摘してはならない」

英国官僚機構の心臓部、ホワイトホールで永く語り継がれてきた禁忌をスティーブンはふたつながら破ってしまった。その果てに香港に島流しとなったのである。

つい先週、香港のカナダ総領事館に赴任している旧友がマイケルを尋ねてきた。プラチナブロンドをセシルカットにしたジリアンは科学担当アタッシェ。ボヘミアン風の夫、トニーは長期休暇を取得して妻に同行している。本職は養蜂業者という触れ込みだが、それは表の顔に過ぎない。夫婦そろってその筋の者だった。

三人は再会を祝って、ジョージタウンの「イル・カナーレ」で食事をした。煉瓦のピザ窯から運ばれてくる熱々のマルゲリータがマイケルの大好物だ。薄くクリスピーな生地にモッツァレラとパルメザンチーズ、バジル、トマトソース。このうえなくシンプルなピザなのだが、複雑な味わいがあとを引く。

スパークリングワインを飲みながら、共通の友人であるスティーブンの話題で大いに盛りあがった。

「スティーブンたら、平日はハッピー・ヴァレー、週末は沙田競馬場に入り浸っているのよ。競馬がない日は、マカオのドッグレース、それにも飽きるとヤミの闘鶏賭博にまで手を出しているって噂。暇を持て余しているのか、刺激を求めているのか」

カラマリ・フリットをつまみながら、ジリアンが愉快そうにスティーブンの近況を明かしてくれた。

「それより何より、あのマダム・クレアと懇意にしているらしい」

トニーがさも羨ましげに言うと、ジリアンはキッと傍らの夫を睨みつけた。マイケルは何も知らない風を装って尋ねた。

「マダム・クレアっていったい何者なんだい」

トニーはこれでお墨付きを貰ったとばかりにしゃべり始めた。

「マイケル、『花様年華』という香港映画を観たことがあるだろうか。一九六〇年代の香港を舞台にした、既婚者の密やかな恋を描いた名作だ。映像も音楽もメランコリックにして官能的。何より、主演のマギー・チャンがまた溜息がでるほど魅力的なんだな。ところが噂のマダムは、そのマギー・チャンよりもさらに優美にして妖艶なんだ。いまを盛りと咲き誇る芙蓉の花、匂い立つような美しさだ。まさしく花様年華そのものだよ、君も会えばうっとりしてしまうよ」

ジリアンの眉間がいよいよ険しくなった。

「男って、ほんとうに仕方がないわ。あれほどお金をかけたチャイナドレスを着ていれば、誰だって美人に見えるわよ」

スティーブンはこの麗人からも「あなた、ギャンブル依存症かも知れないわ」と揶揄されているという。

身から出た錆とはいえ、わが友スティーブンは香港に飛ばされ、退屈のあまりに禍々しい変事を持ち焦がれているのではないか。マイケルはふたりと別れてアパートメントに帰ると、不心得者を叱責するメールを認め、送信ボタンを押した。

スティーブン、君らイギリスの海賊の末裔には、ベタ凪は忍び寄る嵐の予兆なのだろう。カリブの海で略奪の限りを尽くした英国人は、自らが犯した罪の翳に怯えているからだ。悪名高き海賊ドレイクは、エリザベス女王から騎士の称号まで賜り、「船舶略奪許可証」を下賜された。そしてスペインやオランダの

貿易船から堂々と金銀財宝を巻きあげ、君のご先祖もその分け前にありついたというわけだ。だが、僕ら心優しきケルトの子孫はちがう。われら妖精の民は嵐などに無縁である。

そう書いたものの、一抹の不安は拭(ぬぐ)えなかった。アボリジナル風に表現するなら、どうやら自分は竜巻の精霊を招き寄せてしまう質(たち)らしい。オクラホマの牧場で過ごした少年時代からそうだった。

オクラホマは、全米にその名を轟(とどろ)かせるトルネードの多発地帯だ。大事な野球の試合でマイケルがバッターボックスに立つと、決まって辺りがにわかにかき曇り、冷たい風が吹き始める。ときには雹(ひょう)まで降ってくる。そして避難を命じるサイレンがグラウンドにけたたましく鳴り響く。試合は即座に中断され、敵も味方も退避壕(たいひごう)を目指して全力で駆け出す。逃げ遅れれば竜巻に呑(の)み込まれてしまう。

竜巻を呼ぶ質は、情報士官になっても変わらなかった。

九・一一同時多発テロ事件。その直後の炭疽菌事件。イラク戦争に続くテロとの戦い。北朝鮮の偽ドル偽造事件。シリアの核施設爆撃。これらの大事件に次々と遭遇し、その渦中に身を投じることになった。

マイケルと仕事をすれば厄介な事件に巻き込まれる――そう噂されてはたまらない。NCMIでは過去に遭遇した禍々しい事件については一切口にすまい。インテリジェンス・オフィサーは黙して語らず――これでいこう。ワシントンという魔都とようやく縁が切れたんだ。しばらくは少年野球チーム「バイオシールズ」の指導に全力を注ごう、夜はケーブルテレビでオクラホマシティ・ドジャーズの応援に専心しよう。そう自分に言い聞かせた。

香港　二〇一四年九月

雨傘運動

香港島随一の商業地区、銅鑼湾（コーズウェイベイ）。崇光（そごう）百貨店が建つ軒尼詩道（ヘネシーロード）は夥（おびただ）しい数のテントに占拠され、何千人という若者たちが座り込んでいた。重装備の警官隊が彼らを遠巻きに包囲している。警官隊の一団が催涙弾をデモ隊めがけて矢継ぎ早に発射した。白い煙がもうもうと立ちのぼり、そこかしこで鋭い叫び声があがった。

サンドラ・タンはテレビ・ニュースでその緊迫したシーンを目にするや、小型のビデオカメラを手にアパートメントを飛び出した。映画監督の性なのだろう。現場に出て、わが手で眼前の出来事を記録せずにはいられない。それに大学生の娘のことも気がかりだった。

「友だちと一緒に銅鑼湾に行ってくる」

今朝早く、娘のレイチェルはそう言い残して家を出た。「がんばって、応援してるよ」とサンドラも手を振って送り出した。物資の配給所にいるはずだが、ケータイにいくら電話してもつながらない。

まず地下鉄で銅鑼湾駅まで行き、エスカレーターで地上に出た。とっさに両手で顔を覆う。警察官が放った催涙ガスの強い異臭が漂っていた。まぶたの裏がキリキリと痛み、鼻の奥もヒリヒリする。喉はいがらっぽく、涙が止まらない。

サンドラは充血した眼を押さえながら、素早くビデオカメラのスイッチを入れた。デモ隊の若者は勇敢にも警官隊に向け両手をかざしている。サンドラは彼らの手のひらにカメラの焦点を絞りこんだ。

「信義」「良心」「民主」

サインペンで自らの手に信条を書きつけて高く掲げ、無言のうちに抵抗の意志をあらわしている。

別の一団はゴーグルをつけ、威圧する警官隊に挑みかかるように対峙(たいじ)していた。

「あなたがたに情はないのか」

「僕らと同じ香港人じゃないか」

青い半袖(はんそで)シャツを着た警官たちは目を合わせようともせず、一様に押し黙ったままだ。

そうしている間も警官隊は次々に催涙弾を放ち、発射音が高層ビルの谷間に響き渡った。タオルで口を塞(ふさ)いで逃げ惑う若者たちの姿がカメラのファインダーに飛び込んできた。催涙ガスを浴びて道路脇にしゃがみ込む者。仲間の眼をペットボトルの水で洗い流している者。この騒ぎではレイチェルを見つけられないかもしれない。

「逃げろ、逃げるんだ」

若者たちの怒声があちこちであがっている。ファインダーはたちまち白い煙に覆われてしまった。

普段の銅鑼湾はツーリストや地元客で賑(にぎ)わう香港有数のショッピングエリアだ。ここに若者たちが繰り出して道路を封鎖し、占拠し始めたのは九月二十八日のことだった。

八月末、全人代常務委員会が香港の民主化要求を真っ向から否定する決定を下した。二〇一七年に予定されている行政長官の普通選挙では新たに「指名委員会」を設ける。指名を受けた二、三名だけに立候補を認める、と公表したのだ。これによって、民主派が出馬できる道は封じられてしまった。北京の決定に怒った若者たちは街頭に繰り出し、大規模な抗議行動を巻き起こした。

当初、「占領中環」を構想した民主化リーダーたちが思い描いていたのは秩序ある抵抗運動だった。北京政府が香港で完全な普通選挙を実施しない時には、一万人を超える香港市民を動員する。そしてセントラル地区の車道に座り込み、真の民主主義を認めよと抗議の声をあげる。北京政府には断固として抗う(あらが)が、非暴力は貫くというものだった。警察には抵抗せず、逮捕されることも辞さない。

ところが、ひとたびセントラルに繰り出したデモ隊は、リーダーたちの思惑などあっという間に乗り越え、そのうねりは香港全域に及んでいった。

大学生、高校生たちは、金鐘(アドミラルティ)にある立法会前の広場に座り込み、大がかりな集会を催した。それを警察が強制排除しようと動き、随所で小競り合いが起きた。その一部始終がマスメディアやネットで報じられるや、香港市民の間から「若者を見捨てるな」という声が次々にあがる。抗議の群れはたちまち車道に溢れだした。

警察は群衆を鎮圧しようと、催涙弾や胡椒スプレーを発射した。これが市民の怒りに油を注ぎ、混乱は周辺のエリアにも津波のように拡がっていった。群衆による占拠はセントラル地区から金鐘、銅鑼湾、さらには九龍半島の繁華街、旺角にも及んだ。「セントラル占拠」の構想は、秩序ある抵抗運動の則を超え、巨大な波と化して香港全域を呑み込もうとしていた。

「我要真普選」

数万人もの香港市民が「真の普通選挙」を求めてデモを行い、バリケードを組んで交通を遮断し、道路に座り込んだ。若者たちは学校の授業をボイコットし、家を出てテントで野営をした。各地区に配給所が設けられ、無料で水や菓子、バナナ、日焼け止め、温かいスープなどが提供された。デモに参加しない多くの香港市民が配給所に物資を届けていた。

「雨傘革命」――若者たちの抗議行動を欧米のメディアはそう呼んだ。警察隊の催涙スプレーから身を守るため、デモ隊が雨傘をかざすようになったからだ。ビルの屋上から眺めると、大通りはどこも雨傘に覆われていた。

サンドラも高層階にビデオカメラを構えて、傘の花を様々に撮影した。日が経つにつれて、通りは黄色く染まっていった。北京への抗議のシンボルカラーは黄色だ。誰とはなしに黄色の傘を調達して香港当局と北京政府に抗議の意思を示すようになったのである。

だが、学生たちは自らの行動を「雨傘運動」と呼んだ。香港に革命を起こすつもりはない。そう言いたいのだろう。デモや座り込みに参加していないときも、胸には黄色いリボンをつけ、民主の理念を鮮明にしている。

サンドラはビデオカメラを担いで若者の声を収録した。悲痛な声をもうどれほど聴いたことだろう。

「大人たちは一向に動こうとしない。いま自分たちが抗議の声をあげなければ、香港は習近平の中国に呑み込まれてしまう」

それまでデモになど参加したことのない若者たちがほとんどだった。

「〝高度な自治〟を守れというが、いまだって香港には民主主義がない。〝一人一票〟というありきたりの要求がなぜ受け入れられないのか」

彼らは倦むことなく語り、人なつこい笑顔をカメラにさらして怯まなかった。映像に記録されるリスクより、歴史をつくる瞬間に身を置いている高揚感に浸っているように見えた。サンドラは、映像を決して当局に見せない、と約束して若者たちを撮り続けた。

一方、公安警察もまた、デモに参加した一人ひとりの顔を残らず記録し、データ化していた。警官たちは極小のハンディカメラで、座り込む若者、物資を配る若者、バリケードの最前列で両手をあげる若者の顔を撮影した。「非愛国者リスト」に載せるのだろう。彼らはいつか当局の報復を受け、進学や就職で不利益を被(こうむ)るはずだ。中国本土では顔認証技術を導入した防犯カメラの設置が進んでいる。香港も本土のような監視体制に組み込まれていく——そんな恐怖に慄(おのの)きながら、サンドラはファインダーをのぞき続けた。

雨傘運動の若者たちに牙(きば)を剥(む)いたのは公安警察だけではない。黒社会(ヘイシャーホエイ)の構成員たちもデモ隊に襲いかかった。香港には「三合会」と総称される数多くの犯罪組織が根を張っている。構成員の数は十万人、準構成員を含めると二十万人、なんと人口の三パーセントが黒社会の関係者と見られている。香港が「黒社会の首都」と呼ばれるゆえんだ。

「黒社会にも愛国者はいる」——返還直前、中華人民共和国の公安部長がそう発言して、香港の黒社会を公然と容認する姿勢を示した。改革開放の旗手、鄧小平もまた

「黒社会のすべてが悪いわけではない。愛国者も多くいる」と擁護したことがあった。

アウトローでありながら、香港の黒社会は、時の権力と手を結んで甘い汁を吸ってきた。日本の占領時代には、日本軍の手先となって抗日運動家に襲いかかった。返還後は香港政府や香港警察と水面下で手を組み、さらに北京政府にも媚びを売って治安当局や親中派の手先となった者も多い。彼らはいま、抗議デモの参加者に殴りかかっている。香港の警察権力や北京に恩を売っておけば、この先、自らの犯罪行為に手心を加えてもらえるものと計算しているのだろう。

中港矛盾

香港が黄色い雨傘に埋め尽くされて一ヶ月が経とうとしていた。

サンドラからスティーブンに久々に電話がかかってきた。撮影対象に果敢に挑み、疲れを知らない映画監督の声は、心なしか湿りがちだった。

「スティーブン、悪いんだけれど、旺角の現場に一緒に行ってもらえない？　娘のレイチェルに着替えと差し入れを届けたいんだけど、あの界隈(かいわい)は香港島と違って、ちょっとやばいらしい。あなたのような英国のジェントルマンにお願いするのは気が引けるんだけれど、つきあってもらえるとすごく助かる」

英国のビジネスマンと一緒なら、警察や黒社会の連中も手出しができないと考えたのだろう。

「もちろん、喜んで。ただ現場へは僕ひとりで行ったほうが安全だと思う。これでもかつてはBBCのラジオ特派員だったんだからね。報道陣のふりをしてレイチェルの様子をちゃんと見届けてきます。念のためレイチェルの顔写真をケータイに送ってください」

「少し前ならビデオカメラさえ持っていれば警察も暴力を振るうことはなかった。でも、いまはそうじゃない。この前、旺角で撮影していたら、警官に〝やめろ、撮るんじゃない〟って殴られそうになった。なんとか逃れたけれど、転んで膝をすりむいちゃった」

占拠現場にも香港の社会階層が影を落としている。官公庁街の金鐘やショッピングエリアの銅鑼湾の一帯は、エリート層である大学生が主に占拠している。「平和裏に、理性的で非暴力な抗議」を唱えるリベラル派が主流だ。学生用に自習室のブースまで設けられ、ボランティアの教員たちが「民主教室」を開いている。一方、九龍半島の旺角の一帯は、小さな商店、露店、飲食店がぎっしりと立ち並ぶ盛り場だ。歓楽街にも隣接し、活動家には労働者階級の若者が多い。

雨傘運動が長引くにつれて、両者の肌合いの違いが露わになっていった。エリート学生を中心とする穏健派に対して、旺角の界隈は武力による抵抗を叫ぶ武闘派が多数を占め、リベラルな運動など無力だと息巻いている。

「スティーブン、警察当局は、このあたりは動乱の一歩手前とみて警戒を強めている。くれぐれも気をつけて」

サンドラはネイザン・ロードで紙袋を手渡すと、スティーブンを心配そうに見送った。

旺角は香港でも飛びぬけて人口密度が高い。大きな看板が通りにのしかかるように突き出し、人と車でごった返している。ネイザン・ロードの西側には大陸各地と香港を結ぶ直行バスの発着所があり、騒乱のさなかだというのに首からカメラをぶら下げた中国人観光客がぞろぞろと歩いていた。

スティーブンは座り込みを続ける若者たちの間を縫うように歩きながら、レイチェルが詰めているという「物資站」を探しまわった。

旺角の占拠現場は、サンドラがいうように香港島とは雰囲気がひどく違っていた。ここを根城に抵抗を続ける若者たちは、警察と対立しているだけではない。街の商店主たちとも反目しあっていた。

「香港警察はわれわれのヒーローだ」

そんな旗を掲げ、親中派を表明している店もあった。本土からやってくる中国人を得意客にしているため、デモ隊の占拠が長引けば商売に響いてくるとみな苛立っている。

「物資站」と張り紙された配給所のひとつにいたレイチェルをようやく探し当てた。段ボールからペットボトルを取り出し、ゾーンごとに振り分けている。スティーブンは広東語で簡単な自己紹介をした。

「えっ、ママに頼まれてきてくれたの？　ありがとう」

着替えの入った紙袋を渡すと、彼女も白い歯を見せた。

「元気だって、ママに伝えてください。結構、差し入れが多くて太っちゃったわ」

茶目っ気たっぷりだ。

「このところ、情勢が悪くなっている。みんなそう言っているけれど、大丈夫かい」

「私のことならご心配なく。でも昨日の夜はちょっと怖かった。ブルーリボンの連中が乗り込んできて、大音量の拡声器で〝出て行け〟って、何時間も怒鳴りちらしていた」

ブルーリボンとは、香港政府の支持者や親中派のことだ。雨傘運動の黄色いリボンに対抗して、青いリボンを胸につけている。警察官の制服の〝ブルー〟がシンボルカラーなのだ。

「リーダーは甲高い声の女でした。でも、とりまきの五星紅旗のTシャツを着た男たちの眼つきがやばかった。チラシを渡そうとしても、広東語がまるで通じないの。多分、大陸から雇われてきたんだと思う。怖かったから、夜中のトイレは集団で行くことにしました。今夜は来ないといいのだけれど――」

周りにいる女子学生たちも不安げな目で頷きあっている。

「レイチェル、くれぐれも気を付けて。変な勇気は出さなくていい。このあたりは歓楽街に近いから黒社会の連中も多い。なにかあったら必ず連絡して」

スティーブンは携帯番号を書いたメモを手渡した。

「ありがとう、でも仲間がいるから大丈夫。それより、この頃、私たちを煙たがる人たちが増えてきたのが心配です。雨傘運動は地元の人たちのサポートなしには成功しませんから。中国の観光客が落としていくお金よりも、香港市民にとって大切なものがある。それを理解してもらうために頑張ります。ママに心配しないでと伝えて」

雨傘運動の最盛期には十万人もの学生や市民が参加した。だが、その熱気もこのところ急速に冷めつつあった。香港政府ばかりか北京政府の譲歩も勝ち取れず、一向に成果があがらないことに若者たちは焦りを募らせていた。

香港当局との対話を望む学生導部は、十月二十一日から香港政府の高官らと交渉に入った。だが、ここでも何の譲歩も得られなかった。十一月に入ると、学生たちは中央政府に直談判(じかだんぱん)しようと北京に向かおうとした。だが、深圳への入境さえ許されず、香港を出ることがかなわなかった。対話路線は暗礁に乗りあげてしまった。そして、世論調査でも「デモを即刻中止すべし」という市民が七割に達したのだった。

こうしたなか、旺角に陣取る武闘派は実力行使に打って出た。十一月三十日深夜の出来事だった。急進派の学生たちは警官隊と烈(はげ)しい衝突を繰り返し、早朝には政府庁舎を取り囲んだ。

だが、彼らの抵抗もそれが限界だった。午後に入ると、大量に動員された警官隊によって催涙弾を容赦なく浴びせかけられ、あっという間に鎮圧されてしまった。これを機に雨傘は急速に萎(しぼ)んでいった。各地のバリケードも次々に撤去され、二ヶ月を超えた若者たちの叛乱(はんらん)はついに息の根を止められてしまった。

香港の街には表向きは常と変わらぬ日常が戻ってきた。ショッピング街、銅鑼湾の大通りはクリスマスのイルミネーションで輝き、香港人が「イナゴ」と呼ぶ大陸の買い物客が押し寄せてきた。

二〇一四年に大陸からやってきた観光客は、なんと香港の総人口の六倍を超す四千七百二十五万人に達した。だが、香港市民の多くは迷惑顔だった。「イナゴの大群」はそれがもたらす経済効果より、市民生活に与える悪影響のほうが大きいと感じるようになっていたからだ。安全な粉ミルクや紙おむつが買い占められ、生活必需品が店頭から姿を消した。

ついで押しかけてきたのは妊婦たちだった。香港でお産をすれば、香港の永住権を子供に持たせることができる。産婦人科の病床があっという間に不足し、香港の妊婦たちは不安を募らせた。大陸の中国人が投資目的でマンションを買い漁るため価格が急騰し、住宅難が一般の香港市民を苦しめた。大陸からなだれ込んでくる労働者に仕事を奪われ、若者たちの憤りは日に日に高まっていた。

「中港矛盾」——大陸からの波をもろに被って揺れ動く香港社会の矛盾を人びとはそう呼んだ。だが、香港政府は有効な政策をなにひとつ打ち出せなかった。人々の不満がマグマのように蓄積していった。

真の普通選挙さえ実現すれば、香港社会の幸せを第一に考える行政長官が誕生するはず——そんな願いが人々を雨傘運動へと駆り立てたのだが、三ヶ月に及んだ抵抗運動はなんの成果も生まないまま幕を閉じ、中港矛盾だけが残されたのだった。言い知れぬ無力感が街全体を覆い尽くし、香港の二〇一四年は暮れていった。

フォート・デトリック　二〇一四年十月

オバマ・モラトリアム

どこで戦局を読み誤ったのだろう。血の気の多いアイリッシュ気質が災いを呼ぶのだろうか。ベンチで腕を組んだマイケル・コリンズはまたしてもビール断ちを覚悟しかけた。

少年野球の秋季大会決勝戦。それにしてもヤングキラーズは粘り強い。わがバイオシールズは、一回裏にキャッチャーのビリーが先頭打者ホームランを放って先行し、快調な滑り出しだった。だが、二回表には、すぐさま一点を取られて追いつかれてしまった。文字通り一進一退のシーソーゲームの末に九回裏を迎えている。バイオシールズは、六対七、一点差のビハインドのまま、一塁にビリー、ツーアウトで四番バッターのイーサンがバッターボックスに向かおうとしていた。

イーサンは最終の調整段階では復調の気配を見せていたのだが、準決勝では内野ゴロを連発していた。マイケル監督は、決勝戦では四番を差し替えるはず——選手たちも応援団の家族も皆そう思い込んでいた。

だが、マイケルは「四番、イーサン・マカリスター」とオーダーに書き込んで主審に手渡した。先発メンバーが発表されると、射るような視線がマイケルに注がれた。イーサンは、監督に向けられたそんなプレッシャーを感じとり、一層硬くなってしまったのだろう。第四打席までバットは空を切り続けた。

九回裏、イーサンは初球からストレートに狙いを定めてバットを振った。

白球は三塁側のスタンドに飛び込んでファール。続く二球目は空振り。早くもツーストライクと追い込まれてしまった。

あらぬ噂を跳ね返して、自分の力を出し切ってほしい——。

そんな思いが冷徹な判断を誤らせたのかもしれない。

マイケルがそう観念して、瞼(まぶた)を閉じようとした瞬間だった。

イーサンのバットが外角高めのカーブを捉えて、白球はライトスタンドに吸い込まれていった。

「やったぞ！　イーサン！」

一塁側の応援席から野太い叫び声が響いてきた。

三塁ベースを回ってホームベースに飛び込んでくるイーサンに拍手を送っていたのは父親のアランだった。人事ファイルの写真にあった、あの顔だ。妻のジェーンと抱き合い、息子に向けてガッツポーズを送っている。六年前にフォート・デトリック基地を去って以来初めてゲートをくぐったのだろう。その瞳に涙が滲んでいるのをマイケルは見逃さなかった。

イーサンめがけて飛び出すチームメートを尻目に、マイケルはアランのもとに駆け寄った。

「イーサンがやってくれました」

「信じられない。すべて監督のおかげです。野球は八対七のゲームが一番面白い――。我らがルーズベルト大統領の言葉です。まさしく、テディの言うとおり。でも、正直、あきらめかけていました。我が人生で最高の瞬間です」

アランは誰はばかることなく涙を流した。

「八対七」はテディ・ルーズベルトではなく、小児麻痺を患って、在任中は車椅子で過ごしたフランクリン・ルーズベルト大統領の言葉ではなかったか――。マイケルはそう言いかけたのだが、言葉を呑み込んだ。バイオシールズが優勝を果たしたんだから、どっちだっていいじゃないか。

「監督、乾杯しましょう」

ジェーンがビールをなみなみとついだプラスチックコップを手渡してくれた。

一気に飲み干すと、澄んだ秋空をムラサキツバメが二羽、南へと飛び去って行くのが見えた。

試合の翌朝、優勝監督マイケル・コリンズは、意気揚々と国家メディカル・インテリジェンス・センターに出勤した。祝福の嵐を予想していたのに、守衛のトムは顔をこわばらせて電話している。おめでとう、と声をかけてもくれない。勝利の美酒に酔って少々遅刻したからだろうか。

職場はいつもと違ってピーンとした空気に支配されていた。スタッフが深刻な顔で廊下を足早に行き交っている。

ああ、あれか、サイレント・トリートメントだ――誰ひとり祝福の言葉を口にしないのは、初ホームランを放った選手をベンチのチームメートが素知らぬ顔で迎える、あの歓迎の儀式にちがいない。マイケルはそう考え直して胸を張り、マーゴの関所を通り過ぎようとした。

「おはよう。今日は最高の天気だね」

その時、二枚つづりの書類を鼻先に突き付けられた。

「朝早くからフォート・デトリックは大騒ぎです。それなのに呑気に遅刻なんかしちゃって。出遅れているのはうちだけですよ。ウイルス研究に関してオバマ政権がモラトリアムを発動しました」

月曜の朝の変事だった。

「NCMIでも大量のメールが行き交って、もう大変です。こんなことは、ニクソン政権が生物・化学兵器の研究を取りやめると宣言して以来だって」

マイケルは自室に入ってドアを閉め、外の喧騒を遮断するや、問題の書面に目を落とした。

「連邦政府はウイルスの機能獲得に関する研究への連邦助成金の提供を一時見合わせる」

「機能獲得」とは、遺伝子を操作して、ウイルスが持っている病原性や感染力を増強させることをいう。ウイルス研究者たちは、機能獲得の技術を駆使しながら、ウイルスの変異の仕組みを解き明かし、より効き目のあるワクチンの研究・開発を目指してきた。

だがその一方で、機能獲得実験は爆発的な感染力を持つ新たなウイルスを生み出しかねない。万一、それが市中に漏れ出す事態となれば、予期せぬパンデミックを引き起こしてしまう。

机上の電話がけたたましく鳴った。同じ感染症部門に所属するジョン・ベイリーからだった。ジョンは陸軍感染症医学研究所から出向してきた気鋭の分析官だ。博士号をもつ分子生物学者でもある。

「マイケル、この通達はどう読めばいいんだ。連邦政府は新たな政策を策定するまで、ウイルスの機能獲得に関する研究は見合わせると述べている。これはほんとうにいっときだけのモラトリアムなのか。それとも、事実上の禁止命令と受け取るべきなのか」

自らの将来もかかっているからだろう。いつになく早口だった。

「中断の対象になっているのは、インフルエンザ・ウイルス、SARS・重症急性呼吸器症候群、MARS・中東呼吸器症候群。この三つはいずれもコロナ系統のウイルス群だ。通達には、新たな施策がまとまるまで〝おおむね一年をメドに〟と書いてある。だが、新しい対策がそう簡単にまとまるはずがない。ここしばらくはダメだろう」

「たしかに、今年に入ってからだけでも、事故が立て続けに起きている。僕も嫌な予感がしていたんだ」

受話器の向こうから溜息が漏れてきた。

今回の通達を予感させるような心房細動は、全米で最も権威のある研究機関で起きていた。まず六月にはアトランタに本拠があるCDC（疾病対策センター）で炭疽菌が流出する事態が発生した。じつに七十五人ものスタッフが健康被害を訴えたのである。

その翌月に起きた事件はさらに衝撃的だった。ワシントン郊外のNIH（国立衛生研究所）の敷地内で、食品医薬品局が引っ越しのために冷蔵庫を整理していたところ、「天然痘ウィルス・一九五四年」というラベルが貼られたバイアル瓶が見つかった。

天然痘は史上、最も多くヒトを死に至らしめてきた疫病だ。一九八〇年に根絶宣言が出されて、いまはアメリカとロシアの二つの研究所にだけ病原菌が厳重に保管されているはずだった。ところが、今回NIHで見つかった六本のうち二本の瓶のなかで天然痘が生きていたのである。

さらに、再びCDCで、通常のインフルエンザ・ウイルスのサンプルに鳥インフルエンザの病毒H5N1を誤って混入させてしまい、外部の研究機関に送り付けていた事実も発覚した。

「CDCやNIHのような最高レベルの研究機関ですら、バイオ・セキュリティに重大な欠陥があった。まして、大学の研究室や中小の民間研究所がどんな有様かは推して知るべしだ。オバマ政権としても、厳しい世論に押されて、何らかの安全対策を講じざるを得なかったのだろう」

「そうは言っても、マイケル、マンハッタン計画のさなかに核燃料の遠心分離機を突然止めるようなもので、これはえらいことになるぞ」

切羽詰まって、ジョンはいつになく大きな声を出した。

「機能獲得はウィルス研究の肝なんだ。いま手を休めたら、新興感染症に備えるワクチン開発はどうなる。うちでも、ノース・カロライナ大学のラルフ・バリック教授との共同研究が進んでいるところなのに」

「うち」とは古巣の陸軍感染症医学研究所のことだろう。ノース・カロライナ大学チャペル・ヒル校には、世界で三つしかないコロナ研究施設があり、バリック教授はコロナウィルスの世界的権威として知られている。

「うちの研究とは具体的に何をしているんだ」

「バリック教授はSARSウイルスを合成する遺伝子配列、クローンプラットフォームの開発に成功した。つまり、遺伝子コードから本物のウイルスを生み出せる。それだけじゃない。SARSウイルスの遺伝子に、別のコロナウイルスが持つ遺伝子をつなぎ合わせて、キメラウイルスを作れるんだ。それらがどれほどの病毒性と感染力を持つか、検証していく。こうした実験を積み重ねていけば、SARSに似たウイルス全般に効く万能薬やワクチンの開発だって夢じゃない」

キメラは、ライオンの頭と山羊(やぎ)の胴体、蛇の尻尾(しっぽ)を持つギリシャ神話の怪物「キマイラ」が語源となっている。マイケルはそのおぞましい姿を思い浮かべ、背筋が寒くなった。

「だがジョン、問題は、遺伝子操作によって恐ろしく獰猛(どうもう)なキメラウイルスを作り出してしまうリスクがあるってことだろ」

この「オバマ・モラトリアム」は、米国内の感染症研究者、ウイルス学者、軍当局、そして情報関係者の間で烈しい論争を巻き起こした。慎重派は、ウイルス・細菌の漏洩(ろうえい)には万全の対策を講じるべきであり、安全ルールが整うまでは全ての実験を停止すべしと主張した。一方の研究推進派は、漏洩のリスクに備えるためにもワクチン開発は続けるべきであり、そのためにはウイルスの機能獲得研究は欠かせないと中断に異を唱えた。

オバマ政権の決断は、アメリカのウイルス感染症の研究を思わぬ迷路に誘い込み、国際政局にも暗い翳を落とすことになる。

グァルネリのチェロ奏者

「フォート・デトリックのヨーダ」──ウイルス・細菌戦の砦でそう呼ばれてきた学者がフレデリック郊外のシニア・ハウスに隠棲している。メディカル・インテリジェンスの創生期からの歴史を熟知する伝説のひとだ。

秘書のマーゴが探し当ててくれた住所をエクスプローラーのナビに入力し、アクセルを踏み込んだ。フレデリックの市街地を後にして北へ三キロほど走ると、大統領の山荘「キャンプ・デーヴィッド」のあるカトクティン・マウンテンが前方にくっきりと姿をあらわした。

小高い丘の上に半円アーチの窓が並ぶ煉瓦造りの建物が見えてきた。広い駐車場に車を停め、紅葉の絨毯を踏みしめながらエントランスへと歩いていった。

受付で書類に記入を済ませると、年配の女性が「グリーンバーグさんなら二〇一号室です」と面会票を手渡してくれた。

電話をすること七回。鄭重な手紙も二度認め、ようやく面談の約束をとりつけた。最初にコンタクトをとってから二週間近くが経っていた。

目指すヨーダの隠居部屋は、南東の角部屋にあった。

長い廊下を歩いていくと、遠くから弾むようなチェロの音が響いてきた。

ドヴォルザークの「ユモレスク」だろう。

いまノックすれば機嫌を損ねはしないか。マイケルは戸惑いつつ、ドアをそっと叩いてみた。暫くしてチェロの音がやんだ。

「どうぞ――」

白髪のくせ毛を広い額にかけた老人が、意志的な光を湛えたまなざしで迎えてくれた。笑顔はみせない。

フォート・デトリックのヨーダ。その名をダニエル・グリーンバーグという。

リビングルームのソファに座るよう促された。

「すばらしい音色ですね。遠くからでもアルファ波が脳に溢れるような気がしました」

グリーンバーグは傍らのチェロに愛おしむような視線を送った。

「グァルネリといいましてね。ストラディヴァリと同じ時代にイタリアのクレモナで活躍した巨匠の作です」

彼が奏でる弦楽器を思わせる、ゆったりとしたバリトンだった。

「わたしはウィーン生まれなのですが、両親はチェロ奏者にしたかったらしい。ですが、あの大戦がなくても、果たしてものになったどうか。音楽家には才能に加えて運も必要ですからな。わが家は、オーストリアがナチス・ドイツへ呑み込まれる直前、着のみ着のままでアメリカに逃れてきました。このチェロはグリーンバーグ家の家宝でしたが、ユダヤ難民になり果てた一家には持ち出す術などありませんでした」

ダニエル・グリーンバーグの人生は、戦争と革命の世紀の軌跡にぴたりと重なっている。科学と芸術の分野で二十世紀の扉を押し開いたオーストリア・ハンガリー二重帝国の都。彼はウィーンに住むユダヤ知識階級の血を引く利発な少年だった。この王都にもナチスのユダヤ人狩りの嵐が吹き荒れると危惧した一家は、少年が五歳のときすべてを投げうって、約束の地アメリカに逃れてきたという。

だがチェロの名器を携えていくことなどかなわなかった。戦後、ウィーンに駐留したアメリカ軍の伝手を頼って、チェロの所在をついに探し当てた。グリーンバーグ家にとって命にも等しいグァルネリがアメリカに届けられたのは、冷たい戦争が険しさを増していた一九四九年冬のことだった。

「私はNCMIに移ってきてまだ半年余りです。この世界のことはなにも知りませ
ん」

　マイケルは正直にそう告げた。

「いま、フォート・デトリックは思わぬ嵐に見舞われていることはお聞き及びかと思います。ウイルスの機能獲得に関する研究を中断せよと、オバマ大統領が通達を出しました。これをめぐってわが職場でも論争が起きています。そこで、あなたの見解を乞いたいと思い、こうして押しかけてきました」

　老人は静かに首を振ってみせた。

「わしは現役を退いてもう十年になる。老人の話などいまさら役立つとは思えません
なぁ」

　マイケルは抑えた口調で来訪の理由を告げた。

「私はウイルスの機能獲得の技術面に関心があるわけじゃありません。今回の決断が合衆国の安全保障にどんなインパクトを及ぼすのか。かつて〝ニクソン通達〟の余波をいやというほど浴びたあなたなら、その是非を伺えるはずと思ってお訪ねしたんです」

「コリンズ君、〝歴史の教訓〟を過去の事例から抜き出し、未来に対処する処方箋に(しょほうせん)してはならない──現代アメリカの外交史家アーネスト・メイ教授もそう言っています」

過去に起きた出来事は、あくまで過去の事例にすぎない。そこから手軽に教訓など引き出してはいけない。グリーンバーグはそう前置きして語り始めた。

「アメリカは生物・化学兵器の研究から手を引く──ニクソン大統領の声明は世界を驚かせました。われわれフォート・デトリックの研究者にとっても驚天動地の決定でした」

これを受けて一九七五年には「生物およびトキシンの開発、製造、備蓄の禁止、並びにそれらの廃棄に関する条約」が締結された。米ソ両大国だけでなくイギリス、カナダなど世界七十九ヶ国が調印し、以後、悪魔の兵器と絶縁する国際規範とされたのだった。

「しかし、条約に調印し、批准することと、これを遵守することは全く別ものなのだ」

当時のクレムリン指導部は、生物兵器プログラムを放棄したどころか、極秘裏に研究・開発に手を染めていったという。

「その恐ろしい事実を知ったのは四年後の一九七九年でした。ソ連のスヴェルドロフスクという町で炭疽病が突然発生した。そんな情報が飛び込んできた」

米当局は直ちに軍事衛星を使って「軍事基地19」と呼ばれる一帯を上空から撮影した。その結果、ここが生物戦の研究・開発施設に違いないと突きとめたのだった。

「クレムリンの首脳陣は、初めからアメリカを出し抜くつもりで条約に調印したんでしょうな。〝反共の闘士〟ニクソンの決断はじつにナイーブだった。米ソ冷戦史に汚点を残す失策の最たるものと言っていい」

だとすれば、オバマの決断もまた歴史から何も学ばない愚者のそれではないのか。マイケルはそう言いたい誘惑に駆られたが、かろうじて言葉を呑み込んだ。

「私が知る限り、現在、攻撃用生物兵器を開発している国の数は、政府が崩壊したリビア、イラクを含めて、北朝鮮、台湾、シリア、ロシア、イスラエル、イラン、中国など、一九七五年当時に較べて倍増しています」

いまの状況は東西冷戦期より遥かに悪くなっているという。

「核兵器の情報なら、われわれはかなり詳しく摑んでいます。だが、生物・化学兵器はそうはいかない。貧しい国でも簡単に開発できるのですから。国家の枠組みさえ必要ない。いまやテロ集団ですら手軽につくりだせる」

第二次世界大戦のさなかにアメリカ合衆国がマンハッタン計画に注ぎ込んだ費用のなんと一日分のカネさえあればいいという。高価なウラン鉱石に較べて、細菌・ウイルス戦の原料は自然界にいくらでもある。超ハイテクの発射・運搬装置も要らない。

「そこそこの研究技術さえ持っていれば、危険な微生物を短時間に大量に製造できる。そのうえ小規模の施設で極秘裏に開発できる。それがなにより厄介なんですな」

グリーンバーグはマイケルの目をまっすぐ見つめて告げた。

「そうした国々やテロ組織の細菌・ウイルス計画をどうやって阻止できるというんです。秘密の研究施設を探知することすら難しいのですから。その意味でメディカル・インテリジェンスの重要性はいやましに高まっている。だからこそ、あなたの組織は陸軍の部隊から切り離され、国防総省の直轄とされたのです」

その危機意識のゆえに、自らに課した禁を敢えて破って、あなたの来訪を受けたのだ。彼の燃えるような眼はそう語っていた。

「細菌・ウイルス情報が、陸軍の地上戦に役立てばいいという時代じゃない。国家的な視点に立って、インテリジェンスの収集・分析に取り組むことが求められている」

グリーンバーグは立ちあがるとキャビネットから小さなカギを取り出し、デスクの一番下の引き出しを開けた。古びた封筒を手にマイケルに歩み寄り、ゆっくりと腰を下ろした。

「引退したあと、ちょっとした隠居仕事を引き受けておりましてね。なーに、たいした仕事じゃない。情報公開法という厄介な法律はご存じでしょう。この法律に基づいて情報の公開を求める請求がフォート・デトリックにも時折持ち込まれるんです。ところが、現役の連中は忙しいうえに、どの部分を非公開とすべきか判断がつかない。そもそもそんな地味で厄介な仕事など誰もやりたがらん」

どこを機密として非公表のまま残すのか。いまも守秘義務を課されているグリーンバーグのもとに機密書類が持ち込まれるという。

「私には迷惑至極なのだが――」

そう言って封筒をそっと差し出した。

「この書類だけは返却不要ということらしい。私がボケてしまい、失くしてしまったことにしたいんでしょうな」

存在しない記録は公開する義務がない――フォート・デトリックの首脳陣、さらには国防総省の高官たちは、狡猾(こうかつ)にもそう考えたのだろう。

その、存在するはずのない記録がマイケルの眼前にいま置かれていた。

「コリンズ君、ちょうど散歩の時間になった。ホームの女友達と森の散策に出にゃならん。一時間で戻ってくる。いいかい、君を信じてのことだ。スマホなどいじくっちゃいかんよ」

フォート・デトリックのヨーダはフェルトの帽子をかぶり、ステッキを手に出かけていった。

カチリ。オートロックの音がした。

メフィストフェレスの密約

見ただけで眼の潰れそうな記録。マイケルほどのインテリジェンス・オフィサーなら幾度もそんな経験をしてきた。だがいまは、封筒から書類を取り出す手が微か(かす)に震えているのが自分でもわかる。

それは旧日本陸軍「七三一部隊」の首脳陣に米陸軍キャンプ・デトリックの担当官が直に尋問した調書の原本だった。その概要は冷戦後、機密が解除されたが、情報源など機微に触れる部分は封印が解かれてこなかった。とりわけ極東裁判で首脳陣を戦犯としないよう米当局と交わした司法取引に関する部分は厳秘とされた。

関東軍防疫給水部。七三一部隊の正式名称である。この部隊が編成されたのは一九三六年八月。満州に展開する関東軍は、主敵であるソ連の赤軍に対抗して、細菌兵器の開発・研究に乗り出していた。

京都帝大を首席で卒業し、軍医となった石井四郎は、七三一部隊を率いて哈爾浜(ハルビン)郊外に広大な秘密の研究施設を設けた。そして三千人もの陸軍部隊と気鋭の医学研究者を擁して、細菌戦に突き進んでいった。

マイケルはグリーンバーグが置いていった書類を慌ただしく読み進んだ。しばらくして思わず手が止まった。七三一部隊が開発した生物兵器を中国戦線で実戦に使ったことを裏付けるドキュメントであった。

一九四〇年八月から二ヶ月にわたり、東シナ海に面した浙江省の寧波(ニンポー)、金華(ジンファ)、麗水(リーシュイ)などを標的に、日本陸軍の航空部隊は六回にわたって細菌戦を敢行した。

空爆部隊は低空を飛んで小麦と米粒を撒(ま)き散らす。これらの穀物にはペスト菌に感染させたノミが混入されていた。病原菌に冒されたノミは、地上に落ちた小麦とコメに群がるネズミにとり憑いた。これらのネズミを媒介にペスト菌がヒトに感染していった。ペスト菌をもった穀物が散布された地域では突如として腺ペストが蔓延(まんえん)し始めた。

当時、欧米の生物兵器の専門家たちは、ペスト菌を空中から散布しても、地上に到達するまでに死滅してしまうと考えていた。だが、七三一部隊は、ペスト菌に汚染されたノミを穀物に紛れ込ませ、空中から散布する手法なら、生物兵器として十分に使えると軍事作戦を試みたのだった。

ナチス・ドイツは、核弾頭と長距離ミサイルの開発をどこまで進めていたのか。日本より一足早く降伏したドイツに進駐したアメリカの諜報部隊は、真っ先に核とロケットの開発拠点を探索した。スターリンのソ連に先を越されれば、核弾頭とロケットの技術者を根こそぎソ連に持ち去られてしまう。そして、アメリカの悪夢はまさしく現実となってしまった。

もう一つの大量破壊兵器、生物兵器の研究・開発では、同じ失敗を繰り返してはならないと連合国側は考えた。

一九四五年八月十五日に日本がポツダム宣言を受諾して降伏すると、アメリカの諜報部隊は、直ちに七三一部隊の捜索に乗り出した。東アジア戦域ではソ連に先手を打たれてはならない。日本陸軍にあって生物兵器の研究・開発を担った七三一部隊の責任者を一刻も早く探し出せ。すべてを知る石井四郎中将を真っ先に捕捉(ほそく)せよ。断じてソ連の手に渡すな。それがGHQ・占領軍総司令部の至上命令だった。第二次世界大戦の終結を待たずに、すでに米ソの冷戦は兆し始めていたからである。

七三一部隊の研究データや生物兵器がスターリンの赤軍の手に渡る前に全ての情報を手に入れろ——。日本が降伏した翌月には、早くもキャンプ・デトリックから微生物学者が東京に送り込まれた。そして、七三一部隊で細菌戦研究に携わった者たちに徹底した尋問が行われた。

元隊員たちは、細菌戦の防御面についてはすらすらと供述した。だが、攻撃用の細菌兵器に関しては、全員かたく口をつぐんだままだった。石井四郎中将が極秘の連絡網を通じて応答要領を渡していたのだろう。

七三一部隊はソ連軍の侵攻に備えて、哈爾浜郊外の細菌戦の施設をことごとく破壊し、証拠を隠し去っていた。いち早く帰国を果たした石井自身を尋問しなければ突破口は開けない。だが、その行方はようとして摑めなかった。

「石井四郎陸軍中将は何ものかに暗殺された」

一九四五年の十一月、石井の故郷、千葉県千代田村の村長が発表した。僧侶(そうりょ)によって葬儀が営まれ、会葬者が見送るなか、石井四郎は丘の上にある一族の墓に葬られたという。

その三週間後、アメリカ陸軍の防諜部隊に思いがけない情報が寄せられた。石井は生きている——というのだ。情報提供者は八〇ー一一号。情報源の評価は「B」、まずまず信頼できる。情報そのものの評価は「3」、おそらく事実だろうと判定された。

GHQは日本政府に厳重な命令を発する。石井四郎の居所を突き止め、連合軍最高司令部に引き渡せと。

石井は、山中に隠れていたわけではない。葬式を出した後も、千代田村の自宅で妻、娘と共にのうのうと暮らしていた。

キャンプ・デトリックから生物戦の専門家が急派された。そして一ヶ月に及ぶ尋問が行われた。石井は、攻撃用の生物兵器の実戦使用を否定しただけでなく、開発すらしていないと言い張った。

「科学的見地からいって、飛行機からペスト菌を撒くのは不可能です。地上に落とせば病原体は死んでしまう。飛行機から微生物を投下しても、人間がペストに罹ることなどあり得ません」

さらに、すべての書類は終戦直前に焼却処分してしまったと言い募った。

しかし、アメリカの諜報部隊は日本の降伏から二年間に及ぶ調査で、七三一部隊が中国人やロシア人の捕虜などを使って人体実験を繰り返していた事実を裏付ける証拠を入手していた。それらの証言とデータを石井に示せば、核心に迫る供述を引き出すことができる。石井さえ落とせば、アメリカの細菌戦チームに貴重なインテリジェンスが転がり込んでくる。だが、当の石井はのらりくらりと尋問をはぐらかし続けた。キャンプ・デトリックはついに細菌学のエース、ノーバート・フェルの投入を決めた。大量生産を目指してパイロット工場でさまざまな病原体を培養していた工業技術部門の責任者である。フェルは前任者たちのように紳士的な人物ではなかった。頬の垂れた荒々しい顔つきの大男で、その態度は横柄そのものだった。

東京に乗り込んできたフェルは石井にぶっきらぼうに告げた。

「おまえがどんな情報を隠しているか、俺は知っている。人体実験についてもだ。中国戦で用いた生物兵器について、我々の調べは既についているんだ」

病人を装い、自宅の寝床で尋問を受けていた石井の顔色が変わった。

「おまえが我々への供述を拒むならそれでもかまわない。だがソ連当局も捕虜となったおまえの部下たちから人体実験に関する詳細な供述を入手している。ソ連の奴らに尋問を任せてもいいんだぞ」

そうなれば極東裁判で訴追され、戦犯として死刑は免れまい。そう言外に仄めかしたのだった。

石井四郎が落ちたのはこの瞬間だったと資料は記している。

だが細菌戦のパイオニアは簡単に白旗を掲げたわけではない。真相を話してもいいが、免罪の保証が欲しい。そう司法取引を持ちかけてきたのである。

石井の提案は、トルーマン政権内に厄介な論争を巻きおこしてしまった。石井が手を染めた犯罪は人道に対する罪の最たるものだ。冷戦に勝利するため、アメリカは悪魔との取引に応じてもいいのか。それはまさしく〝メフィストフェレスとの密約〟に手を染める振る舞いではないのか。

結局、アメリカ政府首脳が辿りついたのは玉虫色のディールだった。書類に残るような形で石井の求めに応じて戦争犯罪人としては訴追しない。だが、書類に残るような形での免責は与えない。かくして石井もその部下たちも戦争犯罪への訴追は免れ、戦後社会に医師、医学研究者、薬学者、獣医師としてまずは密やかに、そして日本が独立を回復した後は堂々と復帰していった。

マイケルが手にした書類には石井四郎の生々しい供述が記されていた。

「ソ連との戦いには万全の備えが必要ですよ。私は様々な地域、とりわけ、寒冷な地域で何が最適な微生物であり、どう使用すべきかを研究してきました」

あろうことか、石井は生物兵器のエキスパートとして自分を雇わないかとアメリカ側に持ちかけていた。記録を読み進むマイケルの手は怒りで震えた。

「炭疽菌は、やはり最も有効な菌だと思います。量産が可能で、抵抗力があって猛毒を持ち、致死率は八十から九十パーセントにのぼる。だが伝染病を装うならペスト菌が有効でしょう」

かくして米軍のキャンプ・デトリック基地は、七三一部隊が五百名もの人体実験を行って手に入れた一万五千枚に及ぶ病理組織のスライドなどのデータをわがものにした。

「石井部隊の研究・実験の水準はアメリカが考えていたほど高いものではない。あまり役立つものではなかった」

そんな「対外応答要領」まで用意された。事実とは真逆のコメントこそ、七三一部隊の実験データがどれ程価値あるものかを物語る証左だった。

ヨーダはなぜこの機密文書を自分に敢えて読ませたのだろうか――。

冷徹な情報の世界に在っては、倫理観などなんの役にも立たない。そうこの自分に告げようとしたのか。それとも、自国の安寧に寄与するなら、石井のようなインモラルな人物からも貴重な情報を絞りとり、時に役立てざるをえない。米ソ冷戦の実相と超大国の不条理に怒った末のことだったのか。

マイケルは彼の真意を測りかねていた。

グリーンバーグはきっかり一時間後に戻ってきた。机の上に置かれた封筒には一瞥もくれない。

「このところ、物忘れがひどくてな。昔のことは鮮明に憶えているんだが、とくに直近の記憶がいかん。困ったもんです。あなたは、たしか機能獲得研究に関するモラトリアムのことを聞きに来られたんでしたな」

マイケルはその通りですと応じた。

「今回の出来事がアメリカの安全保障を脅かすことにならないのか。是非ともご見識を伺いたいのです」

眼前の老人の眼が微かに輝いた。

「こんどのモラトリアム通達によって、深刻なディレンマに陥ってしまったのは、なんといってもアンソニー・ファウチ博士でしょうな」

ファウチ博士は、過去三十年にわたり、NIAID（国立アレルギー感染症研究所）の所長を務めてきた高名な免疫学者である。ロナルド・レーガン以来、じつに五代のアメリカ大統領に感染症の助言をしてきた重鎮だ。

「トニーは私より七歳若いのですが、じつは幼なじみでね。ニューヨークのブルックリンで近所に住んでいたんです。父親は薬剤師でファウチ薬局を営んでいました。母親と姉のデニスはレジ係、彼も自転車に乗れる年頃になると薬の配達をしていた。一家そろって働き者でしたな」

ファウチ博士の祖父、アントニーノはシチリアからの移民だった。二十世紀初頭、移民局があったエリス島に辿り着き、マンハッタンのリトル・イタリーに住みついた。息子は苦学してコロンビア大学を出て薬剤師となった。家族の堅い絆のなか、アンソニー・ファウチはカトリック教徒として育てられた。〝他者のためにあれ〟というイエズス会の教えが人生の指針だったという。

ファウチ博士は、医学界の最高権威とされるＮＩＨ（国立衛生研究所）の所長の椅子を断り、ＨＩＶ、ＳＡＲＳ、ＭＥＲＳ、エボラ出血熱といった新興ウイルス感染症に立ち向かい、研究・治療の最前線で自ら指揮を執ってきた。

「いいかね、こんどの決定を受けて彼がどう動くか、ファウチ博士の一挙手一投足から瞬時も目を離しちゃならん」

グリーンバーグはそうマイケルに助言した。

アメリカがいまウイルスの機能獲得に関する研究をやめれば、新たなウイルス感染症が発生した際、迅速にワクチンを開発する手段を失ってしまう怖れがある。そのうえで英、仏、露、中の各国が機能獲得の技術を駆使してワクチンの開発に成功すれば、アメリカはこれらの国々の後塵を拝してしまう。

「わがアメリカがモスクワや北京に頭を垂れて、ワクチンの供給を哀願する様を思い浮かべてみたまえ。これこそ〝ワクチンの叩頭外交〟じゃないかね」

ナチス・ドイツの圧政を逃れて約束の地に辿り着いたひとの眼光は炯々として輝き、もはや退官したひとのそれではなかった。

マイケルは、部外秘なのですが、と前置きして告げた。

「国内で研究を中断する間は、海外の機関との共同研究で急場を凌ぐべし。ファウチ博士が率いるＮＩＡＩＤではそうした意見が大勢を占めています。しかし、それには大きなリスクが伴います。世界最高峰といわれるウイルスの遺伝子操作のノウハウがアメリカから外国に漏洩してしまう怖れがありますから」

ヨーダはなぜ機密書類を自分に読ませたのか。マイケルは彼の真意が見えてきたような気がした。七三一部隊が秘蔵していた極秘の研究成果をフォート・デトリック基地に奪われた結果、起きてしまったのと同じ事態が、今度はアメリカに降りかかってくる。オバマ・モラトリアムをきっかけに虎の子のノウハウが相手側に抜けてしまうと警告しているのではないのか。

「共同研究とは、つまり実験を外注するということかね」

「はい、ただし厳格な条件を設けたうえで。それに関してはＮＩＨが規定しています。ＳＡＲＳ、ＭＥＲＳ、インフルエンザ・ウイルスを空気中で感染しやすくする実験など、意図して遺伝子強化する研究は対象外となります」

グリーンバーグ博士はすでに多くを察しているのだろう。

「わたしのささやかな経験から申し上げれば、我が国はじつにナイーブですな、じつに。危険な岐路に立たされておる、おわかりかな」

こんどはマイケルが深く頷く番だった。散歩に出かける前にフォート・デトリックのヨーダが口にしたのはまさしくこのことだった。

「条約に調印し、批准することと、これを遵守することは全く別ものなのだ――」

だが、アメリカ政府も、連邦議会も、メディアも、そして情報コミュニティまでもが、ファウチ博士の対応に潜む落とし穴に気づいている者はなく、さして関心も示そうとしていない。

第三の道

香港　二〇一四年十二月

紫紺のチャイナドレスのひとは「四番」のパドルを膝にのせ、ひとり静かに座っていた。すらりとした脚を組み、まっすぐに競りの様子を見つめている。オークション会場にあって、その凜(りん)とした後ろ姿はひときわ人目を引いた。

汝窯(じょよう)の小さな水盤が壇上のオークショニアのもとに運ばれてきた。会場のそこかしこから次々にパドルがあがり、するすると上値を追っていく。雨傘運動が終息し、香港の街が落ち着きを取り戻した安心感からか、競りは以前にも増して盛況だった。

スティーブンは会場の最後列に陣取って、人々の肩越しに見え隠れするマダム・クレアの様子を窺(うかが)ってみた。だが彼女は競りに加わる気配を見せない。

「これをマダム・クレアへ」

スティーブンはメッセージを書きつけたメモにチップを添えてスタッフにそっと渡した。

汝窯の水盤がかなりの高値で落札されたのを見届けると、紫紺のひとはすっと立ち上がりオークション・ルームを後にした。スティーブンも席を立ち、足早に追いかけた。

「いまの汝窯に興味ありとお見受けしましたが――」

長身のスティーブンは背をかがめて彼女の横顔をちらりと見た。

「リーゾナブルな金額なら応札しようと思ったのですが。でも、あそこまで上がると、私にはとてもとても。スティーブンは阿片の煙管でも落としたのかしら」

「以前、競ったのは鼻煙壺で、それも友人の代役で競ったとお伝えしたはずですが――。僕は近頃、清朝の単色釉に惹かれていまして。とりわけ瑠璃色の馬上杯を見ると自制が利かなくなって困っています」

「あら、あの馬上杯なら、もうすこし後のロットじゃなかったかしら」

「いいんですよ。どうせ僕の実力じゃ落とせそうにありません。競り負けてストレスを溜め込まずに済みます」

「時に勝負しないことも大切よ。あなたの不戦を祝ってスコッチでもいかがかしら」

マダム・クレアはスティーブンをペニンシュラ・ホテル一階の「THE BAR」に誘った。

紫紺の麗人を迎えて、ジョニー・チョンが恭しく黙礼した。十五の歳から六十年近くもここで働いている名物バーテンダーだ。

「マダム・クレア、何を召しあがりますか」

「そうね、ジントニックを。タンカレーNo.10で」

「承りました。そちらさまは」

「僕はグレンモーレンジィ・シグネットをオンザロックで」

ジャズ・ピアニストが「ワルツ・フォー・デビイ」を弾き始めた。ワルツタイムの前奏が終わると、インテンポの四拍子になった。スティーブンは独り言のようにつぶやいた。

「静かになりましたね、香港も」

「そうね、夏の盛りが過ぎたビーチのような——寂しくもほっとしたような」

「マダム・クレア、あなたも雨傘運動の占拠現場に行ってみましたか」

「ええ、もちろん。金鐘も銅鑼湾もお店から歩いてすぐですもの。学生たちはみな笑顔で、疲れ知らず、生き生きしていたわ。それぞれが持ち場を守って最善を尽くしていた。素晴らしい光景でした」

華奢(きゃしゃ)な指先でグラスを回すと、氷がカラリと音を立てた。

マダム・クレアはスティーブンの榛色(はしばみいろ)の瞳を見つめて言った。

「でも、彼らは北京を一ミリも動かすことができなかった。結局、何の圧力も加えられなかった。香港の若者たちは厳しい現実を痛いほど思い知ったはず――」

胸の内を少しも窺わせないクールな語り口だった。

「この香港には真の民主主義などどこを探してもありはしない。宗主国だったあなたたちの時代にもそれは望まなかった。その代わり、言論や集会の自由だけは与えた。民主的な選挙の代わりにね。デモをすることで民意を訴えることはできる」

「たしかに香港ほどデモの盛んな街はありませんね」

「二〇〇三年の五十万人デモは、香港流街頭政治のシンボルです。香港当局に国家安全条例を撤回させたんですから。二年前は大規模デモで愛国教育の必修化を取り下げさせた。でも、今回はそうならなかった。なぜなら、肝心の普通選挙については、北京は香港側に何の権限も与えていないのですから。国防、外交の権限を与えていないように」

もしかすると、今日はマダム・クレアの心の内をわずかでも覗くことができるかもしれない。スティーブンは質問に徹することにした。

「もはや従来の香港スタイルが通用しないなら、民主化運動はこれからどんな戦略をとればいいのでしょう」

「雨傘運動のような大がかりな抗議デモをしながら、当局に徹底して無視されるなんてこれまでには考えられなかったことよ。ですから、パラダイムシフトが必要だわ。民主派だけでなく、すべての派閥がそう思っているはず」

あなたのいうパラダイムシフトとは何なのか、マダム・クレアに思い切って質してみた。

「それは、穏健なリベラル派と武力闘争を掲げる一派とでは、パラダイムシフトの中身は大きく違ってきます」

リベラル派は、二〇一七年に真の普通選挙が実施されないことが明らかになった以上、次なる目標を早くも二〇四七年に定めている。「一国二制度」が五十年の期限切れを迎える年を節目に定め、住民投票を通じて香港市民が自らの将来を決める「民主自決」を勝ち取ろうとしている。

これに対して、雨傘運動で旺角を拠点にして戦った武闘派は、非暴力主義を放棄した。香港を自らの「本土」と呼び、中国に併合されることを拒否する「本土派」として、勇武抗争を選んだ。

「民主自決派と勇武本土派、マダム・クレアはどちらに与しているんですか」

「スティーブン、私は文革を逃れて香港に流れてきた難民よ。理性とか、人権とか、非暴力とか、そんなものは美しい陽炎にすぎないと骨の髄から知っているわ」

「それじゃ、あなたは本土派に近いのですか」

「長江の畔に生を享けた私が、香港をわが本土と——まさか、あなた、本気じゃないでしょうね。北京の手先にすぎない香港警察と小競り合いを演じても展望など開けるはずがない。あれしきの武力で北京が倒せるものですか」

「民主自決派でも香港本土派でもない。となれば、あなたは、香港の将来をどう考えているんですか」

マダム・クレアは頬を緩めた。

「スティーブン、今日は珍しく生真面目に政治論議をお望みなのね」

「黄色い雨傘が閉じてしまうと、僕もちょっぴりセンチメンタルな気分になりまして」

「スティーブン、いいこと。香港の伝統的な民主派は、たしかに共産党批判はする。

でも中国そのものは愛しているの。北京に民主化は求めるけれど、対外的には中国の国益を守る側に立つ。その証拠に釣魚群島はわが中国の領土なりと主張し、現地に向かう漁船にカンパまでしている。かたや、若い香港本土派には、自分が中国人だという意識がほとんどありません。広東語や繁体字を守り、香港人としてのアイデンティティーを優先する。いわば、香港ローカルな人たちです。ですから、一種の近親憎悪で、北京よりむしろリベラルな民主派を目の敵にしているわ」

「そして、あなたはそのどちらの派でもない――そうなんですね」

マダム・クレアはスティーブンの誘導尋問には直接答えようとしなかった。

「民主自決派にしろ、香港本土派にしろ、北京は容赦なく弾圧してくるはず。それをかわすには、もっと構図の大きな第三の道を探らなくては――」

スティーブンは、ここは黙ってマダム・クレアの話に耳を傾けることにした。

「それより、スティーブン。まず、そのロマンチストの気鬱を晴らさなくちゃね。あなた、思い切って旅に出てはどう。〝長生きする者より、旅をした者こそが人生の真理を知る〟――アラブの諺だったかしら」

「さて、どこを旅すれば人生の真理に巡りあえるでしょうか」

「そうね、あなたのようなひとには、インドシナ半島の鬱蒼とした密林なんかはどうかしら。既存の国家の支配が及んでいない山岳地帯に身を浸してみれば、パブリックスクール育ちの垢をきれいさっぱり落とすことができるかもしれないわ」

マダム・クレアはさりげなくことばを継いだ。

「お話ししたことがあったかしら。私の夫、アンセルムは、生涯を旅に過ごした人でした。十七年前の春、インドシナ半島の密林に出かけていったきり、いまだに還ってこない。かなうことなら、もう一度だけ彼に会いたい――」

榛色のスティーブンの瞳が明度を増した。

「僕でお手伝いできることなら何なりと」

「あなた、アンセルムが消えた場所がどんなところか知っていて、そう言っているの」

スティーブンは頷いた。

「はい、大英帝国に生を享けた男子なら一度は踏み入ってみたいグレートジャーニーの地ですから」

頭上を覆っていた雲が晴れたかのように、スティーブンは少年のような笑みを返した。

雲南　二〇一四年十二月

雲南美食紀行

我が植民地の民、親愛なるマイケル殿

近頃、閉所恐怖症が嵩じて困っている。イングランド、ニッポン、ホンコンといずれも狭い島国ばかりに暮らしてきたのに、なぜこの環境に適応できないのだろう。神様がこうした試練を我れにお与えになったのか。そこで閉所への恐怖を和らげる処方を僕なりに考えてみた。広大無辺のユーラシア大陸に身を浸してみるのはどうだろうか。

マイケル、君にひとつ相談なのだが、グレート・ゲームのかつての壮大な舞台であり、いまも大国同士の鞘当て(さやあ)が続くユーラシア大陸に一緒に行ってみようじゃないか。どうせ君もウイルスが相手じゃ、さぞかし暇を持て余していることだろう。

〝食ハ広州ニ在リ〟という。だが、雲南(うんなん)の地こそ〝美食ノ聖都ナリ〟。香港で親しくしているマダム・クレアが雲南食べ歩きリストを作ってくれた。どうだ、マイケル、クリスマスに雲南で美食三昧(ざんまい)といこうぜ。

孤島住まいの哀れなスティーブンより

流麗なカリグラフィーで綴(つづ)られた手紙がロックビルの郵便箱に届いたのは十二月に入ってすぐのことだ。マイケルにとっても魅惑に満ちた誘いだった。まず東京に飛んで和食の師匠、サキさんに再会する。そして香港に飛び、親友と久々に落ち合う。そこからキャセイパシフィックの直行便で雲南へ。だが、咄嗟(とっさ)に首を振って自分を戒めた。スティーブンの誘いには何か魂胆があるはずだ。この身に災いが降りかかってくるのは間違いない。これまで幾度となくひどい目に遭っているじゃないか――。

いや、待てよ、と思い直した。雲南といえば、まさしく和食のふるさと。味噌(みそ)、納豆、茶、すべては雲南から海を越えて日本列島に伝えられた。ニッポンの家庭料理を修めた者としては、発酵食材をふんだんに使った雲南料理をぜひ究めてみたい。それにサキさんとの約束もある。香港で噂のマダム・クレアに会ってその人となりを報告するよう内々に頼まれている。

早速、スマホを開いて日程をチェックしてみた。第二週の土曜日には少年野球の練習試合がある。だが、それさえ終えれば、あとは守衛のトムに子供たちの世話をまかせ、屋内で自主トレーニングをさせればいい。

職場にはクリスマス・シーズンの有給休暇を申請しよう。一般旅券での休暇旅行には二つの利点がある。公用旅券でなければ中国の公安にマークされることもまずないだろう。それにプライベートな休暇なら、ゴキブリ退治より嫌いな旅費の精算をしなくて済む。かくしてマイケルはアジアで二週間の休暇を過ごそうと決めた。

「雲南に一緒に行ってやることにした」

恩着せがましい返答を香港に送った。

マダム・クレアのグルメ・リストには信が置ける。超一流と名高い広東料理店「柳燕」のオーナーが選んだのだから。だが、舌が怪しいジョンブルなんかにメニューの選択は任せられない。少年時代をパブリック・スクールの寮で過ごし、マトンの煮込みを食べさせられて味覚がすっかりやられている。マイケルは猛然と雲南料理の研究に取りかかった。

　雲南料理の世界にひとたび足を踏み入れてみると、なんと多彩で奥深いことか。少数民族の多さでも雲南省は群を抜いている。民族の数だけ個性豊かな食文化があり、興趣が尽きない。亜熱帯だけに果物も豊富で、そのままでは食べられない果物も巧みに料理し、独特な味覚の世界を創りあげている。

　山奥に自生する酸木瓜（スアンムーグワ）は生では顔が歪（ゆが）んでしまうほど酸っぱい。だが、薄くスライスして天日干しにして酸味を凝縮させ、赤唐辛子を加えて豚肉と炒めると魔法が起こる。肉にがぜん旨味（うまみ）が増し、柔らかくさっぱりとした味わいになる。料理本を読んでいるだけで想像力がひりひりと刺激され、未知の味覚に唾（つば）がこんこんと湧き出てきた。

　マイケルは粉雪舞うワシントン・ダレス国際空港から、まず東京へ、そして亜熱帯の雲南省を目指して勇躍飛び立った。舌の鮮度を保つためにユナイテッド航空の残念な機内食には一切手をつけない。サキさんからプレゼントされた小型炊飯器で魚沼産のコシヒカリを二合炊き、これをおにぎりにして機内に持ち込んだ。パリパリの豊洲（とよす）林屋の海苔（のり）で包んで食べる。これで十四時間の空の旅は何とか凌げそうだ。

　スティーブンは閉所恐怖症が嵩じていたらしく、マイケルの到着を待たずに早々と香港島を抜け出していた。

「シーサンパンナ・タイ族自治州、景洪ニテ待ツ」

マイケルがワシントンを発つ直前、香港の消印がある手紙が届いた。シーサンパンナ。そう声に出しただけで南の楽園の風景が胸に浮かぶ。湿り気を帯びた生暖かい風に頬を撫でられるような気さえしてくる。

「景洪で落ち合う宿は湯島のサキに託してある」

なぜ美食の旅にそれほど込み入った連絡方法を使うのか。しばらく諜報の最前線から遠ざけられ、勘が鈍らないよう予行演習でもしているのだろうか。冷戦時代のロシア・スパイのような——と思わず苦笑してしまった。だが、あのスティーブンのことだ。なにか魂胆があるのかもしれない。

湯島のサキは愛弟子、マイケルの一年ぶりの来訪を心待ちにしてくれていた。

「お餞別です。気を付けていってらっしゃい。スティーブンを宜しく頼みますよ」

心ばかり、と墨で書かれた祝儀袋を渡されそうになった。

「サキさん、いくら日本の習慣とは言え、こんなものをいただくわけには——」

「マイケル、年寄りの顔を潰すものじゃありませんよ」

ぴしゃりとたしなめられ、スティーブンの手紙と一緒に受け取った。

君のようなガサツなアメリカ人には身分不相応なのだが、景洪でいちばん素敵な宿を用意しておいた。一見すると普通の屋敷のように見えるが、特別な客だけ迎え入れている。麻のスーツを着てきたまえ。そう言いたいところだが、そんな洒落(しゃれ)たものは持っていまい。まあ仕方がない。いつものチャンピオンのTシャツでも着てくるがいい。なお、マダム・クレアが案内人を手配してくれた。リマシュという若い女性で、父親はイギリス人、母親は少数民族ハニ族の出身だ。英語も達者で信頼できる人物だそうだ。中国では外国人観光客は運転が許されていない。彼女にすべて任せればいい。

スティーブンは意外なルートから雲南に入ってくるという。香港からまずミャンマー最大の都市ヤンゴンに入る。そこから空路、北上してシャン州へ飛び、山の民アカ族が住む一帯を経て中国の国境を越え、雲南省に入るという。グレート・ゲームを気取っていったい何を企(たくら)んでいるというのか。

汽鍋鶏

〝雲の南〟に在り。諸葛孔明の「天下三分の計」に従って、劉備が立てた蜀の国の南にひろがるのが雲南だ。この一帯は歴代皇帝の支配も及ばない辺境の地とされてきた。いまは中華人民共和国の最も西南に位置し、雲南省として北京の統治に組み入れられている。北はヒマラヤ山脈を擁するチベット自治区、南はベトナム、ラオス、ミャンマーの三国と四千キロに及ぶ長大な国境を接している。そして雲南省にはじつに二十六に及ぶ少数民族が暮らし、その人口は省内の漢民族をはるかに凌ぐ。

中国南方航空機の窓から雲間に昆明(クンミン)の街並みが見えてきた。海抜千九百メートルの高原に広がる雲南の省都だ。成田空港から広州経由で十一時間半の空の旅だった。昆明長水国際空港に降り立つと、マイケルは青い玻璃(はり)のように澄み切った空を見上げた。新鮮な空気を思いきり吸い込んで、ダウンジャケットをバックパックにしまった。

昆明の街は三方を山に囲まれ、南には滇池(てんち)という大きな湖が広がっている。冬は温暖で、夏は涼しく、年間を通じて気候が穏やかなことで知られている。いまも空はよく晴れ渡って高い。真冬だというのに街は緑の樹々に覆われ、椿、シャクナゲ、ハクモクレンの花が咲き乱れている。「春城」――。古くから人々にそう呼ばれてきた地上の楽園なのである。

宿でひとまず仮眠をとり、夜はマダム・クレアのリストにある店にひとりで出かけてみた。目抜き通りを横切って、遠回りをしながら料理店まで歩いた。あたりをそれとなく窺ってみたが、公安の影は感じられない。

スティーブンの手紙には「お勧め単菜（メニュー）」と記したメモが同封されていた。雲南の言葉ができない自分のためにマダム・クレアが用意してくれたに違いない。

糯米肥腸、青椒牛肝菌、酥紅豆、五色冬瓜宴、汽鍋鶏（チーコージー）。

暗号表のようで、全く意味が分からない。だが、雲南グルメ旅行の初日だ。とりあえず、メモにあるお勧め料理をすべて注文することにした。給仕の女性は不思議そうな顔をして、身振りで全部ひとりで食べるのかと尋ねてきた。マイケルは悠然と「是（シー）」と応じた。なにしろ値段は目の玉が飛び出るほど安い。

まずカラッと揚げたおつまみの小豆が運ばれてきた。揚げ衣はサクッ、豆はしっとり、地元のビールにぴったりだ。ついでピーマンとキノコの炒め物。牛肝菌（ニウガンジュン）とはどうやら茸（きのこ）のことらしい。まるでイタリア産のポルチーニのような濃厚な味わいである。シャキッとした食感といい、鼻に抜ける香りといい、これぞ山の幸の王様だ。

次いで、豚の小腸に糯米を詰めて蒸したもの、さらには冬瓜と雲南ハム、卵の黄身の薄焼きの五色重ねが供された。雲南ハムは塩漬け、洗浄、日干しを何度も繰り返し発酵させてつくる。そうグルメ本に書かれていた。塩味はかなり強いが、淡泊な冬瓜や薄焼き卵に挟むと絶妙な旨味を醸し出す。

最後に運ばれてきた汽鍋鶏は、幸いにも、雲南のグルメ本を見てぜひ食べてみたいと思っていた伝統料理だった。期待に胸を膨らませながら、静かに蓋を開ける。土鍋の真ん中の小さな煙突から湯気が立ちのぼった。透き通った金色のスープにホロホロに軟らかい鶏肉、クコの実、三七人参、当帰、しょうが、茸が浮かんでいる。

この料理には水は一切使われていない。汽鍋の煙突を通して入ってくる水蒸気で具材がよく蒸され、旨味を含んだ水分がじわじわ滲み出てくるのだ。食材のエキスが存分に滲み出たスープは、あっさりとしていながら、実に芳醇な味わいだった。マイケルは、これから続く雲南美食紀行に幸あれと願いつつ、たったひとりの宴席を存分に楽しんだ。

シーサンパンナ

　翌日の午後三時四十分、マイケルを乗せた旅客機は昆明の空港を発ち、南西へ針路をとって凡(およ)そ五百三十キロ、午後五時ちょうど、景洪に着陸した。ここがシーサンパンナ・タイ族自治州の州都だ。荷物を受け取って到着ロビーに出ると「バイオシールズ監督様」というプレートを手にしたエキゾチックな面立ちの女性が立っていた。二十代の後半だろうか。

「リマシュと言います」

　そう英語で話しかけてきた。笑顔が快活そのもの、とても好感がもてる。リマシュは昆明大学を卒業した後、ロンドンに留学し、五年前に景洪に戻って旅行代理店を立ち上げたという。ツアー客はとらず、個人の外国人旅行客を主な顧客にしている。

「漢族はもっぱらバスを連ねた団体旅行なんですが、欧米の旅行者は旅慣れた人が多くて、お仕着せの観光じゃ満足してくれません。雲南の食や少数民族の文化を心ゆくまで堪能(たんのう)したいという人たちが多いですね」

「若いのに思い切って起業したね」

マイケルが話しかけると、リマシュは意外な人の名前を明かした。

「じつはマダム・クレアにサポートしていただいているんです」

スティーブンの話では、マダム・クレアの夫は、十数年前、ミャンマーとの国境地帯で失踪したという。いまも夫の消息を摑もうと、リマシュを私設エージェントとして景洪に配しているのだろうか。雲南の宿や名店ばかりか、現地の旅行社にもマダム・クレアの翳が及んでいる。

空港の駐車場には真っ赤なオフロード・ジープが停まっていた。幌はグレー、丸いヘッドライトに小さなブル・バーがついている。中国製のジープ「軍旗」は、アメリカのジープ・ラングラーをいささか間延びさせたような車体だ。フロントのエンブレムには雄々しく翼を広げる「怒れるコウモリ」が描かれている。

「もとはアーミーグリーンだったんですが、ちょっと軍国調でしたのでついこの間、フェラーリ・レッドに塗り替えたんです。さあ、どうぞ」

マイケルを助手席に案内し、リマシュは素早く運転席に乗り込んだ。

景洪の中心部までは四十分あまり。車の窓を開け放ったとたん、湿り気を帯びた風が頬に吹きつけてきた。亜熱帯特有の生暖かく芳しい香りがする。窓の外はバナナとゴムの農園だった。

景洪の市街地に入ると、道の両側は濃い緑のフェニックスの街路樹となった。

「この曼聴路は、三十年ほど前まではタイ族の伝統的な高床式住居が立ち並ぶ通りだったそうです。いまではたった一軒残った家をフランス人デザイナーが改装してブティック・ホテルにしています。今夜はここにお泊まりいただきます」

タイ風の屋敷は切妻屋根の急勾配が特徴的だ。破風の先端には太陽のコロナを思わせる装飾が施されている。昔は草葺だったというが、いまは明るい色調の素焼きの瓦屋根になっている。一階は柱を残して吹きさらし、フーンダイと呼ばれる階段でフロントのある二階にあがった。バルコニーには蓮の花を彫った堅木が廻らされ、深い庇が亜熱帯の日差しを遮っていた。

「ようこそ、コリンズ様」

フロントと言っても、マホガニーのアンティーク・テーブルがたったひとつ置かれているだけだった。髷に銀の櫛をさした若い女性がはにかむような微笑みで迎えてくれた。藍色の短い上着を優雅に着こなし、くるぶしまであるカラフルな筒状のスカートをはいている。

「パスポートをお預かりします」

そう言うと、女性の眼が心なしか鋭くなった。パスポートのページを繰り、ビザと出入国のスタンプを手早くチェックした。公安に直ちに報告すべき旅行者かどうか、品定めをしているのかもしれない。

チークの床は磨き抜かれて飴色に光り、竹のソファには藍地に赤と黄土、青色の波模様を刺繡したクッションが並んでいた。少数民族の首長の屋敷に招かれたような気分だ。

「お友だちも間もなくお見えになるはずです。私はこれで失礼します。明日の朝九時にお迎えに上がります。どうぞゆっくりお休みください」

リマシュは名刺に携帯番号を書き、マイケルに手渡した。入れ替わりにあらわれた生真面目そうな若いボーイがスーツケースを部屋まで運んでくれた。

竹とチーク材をふんだんに使った客室は広々として居心地がよさそうだ。木製のファンがゆっくりと回り、高い天井から涼し気な風を送っている。マイケルはシャワーを浴びると、そのままベッドに倒れこんだ。ワシントンからの長旅の疲れがでて、泥のように眠り込んでしまった。

糯米咸魚

どれほどの時間が経ったのだろう。ベランダの隅に人の気配を感じた。うっすらと目をあけて辺りを窺う。インテリジェンス・オフィサーの哀しい性なのだろう。眠りに落ちていても意識の片隅はどこか覚めたままだ。

ベランダに置かれたラタンの長椅子に男が足を投げ出している。あの後ろ姿はスティーブンじゃないか。それにしてもひとの部屋のカギをどうやって開け、ベランダに入り込んだんだ。起き上がってそっと折れ戸を押し開いた。なにやら分厚い中国語の本に読み耽っている。

「おい、香港のＮＩＮＪＡ、どうやってここに」

「不用心にも扉を開けっ放しにして惰眠をむさぼる奴がいるか。ここは戦闘的な山の民が出没する敵地なんだぞ」

どうやら、椰子と芭蕉の樹々が生い茂る中庭からベランダに侵入したらしい。

「さあ、市中探検に出かけるぞ。そろそろ景洪が目を覚ます時分時だ」

スティーブンが出発の号令をかけた。

眠ったような街、これが昼間の景洪だ。だが、陽が傾き始め夕食が近づくと、俄然活気づいてくる。ここは十二世紀以来、タイ族が支配した王国「シップソーンパンナー」の王都だった。「十二の千枚田」を意味し、「シーサンパンナ」の名もこれに由来する。ミャンマー、ラオス、タイ北部に跨って同じ民族が暮らしており、別名、タイ・ルー族とも呼ばれている。タイ族は平地の民だが、山間部にはハニ族、ラフ族、プーラン族などの集落が数多く点在する。

ふたりは宿を出て、北の方角にある自由市場をまず覗いてみることにした。女性たちの元気な声が響いてきた。色とりどりのTシャツにロングスカートをはいた年配の女たちが客を手招きしている。メコン川がもたらす肥沃な土壌、燦々と降り注ぐ南国の太陽、自然の恵みを存分に受けて、果物も野菜も見事に育っている。ナス、キュウリ、白菜、青菜、インゲン豆、冬瓜、ジャックフルーツ、マンゴー、バナナ、まるで四季がいっぺんに訪れたような賑わいだ。

隣の売り場では男たちがこれまた様々な肉を商っていた。イスラムの掟に従って処理された牛肉も並んでいる。この一帯には回教徒も暮らしているのだろう。コメの種類も驚くほど豊富だ。白米、黒米、紫米、紅米、赤米。シーサンパンナの人々が食べるコメはなんとカラフルなのか。

鼻を鋭く刺激する臭いが漂ってきた。ニンニク、香草、それに何か腐ったものが混じりあったような強烈な匂いである。思わず息を止めたくなった。

「これから晩飯を食うんだ、スティーブン。はやく退散しようぜ」

スティーブンは呆れた顔で盟友の横顔を見た。

「サキの不肖の弟子め、何をいう。発酵食品こそ雲南料理の真骨頂なんだぞ」

スティーブンに二の腕を摑まれて、恐る恐る桶と盥のなかを覗き込んでみた。種々多様な味噌、納豆、豆腐、それに鮓でしめられた肉と魚が売られている。

「さあ、味見してみな、旦那さん」

お婆さんが小さなスプーンを渡してくれた。さしものマイケルも顔がひきつり、鄭重に辞退してその場を後ずさった。

市場を退散してしばらく行くと、ロンジーと呼ばれる腰布を巻いた男たちが道端でミャンマー産の翡翠を商っていた。スティーブンが声をひそめて言う。

「シーサンパンナじゃ国境は抜け穴だらけで、誰もが細い川か、熱帯雨林に引かれた境界線としか思っていない。少数民族は国境なんか無視して、気ままに行き来している。国境線を引いたのはそれぞれの政府の勝手というわけだ。もとはすべて彼らの王国だったんだからな」

この一帯に住む少数民族には、国境という概念がそもそも希薄だという。中国領に暮らす他の民族より、国境の向こうにいる同族への親近感のほうが遥かに強い。彼らの頭のなかにあるのは「シップソーンパンナー王国」の版図なのだろう。

「この翡翠も山の民だけが知る抜け道を通って運ばれてきた密輸品だろう。お買い得だぜ。秘書のマーゴへのお土産にどうだ」

道端にはバーベキューの屋台が並び、豚や鶏を焼く香ばしい煙が漂っていた。だが、ふたりは来たるべき晩餐に備えてぐっと我慢した。

「ところで、スティーブン、あのジープはド派手だな。真っ赤だぜ、ちょっと目立ち過ぎやしないか」

「いいじゃないか。どう見ても脳天気な観光客が乗る車にしか見えない。その方が却って怪しまれない。僕たちにぴったりさ」

「この辺りは、ウイグルやチベットと違って、目つきの鋭いおっさんたちの姿をあまり見かけないなぁ」

マイケルはいまのところ公安当局の影がないようだと言った。

「雲南の少数民族は温厚で北京に盾突かない。党中央の連中はそう思っている。ここじゃ独立を叫ぶ武装勢力の話はほぼ聞かない」

マダム・クレアの一押しの野外レストランの灯(あか)りが見えてきた。メコン川沿いに店を構えている。ふたりは低い丸椅子に腰かけ、再会を祝って米酒(ミーチュウ)でまず祝杯をあげた。生暖かい川風が頬をなでてゆく。

「シュエイ！」

スティーブンがタイ族の言葉で杯を乾した。

「シュエイ！」とマイケルも応じる。

髪の長いタイ族の女性が注文を取りに来た。サロン風のロングスカートに黄色い刺繍のブラウスを着ている。メニューはあいにく中国語とタイ語だ。ここはスティーブンに任せるしかない。

「マイケル、ガサツな君の口にはあわないものもあるだろうが、ここはひとつ雲南料理の真髄に挑戦してみてはどうだい」

パクチーやバジルで覆われたメコン川の白身魚。岩ノリの素揚げ。細切り干し牛肉の炒めもの。タケノコの和えもの。それに骨付きの炭焼き鶏が次々に運ばれてきた。どれもスパイシーでぴりりと辛い。酸味、苦味、甘みがわずかの時間差で交互に攻めかかってくる。その絶妙にして珍なる味わい。鼻腔(びこう)と舌が同時に至福で満たされる。マイケルもここまではなんとか応戦できた。だが、次に運ばれてきた料理が難敵だった。強烈な匂いが鼻を衝いた。

「糯米咸魚。いわゆる〝馴れずし〟と呼ばれる発酵食品だ。さあ、マイケル、ここからが本当の雲南料理だぞ、覚悟はいいな」

「もちろん、出発前に研究済みだよ。作り方も承知している。まず新鮮な小魚に塩をまぶす。臼でついたニンニク、唐辛子、しょうが、香草、それに水洗いしたご飯を入れてよく掻き混ぜる。それを甕に詰めて、じっくりと発酵させた雲南の名物料理だ。うーん、それにしても、聞きしにまさる強烈な匂いだなぁ」

「〝馴れずし〟といえば、金沢に暮らしていた頃、今頃の季節によくかぶら寿司を食べたもんさ。北陸地方じゃ、十一月の末から師走にかけて猛烈な風が吹いて、〝鰤起こし〟という雷が鳴り響く。それを合図に寒ブリ漁が始まると、人々はかぶら寿司をつくり始める。大きなかぶらに切り込みを入れ、塩漬けにしたブリを挟んで米麹に漬け、じっくりと発酵させるんだ。これが堪らなく旨い」

「それも遥か昔に雲南から伝わってきたんだろうか」

「当時は、発酵の技こそ最先端のバイオテクノロジーだったからな。かぶら寿司づくりの技術も元祖はこのあたりかもしれない」

スティーブンは何食わぬ顔で雲南風の馴れずしを口に入れ、米酒を一気に飲み干した。

「この地酒にぴったりじゃないか。癖になりそうな味だ」

魔の三角地帯

「ところでスティーブン、この十日間あまり、いったいどこを彷徨(さまよ)っていたんだ」

マイケルは、馴れずしを箸(はし)の先でつまみ、おそるおそる口に運びながら尋ねてみた。雲南の発酵食は爆薬の如く舌の上で炸裂する。一気に飲み込むと、すぐさま甘いパイナップルライスをかっこんだ。

「説明してもいいが、このあたりの詳しい地図がなければ、土地勘のない君にはさっぱり分からないだろうな」

スティーブンは辣油(ラーゆ)のような調味料に箸を突っ込むと、木のテーブルに中国、ラオス、ミャンマーの国境が入り組んだ三角地帯の地図を描いてみせた。

「まずミャンマーのヤンゴンから飛行機でシャン州のチャイントンへ飛んだ。そこからバスに揺られてタイ国境の町、タチレクに入ったんだ。そして、タチレクの港から船に乗って、タイとラオスの国境を分かつメコン川を遡(さかのぼ)っていった。そうして国境を越えて中国の雲南省に入り、関累という国境の町に辿り着いたんだ。そこからまたオンボロバスに揺られて、ここ景洪にやってきたというわけさ。前から是非とも踏破してみたいと思っていたルートだ。いやぁ、じつに興味深い旅だった。料理は素朴だが美味い。土地の人たちもみな親切だった。君もぜひ出かけてみるといいぜ」

「おい、スティーブン、僕の前職を知っていてそんなことを言っているのか。泣く子も黙る財務省のインテリジェンス・オフィサーだったんだぞ。〝黄金の三角地帯〟で取引される麻薬に絡む金の流れを解明する。それが僕の最重要任務のひとつだった。さあ、正直に白状しろ。何をしに魔の三角地帯に足を踏み入れたんだ」

〝ゴールデン・トライアングルの首都〟――ミャンマー北端に位置するチャイントンは各国の麻薬捜査官からそう呼ばれてきた。良質なヘロインが取引される市がたつ麻薬の街だ。山岳の民であるシャン州の人びとは、人里離れた高地でケシを栽培してきただけではない。ジャングルのなかでアンフェタミン系の赤い錠剤「ヤーバー」を大量に生産している。不用意に立ち入れば、たちまち命を落としてしまう。向こう見ずにもスティーブンは悪名高い麻薬地帯を旅してきたらしい。

スティーブンは酸味の効いたタケノコに箸をのばしつつ、隠密行の様子をぽつりぽつりと明かし始めた。

「じつはマダム・クレアに頼まれたんだ。話しただろう、彼女の夫、アンセルム・クレアはイギリス人の紀行作家だった。それが香港返還直後の一九九八年、黄金の三角地帯で忽然と姿を消してしまった。英国政府の度重なる要請を受けて、中国、ミャンマー、ラオスの当局も捜索を試みたという。だが、いまだに行方知れずなんだ」

マダム・クレアも現地でエージェントを雇って、夫の足取りを追った。それによると、アンセルムは、ここ景洪を発って、メコン川を船でくだり、ラオス領のシェンコックへ向かったという。そして小さな船でタイ国境のタチレクに渡り、そこから魔都チャイントンに出かけて行ったらしい。ここから雲南へ戻ると言い残して宿を出たきり、足跡はぷっつりと途絶えてしまったという。

「つまり、君はアンセルム・クレアの足跡を逆に辿ってきたというわけか」

「そのとおり、アンセルムはこの一帯で何者かに襲われて記憶を喪ったまま、どこかの村で山岳民族の女と暮らしているのでは――マダム・クレアはそんな仄かな望みをいまも捨てていない。映画『ひまわり』のアントニオみたいにね。ただ生きていてくれるだけでいい、それが彼女の望みなんだ。そこでこの僕が代わって探索に行ってきたというわけだ」

「それで、なにか手がかりは見つかったのか。きみを三角地帯に送り込んだのは、やはりマダム・クレアだったんだな」

「わずか数日いただけでは成果など望めるはずはないさ。あのマダム・クレアが私財を投じて捜索を続けても、いまだに手がかりすら摑めないんだからな。ただ、チャイントンでいくつか仕込みはしてきた。いまはそれを待つしかない」

アンセルム・クレアは、オックスフォード大学リンカーン・コレッジで学んだのだが、卒業年次はスティーブンやマイケルよりもずっと上だった。ノルマン系アイルランド貴族の家系に生まれ、乾いたユーモアのセンスの持ち主だった。英国秘密情報部の伝説のリクルーター、ブラックウィル教授がこれほどの逸材を放っておくはずがない。だが、ヴォクソールはアンセルムをついに獲得できなかった。この自由人は牢固とした官僚機構に身を置くことを望まなかったのだろう。

しかし、ヴォクソールはアンセルムとの接触を絶やそうとしなかった。彼は香港を拠点に黄金の三角地帯をしばしば踏査し、興味深い紀行文をものしていた。ミャンマー、タイ、ラオスがメコン川で接する山岳秘境はアンセルムの裏庭だった。そこは国民党の残党や麻薬マフィアが暗躍するヴォクソールにとっても最重要の監視地域であった。

「マイケル、あの一帯じゃ、地図に載っている道路は意味がない」

「どういうことなんだ」

「麻薬の首都チャイントンから中国国境に近いモンラーまでは、アジアハイウェー三号線を走れば、たったの九十キロ余りだ。そこからナムカ川を渡ればもう雲南省だ。アンセルムもこのルートを辿ったのかもしれない。だが、いまは、外国人はこの道を通ることが許されない」

「モンラーはゴールデン・トライアングルでも一番危険な地帯だろ。ミャンマー政府も手を焼いている」

「ああ、ミャンマー民族民主同盟軍という中国系の反乱組織が完全に牛耳っている。電気、電話通信などのインフラは中国から供給されていて、言葉も中国語、通貨も人民元だ。奴らは元々、清朝に滅ぼされた明朝の流れを汲む末裔らしい」

「アンセルムの足取りを追うためにモンラーに行くつもりだったのか」

「まあ、それもあるが、モンラーは賭博の町としても知られている。言ってみれば、ゴールデン・トライアングルのラスベガスだ。少数民族とミャンマー人、漢民族で大いに賑わっているらしい。まだやったことがない類いのギャンブルを楽しみにしていたんだが――」

「多種類博打依存症のスティーブン、ひょっとして君は、アンセルム失踪の真相を多少なりとも知っているだろう。ならば、マダム・クレアにそれとなく告げてやったらどうだ。そうすれば、彼女もアンセルムのことを諦め、君と一緒になってくれるかもしれない。サキさんもきっと肩の荷をおろすはずだ」

スティーブンは静かに首を振った。榛色の眼はいつになく真剣だった。

「いや彼女は穏やかな結婚生活など望んでいない。マダム・クレアは大望を抱いている——僕にはそんな気がしてならない」

何を根拠に、とマイケルが言いかけたのを察したのだろう。

「彼女が沙田競馬場で龍王に大金を賭けた時の様子を思い出して、気づいたことがある。あのとき、ロンドンのブックメーカーにどんと買いを入れたのは、沙田で大金を投じれば龍王の倍率が下がってしまうからだと思った。だが、彼女を知るにつれ、そんなせこい儲けにこだわる人ではないと判った。財務省の腕利き捜査官として鳴らした君には説明の要もないだろうが、彼女には足のつかない資金が必要だったんだ」

「だが、競馬の払い戻しは現金だ。ならば資金洗浄はすでに済んでいるじゃないか」

「アメリカなら確かにそうだろう。ところが、香港じゃそうはいかない。街のあらゆるところに当局の監視カメラが仕込まれている。たとえ密室でキャッシュを受け渡しても、札束が嵩張れば露見する恐れがある。近頃じゃトランクの中身まで透視するカメラも登場した。香港から持ち出せばすぐに足がつく」

「それでロンドンに洗浄済みの〝お足〟をプールしておいたというわけか。それを元手に君のいうどんな大望を果たそうとしているんだ」

親友の問いかけには答えず、スティーブンは話題を変えた。

「マイケル、明日は山のほうへ出かけるぞ。マダム・クレア一押しの特別な料理店がある。よく眠って体調を整えておけ」

上弦の月がメコン川の水平線にゆっくりと沈んでいった。気の置けない親友と楽しく過ごすはずだったクリスマス休暇は、次第に探索行の様相を帯び始めていた。

ウイルスの棲む山

依然として蒸し暑い。だが、空は晴れ渡って絶好のドライブ日和となった。リマシュが運転する赤いツェンカイは早朝に景洪の街を発ち、国道五一一号線を一路北へと向かった。路面は強烈な陽光に照らされ、銀色に輝くリボンのように延びている。道幅は次第に狭くなり、切り立った山々が迫ってきた。

「マイケル、もうすぐ普洱茶で有名な街にさしかかるぞ。君も普洱茶は飲んだことがあるだろう。緑茶を発酵させた黒い茶で、脂っこい料理を食べた後に飲むとさっぱりする」

「アメリカじゃ、テイクアウトの中華料理にはコーラを飲むのが決まりだ」

「だから、そんなに太ってしまうんだ。普洱茶は君にはお誂え向きだぞ。苦さのなかにほんのりとした甘みがあり、脂肪分解の酵素が多く含まれていて、血圧も下げてくれる。腹回りをすっきりさせ、メタボの改善には抜群の効き目がある」

ふたりのやりとりに、リマシュは笑いをこらえている。

「この辺りは、唐の時代から茶馬古道と呼ばれていたんです。雲南産の茶を馬で遠くチベットまで運ぶ交易ルートでした。チベットは高地で野菜が不足していますから、お茶の葉で貴重なビタミンCを摂取したんでしょう。いまも当時の様子を偲ばせる宿場町があちこちに残っています」

「せっかくだから、その宿場町に立ち寄って普洱茶を飲んで、ダイエットしようぜ」

マイケルの提案を無視し、スティーブンは「先を急ごう」と言った。

ツェンカイは普洱の市街地を突っ切って東へと進んだ。それからは見渡す限り山また山、緑の尾根が波うっている。しばらく走ると、山腹の南斜面に茶畑が広がった。

「墨江ハニ族自治県に入りました。私の母方の家もこの山の奥にあるんです。景洪に住むタイ族は平地の民ですが、ハニ族は昔から山のなかで米をつくり、茶を栽培してきた山岳民族なんです。このあたりはかなりの高地ですが、亜熱帯の季節風が吹きつけるので、真冬でも霜が降りない。お茶の栽培に理想的な気候といわれています」

「マイケル、そういえば、ハニ族は日本人のルーツだという学説もある。顔つきもどこか日本人に似ている。サキさんのご先祖もこのあたりの出かもしれない。彼女によく似た女性がいたら写真に撮って土産にしてはどうだ」

「日本の人たちも豆腐や納豆を食べるそうですね」

リマシュがそう尋ねると、マイケルは、ここは自分の出番とばかりに身を乗り出した。

「日本食のことなら僕に聞いてください。ハニ族の人たちも納豆が好物とききますが、もしかして漬物も食べるんですか」

「もちろん、ご飯にもお酒にも漬物は欠かせません。私の母も大根やニガナの塩漬けをいつも作っていました」

マダム・クレアのお勧めは、日本食の元祖といわれるハニ族料理の店かもしれない――マイケルの期待は膨らんだ。

「ハニ族は歌や踊りが好きで、田植えをしながら男女が歌を唄って恋の駆け引きをする風習もあるんです」

「それなら、万葉の相聞歌もまさにそうだ。日本の山深い村々でついこの間まで盛んだった夜這いの風習がいまも遺っていると、民俗学の本で読んだことがある」

リマシュが咳払いをした。レディーの前では不適切な話題だったと察したスティーブンはすぐに口をつぐんだ。

短いトンネルを抜けると、「通関 Tongguan」と記された地名標識が目に飛び込んできた。この町の名前はどこかで聞いたことがある。マイケルは記憶のデータバンクをフル回転させたが、どうにも思い出せない——。

街道沿いには古びた木造二階建ての家屋が並んでいた。屋根の丸瓦がところどころ欠け落ちている。軒下には、破れた竹籠に野菜を並べて売っている老婆たちや七輪にトウモロコシを乗せて竹のうちわで扇いでいる中年女性らの姿があった。客よりも物売りのほうが多く、どの顔もみなくたびれて見える。

小さな町を抜けて十キロほど走ったところで、リマシュが助手席のスティーブンに声をかけた。

「そろそろ、ご指定の場所にさしかかる頃ですが——」

マダム・クレア一押しの名店がこんな辺鄙なところにあるはずがない、とマイケルは思った。ところが、リマシュは減速し、道端に車を止めてサイドブレーキを力いっぱい引いた。

「本当にここでいいんですか」とスティーブンを見て不安げに尋ねた。

「ああ、結構だ。リマシュ、悪いけれど、ここで二時間ほど、いや三時間になるかも。とにかく、きちんとドアをロックして待っていてくれないか」

スティーブンはそう言って、マイケルに車を降りるよう促した。

「さあ、ここからは歩きだぞ」

棕櫚(しゅろ)や芭蕉の生い茂った森へと分け入っていく。

「おい、本当にこの先にレストランがあるのか。これは獣道じゃないのか」

「足元に気をつけろよ、マイケル。たしか故郷のオクラホマで牛の肥溜(こえだ)めに落ちたことがあっただろ」

「どうして、そんなつまらないことまで憶(おぼ)えているんだ」

「肥溜めに落ちた子供は出世する——こんな有名な箴言(しんげん)も知らないのか。君の将来を嘉(よみ)して憶えていたんだ」

「ばかばかしい。ワーテルローの戦いで英仏両軍の配置を記した図まで暗記させ、試験に出題する。いかにも植民地帝国らしい悪(あ)しき教育の犠牲者、それが君だな」

そう言った瞬間、マイケルは足を滑らせてよろけた。スティーブンがとっさに二の腕を摑んで支えた。足元には、棕櫚の葉に隠れるように深い穴がぽっかりと口を覗かせている。

「助かったよ、スティーブン、危うく縦洞窟(どうくつ)に落ちるところだった」

ガサガサと音をたてて、生い茂る下草の隙間(すきま)から燕(つばめ)の群れが勢いよく飛び立っていった。どうやら、そこかしこに地下洞窟があるようだ。

「ミネルヴァのフクロウは黄昏(たそがれ)に飛びたつ。そう、かの法哲学者ヘーゲルの言葉だ。このあたりじゃ、夜の帳(とばり)が降りる頃、コウモリが飛びたっていく」

「スティーブン、君はどうも怪しい。ここらの地理にやけに詳しいじゃないか。前にも来たことがあるんじゃないか。雲南料理を餌(えさ)に、この僕を危地に誘い込むつもりじゃないだろうな」

「余計なことは考えるな、マイケル。でないと飯にありつけないぞ」

スティーブンは振り向こうともせず、棕櫚の林を進んでいく。

こうなったらアボリジナルになったつもりで歩いてやろうじゃないか。

ノイズを立てるな――。タスマニアの山中でアレンにそう教えてもらった。心静かに身体感覚を研ぎ澄ませるなら、大自然に埋もれた道標(みちしるべ)は自ずと見えてくる。頭で考えるのをやめて、いまは黙々と歩いていこう。目に見える風景、耳に入ってくる音、肌を撫でる空気、鼻腔を通る匂い。そのすべてを感覚受容体で受け止めよう。

三メートルほど先に扇形の葉が重なり落ちていた。下に縦洞窟が潜んでいるのかもしれない。ひんやりと湿気た空気が地面に漂い、喉笛のような風の音が聞こえる。だが、生きものの気配はない。

聞こえてくるのは下生えを踏むカサカサという音、そして上昇気流に乗って空高く円を描くトンビの鳴き声だけになった。

ふと空を見上げたその時だった。マイケルの脳裏に文字と数字の配列が立ち現れた。

RaBtCoV/4991

なんということだ。

どうしてもっと早くに思い出せなかったんだ。この俺としたことが――。

この一帯は二年余り前、新たなウイルス感染症の騒動が持ちあがった現場じゃないか。

コウモリ由来の新型ウイルスが発見された、雲南省のTongguanだ。

「スティーブン、君は大切な親友をよくもこんな危ない所によく連れ込んだものだな。きっとマダム・クレアも共犯なんだろう、さあ、潔く白状しろ。雲南に僕を誘うと彼女に話したんだろ」

「ああ、君と一緒だと伝えてある。君が最近フォート・デトリックに移ったことも話した。詳しいことは明かしちゃいないが――」

「それじゃ、僕の身分をばらしたも同然じゃないか。マダム・クレアが大陸と通じるその筋の人間だったらどうするんだ。ふたりとも直ちに拘束されるぞ。彼女はきみの稼業を知っているのか」

「むろん、明かしちゃいないよ。我が国の法と職務規定に触れるからな。マダム・クレアは、雲南の美食の旅を薦めてくれたが、一般の外国人旅行者が行くような観光など僕たちには退屈だろうと、誰も行かない〝コウモリの里〟を紹介してくれた。新しい職場に赴任した君にも将来必ず役に立つといってね。雲南美食旅行のメインイベントとしてフルーツ・コウモリを堪能した方がいい。それにはまず、現地で実物にお目にかかっておくべきだとね」

マイケルは眉間に皺を寄せた。

「スティーブン、中国人は本当にコウモリを食べているのか」

「知らないのか、中国人は四本足のものは机以外なら何だって食う。そして、空飛ぶものは飛行機以外なら、これまた何でも食べる。だからコウモリだって例外じゃない。

ただ、同じコウモリの類いでも、果物を主食にするもの、昆虫を食べているものと様々だが、マンゴーやパパイヤを食べているコウモリの肉はジューシーで堪らなく旨いそうだ。そのせいで、最近では乱獲されて、絶滅危惧種になっているコウモリもいるらしい」

「さあ、先を急ぐぞ」とスティーブンは笹をかき分けて大股で進んでいく。マイケルは、はぁと大きく溜息をついて天を仰いだ。空高く、燕が三羽飛んでいった。だがコウモリはまだ飛び立とうとしない。

注文の多い料理店

ふたりはGPSとマダム・クレアのくれた地図を交互に照らし合わせながら、細い糸のように曲がりくねる小道を進んでいった。

「おい、ヴォクソールのおちこぼれ。サキさんから聞いた話じゃ、子供のころの君は、宮沢賢治の『注文の多い料理店』が好きで、毎晩のように読んでくれとせがんだそうだな。僕もあの物語を英語版で読んだことがある。スティーブン、われわれも〝雲南のキツネ〟に化かされているんじゃないだろうな。〝注文の多い料理店〟じゃあるまいし、こんな山の中に美食の厨房(ちゅうぼう)などあるものか――」

「ロックビルから来たりし田舎者よ、中国にはこんな話がある。紀昌(きしょう)という若者が弓矢の道を究めようと修行し、とうとう無の境地に至った。そして人からなぜ弓矢を持たないのかを問われ、こう答える。至為(しい)は為すなく、至言は言を去り、至射は射ることなし。もっともすぐれた行為は、その行為をなさないことであり、もっともすぐれた言葉は、言葉を発しないと。至高の射術は射ることを超越するところにある。中島敦という早世した作家の『名人伝』にそう書いてある」

「つまりなにも食わない。それが美食の極意だと言いたいのか」

「弓の名人、紀昌は、晩年にはついに弓の名すら忘れてしまったという。以来、邯鄲(かんたん)の都にあっては、画家は絵筆を隠し、楽人は瑟(しつ)の弦を断ったという。その伝に倣って、真の料理人はこんな山奥に籠(こも)っているのだろう。マダム・クレアはそんな厨房を勧めてくれたんだと思う」

　さらに二十分ほど進むと、急に視界が開けてきた。切り立った崖(がけ)の下に、ゆったりと流れる赤い泥土の川が見えた。

「紅河だ。ということは――」

　スティーブンは地図を確認して、中腹に立つ茅屋(ぼうおく)を指さした。

「あそこじゃないか」

したばえの繁茂する山道を下ること十分、草葺(くさぶき)屋根のあばら家にようやくたどり着いた。だが看板ひとつ出ていない。人の形に切り取られた白い紙が数枚、ひらひらと軒先で揺れている。

「魔除(まよ)けだろうか」

マイケルがつぶやく。

「さぁ、わからないが、雲南の山岳民族はほとんど精霊信仰だそうだ」

薄暗い室内からは豚の脂を炙(あぶ)るような香ばしい匂いが漏れてくる。そっと扉を押し開くと、土間に粗末な木のテーブルが四つ置かれていた。昼時だというのに、先客はひとりもいない。

気配を察して、奥から女主人らしき人物が出てきた。かすれた声で何ごとか話しかけてくるが、北京語と広東語を自在に操るスティーブンにもまったく分からない。ハニ族の言葉なのだろうか。ふたりは軽く頭を下げて挨拶をした。テーブルの上にも壁にも単菜(メニュー)らしきものは見当たらない。こっちへおいで、と女主人が手招きしている。

厨房の裏までついていくと、そこには奇怪な光景が広がっていた。

「おい、スティーブン。ここが本当にマダム・クレアお勧めの有名店なのか。ワシントン条約に触れる希少動物の密売屋じゃないのか」

ずらりと並んだ金網の檻には、動物園でも見たことのないような動物が蠢いていた。センザンコウ、ハクビシン、コウモリ、ニシキヘビ、タケネズミ、ジャコウネコ、ワニ、アナグマ、ヤマアラシ、カメ。名前すらわからない小動物もいる。

女主人はひとつひとつを指さして食べるしぐさをしてみせた。どうやら、どれを食べたいのか、と訊ねているらしい。

「マイケル、どれも食用らしいぜ。どれにする」

檻のまえでマイケルは立ちすくんだ。

「僕は、ジャガイモ飢饉のさなかですら浜辺に打ち寄せる海藻を口にしなかったアイリッシュの末裔だ。野蛮な海賊を祖先にもつゲテモノ食いと一緒にしないでくれ」

いまにも逃げ出したい気持ちを必死におさえて、ブリキのバケツのなかでとぐろを巻く大きなウナギを見つけ、「これにする」と女主人に告げた。

スティーブンは、マンゴーを主食にしているという雲南のコウモリに心を奪われているのか、檻のなかでぶら下がる小型のコウモリを食い入るように見つめている。人差し指で檻をカンカンと弾いた。安眠を妨げられたコウモリが「キーッ」と鋭い叫び声をあげた。

「おお、怒れるコウモリはまさにツェンカイのエンブレムだな」

マイケルはスティーブンの手をとっさにつかむ。

命が惜しけりゃ、それだけはやめておけ。新興感染症にかかりたいのか――。

「マイケル、ひとつ教えてやる。中国では蝙蝠（こうもり）の〝蝠〟の音と〝福〟の音が同じfúなんだ。だから、コウモリは幸福を招く縁起物とされている」

「いい加減にしろ。縁起物を食って、天に召されたいのか」

すると海賊の末裔は、すぐ隣のアリクイのような動物に目を移した。

「センザンコウだぜ。鎧（よろい）のような鱗（うろこ）を粉にして肉に振りかける名物料理がある」

「危ないぞ、そんなものを喰（く）ったら――」

いまやウイルス感染症には十分すぎる知識をもつマイケルは、ウイルスの自然宿主を前に立ちすくんだ。スティーブンの瞳が不敵な色に変わっていく。

「おい、臆病（おくびょう）なケルト人よ、怖気（おじけ）づいたのか。ひとたびここに来たからには、センザンコウを食べずにどうする」

だが、メディカル・インテリジェンスの分析官はどう自らを奮い立たせても、食欲が湧いてこなかった。

フォート・デトリック　二〇一五年一月

空飛ぶウイルス工場

二週間におよぶ雲南紀行を終えて、フォート・デトリックの職場に戻ったマイケルは、猛然とRaBtCoV/4991の追跡調査に取り組み始めた。調べれば調べるほど、この雲南ウイルスにのめり込んでいく自分がいた。いや、未知のウイルスに挑む「バットウーマン」に惹きつけられたと言うべきだろう。ときにランチを摂るのも忘れるほどの打ち込みようだった。

「マイケル、ハンバーガーがきょうもまた冷たくなっちゃいますよ。せっかく熱い珈琲も淹れてあげたのに」

このところマーゴはいちだんと優しくなった。どうやら、雲南でお土産に買ってきた翡翠が絶大な効果を発揮しているらしい。先日も日帰りでポトマック川沿いのアナコスティア・ボーリング空軍基地内にあるＤＩＡ（国防情報局）に行ってきたが、その出張精算を進んでやってくれた。時折、翡翠のペンダントをして出勤してくる。

ＮＣＭＩ（国家メディカル・インテリジェンス・センター）の感染症部門。その情報セクションには、世界の各地で発生したウイルス関連の情報が刻々と入ってくる。ケニアの奥地でエボラ出血熱に似た感染症が拡がっている。パリの病院内で発生したクラスターはウイルスを使ったバイオテロの疑いがある——。日々送られてくる雑多で膨大な情報のなかに「雲南発の新型ウイルス情報」も埋もれていた。

二〇一二年四月、雲南省墨江ハニ族自治県の通関から山ひとつ隔てた銅鉱山で凶事が起きた。廃坑になった銅山の坑道でコウモリの糞を掃除していた六人の作業員が高熱を出し、呼吸器の不調を訴えて、昆明医科大学病院に運ばれた。彼らは十年前に広東省を中心に香港、台湾で猛威を振るったＳＡＲＳ（重症急性呼吸器症候群）に似た肺炎に罹っていた。咳をすると血の混じった赤褐色の痰を吐き、呼吸困難の末、三人が命を落とした。

ＳＡＲＳは人類がはじめて経験した、死に至るコロナウイルス感染症だった。コロナウイルスは太陽の光冠を思わせる突起物を持つ。そのため「コロナ」と命名された。

ヒトへの感染が初めて確認されたのは一九五九年。そのときは風邪に似た症状を引き起こすありふれたウィルス感染症にすぎなかった。ところが二〇〇二年に広州から拡がったコロナ系SARSウィルスは、突然、ヒトに牙を剝いて襲いかかった。八千六十九人の患者のうち、七百七十五人が重症の肺炎で死亡している。じつに十人にひとりが命を落とす新興感染症であった。

SARSウィルスは一体どこから来たのか。当時、ヒトへの感染を媒介したのは、ハクビシンではないかと疑われていた。そもそもこの獰猛なウィルスを体内で養ってきた自然宿主は何者なのか、その正体は依然として謎のままだった。それを突きとめようとしていたのが、武漢病毒研究所のチームだった。

そうしたさなか雲南の銅鉱山から凶報がもたらされた。犠牲者が出た鉱山は既に廃業し、閉鎖された坑道はコウモリが棲む洞窟と化していた。打ち捨てられた廃坑にわざわざ作業員を入れて掃除させるのはなんとも不可解ではないか。おそらくコウモリの糞などのサンプルを収集するため送り込んだのだろう。雇い主は、SARSウィルスの自然宿主を突き止めようとしていた武漢病毒研究所の可能性がある――マイケルの情報士官としての勘がそう囁いていた。

この推測を裏付けるように、この廃坑で病人が出ると、武漢病毒研究所は調査チームを現地に派遣している。この探査行を率いていたのが、気鋭のウイルス学者、石正麗（シージェンリー）だった。彼女は自ら防護服にゴーグルをつけ、じめじめとして通気の悪い坑道に踏み込んでいったという。

「廃坑のなかは地獄のように悪臭に満ちていた」

コウモリの糞と真菌に覆われた現場の様子を石正麗自身は後にそう語っている。

調査チームはそれから一年をかけて、六種類、二百七十六匹分のコウモリの血液、唾液（だえき）、糞便のサンプルを採取し、武漢病毒研究所に持ち帰った。ウイルス・ハンターにとって、そこはダイヤモンド鉱山にも匹敵する光り輝く宝のヤマだった。

石正麗チームは、これらの検体から遺伝物質を抽出し、遺伝子配列の解析を試みた。果たして、検体のほぼ半数からコロナウイルスの陽性反応が出たのだった。

そのなかにＳＡＲＳウイルスに似た新種の株も見つかり、「RaBtCoV/4991」と命名された。いつもなら研究者たちは勇んで欧米の一流科学誌に投稿しようとするはずだ。ＳＡＲＳの次なる新興ウイルス感染症が出現した可能性を窺わせる発見である。同時に、内外の公衆衛生当局にも通報すべきだったろう。ＳＡＲＳウイルスは中国国内に留（とど）まらず、東南アジアや北米大陸でも多くの犠牲者を出したのだから。

ところが、中国当局はこの時、ＷＨＯ（世界保健機関）に新たなウイルス感染症が雲南で発症した可能性があることを報告していない。同じ年の九月には、SARSに続く新興のコロナウイルス感染症がサウジアラビアやヨルダンで発生していた。後にMERS（中東呼吸器症候群）と命名され、国際社会に大きなインパクトを与えた感染症だ。中国当局の一連の対応はなんとも不可解だった。

コウモリはコロナウイルスの重複感染を引き起こしていた——一連の報告書を読み進んでいたマイケルは、このくだりに釘付けとなった。

洞窟に棲息する六種類のコウモリたちは、体内に宿しているコロナウイルスの遺伝情報を頻繁に交換し、新たなコロナウイルスに変貌させている。その意味するものはまさしく衝撃だった。こうした変容を繰り返すうちに、SARSのようにヒトに感染してスピルオーバーを引き起こす危険なコロナウイルスが誕生した可能性を窺わせていたからだ。

「雲南のコウモリたちは〝空飛ぶウイルス製造工場〟じゃないか」

新参のメディカル・インテリジェンスの分析官は、雷鳴に打たれたようにしばし椅子から立ち上がることができなかった。

「マーゴ、頼む、とびっきり熱いブラック珈琲を淹れてくれ」

フォート・デトリック基地のエンブレム入りのマグカップがデスクに置かれても、

額に汗を滲ませたマイケルはしばらく手を伸ばそうともしなかった。

この退屈な職場では何事も起こるまい、少年野球チームの監督に専念するぞ――そう思い定めていたマイケルの前途は、いまや不吉きわまりない翳に覆われようとしていた。石正麗チームから立ち上る「武漢発のインテリジェンス」は、新たな情報戦の幕開けを告げる号砲だった。

蝙蝠女の誕生

銅鉱山で事件が起きた翌年、二〇一三年は、石正麗博士に輝かしい成果をもたらす画期的な年となった。

「キクガシラコウモリこそSARSウイルスの自然宿主である」

この年の十一月、石博士は著名な科学誌「ネイチャー」に論文を発表した。苦節十年、この新興感染症を湛えてきたレゼルボア、知られざる貯水池がキクガシラコウモリだと突き止めたのである。

石正麗は一九六四年に河南省西峡で生まれ、少女時代から空飛ぶ哺乳類（ほにゅうるい）コウモリに魅せられてきた。迷わず武漢大学の生物系遺伝学科に進学し、八七年に卒業するとそのまま中国科学院の武漢病毒研究所に入っている。ウイルス学者の卵となり、九〇年には修士号を得た。その後、ウイルス研究で名高いフランスのモンペリエ第二大学に留学し、二〇〇〇年にはウイルス学で博士号を授与されている。そのまま古巣の武漢病毒研究所に戻って、コウモリ由来のコロナ系ウイルスの研究一筋に打ち込んできた。

ウイルス・ハンターとなった石正麗は帰国早々、願ってもない僥倖に恵まれた。二〇〇二年の十一月、中国南部でSARSウイルス感染症が発生したのである。これ以降、新興感染症を引き起こすウイルスの自然宿主を突き止めることが彼女のライフワークとなった。

広東省、広西チワン族自治区、雲南省南部の亜熱帯地方を踏破し、憑かれたようにコウモリのサンプルを採取し続けた。コウモリの多くは、切り立った崖にある狭い洞窟をねぐらにしている。地元の村人に案内され、何時間も山中を歩き、岩の狭い割れ目に身体を入れて匍匐前進する。三十を超える洞窟を探索しながら、たった十四のコウモリしか見つからないこともあった。夕暮れ前に洞窟の入り口に網を張り、夜行性のコウモリが餌を求めて飛び立つのをひたすら待つ。捕獲すると、その場で血液や唾液のサンプルを採取する。作業はいきおい深夜に及んでしまう。短い睡眠をとった後、翌朝早くに再び洞窟に入って尿と糞便を漁る日々が続いた。だが、こうして集めた検体からもコロナウイルスの遺伝物質は見つからなかった。

コウモリはＳＡＲＳウイルスの自然宿主ではないのかもしれない——そう諦めかけていた或る日、武漢病毒研究所の別の研究チームがＳＡＲＳ患者の抗体検査キットを使ってみてはどうかと提案してきた。コウモリにヒトの抗体検査が果たして有効なのかはわからない。だが、苦境にあった石正麗には、どんな試みでもやってみる他に道は残されていなかった。

コウモリが過去に一度でもコロナウイルスに感染していれば、抗体は少なくとも数週間から数年は体内に残る。果たして、抗体検査を試みると、驚くべき結果があらわれた。三つのキクガシラコウモリの検体から何とＳＡＲＳウイルスの抗体が見つかったのである。これらを詳しく調べれば、コロナウイルスのゲノム配列を突き止めることができる。

石正麗博士のチームは、一つの洞窟に絞って徹底した調査を行った。雲南省の省都、昆明の郊外にある燕子洞だ。この探査行が、五年の歳月を経て、ようやく報われることになる。この縦穴洞窟に棲むキクガシラコウモリから、ＳＡＲＳに罹った広州のハクビシンとほぼ同じゲノム配列のコロナウイルスが確認された。こうしてＳＡＲＳの自然宿主がキクガシラコウモリであることが解明された。石正麗博士はこの功績によって〝バットウーマン〟の名で呼ばれるようになり、コロナウイルス研究界の女王となった。

「コウモリ由来のコロナウイルス群は遺伝子を交換しあうことで次々に新しいコロナウイルスを誕生させる。そのなかには、ヒトにスピルオーバーして新興感染症を引き起こす危険なウイルスも生まれてくる。こうした新型のコロナウイルスが私たちに襲いかかる前に先手を打って備えなければならない」

石正麗博士は論文を通じてそう警告した。

自然界で突然生まれる新たなウイルスに備えて、ワクチンや新薬の研究をしておく。そのためには、最先端の遺伝子テクノロジーを駆使して、新たな遺伝子組み換えウイルス群を人工的に創り出し、ヒトへの感染力と毒性を確かめておかなければならない。こうした実験は「機能獲得」と呼ばれ、ウイルスの感染力や毒性を高める研究と表裏一体とされる。

ところが、昨年の十月にオバマ政権が下した決定は、〝バットウーマンの警告〟に真っ向から反するものとなった。政府は「機能獲得」研究への資金提供を、安全性を確保する仕組みが整うまで一時的に凍結すると発表した。現状では、研究施設から遺伝子を組み換えたウイルスが流出して、新たなパンデミックを引き起こす恐れがあるというのだ。この通達により、アメリカ国内で進められていた二十一件の「機能獲得」プロジェクトは中断となった。

「オバマ・モラトリアム」が解かれるまで、コロナウイルスの研究を止めずにどうやって凌ぐか。コウモリ由来のコロナウイルス研究を高度なレベルで進めている専門機関は、世界にたった三つしかない。ノース・カロライナ大学チャペルヒル校、テキサス州ガルヴェストン国立研究所、そして武漢病毒研究所だ。米国の二つの施設で研究が継続できなければ、武漢病毒研究所と連携する他に道はない。これがNIAID（国立アレルギー感染症研究所）を統率するアンソニー・ファウチ博士の判断だった。

ファウチ博士が米側の窓口として選んだのは「エコヘルス・アライアンス」。ニューヨークの非営利組織だった。一九七一年の創設以来、新興感染症から人々の健康と野生動物を守るため、グローバルな規模で様々な研究に取り組んできた実績がある。二〇〇八年以降は、NIHから助成金を得て、コウモリ由来のコロナウイルスの解明に取り組んできた。代表のピーター・ダシャック博士は、武漢病毒研究所の石正麗博士と共同でSARSウイルスの自然宿主を突き止めた業績でも広く知られている。

ふたりは、動物からヒトにうつる人獣共通感染症に対する強い危機意識を分かち合い、コロナウイルスをテーマに数多くの論文を共同執筆してきた。こうして、アメリカはコロナウイルスの機能獲得の研究を中国政府が管轄する武漢病毒研究所に委ねることになった。

最悪の事態をこそ想定し、それに備えておけ——インテリジェンスの師、ブラックウィル教授の言葉だ。研究者の誠意や倫理観など、強権体制を敷く中国のもとではいとも容易く飲み込まれてしまう。マイケルは、コロナウイルスを巡る米中連携が引き起こすかもしれない最悪の事態を思い描いて慄然とした。

アメリカ政府の資金とノウハウが中国に移転され、未知の生物化学兵器が極秘裏に開発・製造される可能性を誰が否定できるのか。遺伝子を組み換え、猛毒性を備えたウイルスが漏洩し、未曽有のパンデミックを引き起こしてしまう。全世界に新興感染症が蔓延するなか、中国だけが感染を免れるワクチンと治療薬を手にしている——こうした最悪のシナリオが現実になった時、いったい誰が責任をとるというのか。

マイケルの照準は、ダシャック博士の「エコヘルス・アライアンス」と石正麗博士の「武漢病毒研究所」に絞られていった。タスマニアで天啓に打たれ、メディカル・インテリジェンス・オフィサーに転身したが、これも天の配剤なのかもしれない。

「運命は最もふさわしい場所へと君の魂を運んでいく。シェイクスピアもそう言っているじゃないか」

かつて、スティーブンに言われた言葉を思い出した。

龍王の行方

香港　二〇一五年二月

春節を祝う花火が、ヴィクトリア・ハーバーの海面をオレンジ色に染めあげている。湾上に浮かぶ三隻の船から二十三分の間に二万三千八百八十八発の花火が打ち上げられた。広東語では、「八」と「三」は「発財（はつざい）」、儲けを連想させて縁起がいい。香港の街は賑々しい音曲に包まれ、人々は春節気分に浮き立っている。

明けて翌日のハッピー・ヴァレー競馬場も、新春の初レースで運試しをしようという人々で溢れかえっていた。ふだんは馬券を買わない人たちも、この日ばかりは新しい年の運勢を占おうと詰めかける。ゴール板には「農歴新年賽馬日 Chinese New Year Raceday」と麗々しいアーチが掲げられていた。

「新年好、スティーブン」

振り返ると、目もあやな紅いチャイナドレスを着たマダム・クレアだった。

「新年快楽、マダム・クレア。年開け早々お目にかかれるなんて、幸先がいい」

スティーブンはとびきりの笑顔で応えた。

「年の瀬はなにかと慌ただしくて、美食紀行の話を聞きそびれていたわ。どう、雲南料理は堪能してくれたかしら。あなたはゲテモノ好みだからいいとして、アメリカからのお友達は大丈夫だった？」

「ええ、美食リストのおかげで野禽の珍味をたっぷりと味わってきました。ただ、臆病なオクラホマ男に羽交い絞めにされて、センザンコウに挑めなかったのが心残りでしたが」

マダム・クレアに勧められたコウモリの探索行には敢えて触れなかった。なぜふたりをあの洞窟近くへと誘ったのか。彼女の真意は未だ謎だった。

「ところで、スティーブン、最初のレースはどの馬に賭けるおつもり？」

「新年の運試しですから、一番の〝シークレット・アイデンティティー〟に」

マダム・クレアは電光掲示板に目をやった。

「なるほど、あなたにぴったりの名前ね。八番人気でオッズも十八倍。騎手はミルコ・デムーロ。幸運を祈っているわ」

「あなたはどの馬に」

「私は香港流に縁起のいい馬番とオッズに賭けるつもりよ。馬番が八、オッズも八倍、リリックエースに。いい名前だわ」

「あなたのような方でも縁起を担ぐんですね。すべてを自力で、計ったように運ぶのがミッシェル・クレア流だと思っていました」

「私だって神頼みくらいはするわ。ただし年に一度だけ。毎年、この春節のレースで一年の運勢を占うと決めているの」

「心想事成――マダム・クレアの願いが何卒叶いますように」

ふたりはエールを交わして別れた。

果たして、八番のリリックエースがぶっちぎりでゴール板を駆け抜けた。外枠から見事なスタートダッシュを決めてハナを奪い、他馬を寄せ付けなかった。スティーブンのシークレット・アイデンティティーはゲートで躓き、見せ場もなく最下位に沈んでしまった。

「小吉より大凶がいい」

おみくじだってそのほうがいいとサキも言っていた。直線で惜しくもかわされて負けるより、どん尻のほうが運気は上がるばかりだ。そう自分を慰めていると、勝利の女神が微笑んだマダム・クレアは、払い戻し窓口で札束をクラッチバッグにしまい込んでいた。

光の矢に射られたようにひらめいたのはその時だった。

自分としたことが、どうして気づかなかったのか。カネの流れを追いかけてみるべきだったんだ。二〇一二年暮れの香港スプリントで、マダム・クレアは、龍王の単勝に張って大金を摑んだ。そのカネの行方(ゆくえ)を丹念に追っていけば、彼女の企図を突き止められたものを。いまからでも遅くはないと自らを励ました。

パトリック・マーフィーの親方に相談してみよう。マーフィーはアイルランド巡回競馬のブックメーカーだ。くたびれたブルドッグのような二重顎(あご)、緑色のやんちゃな瞳、着古したドネガルツイードのジャケット、チェックのハンチング帽。風貌も中身も、これぞ賭け屋としか言いようがない。あの親方なら無理な頼み事も聞いてくれるはずだ。ロンドンのブックメーカーに渡りをつけてもらおう。

香港時間の夜、アイルランドが午後二時になるのを待って電話をかけてみた。

「ハロー」としわがれ声が応えた。背後には客寄せをする男たちの野太い声が響いている。マーフィーの親爺も木箱に立ち、でっぷりと突き出た腹に大きな蝦蟇口の鞄をぶら下げて客を呼び込んでいるのだろう。

「親方、スティーブンです。ご無沙汰しています。今日の開催はどこですか」

「パンチスタウンだ。こんな寒い時分にレースをやってるのは、こことダンダークくらいだぜ。ところで急に何だ、沙田ですっからかんになったんか、それとも、目当てのレースでもあるんか。それなら、次の障害レースの三着が狙い目だ」

くぐもった声でまくしたてる。早口で知られるアイリッシュのなかでもマーフィーの親爺は弾丸級のスピードだ。

「それじゃ、その三着に。親方お薦めの穴馬に百ユーロお願いします。いつものように送金しておきます。ところで、折入って頼みがあるんですが」

ロンドンのブックメーカーにジョナサンというマネージャーがいる。彼に繋ぎを願いたいと持ちかけた。

「スティーブン、あんたになら力を貸してやってもいい。まぁ、探して見つからんこともないだろう。ただ、一つだけ条件がある」

「何なりと」

「例のマイケルはまだ独りもんか」

「はい、そうですが」

「それなら、わしの仕事を手伝ってみないかと伝えてくれ。なーに、いまの稼業に愛想が尽きたらでいい。賭け屋もネットで稼ぐ時代になった。しかも仮想通貨だの、電子決済だの、わしにはさっぱり訳が分からん。娘のアシュリンもまだひとり身だ」

スティーブンは、マイケルには必ず伝えますと約束して電話を切った。

マーフィーの親爺は早速ロンドンのブックメーカーに当たってくれた。

ジョナサン・ウォーカーと名乗る管理職は「個人情報は決して口外が許されておりませんのですが――」とくどくどと前置きした末に、「香港のマダムは私どもにとって大切なお客様でして、これからもいいお付き合いをと願っておりますので、送金先の詳細は勘弁ください。とはいえ、他でもないマーフィーさまからのお話です」と慇懃な言い訳を繰り返した。そしてようやく「お足の行先は、時間に正確で、退屈きわまりない街へ、とだけ申し上げておきましょう」とヒントを仄めかしてくれた。

その口ぶりからして、送金先はカリブ海やマン島のオフショアではない。ヨーロッパで「退屈きわまりない」といえばスイスに決まっている。二〇一二年、香港スプリントの払戻金は、この慇懃なブックメーカーからスイスへ送金されたにちがいない。

送金先はおそらくプライベート・バンクだろう。

かつてヴォクソールで或る作戦を共にしたアルメニア系フランス人に連絡してみた。いまは信用調査会社のエージェントをしている。香港の上客を紹介することを餌に送金を洗ってもらうことにした。麻薬絡みの資金洗浄の調査だと匂わせ、ヴォクソールの現役に当たってくれと頼み込んだ。スイス銀行は鉄壁の守秘義務で知られてきた。だが、近頃は厳しい国際世論に押されて、捜査当局からの情報開示の求めにはそれなりに対応するようになっている。

五日ほどしてアルメニア男から連絡があった。ロンドンのブックメーカーに登録されたミッシェル・クレア名義のアカウントから、二〇一二年十二月二十九日、スイスのジュネーブにあるプライベート・バンク「デュフォー」にポンド建てで二十五万ポンドが送られていたことが判明した。口座名義人は表示されない匿名口座だ。

その後も数回にわたってロンドンからまとまった金額が送られているという。口座を管理する代理人は、ジュネーブの弁護士事務所だった。だが、これだけなら、中東の王族やロシアの新興財閥（オリガルヒ）がオフショアに資産を預けて運用するのと変わらない。

スティーブンがジュネーブの伝手を辿って調べたところ、彼女の代理人の弁護士は、医薬・ヘルスケア部門を専門としていることが分かった。ノヴァルティスやロシュといった大手医薬品メーカーが本拠を構える製薬業界の都、バーゼルに「メディテック・イノーヴァ」という財団法人を設立していた。定款には「先端的なバイオテクノロジーの研究開発に資金助成を行う」と記されており、理事長はミッシェル・クレアだった。ウェブサイトによれば、助成プログラムは二〇一三年に始まり、これまで五十万ユーロから百万ユーロ規模の資金が、シンガポール、フランス、イギリスの研究所に拠出されている。自分としたことが、フィランソロフィーの分野でマダム・クレアの活動を調べておくべきだった。

龍王マネーは、複雑な送金ルートを経て、医療バイオ研究の助成金に姿を変えていた——マダム・クレアが密かに築きあげた迷宮の一端を垣間見て、情報士官の闘争心に灯がともった。

法王庁の抜け穴

マダム・クレアはバーゼルに医療関係の財団法人を設立し、いったい何を目論んでいるのだろうか。ここはメディカル・インテリジェンスオフィサーの出番だ。スティーブンはフェイスタイムを使ったビデオ電話でマイケルを呼び出した。

「おい、マイケル、大変な朗報だぞ。リタイア後に君を引き受けてくれるという職場が見つかった。先方は君の専門知識を高く買っている。量子暗号技術を使った電子決済システムに通じていることが決め手らしい」

「もったいぶらずに早く言え、香港マフィアからの誘いじゃないだろうな」

「いや、それよりはうんと筋がいい。マーフィーの親方からの話なんだ。じつは、マダム・クレアの送金ルートの解明で一方ならぬ世話になった。ぽっちゃりしたアシュリン姫もまだマイケルにご執心らしいぞ。ここは真剣に考えてくれると、僕の顔もたつんだがなあ」

「朝っぱらから、そんな与太話に付き合っているヒマはない。これから出勤だ、切るぞ」

「待ってくれ、マイケル、頼みがあるんだ。マダム・クレアは、スイスのバーゼルでメディテック・イノーヴァという財団を運営している。バイオ関連の研究助成を活発にしているらしい。助成先のリストも手に入れた。どんな研究分野にカネを出しているのか知りたいんだ。機密保持を施したメールで助成先の一覧を送信するから、至急調べてくれないか」

「わかった。リストを送ってくれ。じつは僕も気になって、あれからずっと雲南コウモリを追いかけているんだ。新しい職場で挑むに値するターゲットがようやく見えてきたような気がしている。それにしても、僕らはふたりして、マダム・クレアの掌の上で踊らされている気がする。コウモリが棲む洞窟周辺に行くように仕向けたのも彼女じゃないか」

ビデオ電話の翌々日、一回目の回答文が届いた。量子暗号を使った通信システムで送られてきたのだが、別ルートで届いた手順書に従って平文にするのにひどく手間取った。まあ、それだけの価値がある情報なのだろう。調査結果はマイケルらしく簡潔にまとめられていた。

メディテック・イノーヴァから資金提供を受けたプロジェクトには共通項が二つ。

Ⅰ．コロナウイルスの「機能獲得」の研究テーマに限定されていること。機能獲得研究とは、コロナウイルスの遺伝子を操作して、感染力や病毒性を高める研究、実験をいう。米政府は二〇一四年十月以来、ウイルスの市中漏洩の恐れがあるとして一時的に凍結している。

Ⅱ．中国の国立科学院・武漢病毒研究所との共同研究に限定されていること。

当研究所はコウモリ由来のコロナウイルスの研究では世界トップクラスで、ウイルスのサンプルと遺伝子配列をどの研究施設より多数保有している。コロナ研究のリーダーは、二〇一三年にＳＡＲＳウイルスの自然宿主を解明した〝蝙蝠女〟こと石正麗博士。

スティーブンは盗聴防止の装置を施した回線でマイケルを呼び出した。

「報告を読ませてもらった。君があげている二つの共通点は、さて、何を意味すると思う」

「それはまだなんとも言えない。はっきりしているのは、マダム・クレアがコウモリ由来のコロナウイルスに関わる〝機能獲得〟に絞って、しかも武漢病毒研究所との共同研究に限ってカネを出していることだ。助成金はジュネーブのデュフォー銀行からバーゼルの財団を経由し世界各地の研究施設へ流れている。〝クレア・マネー〟の最終仕向け地は武漢病毒研究所だ」

マダム・クレアは手の込んだ仕組みを使って秘密裏に故郷武漢の病毒研究所にカネを送っている。表向きは反大陸派を装ってはいるが、実のところ、習近平体制の回し者なのかもしれない――そんな疑念がスティーブンの胸中に芽生え始めた。だがその一方で、それを必死で打ち消そうとする自分がいた。

マイケルが低い声で付け加えた。

「ここだけの話なのだが、じつはアメリカ政府も武漢病毒研究所に資金を提供しているんだ。それがどんな事態を引き起こすか、僕もそれを追っているところだ」

マイケルによれば、アメリカ政府は、ニューヨークにある「エコヘルス・アライアンス」という非営利組織を通じて武漢病毒研究所に資金を提供しているという。そして、この密やかな米中連携がアメリカの情報活動に思わぬ果実をもたらしていると打ち明けた。

「僕のようなメディカル・インテリジェンス分野の新規参入者にはちょっとした驚きだったんだが、米中の関係者の間ではじつに闊達（かったつ）な情報のやりとりが行われている。こうした医学分野は、内容が専門的で難解なせいもあって、中国の公安当局の眼が届きにくいんだろう。機密保持のセキュリティがきわめて甘い」

スターリン支配下の冬の時代を生きたソ連の科学者たちは、アメリカに住む研究者仲間にありきたりの私信を出すことすら命がけだった。KGBに手紙を開封され、厳しい検閲に晒（さら）される。西側機関への内通を疑われれば、強制収容所行きは免れない。それゆえクリスマス・カードを送ることさえためらったという。

冷戦期のインターネット・テクノロジーは、長距離核ミサイルをピンポイントで敵に命中させる重要な通信ツールだった。そのＩＴ技術がいまでは広く一般に開放され、ウイルス情報もインターネットを通じて各国を飛び交っている。治安当局が課す制約などなきに等しい。

「ひとたび新興感染症が発生すれば、速やかに国際的な防疫網を敷かなければならないからな。ウイルス研究の分野に限っていえば、米中の感染症専門家たちは、研究データを公表し合い、自由に意見を交わし、共同で論文を執筆している」

「なるほど、政治、経済、安全保障の分野じゃ、そうはいかない」

「われわれはこれを〝法王庁の抜け穴〟って呼んでいる。この分野に限れば、高い壁で幾重にも封印されている米中に地下の抜け道があるようなものだ」

マイケルは、ＮＳＡ（国家安全保障局）の協力で、米中の間を行き交う「ウイルス通信」を傍受しているのだろう。メールという名の情報の大河を遡上することで、国家の安全保障に繋がる機密情報を入手し、枢要なインテリジェンスを紡ぎ出しているに違いない。

「スティーブン、親しき仲にも礼儀ありだ。土産は用意しているんだろうな。貴重な情報は、すべからく等価交換とすべきだぞ」

「冷たい戦争は遠景に去っていく。かつては、核ミサイルの情報こそが米ソ両超大国の命運を握る、もっとも価値あるものだった。だが二十一世紀のいまは、ウイルスに関するインテリジェンスがそれと同等の価値を持つ。マイケル・コリンズ氏の先見の明には恐れ入ったよ」

「そんなお世辞を聞きたいわけじゃない。メシの種になるネタはないのか。でなければ、今後、反対給付は控えざるをえないな」

スティーブンはやれやれと溜息をついた。

「マイケル、このインテリジェンスは高くつくぞ。たっぷりとお返しをしてもらう。貴重な情報は等価交換が原則だと言ったのは君だからな」

スティーブンが差し出したのはマカオのカジノ「リスボア」に絡む、とっておきのネタだった。リスボアの支配人は常にダブルのスーツを着こなしている小柄な伊達男。湾仔の「柳燕」に月に二、三度は姿を見せ、スティーブンとも顔見知りだ。

「金曜日の夜は万事よろしく」

マダム・クレアが支配人を見送った折、小声でそう囁くのを耳にした。博才のある彼女がなぜかマカオのカジノには足を踏み入れない。あれほどの度胸だ。バカラをやらせればひとかどの勝負をするだろうに。なにか思うところがあるのだろう。

　スティーブンはその金曜日の夕方、高速フェリーでカジノ・リスボアに出かけてみた。玄関に到着するとすぐにハイローラー用の特別室に案内された。まだ時間が早いせいか客はまばらだった。スティーブンはルーレットで小さく勝負し、オンザロックを注文してバーカウンターでしばし寛いでいた。

　午後七時頃、黒い革ジャンパーを着た五十絡みの男がせわしげに入ってきた。髪を短く刈りあげ、黒革の鞄をぶら下げている。その野暮ったい服装と大股の歩き方からみて大陸の客にちがいない。内ポケットにも札束を入れているのか、胸元が大きく膨らんでいる。

「ビールをくれ」と北京語で言うと、バカラのテーブルに着いた。少額を賭けてその日のツキを占っているらしい。

　夜も更けて、ルーレットの周りに大勢の客が集まりだすと、男は鞄から札束を取り出して、百香港ドルの高額チップに替えた。黒の数字を中心に張っていった。ディーラーの放ったルーレットの玉はそのまま黒の「8」に吸い込まれていった。周りの客たちから歓声があがる。

　一進一退を繰り返すうちに男の百ドルチップは底をついてしまった。すると、面倒になったという顔つきで鞄からビニール袋に包んだ札束を取り出し、「黒に」とディーラーに告げた。

鋼鉄の玉は黒の「13」に落ち、男には二倍になった札束が支払われた。

「ステイ」

こんども黒の「13」が出て、客たちはどよめいた。

スティーブンはこの男から眼が離せなくなってしまった。ディーラーともマンダリンで気さくに話をしている。給仕頭を捕まえてチップをはずんで尋ねてみたという。

「マイケル、この男はどこから来たと思う。武漢だ。武漢の生鮮市場に魚や肉を卸している会社の総経理だったんだ」

午前零時を過ぎる頃から、男の負けが膨らんでいった。だが、彼は何事もなかったようにビニール袋の札束を賭け続け、あらかた使い切ってしまった。それなのに落胆する気配もなく、悔しがる素振りも見せなかった。

「マイケル、もうわかっただろ。この男は負けるためにマカオに来ていたんだ」

「そんなばかな、いくら賄賂(わいろ)で儲けた金だって、博打ですって喜ぶ奴などいないはずだ」

「ところが奴はそうじゃない。負けなければ困るんだ」

この特別室の顧客はカジノ側から特別なサービスを受けられる。負けた金額の三割がスイスのプライベート・バンクの口座にキャッシュバックされる仕組みになっている。オフショアへの送金と運用を請け負う白手袋を雇える超富裕層はともかく、常の中国人が金融資産を海外に持ち出すのは難しい。たとえ送金できたとしても、後で当局から追及される危険がある。

「カジノでどんなに大負けして胴元に大金を貢いだとしても、クリーンなドル建て資金を海外の銀行で受け取れるなら御の字なはずだ。この特別室を紹介したのはマダム・クレアだろう」

「いったい彼女と武漢の生鮮市場の男にどんな関係があるんだ。ゆすられているのか、それとも何か見返りでもあるのか」

「彼女のことだ、武漢に潜ませた私設エージェントとして使っているのだろう。調べてみたんだが、この男の会社は、武漢病毒研究所に実験用のモルモット、マウス、フェレットなんかも供給している。研究所の関係者をしばしば接待して、内部の情報を仕入れているらしい。それはマダム・クレアにも流れている」

「おいおい、マダム・クレアは僕らと同業者なのか」

「いや、彼女がどこかの機関と直につながっている形跡はない。マダム・クレアの情報網は極めつきだが、一匹狼だとみていい。ひとつだけはっきり言えるのは、あらゆるベクトルが、彼女の生まれ故郷、武漢を指している。すべての道は武漢に通ず——どうだ、マイケル、面白くなってきただろう」

ニューヨーク　二〇一五年三月

チャタレー夫人と共に

パラダイスとは図書館のようなものにちがいない——本をこよなく愛するアルゼンチンの詩人、ホルヘ・ルイス・ボルヘスはそう呟(つぶや)いたという。旅と本が好きな人たちにとって楽園のようなホテルがニューヨーク・マンハッタンにある。その名も「ライブラリー・ホテル」。

マディソン・アヴェニューとイースト四十一丁目の角に建つ十四階のホテルは、客室が図書館の分類法に従って「天文学」「古典文学」「言語学」などと名づけられている。すぐ近くにはニューヨーク市立図書館があり、そのライブラリアンをながく務めたひとが、在職時から想を温めてつくりあげたユニークなホテルだ。

作家、編集者、ジャーナリストによなく愛されている摩天楼のオアシスなのである。ニューイングランドのタングルウッドやノース・カロライナのブルーリッジマウンテンといった自然豊かな森に仕事場兼自宅を構えて執筆に励む作家たちもこのホテルの常連客だ。彼らは朗読会やインタビューでニューヨークを訪れると決まってここ「ライブラリー・ホテル」に逗留(とうりゅう)する。

泊まり客はそれぞれの「書斎」に旅装を解くと、誰もが二階に降りてくる。そこにも天井まで書棚が設(しつら)えられ、六千冊もの本が並んでいる。なんとも居心地がいいリーディング・ルームなのだ。

『レトロウイルスと人類の進化』。キーラの新刊本がこの夏、プリンストン大学出版局から刊行されることになった。その打ち合わせでキーラがニューヨークへやってくると聞き、マイケルはメルボルンで世話になったお礼を兼ねて、一足早い出版祝いのディナーを企画した。スティーブンもビジネスを名目に香港からやってくるという。

「マイケル、ディナーのセッティングは僕に任せてくれ。それと、この機会にNIH

のハワード・フローリー博士を招いてはどうだろう。キーラも原稿で世話になったそうじゃないか」

その日、スティーブンは「考古学の間」に泊まり、フォート・デトリックから来た親友にも部屋を見繕った。夕日が差し込むデン・テラスで本を広げるスティーブンを見つけて、マイケルが嬉しそうに歩み寄ってきた。キーラに会える、そう思っただけで自然と笑みがこぼれるのだろう。

〝香港から来たスパイ〟は部屋のカギを黙って差しだした。

「ひとまず部屋に荷物を置いてシャワーを浴びてくるよ。ほら、例のヒビクレンズもちゃんと持ってきたぜ」

マイケルは黒いビジネスリュックから強力な殺菌剤を取り出し、自慢げに披露した。

それから二十五分、マイケルが戻ってきた。

「スティーブン、きみの部屋は」

「ああ、考古学だよ」

「どうして、僕の部屋がポルノグラフィーなんだ」

「僕が指定したわけじゃない。ここの支配人は、泊まり客の人品骨柄を見定めて、部屋を決めるらしいぜ。君にぴったりじゃないか」

部屋には『ファニー・ヒル』『チャタレー夫人の恋人』『金瓶梅』『アラビアンナイト』『卍（まんじ）』と古今東西の名作が選りすぐってあるという。

「君はひとり身だ。誰に遠慮するものか。チャタレー夫人と心置きなく一夜を共にするがいいぜ」

「やめてくれ、キーラにはチャタレー夫人の部屋のことは言ってくれるな、いいな」

ほどなくしてリーディング・ルームに小太りの紳士があらわれた。アメリカの医学研究の最高峰、ワシントン郊外のＮＩＨ（国立衛生研究所）にいるハワード・フローリー博士だった。

「やぁ、マイケル、久しぶり。キーラのバウンド・プルーフを送ってくれてありがとう。早速読ませてもらったが、大胆な仮説が説得力のある例証に支えられている。じつに面白い本に仕上がったね」

マイケルは、少年野球チーム「バイオシールズ」でショートを守るイーサンの父、アラン・マカリスターの紹介でフローリー博士と知遇を得た。ふたりはノース・カロライナ大学チャペルヒル校でともに学んだ間柄だという。アランはその後、フォート・デトリック基地で薬学者として炭疽菌研究に取り組み、フローリー博士はＮＩＡＩＤ（国立アレルギー感染症研究所）でウイルス・ハンターとなった。専門はコウモリ由来のコロナウイルスだ。いまではＮＩＨの研究幹部として感染症部門を束ね、傘下の研究機関を監督している。

「草稿に目を通していただいて、キーラもとても感謝しています。こちらは留学時代、オックスフォードで一緒だった友人です」

スティーブンは満面の笑みを浮かべて手を差しのべた。

「スティーブン・ブラッドレーと申します。香港から参りました。どうぞよろしく」

「こんなに堂々と握手をしてくれるとは、なんと剛毅な紳士だ。この国じゃ、あのＳＡＲＳ騒ぎ以来、コロナウイルスを扱うコウモリ男と敬して遠ざけられているのですから」

そう言って小柄な身体を震わせて朗らかに笑った。

機能獲得の揺らぎ

三人は肩を並べてホテルの一階に降り、ビストロ「マディソン＆ワイン」でブルックリンの地ビールを飲みながらキーラの到着を待つことにした。メルボルン便の到着が遅れ、タクシーでマンハッタンに向かっているという。

「マイケルは見てくれとは違い、トルーマン・カポーティのファンでして——というより、柄にもなく『ティファニーで朝食を』のホリー・ゴライトリーに惚れているんですよ。オクラホマ生まれの男にとって、テキサス・チューリップから出てきた美女は高嶺の花なんですがね。それで、カポーティがお気に入りだったホテル・アルゴンクィンのバーでマティーニを飲もうと今夜の宿も近くのライブラリーにしたというわけです。幸いマイケルにピッタリの部屋が見つかりました」

ここからどんな曲芸を演じて獲物を射程に入れるつもりか——スティーブンのお手並み拝見とマイケルは会話の成り行きを見守った。

「香港にやってくる中国のビジネスマンや学生には、カポーティや村上春樹を中国語の訳で読んでいる連中も多いのですが、果たして彼らは都会暮らしのアンニュイをどう受けとめているのか——」

フローリー博士は生真面目なひとらしく、スティーブンの迂遠な導入に我慢強く付きあっている。

「東西冷戦の幕が下りると、アメリカは中国とはいたずらに対立すまいと考えたのでしょう。互いに交流を深めることで、中国の強権的な体制を変えていこうとしました。いわゆる〝関与政策〟なるものです。あの中国を資本主義のシステムに引き込み、内側から民主化させようと目論んだのですが、なんともアメリカらしいナイーブな試みでした」

「あなたはナイーブとおっしゃるが、それがアメリカという国の良さでもあるのです。もっとも楽観的すぎると欠点にもなりますがね。いずれにせよ、結果としては、ことはうまく運ばなかった。中国はそう簡単には変わりませんよ。まあ、千年ほど時間をかければ別でしょうが」

中国が西側と経済的なつながりを深めていけば、政治の体制も少しずつ民主主義に近づいていく。そう考える関与政策の信奉者は民主党系の外交戦略家たちに多かった。しかし、二〇一〇年代に入り、経済力を一段とつけた中国は、内にあってはウイグルやチベットへの弾圧を強め、外にあっては海洋・宇宙強国を呼号して外洋・宇宙空間にせり出していった。

「ところが、対外政策の〝絶滅危惧種(きぐ)〟たる関与政策がいまでも生き残っている稀(まれ)な分野があるんです。フローリー博士、あなたも携わっておられるウイルス感染症の連携プロジェクトがそうではありませんか」

ジョンブルはやっぱりタチが悪い――サキさんもそう言っていたぜ。マイケルは内心でそう呟きながら、ふたりのやりとりに黙って耳を傾けた。

「ウイルス研究の〝米中の連携〟は、アメリカの戦略家がまさしく関与政策と呼んだものです。それがいまも立派に機能している。オバマ政権は、去年、ウイルスの機能獲得研究を凍結しましたが、中国側に委ねることで、研究自体はいまも続いている。中国の学者を〝関与〟させ、ウイルスから人類を守る研究・実験は続けられています。新興感染症は、いつ、どこでわれわれに襲いかかってくるかもしれない。米中は手を携えて未知の災厄に備えるべきです」

フローリー博士も深く関わる米中の共同プロジェクトを露骨に褒めては却って疑いを招いてしまう。そう考えてジョンブルは〝関与政策〟なる用語を用いて相手の反応を慎重に窺っている。いつもは悪しざまに批判している〝関与政策〟まで持ち出して博士の心を開こうとする手並みは、シェイクスピア劇のフォルスタッフを思わせた。同じ文面の恋文を同時に二人の女性に出す手法だ。

だが、当のフローリー博士は、スティーブンの狡猾なやり方を怪しむ風もなく、ムール貝のワイン蒸しを次々に口に運んでいる。バターソースでぎらついた唇にシャルドネを流し込むと、機嫌よく会話に応じた。

「たしかに米中両国は、政治・経済ではライバルですが、公衆衛生の分野では密接に協力しあっています。二〇〇三年にＳＡＲＳが蔓延するや、ＣＤＣ（アメリカ疾病予防センター）は中国事務所を通して支援を惜しまなかった。オバマ政権に代わった二〇〇九年に豚インフルエンザが米国内で猛威を振るって八千万人が発症した時には、中国が手を差し伸べてくれました」

ふたりの会話がスムーズに米中連携に及んだのを見定めて、マイケルも参戦することにした。

「ウイルス漏洩を心配する世論に動かされたオバマ政権が、機能獲得の研究を凍結して以来、博士もよくご存じのエコヘルス・アライアンスが米中連携の要（かなめ）となったようですね」

「そのとおりです。代表のピーター・ダシャック博士が、コウモリ由来のコロナウイルスの研究に武漢病毒研究所と力を合わせて取り組んでいます。NIHからは五年間で三百十万ドルの助成金を出しました。そのうちの六十万ドルを武漢病毒研究所に提供し、コウモリが自然宿主となっているコロナ系ウイルスの遺伝子解析などを行っています」

金融の世界でいえば迂回融資ということか、とスティーブンが問いかけた。

「そうですね。〝ファウチの迂回作戦〟って仲間内では呼ばれています。でもこういうケースは国際連携じゃさして珍しいことじゃありませんよ」

マイケルはこの機を逃さず二の矢を放ってみせた。

「たしかにオバマ政権の部内からも取り立てて異論は出ませんでした。中国の研究にカネと技術を提供しておけば、ウイルスの機能獲得に関する情報はアメリカ側にも入ってきますから。一方の中国も最先端のバイオ技術と資金を手にすることができる。まさしくウィンウィンの関係です」

「ところで、博士ご自身は武漢病毒研究所にいらしたことはありますか」

スティーブンが話題を変えた。

「もちろんです。研究の委託にあたっては、研究設備や環境をチェックしておかなければいけませんから」

「バイオ・セキュリティのレベルはどの程度なのでしょう」

「アメリカほど徹底しているとはいえませんな。でも、これまで大きな漏洩事故は起こしていませんよ」

スティーブンは首をかしげた。

「中国中央電視台のチャンネルで武漢病毒研究所を取り上げたニュースを見たことがあるんですが、スタッフがコウモリを素手で扱っていたり、手袋の上からコウモリに嚙みつかれて手の甲が赤く膨れあがっている場面も映し出されていました。中国語のナレーションでは、研究員はコウモリを素手で扱っているが、狂犬病の予防注射を済ませているので危険な伝染病に感染する恐れはないと断りを入れていました。その程度の防護意識で大丈夫なんでしょうか」

博士も安全性への不安は隠そうとしなかった。

「これまで武漢にはBSL3、BSL2レベルの研究設備しかありませんでした。最近になってようやく最高レベルの防護設備をもつ実験施設が完成しましたが」

「BSL2というバイオ・セキュリティのレベルは、アメリカじゃ歯科医院に求められる程度ですよ。そんな設備で機能獲得の実験をして、ウイルスが外に漏れる恐れは本当にないものでしょうか」

マイケルが率直な疑問を投げかけた。

「そこで、フランス政府の援助を得て、この一月にアジア初のBSL4の実験室を備えた武漢国立バイオセーフティ研究所が完成したんです。ところが、この過程でフランスとの関係がこじれてしまい、フランス側はこれ以降、研究者の派遣を見送ったそうです。それでアメリカが中国のパートナーになったのだと思います」

これだけは言っておかなければ——博士は真剣な顔つきでこう付け加えた。

「みなさんは〝ウイルスの機能獲得〟という言葉をごく気軽に使いますが、われわれ専門家に言わせれば、これはかなり厄介な用語なんですよ。意味するものにかなりの揺らぎがあるんです。いったい、どこまでをウイルスの機能獲得というのか、研究者の間でさえ見解が分かれているんですから」

獲物がいよいよ照準に入ったとみるや、スティーブンは間髪を入れずに核心に踏み込んでいった。

「博士、じつは去年の暮れに、香港から雲南省へグルメ旅行に出かけたのですが、そこで奇妙な話を小耳に挟んだんです。三年ほど前でしょうか、廃坑になった銅鉱山の坑道で、コウモリの糞を掃除していた男たちがSARSに似た症状を起こして、何人かが死んだというんです。それ以来、地元の人たちは怖がって誰もこの銅鉱山には近寄らないと聞きました。その後、坑道に調査に入ったのは、武漢病毒研究所が派遣したチームだったらしいのですが、なにかご存じですか」

「いえ、私が知るはずないでしょう。でも、武漢から派遣されたのなら、コウモリ由来のウイルス感染症が疑われたからでしょうね。それがどうして奇妙な話なんですか」

「だって、その銅鉱山は閉山されて、もう何年も使われていない。その坑道に作業員を何人も送り込んで、コウモリの糞の掃除をさせるのは、やっぱり奇妙ですよ」

フローリー博士は「ふーん」と唸った。

「まあ、常識的には、廃坑の掃除なんかじゃなく、コウモリの糞を集めてサンプルを採取しようとしたと考えるべきでしょうね。私も経験がありますが、コウモリのねぐらに潜り込んで検体を集めるのは、臭くてじめじめしていて実に不快な作業ですから。研究チームが作業員を雇ったのかもしれません」

「雇い主は武漢病毒研究所のチームでしょうか」

「その可能性はあるでしょうね」

「博士、あまり考えたくない想定なのですが、中国側がコウモリの糞を掃除させるために廃坑に作業員を送り込んで、コウモリ由来のウイルスがヒトに感染する〝スピルオーバー〟を起こすかどうか試した――」

「人体実験は研究者の倫理にもとりますから、まさか――」

「イギリスの例ですから言いたくないのですが、スコットランドのグリュナード島で炭疽菌を弾頭に装塡して撒き散らすエアロゾル実験が密かに行われたという記録が残っています。僅か数十年前のことですよ」

「アメリカでも戦時中にフォート・デトリック研究チームが、細菌やウイルスの毒性を調べる人体実験を行っています。宗教上の理由で前線に赴くのを拒否する兵士を被験者にした実験でした」

マイケルも援護射撃に出た。未知の新興ウイルス感染症に対して備えておく。そんな大義名分さえあれば、中国の研究陣も危うい実験に手を染める可能性がないとはいえない。遺伝子工学の進歩によってより精緻な機能獲得研究が可能になったことで、中国側が新たな分野に踏み込んだのでは、と博士の反応を窺った。

「ですから、何をもって機能獲得研究というのか、揺らぎがあると申し上げたのです。アメリカ側は、ウイルスの機能を高めて兵器に転用可能な技術など絶対に提供しませんよ」

スティーブンはなおも食い下がってみせた。

「博士、お言葉ですが、中国側は、アメリカの資金と技術を導入して、その〝揺らぎ〟を存分に利用し、恐るべき果実を手にした可能性はないのでしょうか」

フローリー博士は、グラスの水をごくごくと飲み干した。

「私は歴史家でも政治学者でもありません。科学者としては、仮定の話にはなんともお答えできませんな」

「それでは博士、僕からもひとつお尋ねしていいでしょうか」

マイケルが静かな口調で切り出した。

「SARSウイルスの遺伝子を組み換えて作ったスパイクタンパク質をナノ粒子に入れてエアロゾル化する。それを野生のコウモリが棲む洞窟に噴射して、コウモリの体内に抗体を作り出す。言ってみれば、コウモリにワクチン接種するわけです。コウモリが新しいコロナウイルスに感染しなければ、ヒトへのスピルオーバーも防げるはず。こうした実験は機能獲得の研究にあたるのでしょうか」

スパイクタンパク質はコロナウイルスの表面にある突起物で、ヒトの細胞の受容体と結合することで細胞内に侵入し感染を引き起こす。

「それは、遺伝子の組み換えでコロナウイルスがどんな特性を持つようになるかにかかっています。興味深い実験だと思いますが、同時にウイルス漏洩のリスクも心配ですね」

「関係者の話では、エコヘルス・アライアンスと武漢病毒研究所が共同で温めているプロジェクトのひとつにそんな構想があると聞きます。米国政府から助成金が出ることが前提ですが」

スティーブンが身を乗り出して囁いた。

「じつは、その実験予定地が雲南の洞窟らしいのです。エコヘルス・アライアンスと武漢病毒研究所がもう何年も前から現地調査をして、よく知っている場所だと聞きました。廃坑になった例の銅鉱山は、機能獲得研究の実験場なのではありませんか」

「さぁ、そんなことを私に聞かれても――」

フローリー博士は口ごもって、空になったグラスに目を落とした。

そのとき、弾むような声がした。

「お待たせしてごめんなさい」

「ようやく主役がお出ましだ」

勢いよくスティーブンが立ち上がった。

キーラはいつものように温かなオーラをまとっている。

「初めまして、フローリー博士。キーラ・ドーソンです。このたびはお忙しいなか私の原稿を読んでくださり、有難うございました。いただいたご意見を参考にいくつか文章を練り直しました」

右手を胸にあてて、フローリー博士に微笑みかける。

「ようやく会えましたね。キーラ、待っていましたよ」

救世主の登場に、博士は安堵の表情を見せた。

「おめでとう、キーラ、会えてうれしいよ」

マイケルはキーラをハグして椅子を引いた。

「すごい渋滞でケネディ空港から一時間半もかかったわ。お腹がすいちゃった」

キーラはマイケルの皿に手をのばし、オニオンフライをつまんで口に放り込んだ。

メニューを手にウェイターの男性に声をかける。

「前菜はオイスター、メインはサーロインステーキをお願いします。できればポテト多めに」

「その前に、ローラン・ペリエのシャンパンも頼む」

スティーブンが追いかけるように言った。

「ウイルスと人類の未来に乾杯！」

四人は、キーラの出版を祝ってグラスをあげた。

香港　二〇一五年四月

天青流転

今夜は久々に柳燕に出かけてみよう。スティーブンはそう思い立つとタクシーを呼んだ。

湾仔の店に着くと扉をそっと押し開け、人差し指で「今夜はひとり」とウェイターに合図した。すぐさま支配人が上品な笑みを湛えて現れ、「ブラッドレーさま、ようこそ」と迎えてくれた。

「今夜は予約もしていませんし、どんな席でも構いません」

「まあ、そうおっしゃらずに」といつもの個室に通してくれた。

サンミゲル・ピルセンを飲みながら単菜に見入っていると、扉が開いてマダム・クレアが姿をみせた。立ち上がろうとするスティーブンを軽く制し、ウェイターがさっと引いた椅子に腰かけた。

「突然のご来訪ね。でも嬉しいわ」

「お忙しいと思い、ひとりでサクッといただいて失礼しようと思っていたのですが」

「デュークス・ホテル界隈のジェントルマンズ・クラブでも〝ひとりディナー〟を気取っていたのでしょう。英国紳士の密やかな楽しみを奪うつもりはないけれど、中華料理はおひとり様には不向きだわ。パブリック・スクールの出身なら〝食べ物に不平を言ってはならない〟、〝皿に何も残してはならない〟——そう仕込まれてきたんでしょう。嗚呼（ああ）、可哀そうなスティーブン少年」

「まさしく食事の時間は拷問でした。黒の燕尾服を着せられて、まずいマトンの肉を嚙んで飲み下していたんですから」

「この国ではお客に食べきれないほどの料理を出すのがおもてなし。おひとり様にはどうしても向かないわ。食べきれない料理を前に途方に暮れる英国紳士を見るに忍びません。ご一緒させていただくわ」

その夜の主菜（メイン）は冬瓜蒸しだった。大きな冬瓜をくり抜き、そこに鶏肉、ハム、家鴨（あひる）、モツなどを入れ、蓮の実やシイタケそれに生ショウガを効かせた美味このうえない広東料理だ。ふたりは月末に迫ったクイーンエリザベスⅡ世カップの予想に興じながら、滋養溢れる料理を味わい尽くした。

締めくくりは麺。運ばれてきた器には澄んだ汁のなかに翡翠色の麺が浮かんでいる。スティーブンはまず白磁のスプーンでスープを味わい、象牙色の箸を取りあげて麺を掬った。至福のさざ波が口中に広がっていく。

「いちどお訊ねしなければと思っていたのですが、柳燕の麺がこれほど美しい色なのはなぜなのでしょう。天山の湖底に輝く翡翠のごとし。いや、青みを帯びた秘色のようと形容すべきでしょうか。スープに浮かぶ赤いクコの実は瑪瑙を思わせます」

スティーブンが流暢なマンダリンでそう語りかけると、マダム・クレアもきれいな北京官話で応じてきた。

「私のマンダリンに微かに紛れ込んでいる武漢訛り。あなたはそれを聞き分けてわが家の来歴を聞き出したことがありました。きょうは翡翠や瑪瑙を疑似餌に私から何を探り出そうとしているのかしら。最近になってヴォクソール流がようやく呑み込めてきたわ」

「わが家は海賊の末裔ですから、中国陶器のコレクションなどたかが知れています。それでも汝窯の青磁はいくつか所蔵しています。英国にお越しの折には是非ともミッドランド・プレースの館にご案内したく存じます。庭には気難しい雄の孔雀がいるんですが、あなたなら歓迎するはずです」

「いつの日か、伺うことを楽しみにしています」

マダム・クレアは目を輝かせて応じてくれた。

「趙宋の官窯は夜明けに現れる星、晨星を看るごとし――文人としても名高い清の乾隆帝はそう言って、汝窯の名品を愛でたといいます。あの天青色を生みだす釉薬には瑪瑙をすりつぶした微小な粉が混じっていると聞きました。あなたがお持ちの汝窯も、薄い口縁が淡いピンク色に煌いて見えるのでしょうか」

「スティーブン、あなたのインテリジェンス能力には舌を巻いてしまうわ。どうして私が汝窯皿を持っていることをご存じなのかしら。さあ、正直に白状なさい。でなければ、もう何ひとつお話ししません」

マダム・クレアは凜とした眼差しで告げた。

スティーブンは小さく溜息をつき、諦めたような表情をしてみせる。機微に触れる情報源を明かしたことなどわが生涯で絶無なのだが――と前置きし、とあるオークション・ハウスのアジア支配人から小耳にはさんだと打ち明けた。

「彼女の名誉に関わりますから言い添えておきますが、コレクターを特定できる情報は一切明かしてくれませんでした」

「それじゃ、ほんのわずかなヒントから、汝窯の小皿の持ち主は私と推理した訳ね、ベーカー街のシャーロック・ホームズ君」

「はい、その通りです。ですが、これ以上はご勘弁ください」

「スティーブン、あなたじゃなければ決して許さないわ。でも、ひとつだけ聞かせて。なぜ汝窯にそこまでご執心なの、乾隆帝の生まれ変わりじゃあるまいし」

「幼い頃から、ミッドランド・プレースの館に行くと、アジアコレクションの部屋にこもってあれこれ宝探しをしていたんです。日本から来た写楽の大首絵が僕のいちばんのお気に入りでした。それともうひとつ、中国から来た小さな青い皿に不思議と魅せられたんです。なんだかスコットランドの湖水地方に点在する神秘の湖を覗き込むようで――」

「それが汝窯だったというわけね」

「そうです。東洋の美術品のコレクターだった祖父が、若き日にどうやら北京の琉璃廠で手に入れた品らしいのです。一九二〇年代の後半に武漢の英国租界に移し、そこから持ち帰ったと聞きました。もともとは二枚の皿を対で持っていたそうですが、動乱のさなかに、もう一枚は行方知れずになったといいます。祖父は死ぬまでそれが心残りだと言っていました。僕は中国に関わるようになって、いつかその片割れを見つけたいと願っているのですが、僕の財力じゃとうてい無理でしょう——」

「お祖父様はどうやってその器を手に入れたのかしら」

「もともとは紫禁城の所蔵品だったはずです。清朝が滅びゆくさなか、皇后婉容に仕えていた宦官が密かに持ち出し、琉璃廠の古美術商に売り渡したとか。動乱の歴史に弄ばれ、コレクターである祖父の手に落ちたのだと思います」

マダム・クレアはスティーブンの話にじっと耳を傾けていた。汝窯の小皿が辿った数奇な運命に思いを馳せているかのようだった。

「武漢生まれのあなたが汝窯をお持ちと聞き、礼を失することは重々承知のうえなのですが、ぜひとも拝見させていただきたいと」

「なんというひとなのかしら。秘蔵の器を他人にみだりに見せるのは、白い肌を露わにするようなもの——清朝の文人の箴言をあなたならご存じよね」

「ええ、マダム・クレアが即興でこしらえた見事な箴言だと」

「スティーブン、誰に育てられたら、こんなワルガキに育つのかしら」

「それはまさしくイギリスの悪しき教育システムのせい。ナポレオンも言っているじゃありませんか。〝ひとは着ている制服のままの人間に育つ〟と。小さなころから親いたのは、こうしたパブリック・スクールの精神が身についているからだろう。だが僕は違う。スティーブンの家柄やパブリック・スクールとは無縁の生活だ。だが「僕のような者が、親元を離れてパブリック・スクールで寮生活など送ると、つい偽善的な性格が身についてしまう。僕はそれに抗っているうちに、こんな風になってしまったんです」

マダム・クレアは、スティーブンの迷路のような詭弁にあきれながら、こんどの土曜日の午後なら自宅にいると招いてくれた。

「でも、当館では写真撮影は固くお断りよ、スティーブン。艶めかしい素肌をご覧にいれるのですから」

スティーブンは即座に立ち上がって深々と頭をたれた。

暁天の星

約束の土曜日がやってきた。スティーブンは、昼過ぎになるのを待って、ブリティッシュグリーンの愛車MGB「ロードスター」の運転席に乗り込んだ。イグニッション・キーを差し込んでエンジンを始動させた。だが回転数があがってこない。つい二週間ほど前に定期点検に出したばかりなのに。東京時代に手入れを任せていた東麻布の修理工場が懐かしい。あのメカニックの名人技でなければ機嫌よく走ってくれないらしい。回転数を示すレブカウンターが二千に届くのを辛抱強く待って、ようやく愛車を発進させた。

目指すはヴィクトリア・ピークの南斜面に建つ高層アパートメントだ。七二年型のコンバーティブルは喘ぎながら急な坂道を登っていく。きょうの香港島は珍しく湿度が低い。幌をたたんで走ると、さらりと乾いた空気が肌に心地よかった。

下界の喧騒から遠ざかるにつれて見事な眺望が開けてきた。遥か北の彼方には新界と九龍半島の山並みが連なり、南の眼下にはレパルス・ベイとディープ・ウォーター・ベイが広がる。高台から眺めると二つの湾は海水の色でくっきりと隔てられている。目指す建物まではあと五分くらいだろう。

来客用の駐車スペースにMGBを停め、受付の守衛に来訪を告げた。大きなガラス扉が開き、三階まで吹き抜けとなったホワイエに招き入れられた。高層階用のエレベーターでペントハウスにあがっていくと、年配の執事が出迎えてくれた。

白い光が降り注ぐリビングルームに通され、ジントニックを飲んでいると、マダム・クレアが蘭の花をプリントした藍色のチャイナドレス姿であらわれた。黄色い木綿に包んだ木箱を胸元に抱えている。

「ようこそ、スティーブン。お約束した汝窯です」

長くしなやかな指で結び目をほどき、紫檀の箱を取り出した。真鍮のつまみをもちあげて蓋を開けると、紫色の絹に包まれた青磁の皿が姿をあらわした。

その瞬間、スティーブンは言葉を失った。

端正な薄い器体に、藍色がかった粉青色の釉薬がたっぷりとかかっている。これこそまさしく天青色。その神秘的な佇まいは、ミッドランド・プレースの青磁と瓜二つだった。

「もしお許しいただけるなら、手に取って拝見してもよろしいでしょうか」

マダム・クレアは黙って頷いた。

スティーブンは腕時計をはずし、赤子を労わるように小さな皿を掌にのせると、飽くことなく眺めた。

北宋の皇帝が汝窯で焼かせた名品は世界に八十点足らずしか残っていない。

「暁天の星を探すほどに希少なり」

古文書にもそう記されている。

どのくらいの時が流れただろうか。

「雨上がりの空を見上げると、雲の切れ間に青空がわずかに覗いている。その青を中国人は天青色と呼んだのです。文革の嵐が吹き荒れるさなか、わたしたち親子が武漢を脱出するとき、祖父母はこの皿を息子夫婦に託して、〝雨上がりの空の色だ〟と言って別れを惜しんだそうです。お前たちは雲の切れ間に見え隠れする青空を目指してまっすぐに人生を歩んでいきなさい――そんな思いをこの青磁に託したのでしょう」

この小さな皿が辿った軌跡は、動乱の近代中国が歩んだ歴史と重なり、壮大な物語を紡いできた。

「武漢のイギリス租界を祖父の紅幇一党が接収した時、陳列棚の隅に残されていたのがこの小皿だったそうです。これを見た瞬間、祖父はなぜか金縛りにあったようにその場を動けなくなったといいます。生涯添い遂げることになる祖母の面差しそのものだったと聞きました。きっとふたりは初めから運命の糸で結ばれていたのでしょう」

やはりそうだったのか。スティーブンは確信した。

「お祖父様は、漢口のイギリス租界が武漢の革命政府に接収される際に、これを手に入れたのですね」

「そうです、まさしく動乱のさなかに」

マダム・クレアは大きな眼を見開いてスティーブンをじっと見つめた。

「まさか、あなたの――」

「そのとおり、ブラッドレー・シッピングという船会社の応接室にあった品にちがいありません。対になって陳列されていたもうひとつの皿はいま、ミッドランド・プレースの館の蔵に眠っています」

こんどはマダム・クレアが言葉を失う番だった。

「ブラッドレー・シッピング漢口支店の目録には、国民党の武漢臨時政府の接収に遭った際、二つの汝窯のうち一つを持ち出しそびれ、その後、行方知れずになったと記されていました。祖父はよほど心残りだったのでしょう。中国古美術のオークションのたびにこの皿が出ていないか、晩年までその行方を追っていました」

「まさか、そんな」

「武漢臨時政府が樹立された運命の年に、一対の汝窯の名品が別れ別れとなってしまった。そしていま、われわれの手に分かれてある――なんというドラマでしょう。でもひとつ腑に落ちないことがあります。マダム・クレア、あなたがその汝窯を入手されたのは十年ほど前のことと聞き及びました。確かな筋の話によれば」

「さすがね、ということは、もう私の祖父が誰であるのかもご存じなのでしょう。それならば、私も中国名を名乗りましょう。李文蘭――祖母が付けてくれた名前です。香港では公の場では英語名を使うけれど、一族同士では中国名で呼び合います。でも、私にはもうその家族がいない。ですから、この汝窯こそが私の家族そのもの。祖父の李志傑が武漢を逃れる私たちに託した命の品なのです」

ならば、武漢から着の身着のままで逃れてきた一家は、ここ香港で名品をいちど手放し、後に買い戻したことになる。

「香港で一から新たな暮らしを始める。それには相当なご苦労があったと思います。でも、教養もあり、勤勉なご両親のこと、この汝窯を手放さなくても暮らしを軌道に乗せることはできたはずです。早々に汝窯を手放されたのは何故なのですか」

汝窯の売却には深い事情が秘められていたはず――スティーブンが放った二の矢にマダム・クレアは素直に応じてみせた。

「祖父母の願いは、孫娘の私、文蘭が自由の天地で存分に生きていくために役立てろというものでした。たしかにあなたがいうように、その日その日を食いつないでいくだけなら、この青磁を売らなくても済んだでしょう」

当時、四歳だった李文蘭が高等教育に進むまでには、かなりの時間があった。にもかかわらず、両親はかぼそい伝手をたどって、古美術商を懸命に探しまわった。

「武漢に残してきた祖父母をどうしても救い出したい。青磁を売り払った資金を使ってあらゆる手立てを尽くしたようです」

祖父母は文革のさなかに黒竜江省に下放（かほう）したまま行方知れずになっていた――。

淡々とした語り口だったが、その眼には怒りと悲しみが滲（にじ）んでいた。

「両親はこの汝窯をどうしても私に遺したいと思い、交渉に交渉を重ねたそうです。その末に、ハリウッド・ロードに店を構える古美術商と一つの約束を取り交わした。中環の金融ディーラーがいう〝オプション取引〟がそれでした。将来、李一族は必ずこの青磁を買い戻す。期限は三十年。買い戻し価格は売値の二十倍という特異な提案を受けてくれたのです」

この時の売値はざっと五十万ドル。いまでは考えられないような安値だった。だが、借家の家賃にも事欠く李一族にとっては夢のような金額だった。一方で、相手の古美術商にとっても魅力的なオファーだったにちがいない。この取引が成立した七〇年代のはじめ、文化大革命の余波で大陸から上海の銀行家やコレクターが次々と香港に逃れてきた。彼らは途方もない価値を持つ美術品を密かに持ち出し、香港には思わぬ名品が数多く出回っていた。大陸からの密輸の美術品もマカオ経由で続々と流れ込んでいた。それだけに、いかに汝窯とはいえ、三十年後に二十倍の値が付くなどとは誰も想像していなかった。

「それにしても、その古美術商はよくぞ手放さずにいてくれたものですね」

「美術品が生きてきた悠久の時に比べれば三十年など一瞬です。名品を人目に晒さずじっと蔵の奥深くにしまっておく。その器量を備えていてこそ超一流のディーラーといえるのでしょう」

「目垢がつく、祖父もよくそう言っていました。古美術商も名品ほど人の眼に晒すのを嫌うといいますから」

「かくして李一族との約束は守られ、汝窯は蔵の奥深く眠って静かに時を待っていてくれました」

そして三十年後、マダム・クレアは、きっかり二十倍、一千万ドルを揃えて現金で買い戻したという。

「すべては口約束よ。契約書などどこにもなかった。スティーブン、中国社会の口約束も捨てたものじゃないわ」

対の彗星

マダム・クレアこと李文蘭は、いつもより一段と低い声で語りだした。

「中国と英国はかつて阿片戦争を戦い、外国租界を巡っても対立しました。でも、いまや恩讐の彼方に身を置いている。私たちもじつに不思議な縁で結ばれているわ。ロンドンと武漢にそれぞれ生を享け、まったく異なる人生を歩み、ここ香港で遭遇した。

何万光年の旅をして出遭った二つの彗星のように――」

「それぞれの彗星は、互いに天青色の尾を引きながら、いままさに相まみえんとしている。われらが汝窯の小皿を一対に娶せて、ロンドンの大英博物館か、それとも北京の故宮博物院で特別展でもやろうというご提案ですか。あなたからのお申し出なら、何なりと承りますが」

マダム・クレアは溜息をつくように小さく微笑んだ。

「あなたらしい提案だわ。でも、ふたつの青磁が相まみえることは未来永劫ないでしょう。私はこの汝窯を手放そうと心に決めているのですから」

思いもかけない答えだった。

「ですから、永遠の別れに先立って、あなたにはこの青磁を一目見せてあげたいと思ったの」

マダム・クレアはそう呟くと、小さな皿を手に取り、淡い桃色を帯びた口縁を愛おしそうに指でなぞった。

「なぜ、手放さなくてはならないのですか」

スティーブンはそう口にするのが精いっぱいだった。

「ほんとうに価値ある美術品は、それぞれに使命を秘めているといいます。あるときは人生の成功を物語る証左、あるときは国家の栄光、またあるときは虚栄の象徴として。でもわが李一族にとって、この青磁は人生という戦(いく)さを生き抜く武器になってきました。この青磁に命を救われ、これを買い戻すために渾身(こんしん)の力を振り絞ってきたわ」

「これほど気高く、数奇な運命を辿った武器を、あなたはいったい何に振り下ろそうと――」

「あら、きょうのスティーブンは、いつにも増して欲張りなこと。我が一族にとって命にも等しい汝窯を手にとっただけじゃ飽き足らず、私の心の内にどしどしと踏み込んでくるのね」

李文蘭の目に鋭い光が宿った。

「話して差し上げてもいいけれど、聞いてしまった以上は、一蓮托生(いちれんたくしょう)よ。一世一代の機密を打ち明けるのですから。その覚悟はおありなのかしら。そうでなければ、生きてこの館を出て行くことはかなわない」

「機密を漏らす前に行を共にするよう誓えということですか」

「そう、私は紅幇の頭目、李志傑の孫娘よ。こう見えて、身体の中に荒ぶる血が流れているの」

「好奇心は猫を殺す。幼かった頃の僕は、祖父にそうたしなめられてきました。猫には九つの命がある。そんな猫さえ、あまりに強烈な好奇心は身を滅ぼすと。まして、おまえは生身の人間だ、人並み外れて旺盛（おうせい）な好奇心はきっと命とりになる。祖父が何を気遣ってくれたのか、いまようやく悟りました」

「さすがエキセントリックな英国紳士、立派な覚悟だわ。あなたの言葉に二言はないと承りました」

マダム・クレアは榛色のスティーブンの瞳を見つめ返した。

「ブラッドレー家に流れるエキセントリックな血筋の責めにして、この私に命を預けてみせる。見事なお手並みだわ。しかも、言外に私への痛烈な皮肉を込めてね。人並み外れた好奇心に突き動かされ行方知れずになったアンセルム。そんな男に惹かれてしまった私を揶揄しているのでしょう。好奇心ほど危険な媚薬（びやく）はない――スティーブンのおじいさまのいう通り。それでは、いつか必ずひと肌脱いでいただくわ、約束どおりに」

プライベート・セール

マダム・クレアは、李一家の数奇な運命が刻印された汝窯を売り払う決意をすでに固めているという。

「この汝窯なら、大陸の連中も、いかなる手段を尽くしても欲しがるはずです」

「そうだと思うわ、スティーブン。北宋の名品を大陸に取り戻すことは、中華政権の正統性を内外に示す証になりますから。日本の天皇家にとっての三種の神器と同じことだわ。もちろん台北だって黙ってはいないでしょう。きっと激烈な争奪戦が繰り広げられるはず」

売買が表に出ないよう、この汝窯はオークションにかけず、プライベート・セールで売りにだすという。

「プライベート・セールもいざ催すとなればそれなりに大変。大陸と台北を競わせるだけじゃいささか華に欠けるわ。少なくとも三者が、それぞれに資金力にモノを言わせて値を吊り上げてもらわなくては」

すでに大陸、台湾、加えてアメリカからも応札させる布石を打っているという。

香港のサザビーズを介して、上海の投資家集団、台北のIT企業の経営者、それにニューヨークの中国系実業家に声をかけ、三者とも入札に加わると通告してきたらしい。上海の投資家集団は、これまでも香港のオークションで北宋や明の陶磁器を競り落とした実績があり、それらの名品を河南省の博物館に寄贈している。

「中国ではよくあることなの。表向きは地元の有力投資家が落札した形をとって、じつは当局が背後で糸を引いている。そして競り落とした中国美術品は地元の美術館に寄贈させる。もちろん、税金に手心を加えたりして見返りはあるはず」

台北のIT長者は、宋代の水墨画のコレクターとして知られ、近頃では北宋陶磁にも手を広げている。ニューヨークに住む中国系アメリカ人はフィランソロピストとして名高く、メトロポリタン美術館への貢献も大きい。メトロポリタン美術館のコスチューム・インスティテュートがこの五月に開催する展覧会のテーマは「鏡に映るCHINA」。中国美術が欧米のデザイナーに与えた影響を回顧するという。

この時、世界中からセレブを招いてチャリティのガラが催される。この華やかな会場に、かつてイブ・サンローランらがデザインした東洋趣味のコスチュームが展覧され、汝窯の青磁もここでお披露目したいらしい。

「この三者のうち、誰に汝窯を渡すおつもりですか」

「大陸は面子に賭けても落札しようと、思い切った値を付けてくるはず。一方の台湾も負けじと五千万米ドルを超す値をつけてくると思うわ。すでに同じような汝窯の青磁が四千二百万ドルで落札された実績があります。このあたりが一つの目安になるとみていい。ニューヨークの実業家は汝窯にどれほど執着があるのか。大陸も台湾も、そして中国系実業家も、この汝窯の青磁を目にしたら、きっと降りられなくなると思うわ、まずはお手並み拝見」

「堂々と競ってもらうわけですね」

「もちろん、一切、小細工はしないつもりよ。でも、大陸が落としてくれた方が愉快だわ。彼らの出したお金が巡りめぐって何を引き起こすか。それを考えただけでぞくぞくするわ」

マダム・クレアは謎めいた笑みを浮かべた。その資金を投じて、いったいどんな秘策を仕掛けるつもりなのか。

「これしきの資金じゃたいした仕掛けなどできはしないことは私だってわきまえています。こう見えてもリアリストですから。でも、ヤマ一つなら抜けるはず」

「ところで、好奇心に搦めとられて命まで差し出すことになった哀れな僕は、どんな役回りを演じればいいのでしょう」

「すぐに命をとは言いません。当分は冷徹な観察者でいてくだされればそれで結構。いずれ手形を落としてもらいます」

天青色の小さな皿を挟んでマダム・クレアと緊張に満ちた時を過ごしたスティーブンは、すっくと立ちあがってマダムのもとを辞去した。帰り道ではロードスターはすっかり機嫌をよくしたのか、回転数はすぐに二千を超えた。快調にヴィクトリア・ピークの坂を駆け下り、フロントガラスにはディープ・ウォーター・ベイの真っ青な海が迫ってきた。

封印された機密報告

オックスフォード　二〇一五年五月

ブラックタイで正装した学生たちが石畳の舗道を三々五々こちらにやってくる。ボウタイはひん曲がり、上着もズボンもよれよれだ。もつれた足取りで互いにもたれかかるように歩いている。ひと目で二日酔いだとわかる。午前九時だというのに、この酒臭さは何事だ——と眉(まゆ)をひそめた瞬間、ああ、きょうは五月一日、メイ・モーニングじゃないかと気がついた。

そこには二十数年前の無様なスティーブンがいた。メイ・モーニングを悪友マイケルと徹夜で飲み明かし、石橋からテムズの支流に飛び込んだ。ところが川底まではわずかに五十センチ。くるぶしを骨折し、松葉杖(まつばづえ)で一ヶ月半、キャンパスを歩き回るはめになった。

オックスフォードの初夏は、モードリン・コレッジの塔の上から響いてくる聖歌隊の賛美歌で幕をあける。白装束に襷(たすき)がけのおっさんたちがモリス・ダンスを踊りながら街を練り歩く。足に鈴をつけ、手に持った白いハンカチを振りながら、フォークダンスに興じる。前の晩は、学生たちが「メイ・ボール」のパーティで夜を徹して飲み明かすのが伝統だ。痛飲の果ての飛び込みはその後も跡を絶たず、いまではメイ・モーニングの午前中は、この石橋の通行が固く禁じられている。

スティーブンがリンカーン・コレッジの一一〇号室に恩師ブラックウィル教授を訪ねるのは何年ぶりだろうか。特別栄誉教授となってもなおこの部屋に籠って研究を続けるひとは、久々に愛弟子を迎えて上機嫌だった。フォートナム&メイソンの紅茶にシングル・モルトのグレンモーレンジィをなみなみと注いでくれた。過ぎ去りし日々と寸分も変わらない。しいて言うなら、ティーポットを持つ白く筋ばった手が歳のせいか微かに震えていることくらいだろう。

「風の便りでは、アンセルムの未亡人と親しくしているそうじゃないか、スティーブン」

事前に手紙で用向きは簡単に伝えてあり、伝説のリクルーターも大まかな事情は承知している。

「先日、ゴールデン・トライアングルに行ってきました。マダム・クレアからアンセルム失踪の真相を調べてほしいと頼まれたんです。察するに、彼女はこの一件にヴォクソールが関わっていると考えているようです。英国秘密情報部の頼みを受けて現地の様子を探っているうち何かの事件に巻き込まれたのではと――」

アンセルム・クレアの失踪に関する記録は、ヴォクソールの資料室に封印されたまま門外不出とされている。持ち出しは厳禁、複写も許されていない。

「当時、いったい彼に何が起きたのでしょうか。ヒントなりとも教えていただきたくて香港からやってきました」

老教授はスティーブンの問いかけに答える風でもなく、すり切れたゴブラン織の椅子にゆっくりと腰をおろした。

「ベトナム戦争が激しくなった後は、ラオスのことなど誰も気にかけなくなってしまった。だが、東西冷戦では、インドシナ半島に在って、あの国こそが主戦場だったんだ。だからこそ、ヴォクソールも気鋭の人材を注ぎこんだ。現地に泳がせているエージェントも粒ぞろいだった」

「現地に泳がせている」と教授が現在形で語ったことをスティーブンは聞き逃さなかった。情報要員はいまもなお極秘裏の任務に就いている。アンセルム失踪に関わるドキュメントがいまだに門外不出なのはそのゆえなのだろう。

「八十歳を過ぎると、どうも独り言が多くなってなぁ。これから聞かせる話もそんな年寄りの戯言（たわごと）と思ってくれたまえ」

教授は紅茶を一口飲むと、カチカチと音をさせながらティーカップを置いた。

「一九九〇年代後半のゴールデン・トライアングルでは、麻薬ビジネスの地図が大きく塗りかえられようとしていた。ケシの栽培面積は年ごとに減り、国連の連中は麻薬撲滅プロジェクトが成果を上げたと糠（ぬか）喜びしておった。あの愚か者たちが――。実際には、麻薬の主流が阿片やヘロインから、化学原料で作る合成麻薬へと切り替わりつつあったにすぎなかったのだ。畑で作るケシと違って、山中の小さな工場で化学的に作られる合成麻薬は天候に左右されない。当局に見つかる危険も少ない。阿片を天然素材の絹の靴下とするなら、合成麻薬は化繊のナイロン・ストッキングというところだ」

ヴォクソールのビエンチャン支局も新たな趨勢を察して、合成麻薬の密造拠点に調査の焦点を切り替えつつあった。そんな彼らにとって、アンセルム・クレアはもっとも信頼できる情報源だった。紀行作家としてゴールデン・トライアングルの山岳地帯に精通し、麻薬地帯にもたびたび潜入していたからだ。

「それじゃ、アンセルムはヴォクソールのエージェントだったのですか」

「いや、ちがう。彼は組織の命令に黙って従うような男ではない。どうして、私の教え子はアンセルムや君のような叛逆児ばかりなのか――。そんな彼が、ついにある時、ミャンマー東部シャン州への潜入に同意したという。なにか期するところがあったのだろう」

雲南省と長い国境を接するシャン州一帯は、何びとの支配も受け入れようとしない険しい山岳地帯である。植民統治に手腕を発揮した大英帝国もシャン州には統治が及ばなかった。現在のミャンマーの軍政とて例外ではない。

シャン州はなんと三十三もの「州内州」から成り、各勢力が群雄割拠している。タイ系のシャン族、中国系のコーカン族、国民党軍の残党部隊、戦闘的なカチン族、ビルマ共産党の系譜に属し先頃まで首狩りの風習があったワ族。それぞれに武装組織を擁して独立国家を構えている。部族も出自も信条も異なる者たちだ。だが共通点がたったひとつ、麻薬取引で暮らしを立てている。シャン州北部はゴールデン・トライアングルのなかでもとびきり上質なケシの産地だった。

老教授の独り言は次第にアンセルム失踪の核心に近づいていった。

「〝ヤーバー〟という赤い錠剤のことは知っているだろう。シャン州に大量に出回るようになった合成麻薬だ」

「メタンフェタミン塩酸塩とカフェインを混ぜた覚醒剤ですね。いまや、タイや中国だけじゃなく、日本、アメリカ、オーストラリアにも流れていて、多くの若者の身体を蝕んでいます」

「当初、このヤーバーの生産と流通を仕切っていたのは、ワ州連合軍という武装勢力だった。取り扱う商品が阿片からヤーバーに切り替わっただけで、密造人の顔ぶれは変わらなかった。ところが一九九〇年代末になると、麻薬取引の勢力地図に異変が起き始めた。新たな密売グループが台頭してきたのだ。だが、その組織の正体は杳としてわからなかった。密林の奥深くに身を潜めるインドシナ虎のように――」

新興組織はどんなエスニック・グループなのか。どこに拠点を置いているのか。誰が指揮しているのか。どんな勢力を後ろ盾にしているのか。ヴォクソールのビエンチャン支局にもその実態は摑めなかった。彼らの情報統制はそれほどに鉄壁だった。

スティーブンは間髪を入れず問い質した。

「その壁を突破する秘密兵器がアンセルムだったんですね」

教授は表情を変えずに、ゆっくりとことばを継いだ。

「ヴォクソールの記録には、アンセルム・クレアがゴールデン・トライアングルに入った経緯が確かに記されていた。中国・雲南省の関累から船でナムカ川を遡り、ミャンマーのモンラーに渡ったと――」

その報告によると、彼はヒマワリの種やセメントを積んだ小さな平底船でミャンマー側に上陸したという。モンラーの栈橋（さんばし）に船が接岸し、入境の手続きをしていると、隣の平底船に麻袋入りのコメと中古タイヤが積み込まれているのを目撃した。

「中国人の男がこの作業を監督していたそうだ。広東語で指示が飛んでいた。擦り切れたタイヤにはブリヂストンのロゴがうっすらと残っていた。だがどう考えても、経済発展めざましい中国がアジア最貧国のミャンマーから中古のタイヤなど輸入するはずがない。ヘロインの密輸と同様に、このタイヤにヤーバーが仕込まれている、アンセルムはそう睨んだ」

雲南省に接する国境地帯には、いまも中国人が数多く住んでいる。古くは満州族の清朝を逃れてきた明朝支配層の漢族。国共内戦で人民解放軍に敗れた国民党軍の残党とその家族。文化大革命で毛沢東思想に心酔しビルマ共産党に身を投じた紅衛兵。さらには強権体制を嫌って越境した雲南の下放青年たち。ここはじつに様々な来歴をもつ中国系の人びとが棲みついた混沌たる世界だった。

「新興の中国系の麻薬組織は、ヤーバーをモンラー経由で雲南に密輸し、さらにはタチレク経由でタイへ持ち込んだりしている。そんな実態がアンセルム情報によってはじめて裏付けられたんだ。さらに驚くべきは、ヤーバーの前駆体化合物があろうことか、中国から大量に密輸されている事実が明らかになった」

化学物質が合成される前段階の物質を前駆体という。それ自体は違法な薬物ではない。だが、風邪薬に使われるエフェドリンやプソイドエフェドリンを使って覚醒剤をつくるとなれば重大な違法行為だ。麻薬密造者たちはこれらの前駆体からヤーバーの主原料となるメタンフェタミンを製造していた。

「ヴォクソールへの報告によれば、これらの前駆体は広東省にある複数の化学メーカーから供給されていた」

「そんな危ういブツの取引を中国当局が知らないはずはない。でも、業界への規制はいい加減、警察や地方政府にも汚職が蔓延しています。黒社会からも賄賂が行き渡っているでしょうし」

老教授はゆっくりと頷いてみせた。

「阿片戦争は中華民族が列強の植民地支配に抗う狼煙になった。それゆえ、新生中国は麻薬の使用には厳罰をもって臨んできた。その中国がかかる汚れた商売を黙認しているなら、中国革命の大義は永遠に喪われてしまう。アンセルムはそう考えてヴォクソールに手を貸すつもりになったのかもしれん」

「ゴールデン・トライアングルは、中国では〝金三角〟と呼ばれています。実際に行ってみて分かりましたが、ここで製造された麻薬が黄金の価値を持つのは、皮肉なことに〝金三角〟の外なんです。王侯貴族のような暮らしをしているのはほんの一握りの権力者に過ぎない。土地の人々の暮らしはじつに悲惨なものでした」

チャイントンからモンラーへ向かう道は通行禁止だった。だが、周辺の山岳地帯ならこの眼で見ることができた。山間の村々は土地も痩せ、ケシの花を栽培するほかに換金作物はなく、人々の貧しさは言葉に尽くせない。仕事がないため、年端もいかない少年少女が民兵組織に入り、ライフル銃を持って街中をうろついていた。合成麻薬を密輸する隊商の警護までやらされ、彼らもヤーバーに手を出している。

「なんとも異様な光景でした。ほんの数日の滞在だけでもやりきれなかった。幾度もこの一帯を訪れていたアンセルムはなおさらだったでしょう。麻薬の主流がヘロインから合成麻薬に変わっても何ひとつ変わりはしない。それどころか、人々の身体をより深く蝕むヤーバーの取引に中国の黒社会が関わりながら、中国当局は知らぬ顔を決め込んでいる。アンセルムはそんな実態に強い憤りを感じ、ヴォクソールに手を貸す気になったのでしょう」

「君がそう言うなら、そうなのかもしれん。君はアンセルム・クレアとどこか似ている、学生時代からそう感じておった」

老教授は冷めたティーカップに手を伸ばし、一口すすった。

「ところで、マイケルはどうしている。宜しく伝えてくれ。アンセルムからの情報は、当時、ロンドンからワシントンにも送られた。ゴールデン・トライアングルで大がかりな調査を構えることなど、痩せさらばえてしまった我がヴォクソールの手にはもはや負えない。ここは財務省のマトリ、麻薬取締チームの出番だった。なんといったかな、マフィアものの映画に出てくるような女性捜査官は――」

「〝狐の女王〟オリアナ・ファルコーネのことですか。かつてマイケルのボスだった凄腕(すごうで)の」

「そうだ、あのファルコーネ・チームの資金と動員力をもってしなければとても無理だった。そのおかげで、ゴールデン・トライアングルに浸透してきた新興勢力の正体がおぼろげながら掴めるようになった。君は長年、香港に住んでいるから知っているだろう。和義安(わぎあん)と呼ばれる犯罪組織を」

和義安は、反清朝の秘密結社として広東省に誕生したと言われる。国民党の手先として、暗殺や阿片の取引など汚れ仕事を一手に引き受けて勢力を拡げていった。中国共産党が国民党を台湾に逐(お)うや、活動の拠点を香港に移して生き延びた。政治色をきっぱりと取り払い、犯罪集団として肥え太っていった。麻薬、売春、人身売買、違法賭博、詐欺とあらゆる凶悪犯罪に手を染め、欧米、東南アジア、日本にまで勢力を伸ばしている。

「ミャンマー側の取引相手は、コーカンに住む紅衛兵崩れの一派だった。改革開放に舵(かじ)を切った中国共産党がビルマ共産党と手を切った一九八九年以降は、専(もっぱ)ら麻薬の密売をなりわいとしてきた。奴らはゲリラ戦の経験もあり、火器や爆薬の扱いにも慣れている。思想を捨てた改宗者ほど危険な存在はない」

ブラックウィル教授は顔を曇らせ、絞り出すように言った。

「ロンドンに極秘の情報を流したのは、シャン州をうろついているイギリス人の紀行作家らしい——そんな情報が和義安に伝わったのだろう。アンセルムが雇った運転手か、通訳か、旅籠（はたご）の主人か、密告者の正体はいまだに分からない。ヴォクソールが現地で雇っていたエージェントが金で転んだのかもしれん。すべてのスパイは本質的にダブルエージェントなのだから」

「再び現地に入ったアンセルムを和義安の一味が待ち伏せて襲ったと——」

老教授は静かに頷いた。

「和義安の依頼を受けて、紅衛兵の残党が手を下したとも考えられる。当時、和義安を率いていたのは崔一天（ツウィイーチエン）という男だと報告には記されていた」

スティーブンはその名前に覚えがあった。「独眼」という異名をもつあの男だ。

三度目の香港生活を始めた二〇一二年、崔一天の名は香港メディアを賑わしていた。そして雨傘運動が起きると、民主化を求めるデモ隊を潰す大陸派の黒幕としてもその名が取り沙汰された。

「独眼の崔」はポルトガルの植民地、カジノ都市マカオのスラム街に生まれ、若くして三合会の末端組織に入った。敵対する組織にたびたび抗争を仕掛け、めきめきと頭角をあらわしていく。拳銃ばかりか爆弾まで使って敵のアジトを襲う武闘派だった。右目を負傷し視力を失うのだが、瞬きもせず見開いたままの義眼が異様な凄みを放っていると恐れられた。マカオの中国返還を控えた一九九九年の秋、「独眼の崔」は警察当局に逮捕・収監された。だが、それから十年余、「独眼」は模範囚として刑期満了を待たずに娑婆に舞い戻ってきた。

崔一天のその後の軌跡はならず者のそれではない。堅気の実業家に見せかけて見事な転身を図ったのだった。ミャンマーやカンボジアで一流のホテルを手がけ、高級レストランも手中に収めている。単に合法的な身づくろいを施しただけではない。なんと中国共産党の諮問機関である「中国人民政治協商会議」のメンバーにも名を連ねるようになった。北京政府を後ろ盾に黒い経歴を巧みに洗浄し、習近平政権の一枚看板である「一帯一路」構想の旗振り役まで務めるようになる。越境犯罪のネットワークの隠れ蓑としてじつに巧みに利用した。

「有銭能使鬼推磨」

スティーブンは老教授の机から一枚の紙を借り受け、万年筆でそう書き付けて手渡した。

「金さえあれば、幽霊にだってひき臼も回させることができる。中国に伝わる諺です。

反共組織だった和義安。狂信的な毛主義者だった元紅衛兵。彼らが結託して麻薬ビジネスに手を染めるのも結局はカネのためです。そしていまその黒幕は中国共産党政権と結託し、互いに利用しあう間柄となった。これ以上の野合があるでしょうか」

教授はその隣にギリシャ文字を書き連ねてスティーブンに押し戻した。

「魚は頭から腐る——。古代ギリシャの諺だ。アンセルムの未亡人が何事かを企てているなら、アンセルムの遺志を継いで頭を落とそうとしているのかもしれん」

スティーブンは震える手で綴られた文字を暗号でも解読するかのようにじっと見つめた。そして、丁寧にたたむとブレザーの内ポケットにしまい、静かに立ち上がった。老教授にいま別れを告げれば、再び会う機会はもう巡ってこないかもしれない。そんな予感を胸に懐かしい想い出が詰まった一一〇号室を辞去したのだった。

ブラックウィル教授が立ちあがってドアまで送ってくれたのはこれが初めてだった。

第四部

約束の地

アーレントの男

香港 一九六九年九月

大陸から逃れて李一家が仮住まいした九龍城の界隈は凄まじいばかりの貧しさだった。粗末な木造のバラック住宅がぎっしりと軒を連ね、家々の戸口前には食べカスがうずたかく積まれている。路地には饅頭屋の屋台が並び、人いきれで溢れかえっていた。犬の皮が散乱し、有機物が腐敗した臭いが辺りに沈殿している。陽が昇って湿気が高まると耐えがたい臭気だった。

だが、文化大革命の狂気が吹き荒れる大陸から身ひとつで逃れてきた李ファミリーにとって九龍はまさしく別天地だった。軒が傾きかけた長屋に夜の帳が降りると、対岸の香港島の灯りが煌き始める。なんというまばゆい光景なのだろう。幼い文蘭はくすんだ窓ガラスに頬(ほお)を寄せ、海を隔てた香港島を飽かずに眺め続けた。

九龍半島の海沿いに広がるこの木造長屋に住む者の多くが流氓(りゅうぼう)だった。毛語録をかざした紅衛兵から手ひどい仕打ちを受け、或る者はボロ船にしがみついて海に逃れ、或る者は深圳国境の鉄条網を鋏(はさみ)で切って香港に辿(たど)り着いた。

　李文蘭が両親に手を引かれてこの地にやってきた時はまだ小学校にあがる年端にも達していなかった。ここは希望の新天地だ。少女なりの鋭い感性でそう嗅(か)ぎ取っていた。家が狭かろうと汚かろうと構わない。両親が白い歯を見せて心の底から笑っている。何を話してもいい。どこに出かけてもいい。どんな本を読んでもいい。わが人生の行く手を遮る者などいない。祖父と祖母が命に代えて贈ってくれた自由という名の宝石をいま掌(てのひら)に摑(つか)みとったのだ。息を殺して暮らす強権体制から逃れてきた者でなければその尊さは到底分かるまい。

　やがて李一家は対岸の湾仔に移り、古びたアパートの一室を借りて暮らし始めた。

　李文蘭は公立の小学校に通い、両親は近所に小さな店を見つけて洋書を商うようになった。店の名は蘭に因(ちな)んで「オーキッド・ブックス」。文革前は英語教師だった母の黄小鴻が仕入れを担い、父の李克明は店主として接客に励んだ。客の八割は知識階級の香港人で、あとの二割は香港駐在の外国人だった。

古典文学に造詣のふかい克明を囲んで、いつしか店は即席の文芸サロンとなった。あの店ならロンドンで刊行されたばかりの新刊も手に入る。知的でウィットに富んだ店主とのやりとりも楽しいと評判を呼び、商売は少しずつ軌道に乗っていった。もう当局に立ち退きを命じられることも、公安に引っ立てられる心配もない。そこは李一家の小さな城となった。

当時の湾仔はまだ漁村だった頃の名残りを随所に残していた。李一家は勤勉に働いて資金を貯め、地元の金融機関からも融資を受け、荘子敦道に面した築四十年の建物を買い取った。新しい洋書店のショーウィンドウには美しい装丁の本が並び、学生や知識人が次々にやってきた。湾仔の一帯は折からの再開発と不動産ブームに乗って、地価がぐんぐんと値上がりした。それは文蘭が引き継ぐ資産の礎ともなった。ハイスクールに通うようになった文蘭は、学校から戻ると店番をしながらレジの机で英文リポートの宿題に取り組むのが日課だった。店内にはバッハのバロック音楽がいつも静かに流れている。

その日もゴルトベルク変奏曲を聞きながら宿題をしているうちつい居眠りをし、右手に持っていた鉛筆が床に落ちた。はっとして顔をあげると、ブロンドの男性客が最上段の書棚にすっと手を伸ばし分厚い本を取り出すのが目に入った。その所作がなんとも綺麗だった。パラパラとページをめくる男の横顔に文蘭の胸はときめいた。ブルーのボタンダウンのシャツを腕まくりし、細身のデニムをはいている。年は二十代半ばだろうか。

長身の客はレジにやってくると黙って本を置いた。『全体主義の起源』。ロンドンで改訂版が出たばかりの新刊だった。著者はユダヤ人の政治哲学者、ハンナ・アーレント。

「すぐにお包みしますから」

文蘭の声がこころなしかうわずっている。

「目が覚めましたか」

客は透き通るようなブルーの瞳で文蘭を見つめた。

「ゴルトベルク変奏曲はバッハが不眠症で悩む或る伯爵のために作った曲なんです。だから眠くなって当たり前。宿題をするなら別の曲を選んだほうがいい」

きょとんとした面持ちで見あげると、男性客は彼女のリポートに視線を落として微笑んだ。

「僕はイギリス人なのでおせっかいは野暮だと心得ています。でも、一つだけ助言するのを許してもらえれば嬉しいのだが――」

大人のレディーに接するような丁寧な物腰だった。だが慇懃（いんぎん）じゃない。その笑顔も、声も、文蘭の心を摑（つか）んで離さなかった。

「見事な英文だ。でも、その不定冠詞がちょっと惜しいなぁ。定冠詞にしてはどうだろう」

文蘭は慌てて鉛筆を握った。aに横線を引いてtheと書き換え、「謝々（シェシェ）」とマンダリンで言った。客も「不客気（ブクチ）」と返してきた。アンセルム・クレアとの最初の出遭いは鮮烈だった。

その日から、あのブロンドの客がもう一度現れないかと仄（ほの）かな期待で胸が膨らんだ。定冠詞か不定冠詞か。英作文で迷うと、決まってあの客の声が聞こえてきた。

「おまえはまた〝アーレントの男〟の話をしている」

父親にからかわれて頰を赤らめた。

そのイギリス人が再び姿を見せたのは三ヶ月後だった。文蘭の日記によれば正確には八十九日後だ。生成（きな）りの麻のジャケットにチノパンツというカジュアルな服装だった。前に会ったときよりも一段と日焼けしている。

「いらっしゃいませ」

かろうじて口にしたものの、顔が赤く火照っている気がして濃いブルーの眼をまともに見られない。小説のコーナーに立ち寄った客は、すぐに一冊の本を棚から取り出し、レジへと歩いてきた。ああ、もう帰ってしまう——。いきなり冷たい水を浴びせられたような気がした。せめてゆっくりと、丁寧に包装しよう。そう思った瞬間、眼の前の男は首を振った。

「包まなくていいよ。その本は君に」

本の表紙には夜会服を着た紳士が描かれていた。一癖も二癖もありそうな顔をした紳士が腕組みをして退屈げに椅子に座っている。題名は〝MY UNCLE OSWALD〟、著者は短編の狙撃手ロアルド・ダールだ。

「〝チョコレート工場の秘密〟という童話なら読んだことがあります」

「ご両親にはこの本を僕から貰(もら)ったことは言わない方がいいと思うな。出入り禁止になると困るからね。オズワルド叔父(おじ)さんがいかなる人物か、読んでみればすぐにわかるよ」

IRAのテロリストから秘密の通信文を託されたような気がした。

「ロアルド・ダールは心優しい童話を紡ぎ出す作家でもあるが、これがなかなか厄介な男でね。とんでもない物語も書いているんだ」

この風変わりなプレゼントをしてくれた客は、香港をベースキャンプにインドシナ半島を踏査して紀行物を手がけている作家だという。

「雑誌に時々記事は載るけれど、まだ本も出ていない売れないライターだよ」

文蘭は勇気を振り絞って尋ねてみた。

「こんど戻ってくるのはいつですか」

「ラオスの取材がうまくいけば、そこからメコン川を船で遡上し、雲南経由で戻ってくる。多分二ヶ月後かな」

「この本の感想を英文で書いてみますから、必ず立ち寄ってください」

「それは楽しみだな」

日焼けした笑顔で答えると、若き紀行作家は洋書店を後にしていった。

文蘭はさっそくパラパラとページをめくり、慌てて鞄のなかにしまった。この物語はベッドのなかでこっそり読むほうがいいかもしれない。

変わり者のオズワルド叔父さんは、中国磁器の権威にして蜘蛛と蠍のコレクターだ。ケンブリッジの奨学生だった頃、カブトムシからつくった強力な媚薬で大儲けをした。それに飽き足らず、貧乏な指導教官のウォレスリー博士、セクシーな女子大生ヤズミンと組んで儲け話を目論む。美貌のヤズミンが媚薬を使ってピカソやプルースト、フロイトら天才の精子を手に入れ、それを冷凍保存して売りさばこうという破天荒な計画である。奇想天外な物語は、夜ごと文蘭を刺激的な空想の世界に誘ってくれた。

ビクトリアピークに登ったその日、二人の頭上に春雷が響き渡り、文蘭とアンセルムは瀑布を滑るように恋に落ちていった。エキセントリックの申し子のようなイギリス人紀行作家。人生という未知なる冒険に旅立とうとしている少女。気紛(きまぐ)れな運命がふたりを引き合わせたのだろう。やがて堅い絆(きずな)で結ばれてく。

武漢を撃て

武漢　二〇一五年五月

真っ先にマダム・クレアを訪ねなければ――スティーブンはオックスフォードから香港に戻るとその足で柳燕に向かう心づもりだった。ミッドランド・プレースの館から汝窯(じょよう)を密(ひそ)かに持ち出してきたことを告げて驚かせたい。その青磁の皿を披露して、名品の片方を手放そうとしているひとからなんとしても聞き出さなければならないことがあった。

柳燕に予約の電話を入れると思わぬ答えが返ってきた。

「あいにくマダムは今朝、武漢にお発ちになりました」

支配人はこともなげに告げた。

「おひとりでお食事されますか。いつもの部屋をご用意いたしますが」

スティーブンは「またの機会に」と言って、すぐにアパートメントに車を急がせた。

武漢に行かなくては――スティーブンはとっさにそう決断した。汝窯をクロゼットの奥深くにしまうと、キャリーオンバッグを取り出してパッキングを始めた。

既に極秘計画の矢は放たれた。約束に従って手を貸すのか。それとも翻意を促すのか。そのいずれを選ぶにしろ、まずは直に話してみなければ――。

李文蘭が企てている計画の輪郭はおぼろげながら摑めている。ロンドンのブックメーカーを介した資金洗浄、ジュネーブでの医療財団の設立、ウイルスの機能獲得研究への助成、武漢病毒研究所との連携、マカオのカジノに現れた武漢生鮮市場の男、プライベート・セールでの軍資金の調達、彼女の前に立ちはだかる黒社会、その背後に見え隠れする中国共産党、そして愛する人、アンセルムの遺志――ジグソーパズルのピースをひとつひとつはめ込んでいくと、李文蘭が思い描く壮大にしてリスキーな策略の全容が自ずと浮かびあがってくる。

「もっと構図の大きな〝第三の道〟を探らなくては――」

雨傘運動の挫折に触れ、マダム・クレアはかつてそう漏らしたことがあった。誰も思いつかない登り口から最高権力の頂きに挑み、鉄槌（てっつい）を下してみせる――彼女の堅い決意が伝わってきた。李文蘭が決戦の地に選んだのはやはり武漢だった。

スティーブンは香港国際空港の予約カウンターに駆け込み、キャセイパシフィック航空のビジネス席に飛び乗った。そして四時間後には武漢の天河国際空港に降り立った。すぐさまタクシーで武昌区にある「ワンダレイン武漢」へ。つい最近オープンしたばかりの五つ星ホテルにマダム・クレアが滞在している。柳燕の支配人がそう教えてくれた。

彼女のケータイ番号を押しかけて思いとどまった。すでにわれわれは当局の監視下に置かれているはずだ。電話をすればケータイが発する電波で現在位置をたちまち捕捉（ほそく）されてしまう。ホテルにチェックインすると、年配のベルボーイにチップをはずんで彼女の行方を尋ねてみた。

「その方でしたら、さきほど車を呼んで漢口江灘に向かわれました」

スティーブンも同じ会社に車を手配してもらい、すぐさま後を追った。武昌区から武漢長江大橋を渡ると、長江沿いに緑なす公園が広がっていた。漢口江灘と呼ばれる一帯には、かつてイギリス、ロシア、フランス、ドイツ、日本の列強が租界を置いていた。多くの外国資本が進出し、そこに西欧の近代都市と見紛うような賑わいを創り出した。それは虚栄の街衢だった。

長江は夕焼けに染まって燃えたつようだ。爽やかな風が頬を撫で、昼間の暑気を追い払ってくれる。街路樹の木陰をしばらく歩いていくと、マダム・クレアらしき後ろ姿が遠くに見えてきた。襟の高いいつものチャイナドレス姿ではない。プラチナグレーのタイトなスーツを着て、首に巻いた青いシフォンのストールを川風にはためかせている。急ぎ足で歩み寄り、すらりとした後ろ姿に声をかけた。そのひとは黒い瞳を瞠って振り返った。

「まあなんてことかしら、スティーブン。しばらく姿を晦ましていたと思ったら――」

「驚かせてすみません」

「ヴォクソールが神出鬼没なのは承知しているわ。だから驚きはしないけれど」

バラのような芳香を放つ花束を手に、マダム・クレアは微笑んだ。

「牡丹でしょうか、いい香りがします」

「芍薬よ、祖母が大好きだった。芍薬を見ると祖母の面影が浮かんでくるんです。子供心にもなんて美しい人だろうと思ったわ」

　ふたりは長江の畔にしばし無言で佇んだ。

「遠い昔、私たち家族はここから木造の漁船に乗りこんで武漢を離れた。密かに見送ってくれた祖父母の顔はいまもよく憶えているわ。向こう岸の風景はすっかり変わってしまったけれど、長江だけは思い出のなかの風景と同じ。濁った泥の色をして滔々と流れている」

「お祖父様たちが亡くなられたのは下放先のたしか黒竜江省――」

「ええ、でもお骨も還ってきませんでした。武漢にだって親戚ひとりいない。ですからお墓もありません。私たち家族にとっては、最後に別れたこの場所がお墓なんです」

　マダム・クレアは手にした花束を長江の川面に放り投げた。芍薬の白い花びらが飛び散り、華やかな香りだけが残った。

風蕭々として易水寒し

壮士ひとたび去りて復た還らず

スティーブンは「史記 刺客伝」の一節を思わず口ずさんだ。李文蘭は、人生のすべてを賭けて〝現代の始皇帝〟をたったひとりで刺し貫こうとしている。それは、秦王を葬り去ろうと易水の畔を発つ刺客、荊軻を髣髴とさせた。

運命のひとがひとたびこの地を去れば、ふたたび相まみえることはないだろう。生暖かいはずの川風が肌を刺すように冷たく感じられた。だが、振り返ったマダム・クレアの顔は不思議なほど穏やかだった。

「スティーブン、お墓参りにつきあってくれてありがとう。もう思い残すことはありません。せっかくですからご案内したいところがあるの、付き合ってくださる」

「あなたとなら、いずこなりと」

マダム・クレアはスティーブンの用向きを尋ねようとしない。まっすぐ前を見て歩きだした。

「お召し物で印象がずいぶんと変わりますね」

「あら、どう見えるのかしら」

「そうですね、投資銀行のチーフアナリストといったところかな」

「株価も債券相場も長いこと見ていないわ。チャイナドレスでは目立ちすぎる。ここではあまり人目を引きたくありませんから。でも、怪しいイギリス紳士と一緒じゃ、肌も露わに表通りを歩いているようなものね」

待たせていた黒のリムジンに乗り込むと、マダム・クレアは「江漢関へ」と告げた。

ふたりはかつて税関があった広場で車を降り、賑やかな江漢路の歩行者天国に入っていった。清朝末期にはここが中国人街とイギリス租界を隔てる大通りだった。その片側には三十四を数えた外国銀行や洋行が軒を連ねていた。いまも様々なスタイルの建造物が立ち並んで当時の面影をいまに伝えている。

マダム・クレアは優美なバルコニーを備えた新古典主義様式の建物を指さした。

「スティーブン、ほら、あの建物。きっと写真で見たことがあるはずだわ」

「もしかして、あれが――」

「そう、一九二〇年代はブラッドレー・シッピング・カンパニーのビルディングでした。私の祖父、李志傑が子分を引き連れて襲撃した――」

「そして、あの汝窯の片割れを持ち去った――」

「ご明察のとおり。われらがご先祖さまは、運命の火花を散らして、ここで一瞬交錯したんだわ」

マダム・クレアはさも愉快そうに笑った。

老舗の商店やブランドショップが集まる一帯を過ぎ、「武漢漢方薬局」の角を曲がると、昔懐かしい路地の佇まいがあらわれた。古い民家はどれもレトロなカフェや雑貨店に改装されている。しばらく歩くと古風な茶館がみえてきた。「本日休業」と札が下がっている。マダム・クレアはかまわず浮き彫りの扉を押し開けて入っていった。

その瞬間、店内にライトがぱっと灯り、白シャツに黒ズボンの若い男性が「お待ち申し上げておりました」と迎えてくれた。

天井から瀟洒なランタンが下がり、大きなガラス窓には巧緻な格子細工が施されている。石敷きの土間には選び抜かれた清式家具が配されていた。深い褐色の卓と椅子は花梨なのだろう。磨き抜かれて硬質な光沢を放っている。紫檀の飾り棚には青白磁の瓶、深紅、瑠璃、黄色など単色釉の小壺がリズミカルに並べられていた。スティーブンは壁に掛った篆書の額に目を留めた。

天下莫柔弱於水
而攻堅強者
莫之能勝

以其無以易之

とっさに心のなかで読み上げる。たしか老子の道徳経にあった一節だ。

水より柔らかきものはないが、それゆえ、堅きものを攻め陥すのに水に勝るものはない。だがそうと知りながらも、堅き標的を攻略できる者など数えるばかりだ。

ならば、かよわき者である自分こそがその役割にふさわしい――マダム・クレアはそう自らを鼓舞しているのだろうか。

青年に案内されて、ふたりは中庭へと出た。

若葉をつけた槐(えんじゅ)の下にテーブルが置かれ、ゆったりと座れる籐(とう)椅子が二脚用意してあった。

「お茶はどうなさいますか」

「せっかくですから、恩施玉露(おんしぎょくろ)をいただくわ」

青年は頭を下げて三歩あとずさり、裏へ下がっていった。

テーブルの上には、カボチャの種、ナツメ、杏(あんず)の蜜煮(みつに)をいれた小皿が並んでいる。

「休業と札が下がっていましたが――」

「貸し切ったのよ――というのは嘘。じつは私の店なの。ここは祖母の秀麗が取り仕切っていた茶館でした。長い間、探し続けてようやく突き止めたの」

当時の姿そのままに復元し、店を開いたのが二年前。店の名は「飛燕茶楼」、祖母の娼妓時代の名にしようと早くから決めていた。せめてきょう一日だけ心安らかにひとりで過ごしたい。そう願って休みにしたのだという。

「香港から飛んできたのですから大切な話があるのでしょう。スティーブン、ここなら安心、盗聴器の掃除もちゃんと済ませてあります。何を話してもその筋に聞かれる心配はないわ。お茶を出したら店の者も帰します」

夕闇が刻一刻とふたりを包み込んでいく。街の喧噪が遠ざかり、清朝の世に迷い込んだような静けさだった。

優雅な所作で茶が供された。スティーブンは一口味わってふっと息を洩らした。

「爽やかにして深いコクがある。中国茶というより日本の緑茶のようですね」

「湖北省は恩施、五峰山で古くから栽培されている銘品です。中国の緑茶は釜煎りですが、恩施の玉露は日本のように蒸して作るの。ここ武漢は昔から周辺九省から様々な茶葉が入荷し、茶葉商人が集まる街でした。租界があった頃の漢口は〝東洋茶港〟と呼ばれていました。大きな茶の市場はいまも健在です」

「その貴重な中国の茶葉を手に入れるために、イギリス人は阿片を代金に使ってカネ儲けを企んだ。でも、あの戦争で香港はイギリスの手に渡り、そのお陰で我々は出遭うことができた。これも運命のいたずらでしょうか」

「あなた、そんな因縁話をするためにここまで来たのかしら。まずは、私から報告を。あなたがロンドンに帰っている間に汝窯をプライベート・セールで手放しました。結果は予想どおり――」

「大陸側が落札したんですか」

「ええ、上海の投資家集団が結構な価格で落としてくれたわ。これで軍資金も十分」

「実は、あの美しい汝窯を拝見して以来、ずっとあなたの心中を推し測っていたのですが。いや、龍王で勝負に出たチャイナドレスの麗人を見た時から、と正直に言うべきでしょう。僕の検索エンジンは作動し始めていました」

マダム・クレアはとうに承知していたと言わんばかりに涼しげな表情だ。

「コロナウイルスの機能獲得研究こそ、あなたの計画の核心。バーゼルのメディテック・イノーヴァ財団を介して武漢病毒研究所に助成金を出し、彼ら、彼女らの研究に介入してみせる。それが狙いとお見受けしました」

彼女は恩施の玉露を一口飲み、顔色ひとつ変えようとしない。

「ここからは僕の見立てにすぎません。機能獲得を通じて創り出した強力な新型コロナウイルスを武漢病毒研究所から流出させる。その実行犯はマカオのカジノに現れた武漢生鮮市場の男。でも、中国大陸へバイオテロを仕掛けようとしているわけじゃない。あなたの標的は中国の人民に非ず。狙いはあくまで最高権力者。現代の刺客〝荊軻〟がその志を遂げようと、李家の命にも等しい汝窯を手放して軍資金とした。ですが、あなたの思惑通りに事は運ぶでしょうか」

「事が成就するか、はたまた失敗に終わるか。それは天のみぞ知る。あなたの妄想はひとまず置くとして、武漢病毒研究所ほど危険な存在はありません。強い毒性と感染力を持つウイルスを扱いながら、バイオ・セキュリティのレベルは信じられないほどお粗末なんですから」

「たしかに、ウイルスの漏洩に備えるバイオ・セキュリティ施設は十分じゃない。フランスの支援を得て最高度の防御設備BSL4実験室は完成しました。でも、そのフランスとも仲違いをしてしまった。果たしてウイルスの管理は大丈夫なのか心配でなりません」

「スティーブン、これが適切な譬えかどうか――習近平の中国は、放射能を遮断する満足な施設を持たないまま、原子炉の炉心に核燃料棒を入れようとしているようなものだわ。このままでは、あのチェルノブイリ原発のような惨事を引き起こしかねませ

ん」──

マダム・クレアは放射能の漏洩事故をウイルスの漏洩に見立ててみせた。そこには空恐ろしいほどの深い洞察が潜んでいた。

チェルノブイリ原発の事故は、ソビエト連邦の支配体制の〝柔らかい脇腹〟だったウクライナ共和国を舞台に起きた。だが、当時のクレムリン指導部は傲慢（ごうまん）にもこれしきの原発事故などいとも容易（たやす）く制御できると考えていた。原子炉の石棺に〝神の火〟を閉じ込めてしまえばいいと──。

ところが、全体主義権力の司祭たちには〝原子の火〟を統御できなかった。ソビエト連邦が抱え込んでいた様々な民族、宗教、思潮を一つの石棺に封じ込めておくことなど、結局かなわなかったように。チェルノブイリの惨劇こそ刻々と忍び寄る全体主義体制の崩壊の序曲となったのである。

傑出したインテリジェンス・オフィサーは、鋭利な勘を跳躍台に近未来に生起する事態を予見しようとする。マダム・クレアもまた、チェルノブイリ原発の事故にやがて武漢病毒研究所で起きるであろう惨事を投影したのだった。そして新型コロナウイルスの漏洩こそ中国の強権体制を揺るがす狼煙（のろし）になると予見してみせた。なんという天稟（てんぴん）なのだろう。

スティーブンは間髪を入れず彼女の胸の内に分け入っていった。

「チェルノブイリの原発事故は、当初、運転員のマニュアル違反が原因と見られていました。ところが内部調査が進むにつれて、セイフティー・カルチャーの根源的な欠如があの惨事を引き起こしたことが明らかになっていった。全体主義の政治体制には、人命を優先する思想がすっぽりと抜け落ちていた。原子炉の設計者から現場の作業員まで、ひとの命を大切にする思考が決定的に欠落していたのです」

マダム・クレアの瞳の奥深くを覗き込んで言葉を継いだ。

「つまり、あなたは、武漢の地こそ、習近平の強権体制を揺るがす震源地になると——」

マダム・クレアは穏やかに頷いた。

「易姓革命という言葉はよくご存じね。この国では統治を委ねられし者が大義を失えば、宮廷内に策謀が渦巻き、やがて農民たちの叛乱が巻き起こり、ついには新たな王朝に取って代わられる。そんな歴史が繰り返されてきました。ところが共産党の一党独裁はどうでしょう。大躍進が千六百万人もの餓死者を出して失敗に終わり、文革があれほどの災厄をもたらしながら、いまだにその支配体制は微動だにしていない。政治局内の謀反の企てもことごとく潰されてしまった。林彪や薄熙来の末路をみればお分かりでしょう」

「一つだけ伺っていいでしょうか。あなたは習近平の強権体制に燃えるような怒りを滾（たぎ）らせている。それは雨傘運動の結末を目の当たりにした僕も同じです。ただ、SARSのような恐ろしい新興感染症を引き起こしては、罪もない中国の人々、さらには国際社会に累が及んでしまいます」

「ヒューマニストのスティーブンもなかなか魅力的だわ。私のような小さき者が、レトロウイルスという刺客を放ったとしても、すでに武漢では制御不可能な大惨事が起きかけているわ。でも、コロナウイルスの病毒と独裁体制の害毒では、果たしてどちらがより人間の社会を蝕（むしば）むのかしら。まさしく悪魔の審問なのだけれど」

スティーブンは返す言葉を見つけられなかった。

「独裁体制の害毒こそ甚だしい――そう単純に決めつけているわけじゃありません。中国が世界を襲う二十一世紀最大の病毒の震源地になれば、きっと国際社会から囂々（ごうごう）たる批判を浴びるにちがいありません。春秋（しゅんじゅう）の筆法でいうなら、新興ウイルスが習近平の政治生命にとどめを刺す。私にはそんな様がはっきりと目に見えるんです」

彼女はすでに心を決めて、自ら退路を断ったのだろう。

「漢口の波止場で私たちを見送った祖父の李志傑は、別れ際に父にこう言ったそうです。時と共に移ろう権力に阿って、おのが生き様を曲げてはいけない。柳のようにしなやかに、竹のようにまっすぐに自らの思うところを貫けと。私の身体にはいまもこの遺言が血となり肉となって息づいています」

マダム・クレアはまじろぎもせずに語った。

「でもスティーブン、あなたはここで解放してあげる。汝窯の青磁を見せて、我が計画の一端を明かしたからといって、地獄まで道連れにしたりはしないわ」

マダム・クレアは籐椅子からすっと立ち上がって手を差し伸べた。その指先はひんやりと冷たかった。中庭を横切って歩き出すと、スティーブンも黙って付き従った。天井から下がったランタンの灯が微かに揺れている。戸締まりもしないまま飛燕茶楼を出ると江漢路の雑踏に足を踏み入れた。すでに夜の帳が下り、街路灯に照らされた界隈は行き交う人々のさんざめきに包まれている。

あなたをひとりで危地に赴かせるわけにはいかない——スティーブンがそう声をかけようとした時、マダム・クレアが振り返った。あなたにはあなたなりの、そして私には私なりの大義がある——黒い瞳は無言のうちにそう語りかけていた。中空から降り注ぐ白い月の光に映えて、その意志的な貌は凄絶なほどに美しかった。

マダム・クレアは人の波に紛れて去っていく。

スティーブンは足元に忍び寄る寒気のなか、江漢路にじっと立ち尽くしていた。

砕け散る汝窯

変異型コロナウイルスを蔓延(まんえん)させ〝チェルノブイリ〟のような惨事を地上に現出させる。「習近平の中国」は忍び寄る災厄を制御できないまま、その支配体制が根底から揺らいでいく——それがマダム・クレアの大いなる企てだ。だが、人類が確たる対抗手段を持たないウイルスを解き放てば、未曽有(みぞう)のパンデミックが全世界を覆ってしまうかもしれない。邪悪な強権体制を倒すという志も、新興感染症を蔓延させるという危うい手段をいささかも正当化しないはずだ。

スティーブンは重大な岐路に立たされていた。大審問官の前に引き出された被告のような心持ちだった。マダム・クレアの目論見を黙って見過ごすのか。それとも、この危険極まりない企みの芽をいま摘んでしまうか。

武漢から香港に舞い戻ったスティーブンは、三日の間、部屋に閉じこもって逡巡(しゅんじゅん)に逡巡を重ねた。その末に二重三重に保秘を施した国際回線を使ってフォート・デトリック基地のマイケルを呼び出した。

「マダム・クレアは、コロナウイルスの遺伝子操作の研究に資金を提供することで制御不能な新型ウイルスを生みだすことに結果として手を貸している。そうしてパンデミックが起き、習近平体制が統御できなければ、厳しい非難を浴びて政権の基盤は揺らいでしまうだろう。そのための軍資金を、おそらく総額一億ドル近くも使った模様だ。武漢病毒研究所は助成金を得て、ウイルスの機能獲得の分野でノウハウを飛躍的に蓄えたと思う。やがて、最強のウイルスがこの地上に出現するかもしれない」

マイケルはすぐさま核心を衝く質問を返してきた。

「君がマカオのカジノで目撃したという武漢生鮮市場の卸売業者を使うつもりだろうか。実験室で新型コロナウイルスに感染させた動物を生鮮市場に放つ企てかもしれない。SARSのケースを思い起こしてみろ。ウイルスに冒されたハクビシンが中間宿主となり、人に感染してアウトブレイクしたんだぞ。彼女の計画が実行に移されれば、恐ろしい災厄を地球上に引き起こしてしまう」

しばし重苦しい沈黙が流れた。

スティーブンの声も暗く湿りがちとなった。

「確かに新型コロナウイルスは習近平体制を潰す有力な武器になるかもしれない。とはいえ、道義的に許されることじゃない」

「スティーブン、いいか、インテリジェンス活動に携わる僕らの責務は、中国の共産党政権をこの手で潰すことじゃない。精緻な情報を政権の要路に届けて誤りなき決断を促すことにある、そうだろう」

メディカル分野を担う情報士官として、これほどの謀略を知ってしまった以上、然(しか)るべき報告を国家の要路に上げないわけにはいかない――マイケルの口吻(こうふん)はそう告げていた。

そしてスティーブンも黙示の承認を与えざるをえなかった。

武漢病毒研究所を巡る情報(インテリジェンス)は、詳細な裏付けのドキュメントと共に国家情報長官に報告され、ホワイトハウスの国家安全保障会議にも送られるだろう。超大国アメリカは直ちに情報戦(インテリジェンス・ウォー)を発動するに違いない。マダム・クレアが助成するウイルスの機能獲得研究は徹底的に洗いだされ、制限が加えられるはずだ。アメリカ政府は、彼女が研ぎ澄ましてきた矢尻(やじり)をへし折り、その威力を殺(そ)ごうとするだろう。

彼女ほど聡明(そうめい)なひとがその危険を察していないはずはない。にもかかわらず敢(あ)えて機密を漏らしてみせたのは、ワシントンを欺く罠(わな)なのだろうか。そうでないなら、罪なき人々を人質にしたこの企みに彼女も迷いがあるのかもしれない。

マダム・クレアの典雅なる汝窯が音をたてて砕け散っていく――その様を思い浮か

べて、スティーブンは胃の腑をえぐられるような痛みを覚えた。

馬上杯と月餅

長江の畔でマダム・クレアを見送って四ヶ月余り。柳燕の支配人がスティーブンのアパートメントを訪ねてきた。レパルス・ベイに秋の気配が漂いはじめた九月末のことだった。

支配人は藍色の更紗に包んだ大小ふたつの木箱を大事そうに抱えていた。まるで遺骨を胸にかき抱いているように見えた。

「マダム・クレアの指示でお届けにあがりました」

「マダムが戻ってこられたんですね」

スティーブンは切迫した声で訊ねた。

「いいえ、残念ながら、まだ何の連絡もございません。もしも自分が中秋節までに戻らなければ、ブラッドレー様にお渡しするよう言いつかっておりましたので――」

まず小さな木箱のほうから開けてみた。瑠璃色の馬上杯があらわれた。騎馬の兵士は馬上で酒杯を飲み干す。そのため、握りやすいよう高台がひときわ高く作られている。器形は端正で美しく、純白の内側が深いコバルトブルーの釉薬に映えて鮮烈な印象を放っている。去年の暮れ、オークション会場で競るつもりだった清朝単色釉の名品だった。結局、あきらめて会場を去ったのだが、マダム・クレアは密かに手をまわして買いとってくれたのだろう。

「瑠璃色の馬上杯を見ると自制が利かなくなって困っています」

帰りがけにそう漏らしたのを憶えていてくれたのだ。

もうひとつの箱には、黄金色に焼いた大きな月餅が並んでいた。真ん中に「柳燕」と焼き印が捺してある。英文の手紙が手書きで添えられていた。

スティーブン、元気でいるかしら。中秋節には家族で丸い月餅を切り分け、家内円満を祈りながら食べるのがこの国の慣わしです。でも私にはそんな家族はもういません。ですから、せめてあなたにお裾分けしようとお届けします。この手紙が着く頃、私はどこで中秋の月を見ていることか。それが何処であろうと、私たちは同じ月を見ている、そう信じております。

端正な筆跡は、次の節に移るところなしか乱れ始める。

あなたの胸中にはいま、数限りない疑念がこんこんと湧きだしていることでしょう。何も知らせないほうがいい。それがあなたの身のため、頭ではそう分かっていながら、つい心を許して打ち明けてしまったのです。
国家の垢を自ら引き受ける者こそ天下の王なり、と老子は言いました。私のような非力な者が身の程もわきまえず、堅き者を相手に壮図を企んでしまった。いまは苦い想いを噛みしめています。

崇高な試みは時として醜悪な怪物を生み出すことがある。できることなら、この企てをこの自分に阻んでもらいたい――やはりマダム・クレアは心の片隅で密かにそう願っていたのかもしれない。彼女の計画を盟友マイケルに漏らしてしまった心の痛みがほんの少しだけ減じた。

真っ白なキャンバスにおぼろげに描いた私のデッサン。あなたなら素描から見事に仕上がった絵画を想像してくれるはず、そう信じて打ち明けてしまいました。ですから、私のデッサンを破り捨てようと、倉庫の奥深くにしまいこもうと、もうあなたのご自由にとお伝えしておきましょう。

アンセルムとスティーブン。あなたたちは、髪の色も、瞳の色も、まったく違う。けれどエキセントリックの化身ということでは似た者同士。そんなイギリス男にふたりまで知りあえたのですから、ほんとうに幸せでした。でも、忘れないで。〝好奇心は猫を殺す〟。あなたもほどほどにね。

では、さようなら

ロンドンからのクーリエ

金融街セントラルの皇后大道(クイーンズロード)。「航空機ビジネス」を表看板にオフィスを構えているスティーブンのもとに一本の電話がかかってきた。電話の主はマカオ行きフェリーの波止場近くにある不動産屋だった。柳燕から月餅が届いた十八日後のことだ。

「お探しの条件にぴったりの物件が出ましたのでお知らせします。フェリー乗り場に向かう通路左側にある不動産広告の掲示板、その右端、いちばん上のアパートの物件をご覧ください。掲載はきょうと明日の二日だけですからご注意願います」

スティーブンはその日の午後、フェリー乗り場の掲示板を確かめにいった。目当ての広告はすぐに見つかった。ヴィクトリア・ピークにある高層アパートの三十六階、3LDKの物件だ。周囲に視線を配りながら、仲介業者の住所、担当者の氏名、電話番号を素早く書き取った。

ヴォクソールからの重要なクーリエを受け取る際に申し合わせてあった手順の通りだった。だが、スティーブンが香港へ着任して以来、絶えて一度もロンドンはこの方法では連絡を寄こさなかった。いまさら何事だというのか。

なかば憤りながら仲介業者のオフィスを訪ねてみた。窓口には風采のあがらない中年の香港人があらわれた。ヴォクソールの伝書使としてこれほどの適任者はいないだろう。たとえ食事を共にしても、ひとたび別れてしまえば、どんな顔だったのか全く思い出せないに違いない。見事なまでに影の薄い人物だった。

「ロンドンからです。あなたのことは存じ上げていますので、受領はイニシャルだけで結構です」

男は抑揚のない広東語で言うと封書をそっと手渡してくれた。

オフィスに戻るとペーパーナイフを取り出すのももどかしく、分厚い封書を手で破って中身を取り出した。厳重な包装が施されている。なかに入っていたのはオニオンスキンペーパーの便箋だった。薄く柔らかい、穏やかに波打つ紙に古風なタイプで印字されている。

彼の地に忍ばせている信頼できる情報筋によれば、ミッシェル・クレアこと李文蘭は中国の公安当局に身柄を拘束され、ウルムチ郊外の労働改造所に送られた模様だ。彼女は大英帝国の臣民であり、わが英国政府が救出すべく鋭意外交努力を傾けている。従って単独で彼女を救い出そうなどと決して考えてはならない。却って彼女の命を危険に曝すことになる。厳に慎みたまえ。

中国の公安当局に情報を流したのは何者か。〝敵は身内にあり〟。そうとだけ伝えておこう。いま一度、警告する。決して動いてはならない。

差出人の名はどこにもない。だが、恩師ブラックウィル教授が、あの古びたオリベッティのキーを二本指で叩いたにちがいない。愛弟子が心を寄せるマダム・クレアが失踪したとの報に接し、単身救出に向かう恐れありとみて先手を打ったのだろう。

スティーブンはこの書簡の中身に短い前書きを付け、量子暗号に組んでフォート・デトリックのマイケルに転電した。

モグラは永くわが社の専売品とされてきましたが、御社のカタログリストにもあると聞き、いささか驚いております。シングル・モルトの醸造元の話を総合しますと、異物は当方で混入されたのではなく、そちらの従兄筋に於いて起こったものと推量されます。貴殿もくれぐれもご留意のほどを。

アイラ島醸造所より

ワシントンD.C. 二〇一五年十一月

グリーンバーグ家の家宝

マイケルは暗号電報を受け取って言い知れぬ衝撃を受けた。自分が起案した政権要路への特別報告が教授のいう〝身内〟に漏れ、マダム・クレアの失踪の引き金になった——そう確信したからだ。

鬱々とした日々を過ごすマイケルのもとに一通の封書が送られてきた。なかにはケネディ・センターのコンサート・ホールで催されるチャリティ・イベントへの招待切符が二枚同封されていた。手紙は入っていない。ヨーヨー・マが名器ヴァルネリでヨハン・セバスティアン・バッハの「無伴奏チェロ組曲」を演奏するという。収益金はウイグルへの人道支援の基金に全額寄付されると記してあった。

その日、マイケルは午後五時に仕事を切り上げ、秘書のマーゴを誘ってエクスプローラーXLTでポトマック川沿いのケネディ・センターを目指した。真っ赤な絨毯を敷きつめたグランド・フォイヤーでは、ホリデーシーズンらしくタキシードやイブニングドレスに着飾った紳士、淑女がシャンパングラスを手に賑々しく語らっている。マイケルは、真珠のピアスをしたマーゴをエスコートしてセンター・オーケストラ、M列一一〇番の席に就いた。

やはり――。くせ毛の白髪の老人がタキシード姿で隣席に座っていた。そのまなざしは衰えを感じさせない。軽く会釈をしても、まっすぐ舞台を見つめたまま返答しない。その夜の〝フォート・デトリックのヨーダ〟は、特別なボックス席に座る栄誉に与りながら、敢えて一般のオーケストラ席にいた。

「今夜、ヨーヨー・マが演奏するチェロは、グリーンバーグ家の家宝なんですね」

マイケルが囁きかけると、ダニエル・グリーンバーグ博士は微かに頷いてみせた。

万雷の拍手に迎えられて、ヨーヨー・マがグァルネリを手に登場した。第一番ト長調第一楽章プレリュードが始まった。深く温かな音色がホールを包み込んでいく。陽の光にゆらめいてうつろいゆく樹々の葉をおもわせる、変幻にして自在な旋律だ。

一つの弦楽器を弾きながら、これほど豊かなハーモニーを奏でられるのはなぜだろう。いつもはウイルス情報と格闘し、クラシックに縁のない暮らしをしているマイケルも別天地へと誘われていく心持ちだった。

グァルネリが奏でる音色は、ときにのびやかに、ときに物思いに耽って深く沈み込んでいく。かと思えば、突如として踊るように軽快に変じて、ヨーヨー・マの演奏は聴く者を感動の渦に巻き込んでいった。グリーンバーグもまた、恋人が歌うアリアでも聴くように陶酔の面持ちだ。

第一部の演奏が終わると、博士はマイケルを促してポトマック川が眼下を流れるテラスに誘い出した。外は身も凍るような寒さだ。ふたりの他に人影はない。

「連合軍の占領下にあった古都ウィーンでの出来事だった。かの〝第三の男〟が偽のペニシリンを商っていた頃のことだよ。あの街から名器グァルネリを救い出してくれたのは誰あろう、君もよく知る人物だ。そう、オックスフォードの〝智慧のフクロウ〟だよ」

「えっ、ブラックウィル教授が——」

「そうだ、彼はまだオックスフォードの学生だったんだが、ドイツ語が堪能(たんのう)なことを見込まれてイギリス情報部に徴集され、ウィーンで情報活動に携わっていた。米軍の情報当局の要請を受け、あのグァルネリを探し出してくれた。教授は我が家の恩人なんだ」

「今夜、私を招いてくださったのは、そのグァルネリの導きだったんですね」

「教授は君たちふたりのことをひどく気にかけておられる。君は親友だそうだな、スティーブン・ブラッドレー君と」

「はい、コーパス・クリスティ・コレッジ以来の」

「ブラッドレー君が当局に捕らわれた麗人を救い出そうと、単身でウイグルに出かけていくのではと教授はいたく心配しておる。そうなれば彼女の命も危なくなる。力を貸してほしいと連絡があったのだ。教授のためなら、私は命も投げ出すつもりだ。もっとも、こんな老いぼれの命には何の価値もないが——」

シンプルな黒のカクテルドレスに深紅のジャケットを羽織ったマーゴが、コーヒーカップを三つトレイに載せて近づいてきた。だが、緊迫した空気を察したのか、カップをふたりに手渡すと「ああ、寒い」と言いながら華やいだロビーへと戻っていった。

「中国のその筋に機密情報を漏らしたのは誰か。老骨に鞭打って突き止めてみた。

〝その結果は直に君に伝えてくれ〟。わが恩人はそう言ってきた」

英米の情報コミュニティに〝北京のモグラ〟が潜んでいる。それゆえ、裏切り者の特定情報をヴォクソール経由でスティーブンに伝えるのは危険だと判断したのだろう。

マイケルもこちらから「密告者は」と敢えて尋ねなかった。

「まことに残念な報せなのだが、〝モグラ〟は米政府の医療情報コミュニティのなかに潜んでいた。感染症対策を統括しているNIHの上級幹部だ」

「北京にカネで転んだのでしょうか」

「いや、そうじゃない。アメリカ政府の資金が武漢病毒研究所に流れ、それがコロナウイルスの機能獲得研究を飛躍的に前進させている。そんな話が議会やメディアに漏れれば、国際世論からも手ひどいバッシングを受ける。マダム・クレアを北京に売り渡して拘束させれば、すべてを彼女の罪にできる。自分たちの手は汚れていないと申し開きができると考えたのだろう。数々の細菌・ウイルス戦を指揮してきたバイオ官僚のやりそうなことだな」

M列一一〇番の席に戻ったマイケルにはもうヨーヨー・マが奏でる調べがまったく

耳に入らなかった。唇を噛みしめて奏者の手元を睨みつけるように見つめたままだった。

インテリジェンス活動に携わる僕らの責務は、中国の共産党政権をこの手で潰すことじゃない。精緻な情報を政権の要路に届けて誤りなき決断を促すことにある。

採用されたての情報士官の卵が、研修所の教官から聞かされるような教訓だ。マイケルは一字一句違えずに反芻してみた。盟友のスティーブンにそう諭し、愚かにもそれを実行に移してしまった。そんな自分にやり場のない怒りを覚え、椅子に沈み込むような恥ずかしさを味わっていた。

いかに精緻なインテリジェンスも、かのチャーチル卿のような舵取りを欠けば、単なる紙礫に成り下がってしまう。ましてや情報コミュニティに〝モグラ〟が潜んでいれば、貴重なインテリジェンスは凶器に変じて同志を射殺すことだってある。

マダム・クレアを北京に売ったのはNIHで感染症対策を統括する上級幹部だという。ライブラリー・ホテルのレストランで、マイケルの質問に困惑しながらも、ムール貝のバターソースでぎらつく唇にシャブリを流し込んでいたフローリー博士の顔が浮かんできた。自らの保身のために北京に極秘情報を流したのはあの男なのか——。そうだとすれば、必ず代償を支払わせてみせる。

マイケルはマーゴを自宅に送り届けて深夜のアパートに帰り着いたのだが、〝ヨーダ〟に招待の礼を述べたかどうかすら覚えていなかった。量子暗号システムを使った通信文を組んで、〝ヨーダ情報〟を香港のスティーブンに宛て打電した。

香港から同じ回線を使って返電が届いたのは、米東海岸の午前四時十分のことだった。

来電は了解せり。追って連絡するまで待機されたし。

毒をもって毒を制す

香港 二〇一五年十一月

軍事情報衛星が捉えた新疆ウイグル自治区ウルムチ郊外の労働改造所の写真を壁に貼り付け、スティーブンは一晩中まんじりともしなかった。カーテンの隙間から青白い光が差し込んでくると意を決し、クロゼットの奥にしまっておいた汝窯の青磁を取り出した。

ブラックウィル教授の懸命の救出工作もホワイトホールを動かすことはかなわないだろう。かといって、教授の忠告に背いて現地に赴くわけにはいかない。確かにたったひとりのオペレーションでは巨大な強権体制の前に憤死するのがオチだろう。そしてマダム・クレアは消されてしまう。

だが、この汝窯なら彼女を救い出してくれるかもしれない――とりわけ青磁の名品が一対となるなら、その磁力はいや増すはずだ。ブラッドレー家の所蔵品を差し出すと北京に伝え、ミッシェル・クレアの身柄と取り換えようと持ちかけてみる。このディールなら大陸の連中も乗ってくるかもしれない。だが、いかに中国政府が後ろ盾とはいえ、上海の投資家集団にはこれほど機微に触れる折衝を取り仕切る権限は与えられていまい。

こうなれば毒をもって毒を制すほか仕方あるまい。スティーブンはマイケルに連絡をとった。

「僕はマダム・クレアとの約束を守れなかった。そのことを今さら悔やんでも遅い。だが、僕にしか実行できない救出策がある。それにはマイケル、君の協力が何としても必要だ」

「死ぬほど悔やんでいるのは僕だって同じさ。何をすればいいか、言ってくれ。ダニエル・グリーンバーグ博士も力を貸してくれるはずだ」

「NIHのハワード・フローリー博士にコンタクトしてくれ。奴を脅しあげて、中国側にメッセージを伝えるよう仕向けたい」

スティーブンは汝窯の青磁とマダム・クレアの命を引き換える計画をマイケルに打

ち明けた。

「フローリーの奴が最も恐れているのはメディアに醜聞が流れることだ。合衆国の重大な機密を漏らしてマダム・クレアを売り渡した、そうリークすると脅してみろ。きっと慌てふためくにちがいない」

「わかった。それならリーク先はニューヨーク・タイムズのデーヴィッド・サンガー記者がいい。ワシントン発の報道では圧倒的な信頼度と影響力があるからな」

「このディールは北京にとっても悪い話じゃないはずだ。利用価値のない女囚ひとりを解放すれば、中国文明の精華たる汝窯の青磁が手に入るんだから。無下には断れまい。ディールに関心があるなら、上海の投資家集団を通じて僕に連絡するよう、北京に伝えさせろ。それだけでいい。その後の交渉は僕が直接やる。頼んだぞ、マイケル」

災厄の年が暮れ、二〇一六年が明けると、中国側が交渉場所をスティーブンに伝えてきた。上海の人民広場に建つ上海博物館だ。中国古美術の収蔵品にかけては北京の故宮博物院、南京博物院と並ぶ中国三大博物館として名高い。

その外観はまことにユニークだ。四階建ての下半分は青銅器の鼎の脚をイメージした四角形。最上階には円盤を戴き、耳を思わせる半円形の構造物を東西南北にそれぞれ配している。上海博物館が誇る青銅器コレクションの鼎をモチーフにしながら、「天円地方」、天は円く、地は方形という古代中国の宇宙観を表現しているという。上空から俯瞰すれば、四角形のなかに丸があり、青銅鏡にも見える。古代中国文明の意匠を踏まえながら、洗練されたモダニズム建築に仕上がっている。

一月半ば、スティーブンはたったひとり、ここ上海博物館を訪れた。いつもなら一万人近い入場者で賑わっているのだが、月曜日は休館日でひっそりしている。南側の正門から入って警備員に来訪を告げた。手荷物検査のあと、分厚いコートを脱いで入念なボディチェックを受けた。人気のないホールは思いのほか明るい。ドーム型の天窓から青空が覗き、一条の陽光が大理石の床を照射している。

古代陶磁器館のシニア・スタッフに促されてエレベーターに乗り、地下二階に下りた。長い廊下の端にはグレーの短い上着を着た、いかにも事務員風の中年女性が立っていた。

「ブラッドレーさんでいらっしゃいますね。お待ちしておりました」

北京官話でにこやかにそう挨拶して扉を押し開いた。

長いテーブルの向こう側には、ふたりの男性と一人の女性が待ち受けていた。中央に座っているのは、瑪瑙（めのう）のネックレスをした恰幅（かっぷく）のいい五十代の女性だった。古代陶磁器館の責任者だという。差し出された名刺には林育竹とあった。向かって左側には白皙（はくせき）の学者風の男性。宋代の陶磁器を専門とする学芸員だという。右手に持ったボールペンを神経質そうにくるくると回している。

林育竹の右隣には紺の背広を着た鼈甲（べっこう）眼鏡の男が座っていた。うっすらと笑みを浮かべているが、酷薄な瞳は少しも笑っていない。

「財務担当の陳と申します」と自己紹介した。この鼈甲眼鏡が陰の意思決定者なのかもしれない。事務員の女性が四人に茉莉茶（ジャスミンティー）を出し終わるのを待って、林育竹が口火を切った。

「私どもの専門家チームをあげて詳細に鑑定させてもらいました。汝窯の青磁に間違いありません。見事な逸品です。なんという運命の巡りあわせか、じつは去年、当館は同じような汝窯の皿を手に入れました。今年の秋には一般に公開しようと鋭意準備を進めているところです。ほぼ時期を同じくして、これほどの名品が二つまで現れるとは――現代の奇跡と申せましょう」

「汝窯の名品は暁天の星を探すほど稀なり、といいますから」

スティーブンはきれいな北京官話で応じた。

「私どもの陶磁器コレクションは、大変に充実している。そう自負していますが、率直に申しますと、明代と宋代の磁器の名品はやや手薄と言わざるをえない。このほど、あなたがご提示くださった汝窯は、当館の弱点を補って余りある逸品となりましょう」

ここまではほんの社交辞令に過ぎまい。商談に臨む者同士、切っ先すらまだ触れ合っていない。

「ブラッドレーさん、あなたは英国の高名な中国陶器のコレクターのご一族と伺っています。そんなあなたに申し上げるのも野暮なのですが、美術品の評価にはやはり来歴が欠かせません。さしつかえなければ、これほどの品をどのような経緯で入手されたのか、明かしていただくわけには参りませんか」

スティーブンはミッドランド・プレースの収蔵品についてごく事務的に説明した。彼らはとっくにすべてを承知しているはずだ。

白皙の学芸員が熱を帯びた声で愛国の心情を吐露してみせた。

「この汝窯の青磁も百年もの間、故郷に帰れる日をさぞかし待ち望んでいたことでしょう」

スティーブンは思わずむっとしたという風を装って切り返した。

「この品がいかにも略奪美術品だとおっしゃっているように聞こえます。それなら、結構。いますぐロンドンに持ち帰りましょう」

鼈甲眼鏡が右手をかざして、まあまあと割って入った。

「いまさら阿片戦争について論争しても是非もない。率直にお聞きしますが、私どもはいかほどご用意すれば宜しいのでしょうか」

スティーブンは張り上げていた声のトーンを落として言った。

「取引価格のことをおっしゃっているなら、先日、上海の方々がプライベートセールで買い求められた汝窯の皿が一つの目安になるでしょう。ですから、値付けに関してはさして手間はかからないと思います。ただ――」

林育竹が間髪を入れずに尋ねてきた。

「何か特別な条件がおありなのですか。当館としてはいずれ公開を予定していますので、ずっとお蔵に入れておくわけには参りません。やはり人民のものは人民の目に触れさせませんと」

「その点に異存はありません。すぐにプレス発表をしていただいて構いません」

スティーブンは、その役割も地位も異なる三人をゆっくりと睨めつけながら告げた。

「先日、篤志家の寄贈を受けて上海博物館が手に入れたという汝窯と私の汝窯は清末には一対（いっつい）の名品として紫禁城にあったと聞いています。数奇な運命に弄（もてあそ）ばれた二つの皿がふたたび夫婦（めおと）として寄り添うのですから、その価値はいや増しに高まります。これをどう考えるか。皆さんのようなプロフェッショナルには申し上げるまでもないでしょう」

鼈甲男はこの発言を直ちに引き取って核心に踏み込んできた。

「汝窯が一対に揃う——その対価をお求めと受け取ってよろしいでしょうか」

スティーブンはきっぱりと頷いてみせた。

「しかし、値段のことをあれこれ申し上げているのではありません。当方にもいささかご相談したい件がありまして——。こんな席では無粋ですから、封書に認めて参りました」

スティーブンはジャケットの内ポケットから白い封筒を取り出し、敢えて鼈甲眼鏡に手渡した。

「北京にも連絡をしなければならない案件と拝察します。三時間ほど時間をいただけまいか。その間はどうぞ寛いでいてください。早めのランチを召し上がるのもよし、館内をご覧になるなら案内の者をつけます」

「せっかくですから、陶磁器を鑑賞したく思います。貸し切りで観られる機会など滅多にないでしょうから」

スティーブンは若い女性学芸員に案内されて、二階の陶磁器常設展を心ゆくまで堪能した。紀元前八千年以前の新石器時代から清代まで、唐三彩、景徳鎮、宜興の紫砂などの名品がずらりと鎮座している。いずれもブラッドレー家に馴染みのある品々だった。北京は果たしてどう出てくるのか。至福の時を過ごしながらも、スティーブンは中南海が打ってくる布石をあれこれ思い巡らして心休まらなかった。

永遠のような三時間が過ぎていった。古代陶磁器館の責任者、林育竹の出迎えで、スティーブンは地下二階の会議室に舞い戻った。

なんとテーブルの中央に座っていたのは、さきほど廊下の隅でスティーブンを出迎えた事務員の女性だった。中国共産党の中央につながるその筋の大物なのだろう。名刺も出さず、名乗りもしない。両隣に林育竹と鼈甲眼鏡が控えている。

「今夜の香港便でご帰還と伺っています。上部の意向を手短に申し伝えます」

二度目の折衝には茶菓も供されなかった。メモ用紙に目を落としながら、中央の女性が北京から示された回答を明らかにした。中南海が切ってきた条件はたった二つ。

「この交渉は全て堅く封印して厳秘に付すること。そして、ミッシェル・クレアこと李文蘭をウイグルから国外に追放すること」

スティーブンは二つの条件を受け入れると即座に伝えた。

だが、彼女の追放先を巡る折衝に入るとたちまち空気は険悪になった。中南海は、香港、台湾はもちろんのこと、イギリス及び西欧への出国も断じて認めようとせず、ハンガリーの首都ブダペストを指定してきた。中国と親密な関係にあるハンガリーは、習近平政権にとってヨーロッパにおける「一帯一路」の拠点となっている。だが、この提案を受ければ、マダム・クレアの身柄の安全は担保されない。スティーブンはカナダの西海岸バンクーバーではどうかと逆提案した。

この会議室には精巧な盗聴システムが施されている。交渉役の女性の右耳には極小のイヤホンが仕込まれている。すでに北京には「バンクーバーに」というスティーブンの提案が中継されているのだろう。

短い沈黙のあと、彼女は静かに首を振った。

「それはお受けできません」

バンクーバーには様々な中国人コミュニティがある。十九世紀半ば、ゴールドラッシュのさなか鉱山労働者として渡ってきた者、二十世紀に鉄道労働者としてやってきた移民、さらには香港の中国への返還が決まった八〇年代にカナダ国籍を取得した香港人。いまやバンクーバーの住民のじつに三割が中国系だと言われ、「ホンクーバー」の名で呼ばれている。反共派の中国人が李文蘭を戴いて北京に牙(きば)を剥(む)く恐れをなしとしない。北京の指導部はそう懸念したのだろう。

「ブラッドレーさん、フライトのご都合もおありでしょう。ここはアルゼンチンの首都ブエノスアイレスで手を打ちませんか」

中国はアルゼンチン領パタゴニアに宇宙基地を建設する交渉を密かに進めていた。ここなら監視も行き届くと考えたのだ。

ここで妥協すべきだろう。

スティーブンは、十分すぎるほどの間をとってゆっくりと頷いてみせた。

「結構でしょう」

女性は安堵の表情を見せて立ち上がり、テーブル越しに手を差し伸べてきた。スティーブンも手を一杯に伸ばして握手してみせた。この瞬間、マダム・クレアは解き放たれた。

立ち去ろうとするスティーブンを制するように鼈甲眼鏡が尋ねてきた。

「ところで、この度の汝窯の価格はいかほどに？」

スティーブンは思い出したように「ああ、それなら」と応じた。

「阿片戦争の賠償金とお考え下さい。我が国も阿片貿易では随分とアコギな商売をして儲けさせてもらいましたから。せめてもの罪滅ぼしに、と上層部にお伝えください。ブエノスアイレスから便りが届き次第、我が方の弁護士より権利譲渡の書類を上海博物館にお届けします」

外に出ると、黄浦江(こうほこう)に陽が沈みかけていた。

汝窯の皿は百年の歳月を経て再び相まみえ、李ファミリーの命をまたひとつ救いだした。

「ほんとうに価値ある美術品は、それぞれに使命を秘めている」

二度と会うことがかなわない麗人の凛(りん)とした横顔を思い浮かべながら、スティーブンはマダム・クレアのいない香港島に帰っていった。

エピローグ

大河の畔に女がひとり佇んでいた。人影が岸壁にながく伸びている。川面を渡ってくる風に黒髪が揺れ、ブエノスアイレスに逐われたミッシェル・ウルムチから中東のカタールを経て遥かブエノスアイレスに逐われたミッシェル・クレアだった。長かった髪はウイグルの労働改造所でばっさり切り落とした。白い肌に瑠璃色をしたラピスラズリのピアスがひときわ映えている。装いはひとの内面にも化学変化を起こすらしい。レモンイエローのカットソーにアイスブルーのデニムをあわせ、黒いエナメルのバレエシューズを履くと足取りも軽くなった。この地で新たな人生を始めてみよう。そんな気持ちが湧いてくる。

ラプラタ川の河口は果てしなき大海原だ。アルゼンチンの首都、ブエノスアイレスの向こう岸はウルグアイの首都モンテビデオなのだが、水平線の彼方には岩影ひとつ見えない。南米大陸の高峰に源を発した幾多の河川が次々と合流して大河となり、ここ大西洋に注ぎ込んでいる。エスチュアリーと呼ばれる広大無辺な三角江が拡がり、湾口の幅はじつに二百二十キロにも及ぶ。

ふるさとと武漢を抱くように流れる長江は泥の帯だった。眼前のラプラタ川は表面の水は澄んでいるのだが、上流から流れ込む土砂が底に滞留し、川面を土色に染めあげている。ミッシェル・クレアもラプラタの川砂にも似て、不思議な力に弄ばれてはるばるこの河口に流れ着いた。

亡命――古の人は、祖国を捨てて国外に逃れることをそう言い表した。命とは名籍を指し、亡命とはそれを捨て去って姿を晦ますことを意味する。生を享けた故国を捨てて流浪する。それは命を奪われるような心の痛みを伴った。それゆえ、古来、亡命する者は死葬の礼を以て送られたという。

李一家も、文化大革命の嵐が吹き荒れ狂う故郷、武漢を捨て、粗末な木造船の舫を解いて長江の密航を試みた。そして河口に広がる上海に逃れ、さらに南に下って香港に漂着した。彼の地では何ものにも代え難い自由を手にすることはできた。だが、やはりそこも仮の棲処にすぎなかった。

そんな仮寓の地さえ放逐され、いま異郷に身を寄せている。

故国神游
多情応笑我
早生華髪
人間如夢
一樽還酹江月

ミッシェルはいつしか長江の畔、黄州に流された蘇軾（そしょく）の詞を口ずさんでいた。政敵の王安石に敗れた落魄（らくはく）の詩人が、赤壁の古戦場に思いを馳（は）せる。早くも白髪が目立つようになったと我が身を嘆き、一樽（たる）の酒を長江に映る月に捧（ささ）げている。

流浪の身になったいま、蘇軾の心境が一層身に染みてくる。だが、我が心は意外にも晴れ晴れとしている。ひとりの親族すら持たない身ならば、エトランゼとしてこの地に根をおろして暮らしてみるのもいい。近頃ではそう自らに言い聞かせている。

先日も逗留（とうりゅう）先のホテルからバスク人が拓いた港街、ラ・ボカに足を延ばしてみた。青、黄色、オレンジ、緑。造船所で余ったペンキを使って家々の壁や扉をカラフルに塗り分けた「カミニート」の街並みを眺めているうち、ここでチャイニーズ・レストランをやってみてはという気持ちになった。バンクーバーから腕利きの中国人シェフを呼び寄せよう。さっそく手ごろな物件を二、三当たってみたが、香港に残してきたチャイナドレスを身にまとう自分を思い浮かべて、すぐに興が冷めてしまった。

それなら書店はどうだろう——両親の想いを継ぎ、湾仔にあったようなブックサロンをサンテルモ地区の一隅に開いてみよう。書店の名は「Orchid Books」。いや、スペイン語で蘭を意味する「Orquídea」がいい。

「オルキーデア」と口に出したとたん、ラテンの女に生まれ変わったような不思議な開放感に包まれた。

店の奥にはグランドピアノとチェロ、それにバンドネオンを置き、地元のワインも出すことにしよう。夜の帳がおりるとアルゼンチンタンゴを演奏し、ダンスも楽しめる設えにしたい。

「ロアルド・ダールの短編集はないだろうか」

ふらりと入ってきた客が懐かしい声で話しかけてきた。面をあげると長身の英国紳士が微笑んで立っている。あっ、アンセルム——そんな奇跡だって起きるかもしれない。きっと〝オズワルド叔父さん〟が引き合わせてくれる、いつの日にか——。

いつしかアンセルムの面影は、もうひとりのエキセントリックの化身、スティーブンに姿を変えていた。どこからともなく憂いを帯びたメロディーが聞こえてくる。アストル・ピアソラの〝リベルタンゴ〟だ。飴色に光るフロアを滑るように踊るふたり――。息のあったステップで、思いの丈を込めて爪先を伸ばしてみせる。

スティーブンは強大な権力を相手取り、たった独りで秘策を練り、李文蘭を再び解き放ってくれた。東アジアと南米に離れ離れになりながらも、運命を共にするという約束を堅く守り通したのだ。

ブリティッシュ・グリーンのMGBロードスターが風を切り、ヴィクトリア・ピークの急峻な坂道を駆け下りていく。スティーブンの華麗なハンドルさばきを思い浮かべて、ミッシェル・クレアは爽快な気持ちになった。

『武漢コンフィデンシャル』を読み解く――疫禍の「エピソード・ゼロ」

広野真嗣

インテリジェンス小説『武漢コンフィデンシャル』は、世界で六百九十万人の死者を出したパンデミックの震源地・武漢を舞台に、米中の二大国それぞれがいかに二〇一九年十二月の感染爆発前夜を迎えたかをめぐる物語だ。新型コロナウイルスの起源を解き明かす、いわば疫禍の「エピソード・ゼロ」である。

長江中流の武漢は、辛亥革命の地、国共内戦の要衝でもある。十歳でこの地に流れついた李志傑は、己の才覚で紅幇の頭目にのしあがったが、のちに文革の嵐に翻弄され家族と生き別れた。それから五十年の時を経て志傑の血を引く麗人が、イギリスの秘密情報部員ブラッドレーと、アメリカの情報機関を渡り歩いた情報士官マイケルをある壮大な企てに巻き込んでいく。

そんな物語が幕を下ろした後、現実の武漢で何が起きたかを私たちは知っている。コロナ肺炎の感染爆発が起き、やがて世界に広がった。患者が集中した海鮮市場の近くに、コロナウイルスを研究する武漢病毒研究所があった(本稿では以下、英語名の略称WIVと記す)。この一致は偶然か、必然か。何が起きたのか。著者の読み解きはこの物語を通じて示されているが、日本政府に助言したコロナ専門家たちの動きを取材してきた私は、途中からページをめくる手が止まらなくなった。当時から、ずっと見えなかった米中両大国の動きの「死角」が浮かび上がってきたからだ。

パンデミックは政治体制のもろさをさまざまに明るみに出した。習近平の中国の場合、確かに都市封鎖で最初は感染を抑え込んだが、最後はゼロコロナへの抗議を恐れて政策を解除した。多くの人命が失われる事態には動じないが、暴動には恐々となる。独裁者とはそんなものなのかもしれないが、中国はアメリカに匹敵する死者(百万人)が出ていたとしても不思議はないのも確かだ。粉飾ではない本当の死者数が公開でもされたら、中国の国民の怒りは広がるだろうか……。インテリジェンスのプロが考える権力中枢の迷宮は重層的で、そんな素人の想像のはるか先を余すところなく描き切っていたのである。

この文章を書き始めた二〇二四年十二月、アメリカの下院小委員会が「WIVでの事故がパンデミックを引き起こした」と結論づける最終報告書を公表したというニュースが飛び込んできた。トランプ次期大統領を支持する共和党が主導しているから、トランプ流の決めつけかと思いきや、実は、そう簡単には片付けられない。

米国でうねるように変転した起源をめぐる論争がどのように展開したか。日本ではほとんど報じられていない「ふつうの情報」を振り返っておきたい。それが、後述するように本作の見立ての正確さとオリジナリティを浮き立たせることにも結びつくと考えるからだ。

コロナの起源をめぐる考え方は二つある。一つはウイルスが動物から人間へと自然と広がったと見る「自然発生説」。もう一つは、WIVからウイルスが流出したと考える「研究所流出説」だ。後者には、そもそもウイルスは人為的に設計されたのではないかとの疑念が含まれている。

アメリカの科学界は研究所流出説を人種差別的な陰謀論と一蹴してきた。二〇年二月、医学雑誌「ランセット」で二十七人の著名な学者が「陰謀論を強く非難する」という声明を発表した。ホワイトハウスで対策に助言していたアンソニー・ファウチ国立アレルギー・感染症研究所長も会見で流出の可能性を問われ、「動物から人間への種の飛躍と完全に一致している」と述べて自然発生説に立った。ニューヨークタイムズやCNNといった左派リベラル派のメディアも自然発生説に傾いていた。

これに対して、何らかのインテリジェンス報告を見たのか、「証拠を見た」と研究所流出説の側に立ったのがトランプだった。コロナの失政から目を逸らすための発言だと受け止められる一方、巻き添えを敬遠した科学界は沈黙した。日本では次第に忘れ去られていったのに対し、アメリカでは国民の関心事であり続けた。これにはコロナに限らず、「真実」をめぐって左右の政治やメディアがまじわっていかない現代アメリカ事情にも根ざしているが、ここでは立ち入らない。

潮目が変わったのは二〇二一年五月二十六日だ。バイデン大統領は研究所からの流出の可能性にふれつつ情報機関に追加調査を指示したと明かした。ふだんは明かさない情報機関への指示をあえて公表したのは、この論争で自然流出説の旗色が次第に悪くなってきたからだ。

というのもその少し前の三月三十日、世界保健機関（WHO）が中国と共同で作成した現地調査の報告書は「（流出の）可能性は低い」と結論づけていた。その根拠は充分とはいえず、三百十三ページの報告書のなかで四ページを割いただけだった。たまらずイェール大学の免疫学者、岩崎明子教授ら著名な学者らが五月に入って沈黙を破り、「十分なデータが得られるまでは両説を真剣に検討しなければならない」という趣旨の声明を発した。

さらに経済紙ウォール・ストリート・ジャーナル（WSJ）が、「WIVの研究員三人が（最初の感染例より前の）一九年十一月に体調を崩し、病院での治療を求めていた」という、流出説を間接的に裏付けるスクープ記事を出した影響も無視できない。兆候はもう少し前からあった。WSJはスクープの半月前の五月初旬、手がかりをきちんと分析しないマスコミを酷評していたニューヨークタイムズの元科学記者、ニコラス・ウェイド氏の専門誌への寄稿論文を正面から取り上げる記事を出していた。当の論文でウェイド氏は、「研究所流出説のほうが起きている事実を説明できる」と主張していた。

根拠の一つは、WIVは遺伝子を操作し、ウイルスの毒性や感染力を強める「機能獲得実験」という手法で研究を行っていた記録があるとの指摘だ。機能獲得実験というのはワクチン開発に生かす試みだが、リスクも伴う。免疫を持たない研究者が安全でない環境で作業すれば、ウイルスに感染して漏出の原因にもつながる。いま一つの根拠は、ウイルスに残された手がかりだ。新型コロナは人間によく適応していた。それは祖先と見られるコウモリのコロナウイルス群にはない「フーリン切断部位」という、増強点があったことと関係がある。

ウイルス表面の王冠の棘（スパイク）のようなかたちをしたタンパク質の、さらに特定の箇所に新型コロナに特異的な部位があり、人間の細胞に侵入する際、その特異的な部位の働きによって爆発的な感染力が生まれたとされている。そのフーリン切断部位が、コウモリのコロナウイルスにはなくて、新型コロナにはある。あらかじめそんな機能を獲得していたのはなぜか。それこそ人為的な操作が加えられていたからだと考えれば簡単にその疑問を説明できる、というのだ。

ウェイド氏は論文で、流出の可能性を探究し、自身が刺激を受けた研究者らに賛辞を送ったが、その中で埋もれた記録や資料の掘り起こしにあたったネットギーク（オタク）のグループの名前も挙げている。

「DRASTIC（新型コロナに関する分散型の先鋭匿名チーム）」と自称したこの集団は、公的記録や論文を様々なデータベースの底の底から発見しては、SNS上でオープンに共有し、さまざまな仮説を提示していた。トランプの主張に引きずられた動きではなく、健全な疑問や純粋な好奇心が動機だった。彼らがWIVの矛盾を的確に突いたことで、マスコミや政府を動かした事実は見逃せない。

そして報道は加速した。ネットメディア「インターセプト」は、米国立衛生研究所から受けた資金をもとにWIVが機能獲得研究を行っていたという、疑われてきた見立てを新資料から裏付けた。ニューヨークに本部を置く非営利組織「エコヘルス・アライアンス」を経由することで、二〇一四年から五年間で約六十万ドルがWIVに流れていた。キーマンはこの組織代表の動物学者・ピーター・ダザック氏だ。ダザック氏と、武漢のコロナウイルス研究のリーダーで〝バットウーマン〟の異名を持つ石正麗研究員とは、長年の研究仲間である。

そんな胡乱な送金ルートがなぜできたかといえば、流出リスクを懸念したオバマ政権が一四年、機能獲得研究への資金提供を凍結したことに端を発する。研究を続けるためにしかたなく捻り出されたのが、国外で唯一、高度な研究を行っていたWIVとの提携であり、そこにエコヘルスも登場することになる。

このあたりは本作『武漢コンフィデンシャル』の読みどころと重なるのであえて詳しく述べないが、石氏とダザック氏のコンビには、その後、さらに衝撃的な事実も判明した。DRASTICは二一年九月二十日、ダザック氏がコロナ禍前の一八年三月、国防総省の国防高等研究計画局（DARPA）に出した助成金申請書を掘り起こしている。これを材料にインターセプトが報じたのは、石氏らも参加して、新型コロナによく似たウイルスを作成する研究計画を国防総省に申請していた事実だ。すなわち、フーリン切断部位を持つウイルスの探索と作成を提案する実験を準備していたことが示唆されていたのである。

申請は却下されたし、ウイルスの機能獲得が完成した証拠はない。しかし、新型コロナのようなウイルスを作ろうとしていたのは確かだ。パンデミックは米中合作の帰結だった可能性が現実味を帯び、二三年にはアメリカ人の三人に二人が研究所流出説を支持するようになった。その後の曲折を経て、米政府は二四年五月、エコヘルスへの全ての補助金を取りやめ、研究所としての資格を剥奪している。

科学界は静かに成果を探っている。二〇二四年八月の「ネイチャー・マイクロバイオロジー」にイェール大学の岩崎氏らの研究が掲載されている。新型コロナと九七%の遺伝的同一性を持つ二種類のコウモリコロナウイルスを人間の細胞などに感染させる実験である。論文によれば、新型コロナに比べ、二種のコウモリのウイルスは感染こそするものの免疫の働きでウイルス量が減ったり、病状が進まないことが確認された。フーリン切断部位の有無にこの結果が起因するならば、WIVでこの部位が挿入されたという見方と、やはり矛盾しないということになる。

政界は騒々しい。本作の中で、〝フォート・デトリックのヨーダ〟なる老学者（後述）がマイケルに「ファウチ博士の一挙手一投足から瞬時も目を離しちゃならん」と諭す場面があるが、コロナ禍を過ぎ越した時点で、実際に「歴史の法廷」に引っ張り出されているのは、まさにそのファウチである。

ファウチ氏は二二年末で公職を退いたが、追及は続いた。二四年六月には下院の委員会で三時間半も吊るし上げられた。傍聴希望者の列には「ファウチを刑務所に」と大きく書かれたTシャツを身につけた者もいた。ファウチはその後もシークレットサービスの警護を外せなくなる。二五年一月二十日の政権移行間際、バイデン大統領は「不当な政治的動機に基づく訴追」を懸念して異例の「予防的な恩赦」をファウチ氏に与えた。するとこんどは、新大統領のトランプ氏がファウチ氏の公費による身辺警護を解除した。新旧の大統領に貢献したはずの科学者に、それぞれから〝恩赦〟と〝攻撃始め〟の犬笛のような指示が放たれる、異様な展開を辿っている。

『武漢コンフィデンシャル』の単行本が発表されたのは二二年八月のことだ。すなわち、DRASTICが決定的な助成金申請書を掘り起こした二一年九月の段階では、本書の執筆はすでに本格化していたはずだ。逆算して遡れば、構想・創作時は、未曽有の危機下で新聞・テレビや雑誌に加えてSNSからおびただしい量の情報が氾濫した時期にあたり、研究所流出説がここまで有力視される状況にはなかった。とはいえメディアの表層に流れていた情報だけで研究所説に踏み込んでいったとは考えづらい。ここまで振り返った両説をめぐる力学の変化をみるだけでも、ウイルスの起源をめぐる見方や情報が、せめぎ合いながら明るみに出てきたことは理解できるはずだ。

そう考えると、本作の執筆はリアルタイムの報道はもちろん、その後に確定ないしは有力になる視座を先取りするインテリジェンスの力がなければ成立しえない仕事なのだと判ってくるのだ。

こうなると、あらためて著者の情報源はどこにあるのか、そんな推論にも誘われる。前出の〝フォート・デトリックのヨーダ〟は一つのヒントかもしれない。フォート・デトリック基地とは、メリーランド州に戦前からある、米陸軍のウイルス・細菌戦の研究拠点のことで、米陸軍感染症医学研究所（USAMRIID）のほか、国土安全保障省、農務省、厚生省が拠点を置いている。NHKワシントン支局長を務めた著者は在任中に九・一一に遭遇した。その直後に郵便物と一緒に複数の場所にウイルスが送られた「炭疽菌テロ」が起こり、著者自身がフォート・デリックを取材することになったらしい。〝ヨーダ〟と重なる人物と実際に知遇を得ていてもおかしくはない。

アメリカの感染症対応の歴史を知り尽くした〝ヨーダ〟は、例えば二〇世紀のニクソン政権が「生物・化学兵器の開発から手を引く」と決めた決定と、二一世紀のオバマ政権が「機能獲得研究を凍結する」と決めた方針決定とを重ね合わせ、それぞれが見逃せない過ちを犯した可能性を示唆する。この〝ヨーダ〟の独特の視点はじつにクリアだから、本作の背骨に、このヨーダのような、歴史観と専門性を兼ね備えたフィルターから歴代政権を断じうる特権的な知性(情報源)の存在をうかがわせる。著者の連作ではお馴染みの情報士官、マイケルを敢えてウイルス戦にまつわる情報機関に配して〝ヨーダ〟の聞き役としたのは、著者自身が情報源と交わした対話がそこに再現されているのかもしれない。

ヨーダと聞いて『スター・ウォーズ』のジェダイの親玉のことをイメージする読者もいるはずだ。それはそれで間違いないアナロジーだが、むしろここでは、ニクソンからオバマまで八代にわたって米政権の外交・安全保障戦略を支え、「ペンタゴンのヨーダ」と呼ばれた知る人ぞ知る米高官、アンドリュー・マーシャルに匹敵するような、権力の深奥に連なる人物がいるのだ、と示唆していると読むべきなのだろうか。

確かに、NHKでワシントン支局長を務めたジャーナリストが相応の情報源を持っていてなんら不思議はない。ただし、そうはいっても、医療の専門家ではない著者が、いかにしてパンデミックの近未来を照らし得たのか。そこで重みを持つのが、著者の武器であるインテリジェンスである。

シリーズ前作の『鳴かずのカッコウ』に、公安調査庁のベテラン調査官の柏倉頼之が、インテリジェンスの要諦を語る場面がある。競馬新聞を材料に新人に説く柏倉の言葉に、著者の考えが示されている。

「ええか、この競馬新聞いうヤツには、じつに膨大なデータが詰め込まれとる。血統、追い切りのタイム、馬場状態、馬体重の推移、負担重量、手綱をとったジョッキー、厩舎(きゅうしゃ)関係者のコメント。だが、それらはみな一般情報にすぎん。君らの教科書にあるインフォメーションというやつや。つまり塵芥(ちりあくた)の類いにすぎん。けどな、塵芥のなかにも、近未来を予見するヒント、言うてみれば、ダイヤモンドの原石が埋もれとるかもしれん。それを見つければ話はべつや。あすの勝ち馬を言い当てる拠り所になる、彫琢(ちょうたく)し抜かれた情報、ええな、その珠玉のような一滴こそがインテリジェンスやぞ」

繰り返すが、パンデミック下で大量の情報に接しながら、「珠玉のような一滴」を集めることは容易ではない。しかも、米中対立に絡む、機微情報だ。

公開情報はもちろん、怪情報や的外れな分析を排除するため、複数をつきあわせてはガセネタを取り除き、あるいは当事者の不文律といった補助線をあてがう。そして最後は秘密情報を持った情報源に当てて確かめる。地道な作業を重層的に重ねることでしか、立体的な近未来は立ち現れてはこない。しかも著者が、その作業をなしうる特殊な情報の交差点に立っていることが大前提となる。

機微にふれるインテリジェンスを発表する以上、ネタ元は秘匿しなければならない。だからこそ物語に溶け込ませる形を取るものの、スパイや医務官僚を登場させて架空の現実を描いたフィクションとは全く異なるのが著者の作品群だ。公開情報と秘密情報をもとに分析を尽くした末に見出せる地平を描く、日本ではほかにほとんど例のない試みなのである。

奇しくも文庫版刊行は、第二期のトランプ政権スタートと重なった。トランプはWHO脱退の大統領令に署名したかと思えば、拠出金を引きさげるなら「再加入を検討する」と揺さぶりをかけた。疫禍がまた来れば、二大国が協力することはコロナ禍より難しくなるだろう。中国とアメリカ、あるいは政治と科学の緊張をこれからどう理解していくべきか、本書は洗練された判断材料を提供してくれる一冊となるはずだ。

（ひろの・しんじ／ノンフィクション作家）

本書のプロフィール

本書は、二〇二二年八月に小学館より単行本として刊行された同名作品を改稿し文庫化したものです。

小学館文庫

武漢（ぶかん）コンフィデンシャル

著者　手嶋龍一（てしまりゅういち）

二〇二五年三月十一日　初版第一刷発行

発行人　石川和男
発行所　株式会社　小学館
〒一〇一-八〇〇一
東京都千代田区一ツ橋二-三-一
電話　編集〇三-三二三〇-四二六五
　　　販売〇三-五二八一-三五五五
印刷所———TOPPAN株式会社

ISBN978-4-09-407440-6